U0902541

The Perfect Relationship

完美关系

右耳 著

[下册]

青岛出版社
QINGDAO PUBLISHING HOUSE

第二十二章　上市之战

“路演PPT、路演邀请函以及网上路演问答的模板我已经都发给你们了，你们立刻把相关资料填进去，一天之内交给我。一旦过会，我们要在二十天内完成所有路演和定价等相关事宜，在活动组织上面，绝对不能出任何差错。”

DL传播的各间办公室内，员工都在繁忙有序地工作，为晋元集团十六天后的上市做准备。斯黛拉指着流程PPT简单明了地指挥，晋元的众人纷纷拿着本子记下来。

而在另一间办公室，路易斯和安东戴着耳机疯狂打电话，两人面前的记事本上都写得密密麻麻的。

“陈大记者，你还欠我一份特稿呢，对对对，哈哈哈，我来要债啦！”

“限你们三天内登报道歉，不然咱们官司打到底！”

“你放心，这广告我不投给你们家投给谁啊，是不是？”

这边路易斯正在联络各家媒体，旁边的安东则忙着整理资料。

而在大会议室里，江达琳从一排带着浓浓淳朴乡土气息的高管面前走过。

江达琳一本正经地道：“如果你穿得就像是来闹着玩儿的，那整个路演也就只会逗你玩儿；穿着越正式越好是一种误解，太正规的服饰会给人过重的形式感，给双方制造压力。”

一位高管紧皱眉头，忍不住道：“那你说咋穿？”

“我们的宗旨是，要正式中带有一点点随意，优雅里带出一点点性感，当然了，主要还是看气质。各位请看。”

帘子打开，卫哲走了出来，穿着一件深红色衬衫，白色毛衣随意地披在肩上，自然随意，又因为修长的身形衬得眉眼冷峻，满是职业感。

江达琳看着怔了下。

几位高管跟着卫哲学习演讲的站姿，一个个怪模怪样，江达琳忍不住笑得弯下腰。

随着路演进入倒计时，DL传播的众人俨然已经拿公司当第二个家。华灯初上，从办公室的落地窗看过去，窗外各色灯光汇成海洋。

斯黛拉从电脑前抬起头，站在窗前活动手脚。

叶东烈发来消息：“在干什么呀？想你了。”

斯黛弯了弯嘴角：“还在加班。你呢？”

叶东烈坐在办公室里，对着自己自拍了一张。

他身侧的同事打趣道：“哟，是不是女朋友又查岗了？”

叶东烈腼腆地一笑：“我女朋友才不查我的岗，我们之间充满了信任。”

“那是你天真了，女朋友不查岗唯一的可能，就是希望你也别查她的岗！”

斯黛拉看着照片，工作上的劳累烟消云散：“这个点儿还在加班？当心过劳死，我要向丁伟抗议了！”

叶东烈有些不好意思：“你可千万别，丁总这两天老拿我和你开涮，我现在看见他都绕道走。反正我们部门的人都知道了，不过我也没刻意瞒过谁，我们谈恋爱是正大光明的，又不是做坏事。”

斯黛拉笑了笑，蓦地想起什么，转身朝外面走去。

大办公室里，众人一边工作一边吃盒饭。

路易斯学着乔云龙抖大衣，西装披在肩膀上，安东顺利接住，抖大衣，将衣服架在胳膊上，动作一气呵成，惟妙惟肖。

一群人笑得东倒西歪。

江达琳靠在卫哲身上笑，卫哲甚至没有挪动一下。过了一会儿，江达琳突然意识到什么，赶紧移开自己的脑袋。

斯黛拉站在窗外，饶有兴致地推了下眼镜。

时间越来越近，乔云龙来到DL的会议室里开始模拟路演。除此之外，晋元的其他高管也一脸紧张。

斯黛拉站起身："坐姿太紧张了，再舒展一点。"

高管们赶紧动了动。其中一位扯了扯衬衫领子，说着一口方言："这公关仗比我的销售仗还难打，我心里慌得很。"

卫哲突然提问："遇到事先没有准备到的问题，回答不出来怎么办？"

乔云龙顿了顿道："我让他问小戴……"

小戴："……"

卫哲点头："可以让他去问小戴，反正有关券商的问题，让券商的人回答；有关公关的问题，让发言人回答。"

江达琳默契地跟着问："遇到记者问尖锐问题，哪壶不开提哪壶怎么办？"

乔云龙浓眉皱成一团："那以我的脾气，我弄不好要翻脸。"

"尽量不要翻脸，所以接下来我们要提前思考，在哪些方面可能被问及尖锐问题，找到我们的弱点在哪里，做好准备。"

安东取过来一部摄像机，将三脚架架在乔云龙前面，乔云龙独自坐在镜头前。

卫哲坐在摄像机后的沙发上，手指敲了敲沙发："贵公司预定发行价是每股十六元人民币，但现在有传闻说上市后很有可能破发，您对此有什么想说的吗？"

乔云龙声音粗犷："怎么可能破发？这是胡说八道。"

卫哲轻轻摇头。

"你在哪儿听说的传闻，你让他到这儿来说。"

卫哲还是摇头。

"十六块这个价格不是随随便便定的，是在充分评估了我们公司现有业绩和未来发展的情况下，才做出的决定……"乔云龙说完期待地看着卫哲。

卫哲点了点头。

江达琳站在卫哲身侧："这次上市乔广平董事长未能亲自带队，请问到底是什么问题？"

乔云龙略微不自在地道："他生病了，就是一些老毛病，上年纪了嘛，难免这里不舒服那里不舒服。"

"所以乔董事长这次是不会来了？"

"这个……要看他的身体状况。"

江达琳追问道："一年前你们冲击上市没有成功，是不是乔广平董事长和令堂离婚而导致的？"

乔云龙愣住："这个要怎么回答？"

卫哲略微思考后道："嗯……首先你可以说，'你能问出这个问题，说明肯定不是财经记者，不然你不能长得这么漂亮'。然后你可以回答，'一年前我们之所以冲击上市没有成功，不是因为乔董事长离婚，而是因为晋元集团的合伙人模式没有得到认可，但现在新的政策出来了，这个问题已经不存在了'。"

"哦……我明白了。"

卫哲抬头问："不过话说回来，乔总，一年前令尊为什么会突然离婚？"

"啊？因为我们的合伙人模式没有得到认可……哦，你是问我他们为什么要离婚？"乔云龙尴尬地道，"这个不用问吧，记者不会问的。"

"万一记者问了呢？"

"那我就说，你一看就不是财经记者？"

"……"

乔云龙起身："那什么，我先去上个厕所。"

路易斯站在卫哲身后："他好像挺忌讳这个问题……"

乔云龙从洗手间出来，迎面发现明显在等他的卫哲。

卫哲笑着颔首："乔总，我有几句肺腑之言，想跟您分享一下。您看，作为您的公关团队，我们的责任归根结底就是八个字，排查隐患，扫除风险。"

乔云龙点头。

"而能够完成这个目标，我最需要的不是您的钱，而是您的信任。我需要您对我绝对坦诚，特别是某些敏感问题，只有我们先了解了风险在哪里，才能提前设防，否则一旦有问题在我们未知的情况下暴露，那就真的是在救火了……"卫哲眼神中闪过一丝狡黠，"与其急急忙忙救火，不如提前找到火源消灭掉，您说是不是？"

"我很坦诚啊，你们还想知道啥？"

卫哲大步走回会议室。

会议室里的其他人都抬起头看他。

卫哲敲了下桌子："乔云龙一定对我们有所隐瞒，而且我看他是不会愿意对我们说了。他不说，我们就只能自己查，他越是不肯说的地方，就越是要狠狠地查。"

路易斯和安东一起敲键盘，调出乔广平和乔云龙的一系列资料。

路易斯盯着电脑屏幕："乔广平，晋元集团创始人、董事长，十七岁那年顶替父亲的工作进入灵遥县第二纺织厂，从底层小工一路做到厂长。从国企出来后，乔广平承包了一家小型服装厂，在二十余年间拓展出包括服装、物流、仓储、房地产等多个板块的业务，打造出属于他的商业帝国。他提出的‘勤思苦干巧攀，创新创收创业’口号在当地人人皆知，是晋元集团的企业形象。”

安东跟着说：“乔广平常年高血压，曾经发生过两次小中风，但一直坚持带病工作，标准的劳动模范。乔广平的妻子谭丽是乔广平在服装厂的同事，两人的感情一直十分和睦。但一年前，乔广平忽然提出与谭丽离婚并重新划分股份，导致IPO搁浅，从此和家人的关系变得很僵。乔云龙是乔广平和谭丽的独子，大学毕业后回家继承家业，从服装车间的打板工人做起，一路做到执行总裁，深得员工好评，被视作乔广平的接班人。而且由于乔广平的身体问题，这次带队冲击IPO的人变成了乔云龙。”

卫哲比了个手势：“OK，那我们来看疑点在哪里。”

路易斯歪着头思考了一会儿道：“我觉得没什么问题，至少没有跟这次上市有关的问题。”

卫哲淡淡地道：“这就是最大的问题，因为从来没有哪家上市公司是毫无瑕疵全盘完美的。”

“那只能说明乔云龙有意……”卫哲突如其来地失语，皱了皱眉，眼神惊慌，试图寻找后面的话。

江达琳离他最近，感受到他的反常，猛然开口：“有意隐瞒？”

卫哲忽然透过气来，淡淡地道：“对……有意隐瞒。”

斯黛拉凑上前，关心地问道：“你没事吧？”

“没事。”

“你能想象那种情形吗？所有人都看着我，可我就是说不出来。那感觉就像、就像我面前的水池里有满满一池鱼，我看着这些鱼在我面前游来游去，我伸手去捞却怎么都捞不到，一条都捞不到。”即便到了心理疗养中心，卫哲还没从惊慌中走出来。

聂灵子点头：“比喻很贴切。这种情况属于偶发性失语，还挺常见的，归根结底还是你的焦虑情绪在作祟。”

卫哲向来擅长寻找解决方法：“有没有什么根治的办法？吃药？催眠？NLP（神经语言程序学）治疗？”

聂灵子微笑：“看来你真的做了不少功课。不过我一直认为最好的心理治疗方法，是坦诚，这个坦诚包括两个方面，对你自己的坦诚以及对我的坦诚。”

“我一直很坦诚啊！”

“但愿如此。”聂灵子嘴角扬起的弧度令人觉得舒适，“这样，在我看来，你这一次的症状被诱发的缘由并非来自你的工作，而是那位和你误打误撞接了个吻的总裁小姐。你喜欢她吗？”

卫哲耸了耸肩：“我不觉得我喜欢她。”

“有趣的是，通常我们说不喜欢一个人时，会说‘我不喜欢她’，但你说的是‘我不觉得我喜欢她’。”聂灵子微微挑眉，“听说在公关的表述习惯里，很重要的一项是精确，所以我是不是可以认为，你觉得你不喜欢她，但事实上你也吃不准？”

聂灵子讲话总是一针见血，扎在心里让人猛地一惊。

卫哲却不屑道：“你这是吹毛求疵。”

聂灵子反问道：“你怎么知道你不喜欢她？”

大抵是难得被人追问到语塞的程度，卫哲微顿了下才道：“我就是知道……”

“看来你还是在下意识地抗拒去面对这些事。要不你跟我说说，和她接吻是什么感觉？”

接连被人问到无语的状态，卫哲显然有些不爽。

聂灵子看他一眼：“我建议你把那位总裁小姐请来，我们一起聊聊，应该会对你的病情有好处。”

出租车上，卫哲望向窗外，心里反复想着聂灵子的最后一句话，思绪渐渐飘远。

直到坐在办公室里，卫哲还是明显失神的状态。这种抓不到自己的情绪的感觉并不好，尤其是对于自认冷静自持的卫哲来说。

“你上一次明确喜欢上一个人，是什么时候的事？”

“你判断你喜欢还是不喜欢，用的是什么标准？生理标准？还是心理标准？”

“要不你跟我说说，和她接吻是什么感觉？”

眼前是江达琳模糊放大的脸，嫣红的嘴唇一张一合，卫哲的眉头渐渐舒展。

正要汇报工作的路易斯见卫哲正在走神，拿起桌上的一支钢笔照着卫哲的手扎了一下。

卫哲回过神，发现路易斯站在面前，问道：“怎么了？”

“你怎么了？一大早的就走神，我都在这儿跟你说半天了。你没事吧？”

卫哲长舒一口气：“没事。你有什么事？”

“你不是让我调查乔广平吗？有下文了！”

路易斯先放出一段乔广平一年半前的视频，他坐在会议室里面对一群高管侃侃而谈，意气风发。

第二段视频则是在乔广平家，乔广平摘了一朵花插到一个女人的鬓边，两人腼腆地一笑，明显感情甚笃。

路易斯关掉了视频：“第二段小视频是上个月乔家的保姆拍了发到网上的，紧接着这个保姆就被乔云龙给辞退了。而视频里的这个女人叫林芳丛，四十一岁，灵遥梧泾镇人，十年前离过一次婚，是保健院的医生，一年半前通过应聘成为乔广平的私人医生。”

卫哲点了点头：“OK，两个结论，第一，乔广平没病，或者至少没有病到让他不能主持工作；第二，乔广平在和这位林医生谈恋爱，而乔云龙一直瞒着不想告诉我们。”

“因为家丑不可外扬？”

卫哲抬眼看江达琳：“更有可能是担心影响上市。”

很快乔云龙便和谭丽一同来了办公室。见事已至此，乔云龙索性不再隐瞒：“我也不是故意瞒着你们，这种事情真的是没脸说。要不是他突然提出要和我妈离婚，之前的上市肯定就成了！”

谭丽语气阴冷：“所以我说这老头子是鬼迷心窍了，辛辛苦苦创立下的公司，眼看就要上市，现在他却要亲手把它毁掉。”

“那这次的问题是什么？乔老爷子离婚也有一年了，股权在离婚后也都已经划分得很清楚，应该不会对这次上市构成威胁。”

乔云龙感觉难以启齿：“我听保姆说，我爸在家找户口本，想跟那女人结婚。如果我爸只是我爸，不管他想结婚还是离婚都跟我没关系，但问题是他是晋元集团的董事长，是一万多名员工心目中的带头人，假如他和林医生在这个节骨眼上结婚……我之所以一直不愿意提这件事，也是怕人多嘴杂，这件事一旦知道的人多了，说不定这次IPO又要黄了。你们是我的上市公关，请你们一定想想办法，确保这次上市成功。”

待两人离开，斯黛拉才轻声说：“如果乔广平结婚，那就意味着林医生将拥有乔广平名下晋元集团股份的一半，等于间接成为一家上市公司的股东。晋元集团这次IPO公开募资四百亿元人民币，乔广平名下有晋元集团百分之二十八的股份，百分之二十八的一半相当于……”

“五十六亿元……”

卫哲问路易斯：“林芳从目前的工资是？”

“每个月六千三百二十二块，税后。”

卫哲饶有兴致地说：“你们记得星星科技的事吗？”

江达琳点头：“记得，星星科技的董事长在上市前半年结的婚，上市后没几天突然又要离婚，说是有家暴，被媒体曝光后，他们的股价在两个礼拜内从每股四十二块，一路跌到六块半……”

“我和乔云龙说好了，他同意明天带我们去老宅，一起劝劝乔董事长。如果乔广平不听劝，就拖，拖到上市后半年再结婚也不迟。如果乔广平不肯拖，那就签婚前协议，可以答应给林医生一笔钱，足够她后半生衣食无忧，但她必须放弃股份。”

江达琳皱眉思索：“我怎么感觉又是居委会的工作？”

卫哲微笑道：“居委会的工作用不着保密，而我们这一次的工作绝对不能让任何人知道。”

一旁的斯黛拉看向卫哲和江达琳：“这事我不擅长，所以只有你们俩最合适了，一个唱红脸一个唱白脸，配合默契。”

卫哲和江达琳从会议室出来，并肩走在走廊上。

卫哲蹙眉，低声道：“你说她是不是故意的？”

江达琳抬头：“说我们配合默契？应该不至于吧，我觉得她就是随口说的。”

“OK！”

两人脚步不停，进入各自的办公室。

独自回到余庆坊林肯的家的邦尼心情还不错，一边愉快地哼着歌，一边化妆，化完妆后随手翻看着上课的教材。

林肯背着包风尘仆仆地走进来，手里还提着很多土特产。

邦尼没回头，对着镜子说：“回来啦？也不说一声。”

林肯兴奋地说：“我给你带来了惊喜，你看看，谁来啦？”

落地镜照出林肯身后正站着四处打量的邦尼妈和马邦威。

“妮子！”

“姐……”

邦尼大惊失色，转过头问：“你们怎么来了？”

林肯笑呵呵地说：“你不是说有点想家吗？我就带他们来了。”

邦尼十分无语："我只是被勾起了回忆，并不是想家啊……"

林肯无辜地说："可是你说过你很久没回家乡了，我想你一定很想念伯母和弟弟。怎么，你不高兴吗？"

邦尼咬了咬牙，转过身："呵呵，高兴，我就是太意外了。"

这时邦尼妈和马邦威各自从洗手间走出来，四处看着。看到挂在墙上的旗袍时，邦尼妈转头说："妮子，这旗袍挂墙上干啥，看着怪瘆人的……"

马邦威嫌弃地看了一眼旗袍："村东头癞子家死了老婆，就让人挑着这么件寿衣出来烧……"

邦尼妈赶紧拽住马邦威："他年龄小，你们别理他。"

邦尼气昏了头："马邦威你想死是不是？"

林肯笑呵呵地缓解气氛："伯母和弟弟一定饿了吧，晚上我来做饭，我做的lasagna非常好吃，你们一定要尝尝！"

"拉、拉什么娘？"

邦尼没好气地嘀咕："Lasagna，意大利千层面。做什么千层面啊，弄堂口吃两碗辣肉面，吃完赶紧走。"

邦尼回到卧室换衣服，邦尼妈悄悄走进来，扯住邦尼的肩膀："你跟林肯到哪一步啦？没领证就住一块儿，这叫非法同居。"

"你还想给我定罪呢？现在已经没有非法同居这个罪名了。还有，同居就对女人的名声不好了？"

邦尼妈使劲照着邦尼身上打了一下："废话，你这同居跟结婚有什么两样？万一散了，那不就跟离婚一样，以后再找就困难了！"

"照你这么说，那我以前可跟好几个男人同居过，等于离婚好几回了！"

邦尼妈气不打一处来："你个死丫头，这么不要脸的话也敢说！让你到上海来，就让你学会这个了？"

邦尼冷笑一声："哈，你快别提让我到上海来啊，这上海可不是你让我来的，是我自己辛辛苦苦考大学考过来的！就因为我初中毕业没听你的话去上那个什么破技校，你就连大学的学费都不肯给我付，要不是班主任给我买了火车票，我得走着来上海。别人上大学，到学校的第一件事是去买买买，我上大学，第一件事就是去申请助学贷款，接着就是去勤工俭学中心报名兼职。你还好意思跟我说这个……马邦威考不上高中，你能硬生生花两万块给他买个学籍，就没钱给我交一年的大学学费？"

邦尼不愿意多说，从钱包里抽出一千元钱："这个钱，是给你跟邦威住旅馆、吃饭的，不够了再跟我要，既然来了就玩两天，差不多了赶紧走。"

“林肯说了，就让我们住家里。”

邦尼哑口无言，躲到另一个房间给江达琳打电话：“你说这林肯是不是有毛病，不经过我的同意，自己就把我妈和我弟带来了！还说不用住旅馆，就让住家里！我没想到他能跑到我的老家去啊！他到底是不是外国人啊，哪有外国人这样的？”

“那怎么办？”

邦尼没好气地说：“不知道……但我真的一点儿都不想见他们。”

厨房内，林肯正在满头大汗地做饭。邦尼皱着眉走进去：“你打算让我妈和我弟住家里啊？这房子隔音也不好，而且又是你家。”

林肯抹了一下额头上的汗，愉快地道：“当然，这没什么的。而且我也已经在你家住过了，就住在你少女时期的房间里。”

邦尼只好干笑。

晚饭过后，邦尼换了睡衣躺在床上敷面膜，手里捧着一本书。

林肯走进房间，一副欲言又止的模样。

“你好像，对我把你妈和你弟弟接来不是很高兴？”

邦尼放下书：“啊？没有啊，你做得很好，我挺感谢你的。”

林肯有些犹豫：“哦。那你有没有什么话想对我说？关于你的家乡、你父母，还有你弟弟？”

邦尼摊手，故作轻松地道：“你都到我的老家去过了，还问这干吗？”

林肯望着邦尼：“好吧，希望有一天，你愿意和我分享你的过去。”

邦尼走出房间，没好气地扯下面膜，吁了口气，拿起手机看直播后台。她点开与西区萨特的对话框，上一条信息显示是三天前。

眼睛转了一圈，她发送了直播公告：“各位亲爱的，今天身体不舒服，嗓了哑了，没法直播，特此请假一天。”

包厢里，男男女女围坐在沙发上，嬉笑声和酒杯碰撞声响成一片。薛义周围的几个人放声歌唱，周围叫好声一片。

有人端着酒杯凑过来：“薛义，你怎么不唱啊？你倒是也唱一首啊！”

薛义同他碰了下酒杯：“我也想，可惜这点歌器里，就没几首歌是我会唱的。”

“你在国外待太久，都跟国内脱节了，这样可不行啊！”

薛义拿出振动着的手机看了一眼：“是啊，我抓紧时间，迎头赶上。”

薛义把消息打开，便是邦尼发布的公告。他稍稍离开人群中心，坐在包厢角落，靠着沙发发消息："怎么突然生病了？"

邦尼毫无意外地收到短信，扬起嘴角，得意地笑了笑，正想要打字，想了想又关掉手机。

这人对她置之不理好几天，那她不如也晾他个几天。邦尼得意地想着，倒要看看是谁先忍不住。

房间内灯光昏暗，窗帘紧紧地拉着，舒晴站在床的左侧穿衣服，右侧是沈英杰正在往身上穿西装，两人忙忙碌碌，倒像是要赶很重要的会似的。

沈英杰穿好衣服，好整以暇地看着舒晴往身上套铅笔裙。

"后面还有一个，英国留学回来的，在外企当HR，身高比我还要高半个头，我们谈了九个多月，她从第二个月开始，每天各种给我打电话，早晨去公司的路上要打，到了公司要打，中午吃饭前、吃饭中和吃饭后也要打。有一次我开会手机没带进会议室，开到一半前台说有人找，然后我发现她居然在前台等着我，我的手机上有整整十个未接来电。我问她干吗那么紧张，她说她看我没接电话，怕我被车撞死了……接着又谈了一个，是平面模特，从来不给我打电话，一开始我很高兴，直到我发现原来她脚踩三条船，因为忙不过来所以才不给任何一条船打电话……再后来又谈了一个，是个室内设计师……"

舒晴表情窘迫："你不用再说下去了，我明白你的意思……"

沈英杰笑了笑："是吗？那要不轮到你来说？我突然发现你从来都没跟我说过你的恋爱史。"

舒晴站在镜子前涂口红："我没什么可说的。"

"但你连儿子都生好了……"

舒晴整个人僵住。

沈英杰意识到问题，连忙说："Sorry，我口无遮拦了，但我是无心的……"

舒晴拎起自己的包："我要去公司了，这两天特别忙……"

"忙什么，又是小力士奶粉的上市发布会？一个发布会能有多忙我很清楚，你别老拿这个当借口行不行？"沈英杰拉着舒晴，指着酒店的床，"我不想我跟你一直停留在这样的关系上。我和你已经把DL和名仕两家公司中间所有的酒店都住遍了，却连一起正大光明地吃顿饭你都不愿意！"

舒晴无奈地看着沈英杰："你想跟我正大光明地吃顿饭？"

高大的男人像个偏执的小孩："我想跟你正大光明地交往。但我们在一起这么久了，你什么都不肯跟我说。"

舒晴绕开沈英杰："可是我要迟到了。"

舒晴匆匆忙忙地赶到公司。前台的艾米露出惊讶的表情，左右看看，走到舒晴面前低声说："你的裙子……反了。"

舒晴低头看着穿反了的铅笔裙，匆忙走到办公室调整回去。她懊恼地摸了下裙子，听到手机响起时，接通，揉了揉脸热情洋溢地道："胡大记者。是啊，小力士奶粉的上市发布会……没错就是五月十六号，你那天早点来，这次的伴手礼特别不错……什么？智慧星金冠也是五月十六号发布？"

胡记者语气无奈："对啊，而且智慧星也是上午九点开始。我知道你们DL和名仕一向不对付，但就算两家公关各为其主，也该稍微互通点有无啊，你们这两场发布会放在同一天的同一时间，你让我们媒体怎么办？又不能劈成两半！"

舒晴挂断电话，在办公室里走了两圈，终于决定给沈英杰打电话。

电话那端，沈英杰语气不怎么冷静："不是就你一个人有发布会要忙，我也有发布会要忙的。"

"我知道，你在忙智慧星金冠的上市发布会，时间是五月十六号上午九点。我们小力士的发布会跟智慧星是同一天，同一个时间点。"

沈英杰微微一怔："撞车了？"

舒晴焦虑地说："媒体给我打电话了！还质问我为什么不跟你们名仕公关互通有无。你不会真的希望发布会那天，全国跑母婴线的媒体你们一半我们一半吧？这对你有什么好处？"

"呵呵，怪我咯？不知道是谁说了约法三章的！"

舒晴语气放缓："你把五月十六日上午九点让给我，你们下午开，如何？如果你同意，我就正大光明地和你交往。"

沈英杰怔住："我还以为你要把恋爱史都告诉我呢！"

"做人呢，不能太贪心。怎么样，你同不同意？"

沈英杰笑着说："同意，必须同意。"

舒晴松了一口气："谢谢，我保证中午十二点之前准时结束。"

"我相信你，拜拜。"

沈英杰挂断电话之后，拨打分机："智慧星发布会的时间需要改一改。这样，你去看看哪个会议室空着，大家开会讨论一下流程。"

清晨时分，江达琳的车和乔云龙的车先后停在乔家老宅门前。灵遥县空气清新，到处是绿意盎然的植物，确实适合修身养性。

乔家老宅是一处大院，站在门外能看到一栋二层小楼。

乔云龙长叹一口气，卫哲和江达琳走过去听到他说："我们父子俩本来关系一直很好，他和我妈也很好，要不是那个女人……"

卫哲理解地点了点头："令尊和令堂已经离婚一年了，你也只能面对事实。不管怎么说，他终究是你的父亲，有什么话说开了就好。"

乔云龙在门口站定，正要按门铃，忽地又停下来："其实我和他谈过一次，叫他跟那个女人分手。他二话不说，把他那条黑背放出来，让狗咬我。"

江达琳吓得抓住卫哲的胳膊后退了一步。

"不过那条狗被我送到厂里看大门去了。"

江达琳吁了口气，跟着乔云龙走进去。

卫哲坐在沙发上，乔云龙一脸晦气地沉着脸坐在旁边，对面的乔广平看起来精神尚可。江达琳、路易斯和安东在房子里四处转。

"爸，我不管你怎么看我，但我做任何事的出发点都是为了公司着想，我是真的为了你好……"

乔广平手上的拐杖动了动："我想要吃个苹果，你给我送来一车梨，这就是你所谓的为了我好？"

卫哲说："乔董事长，您看，这晋元集团是您一辈子的心血所在，眼看就要上市了，您也不希望上市出问题是不是？"

乔广平看向卫哲："没错，公司是我一手创立的，但上市这件事不是我一个人的决定，上不上得成，我都无所谓。离婚的时候我跟云龙还有他母亲都说得很清楚了，无论是财产还是股份，我对他们母子俩都非常公平，该给的钱一分也没少给，我只拿属于我的部分，旁人不要来指手画脚。"

"乔董事长，您别生气，乔总一向是非常敬仰您的，出了这些变故，他心里也很痛苦。"

乔广平冷哼："他痛苦个屁，掉钱眼儿里的小畜生。"

乔云龙着急："爸，后天我和妈就都要去香港了，你就当是看在我们父子的情分上，能不能别急着结婚？你就拖个半年又能耽误点啥？"

"我急不急是我的事，轮得到你来管我？"

乔云龙还想说什么，被卫哲摇摇头制止了。

房间走廊的墙上贴着一张极其详细的"乔广平每日作息表"，显然是一丝不苟地手写下来的。路易斯随手拍了张照片。

江达琳踱步去了厨房，林芳丛正熟练地切菜。菜被扔下油锅，发出响声，林芳丛冲江达琳笑了笑："饿了吧？我把这道菜炒完就好了。"

江达琳留意到厨房墙上的膳食表："这是您给乔老爷子制订的菜谱吗？"

"对，老乔有高血压，嘌呤也高，心脏也不好，所以我尽量给他少油少盐，多吃点粗粮、蔬菜和蛋白质……"

客厅传来一声玻璃破碎的声音，伴随着乔云龙的大叫。路易斯几人赶紧冲过去。

客厅里，乔广平高高地举着拐杖，林芳丛冲上去死死地攥着他的胳膊，卫哲把他往后拉，乔云龙捂着头，指缝里有血，地上一个烟灰缸滚向远处。

乔广平气得浑身发抖："老子今天就打死你怎么了？老子婚姻自由，爱跟谁结婚跟谁结婚，轮不到你个畜生来指手画脚！"

"还婚姻自由？说的比唱的还好听，我看就是这个女人眼看公司要上市了，赶紧抓着你结婚，好分走你的一半股份！"乔云龙捂着额头，"是你自己鬼迷心窍了，为了个女人公司都不要了，家也不要了！"

乔广平操起拐杖又要打，卫哲、江达琳赶紧两头拉住。

林芳丛站在乔广平身边："老乔你别激动，你不能激动……"

乔广平喘着粗气："你知不知道他们是来逼着你签婚前协议的？"

"签婚前协议怎么了？你不是口口声声说她不是冲着钱？她要真不是冲着钱，就把婚前协议签了，我保证再也不来烦你！谁都能看出这个女人在骗婚，就你看不出来！"

乔广平挥了下拐杖："你个小王八蛋，我老乔一辈子没干过亏心事，凭什么娶个老婆还要躲躲闪闪地签什么婚前协议？从小送你上学，你的书都读狗肚子里去了！"

林芳丛着急："云龙，你别惹你爸生气了，他这两天血压高。"

乔云龙冷哼："滚开，轮不到你在我面前指手画脚！"

乔广平把拐杖乱挥一通："我打死你个畜生！"

已经闹成这样，根本没有聊下去的余地，几个人狼狈地从客厅里逃了出去，只好先回公司再想办法。

早晨的电梯里塞满了人，人们陆续走进去，卫哲站在靠外的地方，眼看电梯门就要合上，江达琳闪身而入，刚好站在卫哲面前。

忽地又有人跑进来，一下把江达琳撞到卫哲怀里。卫哲忙扶住她，拥挤间，江达琳的鞋子被挤掉了，她试图在脚与脚的缝隙里寻找自己的鞋，却怎么也找不到。

卫哲察觉异样，低着头问她："怎么了？"

江达琳抬头，额头快要碰到他的下巴："我的鞋被踩掉了。"

两人一同朝下看去，结果什么也没看到。

电梯抵达一层，有人离开，又有人挤进来，江达琳跟着被挤得东倒西歪。

卫哲扶着她的胳膊："你可以把你的脚放在我的脚上。"

江达琳红着脸，把脚放在卫哲的皮鞋上。

电梯门再次打开，总算下去不少人，江达琳找到自己的鞋子穿上，总算松了一口气。

两个人站在角落里面对面，暧昧的气氛滋生蔓延，江达琳稍稍后退了一些。

两人刚走进公司，路易斯就匆匆跑过来："你们总算来了，有一个坏消息。"

昨晚十点，乔广平主动接受了当地论坛的采访，声称自己即将和林芳丛结婚。新闻于早晨发布，标题则是《晋元集团董事长乔广平宣布，将在近期迎娶家庭医生为妻》。

卫哲不以为然："这种本地论坛的新闻辐射度很低，可以当成谣言来处理。"

"本来我也是这么想的，但是……"路易斯打开了一个视频。

当地论坛不仅发布了文章，同时也发布了采访视频。视频中，乔广平和林芳丛在街头散步，面对记者的提问，乔广平信誓旦旦地说打算月底之前同林芳丛结婚。

卫哲脸色一变。

这时乔云龙的电话打过来："我一早往上海赶，刚进城，家里打电话来说记者把我们公司的大门给围住了。你们赶紧派人过去，我们公司有脑子的都在上海筹备上市呢，剩下的不知道狗嘴里会吐出什么来。"

一行人离开公司，卫哲随江达琳坐上车，卫哲吩咐道："我们直接去晋元集团总部。路易斯，你和安东去乔家老宅盯着。"

两辆车分别往两个方向驶去。

第二十三章　江山美人

世界上嗅觉最灵敏的要数媒体这一行了。

当地的新闻报道一出，各大媒体朝着蹭热度的方向努力，标题都千奇百怪且夸大事实，甚至网络上晋元集团的衍生关联词除却“晋元集团上市”已经全部换成了乔广平与林芳丛的婚讯。

卫哲脸色很不好看。

江达琳低声问：“怎么了？”

“那篇当地新闻被……”卫哲喉结滚动，却发不出声音，他瞪大了眼，有些无力。

“你怎么了？是不是新闻被扩散了？”

“对，扩散了。”卫哲如释重负，示意江达琳去拿一瓶矿泉水来。

他接过矿泉水，拧开瓶盖，大口大口地喝着水。

江达琳停在一个红灯前，卫哲拿出手机给她看。

“糟了，这扩散得也太快了。”

“得立刻采取措施，不能让这种谣言……”

意识到再次失声时，卫哲的手微微颤抖起来，他试图去放松皮手环。

这时手机响起，卫哲接通电话却发不出任何声音：“……”

乔云龙粗犷的声音响在他耳侧：“你们到了没啊？我们公司的大门都被记者给堵住了……我爹他就是故意的，这时候给我来这一出，是存心要逼我去死啊。”

江达琳皱着眉叫他的名字："卫哲？卫哲？"

卫哲的手机掉在了地上，还能听见乔云龙的喊声："喂？喂？听得见吗？"

似乎是一个气泡终于被打破，卫哲清醒过来，捡起手机："乔总，刚才信号不好，我们马上就赶到您的公司。"

红灯变成绿灯，江达琳分神看卫哲："你刚才到底怎么了？"

卫哲摇了摇头："没什么，可能有点低血糖。"

江达琳探究地看看他，拿了一颗口香糖给他。

卫哲接过胡乱地塞进嘴里。

晋元集团的大堂外，卫哲和江达琳在晋元员工的陪同下往外走，卫哲使劲咀嚼着口香糖试图让自己镇定下来。

江达琳压低声音道："这乔老爷子也真是的，身为董事长，怎么一点责任感都没有，这种事怎么能胡乱往外说？你说他是因为生乔云龙的气，还是他真的对IPO一点也不在乎？我别的不担心，就担心我们前脚辟谣，后脚就被乔老爷子打脸……卫哲？卫哲？"

卫哲回过神："嗯？你说什么？"

晋元员工站在记者面前，指着两个人："各位，这两位是我们的新闻发言人，有什么问题……"

没等他说完，一大群记者立刻将卫哲和江达琳团团围住。

"乔广平董事长说将在月底前和那位林医生结婚，是不是真的？"

"乔董事长结婚，会对晋元集团的IPO带来什么样的影响？"

卫哲耳边嗡嗡直响，他将手握成拳头，很艰难地低声对江达琳说："我……不舒服……你……你上。"

江达琳心一横，开始一个个回答问题："是这样，首先乔董事长还没有结婚；其次这件事对晋元集团上市不会造成影响，我们希望各位将注意力集中在公司的业绩和发展上，而不是某个人的私生活……"

卫哲沉着脸坐在医院的走廊上，周围护士和病人人来人往，他摸着皮手环一言不发。

江达琳和医生在旁边小声交流。

"他的血压、血糖都是正常的。"

江达琳拿着化验单："那他为什么会突然头晕呢？刚才他几乎要昏倒了！"

"可能是颈椎病导致的。"

江达琳茫然地问道："颈椎？那是不是该看骨科？"

"对。"

卫哲从走廊里走出来，已经平静许多："走吧，我没事了。"

江达琳蹙眉："怎么会没事，医生说你有可能是颈椎病，我们再去挂个骨科号吧。"

卫哲往外走，边走边说："不用了，我的颈椎好得很。走吧，时间不早了！"

江达琳无奈地追上去，跟上他的速度："喂！"

因为临时更改发布会的时间，沈英杰坐在办公室内依次回复邮件。袁肃一脸愤怒地走进来，把几张发布会的相关文件甩到桌子上。

"是你决定把五月十六号上午让给DL的？"袁肃火冒三丈，"谁让你这么干了，啊？我就知道你肯定还跟那个舒晴勾搭在一起，是她让你把时间让给她的吧？我告诉你，这个女人最擅长的就是利用男人，你还瞒着我，还说你们俩分手了，你这是假公济私，是胳膊肘往外拐你知道吗？"

沈英杰愣了一秒，随后对袁肃道："我确实主动把五月十六号上午让给DL了，但不是为了舒晴。如果我们两家一起抢在五月十六号上午开发会，那所有的媒体就会撞车，最大的可能就是一家只到场一半人，到时候面对客户的质问，难道我要回答反正小力士奶粉那儿也只有一半媒体吗？"

袁肃冷笑道："那为什么是我们让给他们，而不是他们让给我们？"

"听起来是我主动让的，但其实是我先挑的时间，智慧星请的四位嘉宾有三位是乘坐十六号上午的航班到，而媒体里有三分之一是从外地赶过来的，如果发布会安排在上午，那为了确保所有人准时到场，就得请他们提前一天到，就得准备机票、酒店、晚餐，这样不但要增加很多预算，还很有可能遭到拒绝，所以下午开发布会对我们更有利，不是吗？"

袁肃愣怔，没好气地哼了一声："那万一那个女人使坏，故意延长发布会时间呢？"

"怎么可能？还有一份车马费没领呢，放心吧，那些媒体只会比我们更着急。"

"OK，算你说得有道理……对了，如果你和舒晴真的没有死灰复燃，我倒是有个不错的人选，就是上次我们一起见的王总的女儿。"

沈英杰的面色沉下去了："不用了，正好你今天问起，我就重申一遍我真实的想法，我还是喜欢舒晴。喜欢一个女人，就跟喜欢特定的一位画家的作品一样，是非常主观，没有道理的事，我就是喜欢她，我也没有办法。”

袁肃盯着他：“你们又在一起了？”

沈英杰不置可否：“我们是不是在一起，未来会怎么样，这都是我自己的事。袁总，虽然你是我的老板，也是我尊敬的长辈，但是请你不要再干涉我的私生活了，否则我就只好辞职了。”

袁肃愣了半天，脸红了白，白了红，最后怒气冲冲地摔门离去。

沈英杰走出办公室，掏出车钥匙。

从停车场出去后，他本想回家，想了想拐去了一家玩具店。

小区公园里，舒晴和小乐乐在玩，小男孩健康活泼，正在咯咯笑。舒晴下意识地看向四周，看到沈英杰，不安地道：“你怎么突然来了？”

“你不是同意了要正式交往吗？我正在正式交往啊！”沈英杰看向乐乐，晃了晃手，“Hello，你好。”

舒晴摸了摸乐乐的小手：“乐乐，叫叔叔。”

“叔……叔！”

“乖，叔叔给你买玩具了，看，喜欢吗？”沈英杰蹲下去，“我能抱抱他吗？”

他伸出双臂，乐乐乖乖地投入他的怀抱。沈英杰感觉到一团软糯的肉团靠近自己，抱人的动作更加小心翼翼。

沈英杰开心地笑道：“他喜欢我抱他，我能感觉到，他喜欢我抱他！我是研究人性的，他这样趴在我的肩膀上，这个姿势，说明他对我有安全感。虽然是第一次，但他对我有安全感，这就叫缘分……”

舒晴无奈：“好吧。”

沈英杰一把把乐乐抱起来：“乐乐，我们回家吧，好不好？”

乐乐声音奶声奶气的：“好！”

舒晴拎着玩具，望着沈英杰抱着乐乐往前走去，无奈地跟上去。

沈英杰回头笑道：“喂！你带路啊！”

到家后，沈英杰陪乐乐玩小火车游戏，乐乐高兴得咯咯笑。林嫂在一旁忙前忙后，看着地上的爷儿俩，露出高兴的笑，眼神颇有深意。

林嫂走进厨房，欣慰地道：“沈先生不错，是个好男人，你要抓住。”

“说什么呢！就是个普通朋友！”舒晴嗔怪，“你帮我看着乐乐。”

舒晴走出来，沈英杰正坐在地毯上陪乐乐玩耍，舒晴对他道：“你，跟我到书房去。”

书房内，舒晴双手抱胸审问道："你今天费那么多心思搞突然袭击，到底打的是什么主意？正式交往也是从吃饭、看电影开始，哪有一上来就跑到人家家里来的？"

沈英杰嘴角露出坏笑："这样啊……我还以为，鉴于我们已经非正式交往那么久了，正式交往也可以直接跳过吃饭、看电影……不过既然你提出来了，我没意见，我今晚就可以请你吃饭、看电影，怎么样？"

舒晴哭笑不得："所以你是认真的？"

沈英杰举双手做投降状："我把发布会的时间都让给你了，还要怎么认真？"

"那袁肃那里呢？"

"我下午已经跟他说了，如果他再多管闲事，我大不了就辞职。"沈英杰上前一步，摸上舒晴的脸，"怎么，你可是亲口同意我们正大光明地交往的，想赖账啊？"

舒晴艰难地组织着语言："我很愿意做你的女朋友，不过我有一个条件……我希望你能保证，不过问我的过去。"

沈英杰愣了下，苦笑着摇头："你就这么不愿意跟我分享你的过去？我不是一个小肚鸡肠的人，真的。每个人都有历史，我们都不是初出茅庐的人，谁没谈过几次恋爱？我不介意你那些前男友的。"

舒晴干脆地道："不只是前男友，所有的过去，包括，不要问我乐乐的父亲是谁。我知道这个要求有点过分，但是对我很重要。"

沈英杰笑容黯然："看来这个人……还真是伤你伤得挺重的啊。"

舒晴送沈英杰到门口，门要关上的时候，她轻声道："谢谢你来看乐乐，还给他买礼物。"

沈英杰颓丧地摆手，沉默地离开。

舒晴关好门，疲惫地在沙发上坐了下来。

林嫂关心地看着她："你别怪我多嘴，我觉得，沈先生是个好男人。这年头，肯在女人身上这么用心的男人不多了，而且难得的是他还喜欢乐乐。我看他的样子条件肯定不错，遇到这样的好姻缘，你就该珍惜，否则要后悔一辈子的。"

舒晴叹气，似是在回答林嫂，又像是在自言自语："我当然知道他很好，可就是因为他太好了，我才不能和他在一起。"

舒晴拖着疲惫的步伐回了卧室，打开床头柜带锁的抽屉，取出一个大盒子，坐在床上打开，里面是一本来自洛杉矶霍格医院的宝宝纪念册。

舒晴翻开第一页，上面是乐乐的出生照片，和医生的合影以及小脚丫和小手印的照片。她翻开第二页，久久地怔住，上面赫然是江远鹏抱着小婴儿乐乐的照片。

乔家老宅门口外，好几个拿着照相机的记者被路易斯和安东拦在门外。谭丽站在院子中间，而乔广平站在大门口高高的台阶上，手中握着一小瓶白酒，显然有点醉了。

谭丽喊道：“我说乔广平啊乔广平，你能不能看在我们结发夫妻几十年的分儿上，看在云龙是你唯一的儿子的分儿上，不要再疯了？”

乔广平嘴硬道：“我怎么疯了？我三十三岁就接受记者采访了，省日报整整一个版面的专访——从乡间田埂走出来的企业带头人，乔广平！那会儿你们在哪儿呢？你，除了抱怨我天天不着家不干家务，还有啥？”

路易斯在大门口吐槽道：“啊，真是疯了！”

安东无语地道：“他不是高血压吗？还这么喝酒？”

“他连百亿身家都无所谓了，喝酒算什么？”

乔广平举着酒瓶，摇摇晃晃地走过去：“我跟记者多讲两句怎么啦？你们把记者都关在外面干什么？让他们进来，我言论自由，我畅所欲言，你们拦着也没用，我要发微博，我要结婚！我让你们IPO！”

林芳丛从房间里出来，匆忙将乔广平拉了下去。

江达琳犹豫地说道：“他说要发微博？他是开玩笑的吧？”

卫哲点头：“不怕一万，就怕万一，绝对不能让他跟媒体有接触。”

安东和路易斯将每一扇窗户的窗帘都拉上了，安东剪断了网线和电话线。

谭丽盯着安东剪完：“都给他剪了，我看这老不死的怎么发微博。”

路易斯匆匆走来：“这些当地媒体啊，跟他们说在县上订了酒席请他们吃晚饭，一下子全走了，比狗仔队差远了。”

谭丽双手抱胸：“接下来怎么做？”

“我们的人会守在这里，如果他们出来，我们就一路跟着他们，反正绝对不会让他们有机会跟媒体接触，您可以放心。”

路易斯和安东坐在车里，望着亮着灯的乔家老宅。

“喂，问你个问题，你要是林芳丛，愿不愿意签这个婚前协议？”

安东想也不想地道：“肯定不愿意啊，那可是好几十亿元啊，疯了才愿意！”

路易斯啧了一声："是啊，那你说乔广平英明神武一辈子，怎么老了就糊涂了呢，拼了命要跟林芳丛结婚？"

"所以说这个林芳丛本事大，把老头骗得团团转，把这么多公司股份拱手相送。"

两人正说着，林芳丛把饭菜递给了路易斯，路易斯和安东心虚地接了过去。安东一边吃一边含混地说："我收回我刚才说的话。"

"哟，一盘饭菜就把你收买了？"

"你不觉得她不像那种人吗？狐狸精那种。没准儿人家是真爱呢？"

路易斯拍了下他的脑袋："什么样的真爱有这么大魔力？都赶上不爱江山爱美人了！"

卫哲和江达琳去了一家简陋的酒店，江达琳四处打量这家据说是县城最好的酒店，发现这酒店顶多算三星。

前台在电脑前查了房间后说："没有大床房了。"

江达琳瞪大了眼："什么大床房，我们要两个房间，大床、双床无所谓。"

前台视线在两人身上扫来扫去，撇了撇嘴："身份证。"

两人搞定房间后，便一人一台电脑坐在酒店的大堂上网。

卫哲拿着旧报纸看得津津有味。

江达琳按了按键盘："这酒店的网络也太差了，到现在都上不去。你在看什么呢？"

卫哲翻着旧报纸："埃及一座博物馆里一具六千年的女性木乃伊被发现怀孕，孩子的父亲居然是博物馆守门人！有意思吗？"

江达琳用看精神病人一般的眼神看着他，转身问前台："小姐，你们这儿有没有什么地方网好点儿啊？"

"要不你们去网吧？"

江达琳发誓自己已经许多年没有踏入网吧这种地方，没想到这里面的青年们审美惊奇地一致，依然是各种"杀马特"造型，并排坐在网吧里的两人显得格格不入。

江达琳手指挪动鼠标："从目前的情况来看，乔广平和林芳丛的事还不至于上微博热搜，但是在本地板块的热度已经是稳稳的第一……"

旁边的网络青年正在和网上的聊天对象发语音："妹妹你看我帅不帅，够不够资格当你的男朋友啊？"

江达琳盯着电脑屏幕："朋友圈里有关这段相差二十七岁的恋爱的'鸡汤文'已经刷屏，共分成两个派别，一派是羡慕林芳从嫁给乔广平实现人生逆转，另一派则是痛骂乔广平。"

"我已经发照片给你了，你也发一张给我呗……我怎么会嫌弃你，我喜欢你都来不及……"

江达琳继续念着网页上的新闻："你四十五岁开始跳广场舞，她四十五岁已是身家百亿……哇，连'毒鸡汤'都出来了！"

"长这么丑还敢发照片，瞎了老子的狗眼！"

江达琳和卫哲无奈地对视。

嘈杂声里，邦尼打来电话，隔着听筒江达琳都能感受到她的绝望。

"江达琳，我真的受不了了，今天陪着我妈还有我弟从浦西逛到浦东，什么外滩、城隍庙、东方明珠，累得我浑身都快散架了，连吃带玩花了两千多块，晚上还特意订了一桌本帮菜请他们吃饭，说明天还要去迪士尼，真是有病。"

江达琳捂着嘴巴对着听筒说："他们也不会常住，你先忍几天。"

身后传来《生日快乐歌》，邦尼愣了下："先不和你说了。"

邦尼转过身，看到服务员捧着生日蛋糕走进来，蛋糕上插着几根蜡烛。

邦尼妈和马邦威怔住。

马邦威好奇地问："谁过生日啊？"

邦尼妈拍了下他的肩膀："笨啊！你姐。"

"马邦尼今天过生日？"

邦尼随手一巴掌拍在马邦威的头上，才温柔地问林肯："怎么想起来给我过生日？"

林肯拉着她站在桌前："明天不是你的生日吗？难道我搞错了？"

"你没搞错，明天是我身份证上的生日，不过以前我都是过农历生日的，所以每年时间都不一样！"邦尼笑着说，"当然这个也算。我要许愿了。"

邦尼双手合十许愿，刚要吹蜡烛，马邦威恶作剧，提前把蜡烛吹灭了。

邦尼气得要踹马邦威，被林肯拉住，林肯道："想不想看我给你的生日礼物？"

邦尼兴奋地猜测礼物究竟是鞋子还是包包，就见林肯打开一个电子相册，相册滚动播放着他抓拍的邦尼的照片，迷惘的、明媚的、大笑的、妩媚的、优雅的……

邦尼怔住，过了会儿笑着说："这些都是你什么时候拍的啊……拍得真好……能发到我的手机里吗？我很喜欢，谢谢你。”

吃完蛋糕，邦尼妈讨好地看着邦尼：“邦尼，你看啊，小威明年就要考高中了，但他的英语太差，上次测验才刚刚及格。这次带他来，也是因为你们姐弟俩很久没见了，他也想你。”

邦尼还在小口吃蛋糕：“得了吧妈，他不想我，我也不想他，有什么话你直说吧，别绕来绕去的，不过借钱就算了。”

林肯在桌面下踹了邦尼一脚。

邦尼白了林肯一眼，自顾自地说：“我不是怕，我这个人喜欢丑话说在前头，不借钱就行。说吧，什么事？”

“小威英语成绩不好，但你不是英语好吗？你又是老师，林肯又是外国人，这个语言环境太好了，我就想让他暑假留在上海，跟着你们学两个月。”

邦尼坐直身体：“喂喂喂，打住！你让我教他两个月？你在开玩笑吧？我英语好，但我是对外汉语专业，不是英语教育专业，我是教外国人中文的，不是教中国人外文的。”

邦尼妈眼神里全是算计：“你连外国人都能教了，中国人反倒不能教了？邦尼啊，妈妈从来没求过你什么，就算小威住在你这里，该给的房租、饭钱我会给你的。”

马邦威大叫：“妈，我不要跟马邦尼住一起。”

邦尼直接拒绝：“我教不了他，我也没有时间。”

林肯一脸焦急，拉着邦尼到包厢外：“你怎么能这么跟伯母说话？你不能这么和她说话啊，我知道你是不希望我们被打扰，不过如果小威真的想住下来，我愿意教他。”

邦尼气极：“你胡说八道什么呢，谁让他住了？你根本就什么都不知道！”

林肯无奈：“我是什么也不知道，但我知道你妈妈是真心实意要来看你的。”

邦尼冷笑一声，拆穿虚假的善良：“真心实意个屁，如果不是你给买了车票还管吃管住，你以为她会来吗？还有，这是我和我家里人之间的事，你别掺和行不行？”

邦尼回到包厢里说：“妈，今天是在给我过生日，我希望你不要再提让彼此不愉快的事情了，我是不会同意让小威留在我家里的，我也不会教他。”

马邦威拦住邦尼妈：“妈，你别求她了，她就是个自私鬼，以为自己到上海找了个老外了不起了，呸！其实自己什么本事也没有，就知道攀老外，不要脸！”

林肯冷下脸：“你怎么可以这样说话？我不许你这么说我女朋友！”

邦尼挣脱林肯的手：“我不要脸？你就要脸了？家里好吃好喝供着你上学，你靠自己眼看连高中都考不上，你的脸在哪儿啊马邦威？你还好意思说我？”

她红着眼眶说：“哈，是啊我教他、帮他考大学是天经地义，那当年我求你们让我上高中、考大学，你们死活不让，当时为什么不说天经地义了？”

林肯试图拉住邦尼，邦尼转身对着林肯吼道：“都是你惹出来的麻烦！谁让你招呼都不打一声跑到我的老家去了？谁让你自作主张把他们领来了？”

邦尼拿出手机，翻出马邦威的朋友圈：“天天嘚瑟嫁了个老外，原来也就是个穷鬼，连辆车也没有，来上海几天吃没好吃，睡没好睡，住的房子比猪还惨。”

她冷笑一声：“妈，你也看看，这就是你儿子发的朋友圈。我们俩放下一切工作陪着你们又吃又玩，钱花了好几千块，不求你们说声谢谢，也别这么过分啊，这不是白眼狼吗？”

马邦威大吼：“你才是白眼狼，你凭什么说我？别人的姐姐都会给弟弟零花钱，还给弟弟洗衣服、买好吃的；你从来都没给过我钱，也没给我买过好吃的，你对我们家什么贡献也没有，就顾着自己吃喝玩乐，你才是白眼狼，最大的白眼狼！”

邦尼看着邦尼妈：“这最后一句，应该就是你们平时对我的评价吧？行，好得很！那就当我是白眼狼好了，你们爱怎么就怎么，我不管啦！我不想吃了，我先走了，今晚我住酒店。”

走在深夜荒凉的街道上，她一边抹眼泪一边对电话那头的江达琳说：“你在哪儿呢？回来了没有？”

江达琳低声说：“我还在灵遥，在网吧坐着呢。”

邦尼索性坐在路边的台阶上：“我刚才和我妈还有我弟大吵了一架，我直接从饭店里冲出来了！忍不了，反正今晚我是不回家了，我住酒店去，他们住一天我家，我就住一天酒店！”

江达琳小声说：“你也别说得太绝，这事毕竟是林肯的一片好心。”

邦尼抽泣道：“我就是看在他的面子上一直忍、一直忍，不然我早炸了！这样也好，干脆撕破脸，我也省得在林肯面前假装跟家里关系很好！行了，不跟你说了，我找个地方喝一杯去！”

江达琳不放心她，嘱咐道：“你自己注意安全！一会儿发个定位给我！”

这边林肯也给卫哲打去电话："大哥，我刚才打电话给江达琳，但是她的手机占线，你能不能替我问问她，邦尼有没有联系过她？"

"她刚才就是在和邦尼通电话。"

卫哲直接把手机递给江达琳，江达琳接过去说："林肯，是我……你听我说，你现在有两个选择，第一个选择，就是送邦尼的妈妈和弟弟回余庆坊，然后你去找邦尼，我一会儿问到她的方位就告诉你，你们俩今晚住酒店；第二个选择，你把邦尼的妈妈和弟弟送去酒店，然后你去把邦尼接回家，明白了吗？"说完她挂了电话。

卫哲嘴角带笑："想不到你对这种事还挺有办法。她和林肯怎么了？"

江达琳叹气："林肯自作主张，把邦尼的妈妈和弟弟接到上海住家里，可他不知道邦尼和她家里关系一直不太好，刚才闹起来了，邦尼一气之下从饭店里跑了。"

卫哲挑了挑眉："其实看得出来邦尼和家里关系不好啊。"

江达琳抬眼看他。

"你看，余庆坊那个地方，优点是地段好，有历史，人文气息重，缺点是房子太老，房价偏高，性价比极低，只适合那些收入不错，但又不是很不错；有点老上海情怀，但也没什么大情怀的人居住，比如你的朋友邦尼。"

江达琳撇了撇嘴："再比如你的兄弟林肯？"

"林肯是醉翁之意不在酒，在于追邦尼，因此租了整层楼，还花了钱重新翻修，就为了讨邦尼的欢心，所以他不在讨论范围内。邦尼之前租的就是一个亭子间，因为房东要把房子卖了，她就一直在为租房发愁。但其实按照她的收入水平，她完全可以搬到哪怕偏一点但在地铁沿线的新房子，可她没有那么做。我们再看她的别的特点，喜欢穿改良旗袍、动不动说英语，说明她是有老上海情怀的人，可问题是她根本不是上海人，这就意味着她对自己的原始出身是持否定态度的，也说明她的原生家庭的情况和她向往的是相反的，多半是小县城或者农村之类的吧。而且她一直很缺钱，之前学校一停课她就惊慌失措，这不仅说明她没有积蓄，也说明她其实没有退路，没有来自家庭的帮助，那要么说明她家里条件不好，要么说明她和家里关系不好，或者两者兼具。"

江达琳稍稍远离卫哲："你也太吓人了吧？你平时都是这么分析别人的？"

"不用分析，多看几眼就知道了。"

江达琳小心翼翼地问："那……你也……这么了解我了？"

卫哲好笑地道："你？是啊！"

江达琳红着脸撇了撇嘴："嘁。"

卫哲有些不自在，摸了摸皮手环："你饿不饿？我去买点吃的。"

时间已至深夜，路易斯和安东在车里几近睡着。

老宅的大门打开，林芳丛走出来，敲了敲车窗。

路易斯一下子惊醒，赶紧放下车窗。

林芳丛焦急地道："老乔心脏又不舒服了，虽然吃了药，但我还是不放心，毕竟我不是专业医生。"

"那要不直接送医院吧？"

"他不肯去医院，说进去了就不让出来了。县医院的褚主任一直是老乔的主治大夫，我们的手机打不通，你们的可以，麻烦你们给他打个电话，请他过来一趟，这是他的电话号码。"

一辆SUV驶入，戴着眼镜和帽子、穿着白大褂的褚主任下车。

路易斯和安东走到褚主任跟前。

"褚主任，有句话我说了您别不高兴，一会儿不管乔老爷子跟您说什么，您最好一个字也别往外说，对谁都不好。"

褚主任目光在两人身上扫视："你们是谁？"

"他们是老乔的公司请来的人，你别见怪。"

褚主任和林芳丛匆匆进屋，路易斯和安东刚想尾随，林芳丛伸手拦住："你们就别进来了，老乔看见你们，估计又得着急上火。"

路易斯和安东对视一眼，只好坐回车中。路易斯打了个哈欠："要是有咖啡就好了，你有烟吗？"

"没有，我有口香糖，你要不要？"

"来一颗。"

安东抬起头："路易斯姐，你有男朋友吗？"

路易斯嚼着口香糖："没有。"

"可你每次活动都带了男人啊！"

"一直都在找，至今没找到。"

"那你谈过几次恋爱？我是说正经的。"

路易斯点头看窗外："两次。你再问下去我就无可奉告了。"

安东兴致勃勃："要不换你问我？你有什么想问我的吗？"

路易斯撇嘴："没有。你今年二十四岁，从初二到现在一共暗恋过三个人，每一个都是你的学姐，每一场都是无疾而终，你的初吻还在，初夜尚存，你的幻想对象是一名女律师，你妈要求你二十八岁前必须结婚，你喜欢女儿不喜欢儿子，我没有什么想问你的。”

安东：“……”

大门打开，褚主任走出来朝两人招手。

路易斯赶紧下车，仔细看褚主任：“乔老爷子没什么事儿吧？”

“暂时问题不大，但如果再觉得不舒服，不管他怎么说，你们就算是绑，也要把他绑去医院，明白吗？”

等车离去，安东瞅了瞅远去的车：“你干吗那么盯着褚主任看啊？”

路易斯还在嚼口香糖：“谁让他老戴着口罩，我还以为他们打算玩一出金蝉脱壳呢，还好没有。”

安东惊讶地道：“难道……你以为乔广平会假扮成褚主任离开？你电影看多了吧！”

路易斯重新回到车上：“谁知道呢？”

喝得微醺的卫哲和江达琳一人拿着一罐啤酒，边喝边在街上走。江达琳摇摇晃晃的，被卫哲伸手扶住。

江达琳嘻嘻笑了两声，盯着繁星密布的星空：“啊，突然觉得还是小县城好啊，人少，安静，不像上海，就算是晚上天都是亮的。”

卫哲刚喝过酒，嗓音低沉：“你不怕黑啊？”

“不怕，我胆儿大！而且这是在中国，要是在纽约，这么晚我可不敢在街上这么走。”

路边有骑着摩托车的少年风驰电掣地经过，卫哲一把拉过江达琳，两人近在咫尺，眼对眼，轻浅的气息交错。

江达琳眨了眨眼睛：“问你个问题，你没把我们的事情告诉别人吧？”

“嗯……”

江达琳撞了下他的肩膀：“你告诉别人了？谁啊？”

卫哲垂眸看她：“路易斯。”

“你、你、你，你怎么能告诉路易斯？”江达琳哭丧着脸，“我也告诉邦尼了。”

“她不会告诉别人的。”

江达琳没看清路上的石头，差点被绊倒，卫哲揽住她的肩膀，她顺势依偎着卫哲的肩膀。

卫哲低声道："她狠狠地批评了我，说我会害了你，让我不要继续招惹你。邦尼怎么说？"

"邦尼说我不能降服你，我们不合适，让我假装跟你什么都没发生过。"

两人忽然看着彼此，或许是星空迷人，或许是酒精迷醉，两人越靠越近，直到最后吻在一起。

是怎样走回酒店，又是怎样回到房间的，江达琳已经完全记不清楚了，她只记得卫哲抱她抱得很紧，两人倒在床上，一不留神就滚到了地上。

手机铃声第三遍响起时，江达琳还枕着卫哲的胸口睡得很香。卫哲迷迷糊糊地睁开眼，眉头微蹙，伸手捞过手机接起电话："喂？"

江达琳只觉得脑袋有轻微的晃动，缓缓醒来，打了个哈欠，忽地发现头顶上方是卫哲，吓得立刻呆坐起来。

刚好卫哲一低头，江达琳的额头撞上卫哲的下巴，江达琳痛得刚要尖叫一声，被卫哲伸出一只手捂住嘴。

路易斯正站在乔家老宅的主卧旁打电话，听到女人的尖叫声她皱了皱眉："乔老爷子每天早晨五点半起床打拳，可今天一直没动静，我们跑进来一看，果然两个人都跑了。"

江达琳大惊失色，用口型问："跑啦？"

卫哲的手落在江达琳的肩膀上："你怎么能让他们跑了！赶紧去看看证件都在不在！"

凌乱的主卧内，抽屉被打开了，其余证件都在抽屉里，唯独少了户口本。

路易斯颓然地道："别的证件都在，就是户口本没了。而且乔老爷子、林医生还有褚主任，三个人的电话都关机了。"

"查一下当地有几个民政局，我们现在分头去堵人，应该来得及。"

卫哲挂断电话后，又拨电话给斯黛拉："斯黛拉，是我，乔老爷子和林医生突然跑了，我们现在分头去找，你想办法跟乔云龙交代一下。"

斯黛拉边走边接电话，挂断电话后继续往前走。医院的走廊里，叶东烈一个人孤零零地坐在病房外的长椅上，头埋在膝盖里。叶东烈的父亲突然晕倒，被送进急救病房。

斯黛拉脚步迟疑地走到叶东烈面前。

叶东烈慢慢抬头，红着眼睛抱着斯黛拉，哭声压抑而痛苦。斯黛拉表情不忍，轻轻地拍着叶东烈的背，安抚着脆弱的少年。

卫哲挂断电话后，终于放开江达琳。没有了工作上的烦扰，房间里只剩下诡异的安静。江达琳往床单上看了一眼，欲哭无泪地尖叫起来。

卫哲再次捂住江达琳的嘴："这里不是五星级酒店，隔音特别差！"

"呜呜呜。"

卫哲慢慢地松开自己的手："你还好吧？要不要……"

江达琳飞快地拒绝："不要！"

卫哲掀开被子走下床。

江达琳赶紧捂住自己的眼睛："你、你快回你的房间吧，我们一会儿在大堂见。"

江达琳脸红得要滴血。

卫哲看她一眼："那个，这是我的房间。"

卫哲将房卡还给前台，和江达琳一本正经地往外走。

前台嘲讽地笑了一声，似乎得意于自己早就看透："还开两间房，装什么蒜！"

酒店的电梯门打开，斯黛拉走进去，拿出包里的镜子，小心翼翼地补妆，遮掩黑眼圈。见妆容已经差不多，她放心地走了出去。

乔云龙在屋里走来走去。

"他撒谎骗你们说自己心脏不舒服，让你们请了一个医生来，然后借着这个医生做掩护，两个人拿着身份证和户口本半夜跑了？"谭丽显然不信，"你们是在编故事吧？"

"不……这不是他们编的，这是老头子会干出来的事，以前他带我出去跑销售，老是跟我说什么擒贼先擒王，什么反客为主……这事儿是他一手策划的！他早就想好了！不行，你们得去民政局堵着他们，绝对不能让他们领证！"

斯黛拉半靠着一张写字台，摘下眼镜："我们已经在找了，但你们也得有个心理准备，就算我们在民政局找到了乔董事长和林医生，如果他们真的要领证，我们是没权利阻止的。"

"那现在怎么办？"

斯黛拉看着对面的证交所和金融中心："只能启动应急预案，兵来将挡，水来土掩。"

到达灵遥医院的卫哲和江达琳也一无所获，被叫去治疗心脏病的褚主任实际上是肝病科的主任，等两人赶去肝病科时，却被告知褚主任已经请假。

赶去民政局的路易斯和安东同样没发现林芳丛和乔广平的踪迹。

安东赶去火车站，从火车站的售票厅和候车厅跑过来，喘着气打电话：“我把汽车站和火车站都找了一遍，没看见他们俩。不过这儿地方不大，我再等等看。”

江达琳和卫哲正站在褚主任家的走廊外，卫哲敲响房门，过了一会儿，邻居走出来：“你们找褚医生啊？褚医生今天回老家了。”

江达琳走上前问：“老家？您知道他的老家在哪儿吗？”

“就是旁边的梧泾镇啊！”

卫哲和江达琳边聊边飞快地朝车子走去：“想不到啊，林芳丛和褚主任居然是同乡。我们想来想去，都没想到他们会往那儿跑！”

林芳丛老家的房子是一套普通的民居，院子里鸡犬之声相闻。林芳丛和褚主任都站在窗外，屋内卫哲坐在乔广平旁边：“乔董事长，一会儿我把电话开免提，您和乔总两父子把心里想说没说的话都敞开了说出来，好不好？”

乔广平最终点了点头。

酒店的套房内，斯黛拉拿着手机：“麻烦各位回避，让乔总和乔老爷子单独聊两句。”

其他人一一离开。斯黛拉看向谭丽，谭丽双手抱胸：“怎么，我也要回避？”

乔云龙看向她：“妈！我跟我爸单独说两句。”

卫哲对江达琳点头示意，江达琳摁下手机通话键。

卫哲先开口：“OK，那我先问。乔总，你应该知道，其实你没有权利反对乔老爷子和林医生的事情吧？”

“我当然知道，但我实在不能理解，你跟我妈结发夫妻将近五十年，我妈没有一点对不起你，你为什么要跟我妈离婚？”

乔广平看了一眼窗外：“你妈是个好女人，我们一辈子没有红过脸，但也一辈子没说过什么知心的话……和她离婚，我心里有愧，所以她的要求我都满足她。”

乔云龙气父亲执迷不悟：“那你为什么要跟那个女人在一起？那个女人除了看中你的钱，还能有什么？”

卫哲适时地问出问题：“乔董事长，我支持婚姻自由，但是我不理解您为什么这么急于要和林医生结婚，就不能等上市完成后再结吗？”

乔广平的语气软下来："上市不是一两个礼拜就能结束的，等到上市以后，他又会跟我说不要影响股价，不要影响投资人的信心，不要造成不良影响……他永远有无数理由等在那里阻止我。"

乔云龙打断他的话："难道我是在胡说八道吗？晋元是你创立的，是你交到我手里的，是你跟我说让我好好干，把晋元发扬光大的，现在呢，你却变成晋元前进道路上最大的拦路石！你能不能摸摸你的良心，你这么做对吗？"

面对乔云龙气势汹汹的追问，乔广平沉默半晌，突然开口："我得了肝癌。"

乔广平从口袋里摸出一张报告单，递给卫哲。

卫哲和江达琳脸色一变，斯黛拉也惊讶地站直身体。

"医院给我安排了下周三做手术，可是我就怕、我就怕……唉，我就怕我上了手术台就再也下不来了。现在你们明白为什么我会这么等不及要跟芳丛结婚，为什么我不愿意签这个婚前协议了吧？我就是想给她个保障，可她一直不愿意，不想让我挡云龙的路……但我虽然老了，虽然病了，可我依旧是个男人哪！总之，不管你们怎么想，我已经决定了，下周二我就跟芳丛领证结婚。"

卫哲拿出手机看日历，下周二正是五月二十八日。

斯黛拉喃喃地道："下周二是五月二十八日，和我们IPO是同一天。"

第二十四章　患得患失

日历很快翻到五月二十八号，证交所前的旗帜在风中猎猎飘扬，CBD楼中是步履匆匆、表情严肃的金领上班族们，会议室内在严肃开会，会议室外在激情讨论。总之，职场上的搏杀谁也不肯让步半分。

乔云龙和谭丽带着整个西装革履的晋元高管团队，意气风发地大步走在明媚的阳光下。

“大家好，我是乔云龙。二十六年前，我的父亲乔广平把当时十一岁的我领到我家老屋的晒场上，对我说，他要在这里创建一家百年企业，他说他要让全世界的人都穿上我们生产的衣服。那一年是1992年，我听了他的话，心里只有一个念头……他喝多了。”

台下哄然大笑，卫哲、斯黛拉几人也笑着鼓掌。

乔云龙进行上市发言时，一辆手术推车将乔广平推向手术室，乔广平一只手抓着林芳丛，另一只手抓着一张结婚照。

无影灯打开，戴着口罩的褚主任和护士们严阵以待。

“有一件事我的印象很深，有一次厂里接到一笔很大的订单，所有的工人都加班，而我父亲得了急性阑尾炎，在医院做完手术后，所有人都劝他休息，他不同意，坚持让人把他抬到了厂里，在两张条凳上放一块门板，他躺在上面，和大家一起工作。

“事实证明，我的父亲乔广平一如既往地实现了自己的诺言，截至去年年底，晋元集团生产的服装出口总额已经达到三十四点六七亿美元，连续十年位居中国纺织品服装出口总量的前五强……二十六年后的今天，我有幸站在这里，我想对我的父亲说……我一定会把你的梦想延续下去。”

钟声敲响，香槟喷出激动人心的泡沫，酒杯碰撞声与欢呼声一同响起。

媒体散去，卫哲带着乔云龙匆匆奔向停车场，小戴将商务车停在两人面前，待两人上车后飞速开走。

江达琳等人四处张望，待卫哲和乔云龙一路跑来，全都站了起来。

乔云龙脚步难得地迟疑，缓慢地走到手术室门口。他朝林芳丛点了点头，表情略微尴尬且释然。

卫哲和江达琳四目相对，刚要开口，手术室的门打开，众人迎上去。褚主任走出来，摘下口罩，沉声道：“手术很成功。”

乔广平被推出来，他还在昏迷中，戴着氧气罩，枕边放着一张结婚照。

乔云龙抹了把眼泪，站在病房外透过玻璃看向病床。

林芳丛走到他身边，拿出一个信封交给他：“这是昨天我们领证前签的，老乔说让我交给你。”

信封里装着一份婚前协议。

乔云龙百感交集，不断重复着“谢谢”。

结束一桩大事，卫哲往常会想去酒吧喝一杯，这会儿却兴致缺缺，转道回了家。他将行李箱里的衣服收拾起来，将脏衣服扔进了脏衣篓。

门铃响的时候，他下楼开门，林肯一脸沮丧地站在门外。

“我做了一件大大的错事。”林肯拿过一罐啤酒猛灌，懊恼地说，“邦尼去江达琳家了，我把她的妈妈和弟弟送去了酒店，他们说明天一早就走。我真的没想到会这样！早知道、早知道我就不去找他们了。本来我不把他们接来，邦尼和她的家人之间还有一点联系，可现在……”

“这件事你确实有错，但也不能完全视作一件坏事。你不觉得在这件事发生之前，邦尼其实一直在你面前伪装自己吗？就因为她从来没告诉过你她和家里的问题，所以才造成了这样的误会。现在有了这件事，就等于一层窗户纸被捅破了，她以后也省得再伪装了。”

林肯恍然大悟地道：“你说得对……我突然发现我好像从来都没有深入地了解过她，她的家庭、她的过往、她的愿望……原来我一直在一厢情愿地爱她，这是我的错，这都是我的错，是我忽略了这些，所以才造成了误会。”

卫哲摸了摸鼻子，不置可否。

林肯兴奋地给邦尼发微信，顺便诚恳地道歉。

邦尼坐在江达琳家的露台上，一边喝啤酒一边看了看微信："我现在总算是明白了，我和林肯真的不是一路人。"

江达琳开了一罐啤酒："人家不是给你道歉了吗？什么不是一路人？这件事本来就是个误会，林肯又不知道你家过去那些事，他是真心实意地对你好。"

邦尼仰脸看窗外的夜空，姣好的五官染上一丝忧郁："他对我好我知道，可是……我越来越觉得，他不是我要的那个人，而且他越是对我好，我就越有压力。你说万一哪天我对不起他了怎么办？"

"你不会是已经……"

邦尼忙看向她："那倒没有！只是……这么说吧，我玩直播那么久了，林肯从来没有看过我的直播，真的，一次也没有。有几次我还故意跟他说，很多人给我打赏，给我送礼物，他笑了笑，就没了……若换成我是他，如果我的女朋友开直播，或者就你江达琳开直播好了，我肯定天天上线收看，回回打赏，哪怕当个托儿充个人气也好吧？"

江达琳弱弱地说："我、我好像也没给你打赏。那什么，我明晚一定给你打赏。"

邦尼摆了下手："行啊，那就多赏点儿吧，我要车队啊！"

"没问题！"

邦尼将一罐啤酒喝下去，往江达琳身边凑了凑："不说这些了，没劲。我都忘了问你，你和卫哲这次去灵遥，没犯规吧？"

江达琳眼神躲闪不说话。

邦尼竖起三根手指："喂，你们……到哪一步了？"

江达琳默默将邦尼的三根手指全部压了下去。

邦尼一口啤酒喷了出来。

江达琳赶紧跳起来躲开："你干吗反应这么大？早知道我不告诉你了！"

邦尼又打开一罐啤酒："哈，你不告诉我你告诉谁？那你打算怎么办？"

"我也不知道。之前接了个吻，我还患得患失，现在我好像反倒没什么感觉了。"

邦尼用眼神扫视她："你不是没什么感觉，你是死猪不怕开水烫吧？"

江达琳娇嗔道："去你的，不过你说得没错，我打算继续装死，至少在公司里得继续装死，不能让别人看出来，至于私底下……偶尔吃个饭、看个电影什么的，也没什么吧？"

"那就是情人关系？江达琳，看不出来你还挺前卫啊，亏我以前还把你当成出土文物呢！现在你连地下情人都玩起来啦？”邦尼啧啧两声，凑到江达琳旁边，“安全措施做了吗？”

江达琳猛地推开邦尼：“你讨厌！”

邦尼撇了撇嘴，正色道：“哎，不过说真的，你还真得注意了，女人跟男人不一样，特别容易身心合一，尤其是你这种经验不丰富的，一不留神就坠入情网了。倒也不是说坠入情网不好，但感情这种事，真的是谁先认真谁就输了，更何况卫哲这种人，身经百战，阅人无数，周围还那么多莺莺燕燕，你跟他完全实力不对等，万一以后出了什么问题，肯定你受的伤害比他大得多。听我的，别那么着急把感情放进去，先观察观察他怎么做，所谓敌不动我不动，千万别上赶着，明白吗？”

江达琳颇为认真地点头：“我知道了。我会向你学习，努力控制我自己……”

邦尼朝楼下望过去：“哟，还真是说曹操，曹操到！”

弄堂口，卫哲和林肯一起走了过来。

邦尼朝楼下努了努嘴：“你的情人来了。”

“去你的，你的男朋友不也来了？”

“男朋友多没劲，情人多有趣啊！”邦尼朝楼下挥挥手，眨了眨眼，“我走啦，拜拜。”

“拜拜。对了，你别把我和卫哲的事告诉任何人啊，包括林肯！”

卫哲站在楼下目送林肯和邦尼离去，又往楼上看，朝江达琳勾了勾手指头。

江达琳想了想，转身下楼。

站在楼下，江达琳还有些不自在，摸了摸胳膊：“你怎么没和他们一起走？”

“他们需要独处，我不想当电灯泡。”

江达琳垂着脑袋盯着自己的脚尖：“那你怎么不上楼？”

卫哲的目光落在她身上，眼眸里缀了一丝温柔，连他自己也未察觉：“我觉得你应该不会邀请我进屋。”

江达琳想笑，又憋住了：“你猜对了。”

“你把我们的事告诉邦尼了？”

“没有，我什么也没说。”江达琳装傻，“对了，你……没告诉路易斯吧？”

卫哲摇摇头，好整以暇地道："除非你希望我告诉她。"

"千万不要，我不希望公司里有任何人知道我们的事！"江达琳莫名地压低了声音，"还有，虽然我们之间已经……但那只是我们私下的关系，在公开的场合，我希望我还是总裁，你还是我的合伙人，我们继续按照原来的态度对待彼此，专业、精确、公事公办。"

"好。"

江达琳指了指楼梯："那明天见。"

卫哲勾唇笑道："真不请我上楼啊？"

"讨厌，快走快走！我上楼了！"

江达琳一溜烟儿跑上楼。卫哲好笑地看着她。

江达琳站在窗后望着卫哲，正慢慢往弄堂口走的卫哲若有所觉，回头看过去，抬起手臂招了招手。

江达琳翘起唇，向卫哲挥了挥手。

走出弄堂口，卫哲把玩着皮手环，给聂灵子打去电话："聂医生，我有个问题想跟你讨论一下。我知道现在不是你的上班时间，要不这样，我请你喝一杯，你一样计时收费行不行？非常紧急。"

聂灵子开车去了MUSE酒吧。她接过服务员端来的酒杯："你是说，这次你本来已经出现了失语的症状，但在你们……之后，你反而不觉得有什么了？"

卫哲点头："对，既没有心慌，也没有头晕。"

"你现在和她是什么关系？男女朋友？"

"本来我还担心过，如果她真的要像谈恋爱那样相处应该怎么办？谁知恰恰相反，她希望我们在面对彼此时保持和原先一样的态度。"卫哲摇摇头，手碰了下酒杯，"我现在也渐渐总结出一点心得了，我发现，我对于任何我不确定的状态，就会出现焦虑；而对于一切既成事实，我都可以轻松愉快地面对。"

邦尼跟着林肯回了余庆坊，心乱如麻，靠在床头胡乱翻着一本教材。林肯从衣柜里拿出换洗衣服，走到浴室门口，忽地转身。

邦尼笑了下："你不会又要道歉吧？不用了，你一路上已经道好几次歉了，你也确实不知道我们家的情况，所以不能怪你。"

"我爱你。"

邦尼愣住了，许久没有说话。

林肯笑了笑，眼神里闪过失望，开门进了浴室。

直到林肯睡着，邦尼都还心烦意乱地瞪着眼睛。

邦尼转身去了客厅，将手机翻到与西区萨特的聊天界面，想了想，打字问道：“睡了吗？”

薛义正坐在办公室开视频会议，对面是飞扬集团总部的几位高管。

“Well, China market is very different today, we are facing more competition, some expectation management will be necessary（中国市场和过去不一样的，我们面临非常多的竞争，适当的期望值管理很有必要）。”

“I agree, but you still need something solid to prove yourself（我同意，不过你还是要做点成绩出来证明自己才行）。”

薛义关掉视频，靠着椅子，颇为放松地回复：“又彻夜不眠了吗？”

邦尼盘腿坐在沙发上，嘴角挂着苦笑：“今天被人告白了，人生第一次听到‘我爱你’这三个字，所以睡不着。”

薛义：“一个晚上就经历了这么多人生第一次，看来值得庆祝，你说呢？”

邦尼撇了撇嘴：“又要约我吃饭吗？我真的没想好要不要跟你见面，我总觉得不见比见面好，我很怕见光死。”

薛义：“这说明其实你还是想见我的，所谓期望值管理，如果我们对彼此无所求，就无所谓见光死，不是吗？”

邦尼撑着额头，咬了咬嘴唇，有些犹豫。

对于薛义这等人来说，发短信向来是耗费时间的不必要动作，不过为了浪漫，他倒还是可以试试的，必要的时候，还是主动出击比较好。

薛义打过去电话：“这样，时间、地点全都你来定，我负责买单，如何？”

邦尼不知该如何回应，慌乱地说：“我先睡觉了。”随后她便挂断了电话。

“在经历了二十六年的辛勤耕耘后，晋元集团前天终于迎来自己的成人礼，成功登陆上交所。开盘价十六点三元人民币，开盘后股价一路走高，昨天下午收盘，晋元集团股价报收十七点四元人民币。”

江达琳戴着耳机站在电梯里，听到新闻时嘴角挂上了一丝笑容。她觉得自己今天心情还算不错，直到经过卫哲的办公室时，瞥见裴瑜坐在卫哲的桌子上和他有说有笑。

路易斯留意到江达琳的愣神，忙道："裴小姐是来送喜帖的。"

艾米凑过来："她要结婚啦？"

"应该是订婚。"

卫哲打开喜帖，笑着问："这位蒋黎明先生，又是从哪个洞里突然冒出来的？"

"麻烦你说话别这么难听，人家好歹也是我的未婚夫，什么叫哪个洞里冒出来的？你这么不客气，是不是……看见我要嫁给别人，不高兴啦？"

卫哲随口道："对啊！"

裴瑜嗔怪道："谁让你不愿意跟我复合的。"

"我不愿意和你复合，和我因为你要嫁给别人不高兴，是两回事。"

裴瑜无语地道："我早知道你就是个臭流氓！"

卫哲摊手："臭流氓是为了你好，嫁人要想清楚，不要一时冲动。"

"我可不是一时冲动，你该不会是以为我会因为你一时之间冲昏头脑，随便找了个人就订婚了吧？那你也太小看我了。"裴瑜指着帖子上的名字，"其实我们两家是世交，我们俩算是发小，还曾经有过'如果到三十岁还没人要就在一起凑合过日子'的承诺，我爸一直希望我能和他在一起……哦，对了，我当初和你谈恋爱的时候，他还帮我出谋划策呢！"

"那你为什么还请我？"

裴瑜笑着问："你是想听真话还是假话？"

"都要。"

"假话就是，我请你，因为无论如何我一直把你当成非常重要、非常特别的朋友。"裴瑜凑近卫哲，含情脉脉地看着他，"真话是，请你参加，其实是为了给我自己一个当场反悔的机会。"

办公室外几个人凑在一起八卦，江达琳的眼神时不时飘向卫哲办公室的方向。

艾米摸了下手指甲："谁订婚还真的邀请前任啊，又不是拍电影。反正我是做不到，在婚礼上看见前任，真不知道是谁恶心谁。"

路易斯翻看着文件，闻言道："这可不一定，有些人天生情商高，买卖不成仁义在，恋爱不成友谊在啊！"

卫哲送裴瑜到电梯口，两人边走边聊。

裴瑜挽了下他的胳膊："我是说真的，你现在点个头，我没准儿就改变心意了，回去就跟他说分手，你信不信？"

卫哲拉下她的手："行了，我送你下楼。"

众人面面相觑。艾米嘟哝道：“白富美就是白富美，连任性都这么与众不同。”

江达琳转身回了办公室。

卫哲将裴瑜送上车，朝她挥了挥手，看到沿街走来的邦尼，笑着打了招呼。

裴瑜开着跑车呼啸而去。

邦尼微微蹙眉，走上前问：“卫哲老师！那不是裴小姐吗，她来找你啊？”

“她要订婚了，来送喜帖。你来找江达琳？”

“对啊。”邦尼往DL传播走去，“不过好像也可以找你。”

卫哲微微挑眉，领着邦尼去了江达琳的办公室。

“我觉得你完了！你想啊，如果我跟谁说了‘我爱你’，对方没回应的话，我一定会气死的好吗？而且气死的程度和你拖延的时间成正比，所以你与其有空纠结，还不如想想怎么补救。”

邦尼又看向卫哲：“卫哲，你说呢？”

卫哲摸了摸鼻子：“我觉得这件事应该没有你们想象中那么严重，绝大部分男人在这方面没有女人那么敏感。但林肯又和很多男人不一样，他特别单纯，很有可能这也是他人生中第一次说‘我爱你’三个字。”

“唉，我就知道，我真的不想伤害他的。”邦尼抓了下脑袋，随即又想到发型不能乱，松开了手，“哎，卫哲，你有没有对谁说过‘我爱你’啊？”

江达琳瞬间看向卫哲，没有忽略方才一瞬间的心悸。

卫哲愣了下道：“没有。”

“这三个字太隆重了，昨晚真是被他吓出一身冷汗。算了，我自己琢磨吧。哎，你们都别跟林肯说啊！”

邦尼的手机有一声提示音，她点开之后失笑道：“是西区萨特，又约我见面吃饭了。”

“那是谁？”

“邦尼的一个直播粉丝，给她送了好多车队了，最近在穷追猛打地想约她真人见面。”

邦尼皱眉道：“你们说我到底要不要跟他见面啊？人家挺有诚意的，而且我觉得他谈吐、学识方面都特别好，很有教养。”

江达琳下意识地觉得不要：“我觉得还是算了，其实我一直觉得这种会在直播上为了一个不认识的人砸好多钱、闲着没事跟女主播聊天的男人，能是什么好东西啊？有那些钱为什么不做慈善？有那工夫为什么不陪家人？”

卫哲晃了下手指：“不不不，你这么说过于武断。你怎么知道人家没做慈善？你怎么知道人家没陪家人？可以做慈善、陪家人的同时找一些娱乐活动嘛！”

江达琳试图在邦尼这里寻找认同感，谁知道邦尼接着说：“我觉得卫哲说得有道理！都像你这样想，你让我们做直播的都去喝西北风啊？”

正在开会的薛义收到一条消息。

“位子我订好了，今晚七点，杜兰朵餐厅5号桌，邦尼订位。”

薛义看了一眼，露出一个笑容，收起手机后示意舒晴继续说。

舒晴愣了下，继续笑着说：“目前市场上的奶粉产品，基本都是明星代言，性价比不高，转化率也低，再怎么拍广告也很难一下子脱颖而出。所以我们提议，用几位拥有高知名度又有宝宝的精英女性，取代常规明星艺人来做小力士奶粉的代言人。这样一方面这些妈妈都可以视作平衡事业和家庭的典型样板，会引起妈妈们的共鸣和向往，另一方面，这些女性本身在各自的行业拥有巨大的知名度，传播力度不比明星小。”

“嗯，也可以进一步让小力士这个品牌接接中国的地气，这是个不错的想法。”薛义翻着策划案，“不过你们列的这几个人选，我觉得还可以更好一点。你们现在推荐的这几个，什么女企业家、女艺术家，确实都很厉害，但看到这些人的时候，我并没有觉得眼前一亮，反而觉得这些人离生活很远，明白我的意思吗？”

“明白，我们再想想。”

薛义点头，起身吩咐Cici：“Cici，跟司机说一下，今天我要早走。”

邦尼精心装扮后坐在出租车上。

电话另一端的江达琳还在担忧：“你还真要去跟西区萨特见面啊？我还是觉得不太合适。他认识你，你不认识他，万一遇到什么脑满肠肥居心叵测的变态可怎么办？”

“哎呀，这就是个再普通不过的网友见面，你有什么好担心的？第一，以我对西区萨特的了解，我认为他或许会居心叵测，但一定不会脑满肠肥，也不可能是变态；第二，为了防止你说的情况出现，我特意选了一家特别热闹的自助餐厅，订了两张桌子，还故意早到一个小时，这样我就可以先观察清楚，再决定是否露面。你就放心吧。”

邦尼走到热闹的自助餐厅，跟着服务员走进去：“我的朋友要过一会儿才来。我记得你们是含红酒的吧？”

“对，可以去那边倒酒。”

邦尼看了眼空无一人的5号桌，去了用餐区。她站在用餐区拿了一杯红酒，大口喝完后又拿了一杯。

忽地人潮涌动，用餐的人都朝门口走去。邦尼走过去看到戴着墨镜的某明星正在保镖的护卫下往外走，她冷笑一声，嘴角流露出不屑。

身后突然响起脚步声，她回头一看，竟是薛义。

邦尼端着酒杯回头：“哎，薛总？你怎么也在这里？”

“约了朋友吃饭。”薛义指了下那个明星，“你不喜欢她？”

“哈，我为什么要喜欢她？我若喜欢她，可她连我是谁都不知道，更不会喜欢我，我为什么要喜欢一个不认识我的人？”

薛义笑着摇头：“可是她很红啊，有那么多粉丝。”

邦尼摊手：“所以我永远不理解追星族。这些明星是很漂亮、很出色，但这些光鲜靓丽都是打造出来的人设，你拼了命去讨好她，她不会多看你一眼，但你如果是投资商，是广告主，就算你不是粉丝，她也会来陪你吃饭，给你敬酒。所以有工夫喜欢明星，不如去喜欢花花草草、猫猫狗狗，至少花花草草还有点香气，猫猫狗狗会哄你开心，做人要实际一点，付出总要有回报，对不对？”

意识到自己说了太多，邦尼尴尬地说：“对不起啊，我讲太多了……你不会认识她吧？”

薛义无所谓地道：“不认识，而且我觉得你说得很有道理。”

“你也可以理解为我是吃不到葡萄说葡萄酸的嫉妒心态，毕竟我内心最深处其实一直在想着，如果我是明星，我也有那么多粉丝就好了！”

薛义笑了笑：“你真的很有意思。你也在等人吗？”

“是啊。我先过去，我的朋友大概快到了。”

邦尼走回座位上，一边喝酒一边望着5号桌，直到服务员领着薛义走到5号桌，邦尼试图打招呼的手僵在原处。

两人面对面而坐，不约而同地笑了起来。

薛义端起酒杯致歉：“对不起，我不应该不告诉你。”

“这不怪你，只能怪我自己，是我自作聪明，作茧自缚。”

薛义笑起来：“好吧，不过我倒是很高兴，意外发现你的另一面。”

邦尼自嘲地笑了笑：“你高兴就好，反正这顿饭吃完，我们的友谊到此为止。”

薛义犹豫地道：“其实我走过去，是想主动跟你说的，但一时之间觉得不知道该怎么介绍我就是西区萨特，刚好又看到你那个表情，我实在没忍住就先问了个问题。”

“我什么表情？”

“冷眼旁观的表情。无论如何，我知道我很难得到你的原谅，要不这样，你不要把我当成薛义，我们不要聊任何公司和工作，你就把我当成初次见面的西区萨特，我也只把你当成我仰慕已久的主播邦尼，我们不要考虑什么友谊，就安安心心地吃一顿饭好不好？怀恨在心会消化不良的。”

邦尼忍不住笑了笑：“OK。”

“这样，我开车了，要不我们开一瓶酒，我就跟你碰个杯，意思意思，你多喝点，怎么样？”

“这是红酒。”

“是吗？不过今天是我们作为网友的第一次见面，还是开香槟更有仪式感，你觉得呢？”

邦尼笑了：“好啊！”

香槟注入水晶杯，邦尼举起酒杯，看着明亮的酒液，感慨地道：“Perrier Jouet，巴黎之花，这名字起得可真好！”

“你会法语？”

邦尼喝了一口香槟：“你信不信，只要是奢侈品牌，不管是英语、法语还是意大利语，我的发音都很标准，Gucci，Chanel，Christian Dior。”

两人一起去选餐区挑食物，迎面走来一位邦尼的学生，叫艾瑞克。

邦尼向薛义介绍之后，笑着同艾瑞克交流了几句。

“我很久没见你来上课了！”

“Well, since I have gone back to US for 2 months, I forgot 90% what you've taught me, I'm really sorry（我回了美国两个月，把你教我的东西九成九给忘了）！”

“Fine, so when will you come back to the class（好吧，那你什么时候回来）？”

“I'm considering next week! Looking forward to seeing you（我考虑下周，很期待看见你）！”

艾瑞克离开后，薛义感兴趣地问：“你在国外留过学吗？”

邦尼笑着摇头："我是土生土长的中国人，护照早就办好了，可惜没有坐过任何国际航班。"

"那你的英文真的说得太好了，我在国外那么多年，难免还有点口音。"

"我在培训中心教外国人说中文，英语是我的吃饭工具啊。"

"我还以为是直播。"

邦尼摊手，拿了一小块蛋糕："所谓鸡蛋不要放在一个篮子里。对了，你一直在国外吗？"

"对，刚回国不久，没什么朋友。"

想到两人的相识，邦尼问道："所以你才会看直播？"

薛义不置可否："国内发展变化太快，有很多意想不到的传播方式，我得多学多看，才能跟上脚步。"

旁边有几张台球桌，不少人围在台球桌旁边，薛义端着酒杯示意："会打台球吗？要不要试试？"

邦尼耸了耸肩："好啊！"

弯腰，瞄准，击球，一杆进洞，邦尼优雅地起身。

薛义在一旁情不自禁地鼓掌："你为什么台球也打得这么好？"

邦尼把球杆递给他："因为我学过啊！"

薛义接过球杆，弯腰击球，同样是一杆进洞："每个人都学过，但学得好的太少了。"

"我是觉得，这世界上太多事情不受控制，只有两件事是我能完全控制的，其中一个就是学习，所以只要有学习的机会，我就尽量学得好一点。"

"那另一个呢？"

邦尼靠着台球桌，笑着说："减肥啊。"

薛义舒心地大笑。

晚餐后，薛义主动提出送邦尼回去。

跑车疾驰，窗外浮光掠影一闪而过，车内装饰漂亮。邦尼坐在副驾驶座上，艳羡地望着车内饰："这车可真漂亮！"

"问朋友借的。"

邦尼道："你朋友可真大方，这么好的车都借给你开。我在二十岁生日那天许了个愿，希望有一天可以开上跑车。早知道我就不喝酒了，不然还能找你借了开一下，就算开个一百米也好啊！"

薛义笑着说："你生日是哪天？"

"阳历生日已经过去，阴历生日……明天啊！"

"明天？你怎么不早说？既然我知道了，就不能当成不知道，至少你也得有一个蛋糕吧，不行，我要送你一个蛋糕。"

邦尼看了眼时间："马上就晚上十一点了，上哪儿买蛋糕啊？算了，你的心意我领了。"

薛义调了车上的导航："我知道哪里可以弄到蛋糕，去这里。"

车停在路边，两人下车。

薛义摁了门铃，开门的男人一脸惊讶："老薛？"

"这是我朋友邦尼，还有四十分钟就是她的生日了，我们有希望吃上你亲手做的生日蛋糕吗？"

老夏愣了愣道："当然。"

这是一个工作室与住宅在一起的房子，里面是陶艺馆，放置着不少半成品。

薛义走到陶艺馆那边，指着陶艺说道："老夏是我在上寄宿学校时的同学，那时候全校只有我和他两个华人学生，简直是相依为命。他比我先回国，也比我先过上了退休生活。要不要试试？"

邦尼笑着说："陶艺我可真不会。"

薛义拉着她走到陶艺前："我不信，以你强大的学习能力，说不定你会在半个小时内做出一个景泰蓝花瓶。"

邦尼大笑，同他一起做陶艺。

薛义一边做自己的，一边腾出手指导她，两个人的手指贴在一起，邦尼缩了下手。

恰好老夏捧着一个蛋糕走了出来，上面抹了奶油和水果。邦尼赶紧站起来，不料裙子却被钩到，破了一个大口子。

邦尼捂了下裙子："有没有一块布或者别的什么的？"

"衬衣可不可以？"

邦尼点了点头。

薛义脱下衬衣，邦尼接过绑在腰上，干净的白衬衣瞬间变成一条美丽的衬衫裙。

她吹灭蛋糕，给两个人切好。手指上沾了奶油，她随手放在嘴里舔干净，假装没有看到薛义一直投过来的视线。

从老夏家驱车离开，邦尼惬意地坐在跑车上，任风吹起发丝。

薛义看了邦尼一眼，靠边停车："你要不要试试？现在酒劲儿早就过了。"

"你真的愿意让我开？"

薛义打开车门下车："如果是别的女孩，我一定会拒绝，但鉴于你强大的学习能力，我觉得你应该能开好。"

邦尼兴奋地插上安全带。

薛义在一旁指导她："从这里启动，点'Auto'，这边是换挡拨片，踩油门的时候先别太重，三百马力的车和一百马力的车还是有点区别的。"

邦尼稳稳地开动跑车，两眼发光，脸上是毫不掩饰的兴奋。

薛义眼神里有迷恋："你知道吗？你快要给我一种无所不能的感觉了。"

邦尼回到家，看见林肯在工作室忙着摆弄照片和相机。

林肯抬起头问她："怎么这么晚？"

"几个学生说要替我庆祝阴历生日，就去喝了一杯。我先去洗澡了。"

林肯坐在地上没有动，叫住她："嗯，亲一下。"

邦尼低头，嘴唇碰上林肯的嘴唇，一触即分。

她走到卧室门口，不自觉地想起陶艺室里贴在一起的两只手，脚步停了下来。

下一秒，她又像是要甩掉梦幻一般甩了甩头发，将纷杂的情绪抛至脑后，往浴室走去。

翌日，邦尼坐在办公室制作课件，隔壁的老师把一个精美的盒子放在她的桌上。她掀开垫纸，看到盒子里装着一条裙子，看清品牌后，她惊讶地张了张嘴。

盒子里还有一张纸片："生日快乐，希望尺寸合适。西区萨特。"

"什么？西区萨特就是薛义？他请你吃饭，带你去吃了蛋糕，让你开了他的跑车，最后还送了你一条一线名牌的裙子当生日礼物？"

邦尼穿着新裙子在江达琳面前摆了个姿势，闻言摊手道："就是这么无巧不成书。"

"应该说明他别有用心吧！"

邦尼靠着江达琳的办公桌："拜托，人家也是有头有脸的人物，为什么要对区区一个我别有用心？"

“到底为什么我也没想到，但我还是感觉怪怪的。你们聊我们公司的事儿了吗？”

“没有，他说让我把他当成一个普通网友，我也觉得那样更自然。好啦，你别纠结了，不管怎么说，我和薛义成了朋友，对你肯定只有好处没有坏处。行了，你就别忧心忡忡了，这是我长这么大收到的最好的生日礼物，也是我人生中第一件一线品牌的衣服，我现在心情特别好，你不要来破坏啊！”

江达琳无奈地点头：“好吧，你高兴就好。”

邦尼仰着脑袋想了一会儿：“抛开他的身份这件事不说，单说他这个人，有钱，有学识，有品位，还不浮夸，特别是情商，他的情商超高的。我不是订了一家自助餐厅吗，他说要点酒，我随口就说红酒是含的，说完我就后悔了，换成普通‘土豪’，肯定会说‘送的红酒能喝吗’。或者‘没事，我有钱，我请你’，但你知道他怎么说的吗？他说，‘不过今天是我们作为网友的第一次见面，还是开香槟更有仪式感，你觉得呢’，完全避免了我的尴尬。这么跟你说吧，他简直满足了我对男人的所有幻想。”

江达琳连忙拦住她：“喂喂喂，你打住啊，你这句话要是让林肯听见，他得活活哭死。”

卫哲站在门外敲了敲门。

“卫哲！你找琳琳啊？那我不打扰你们了。”邦尼意味深长地笑，“刚好下午有课，我先走了，拜拜！”

临走前，邦尼颇有深意地看了眼两人。

卫哲垂下眼，低声问江达琳：“你是不是把我们的事告诉……”

“没有没有。”江达琳矢口否认，“她是来炫耀她的新裙子的……西区萨特就是薛义！”

“这么巧？”

“对啊！”江达琳抬头看卫哲，“你找我有什么事情？”

卫哲拿出一张请帖递给江达琳：“孔冰心画廊开幕展暨开幕酒会，要不要一起去？”

“你和我？被别人看见怎么办？”

卫哲揉了下她的脑袋：“看见就看见，这是帝龙珠宝赞助的活动，我们身为供应商，理应去给客户捧场。斯黛拉、舒晴她们应该也都会去。”

江达琳垂下脑袋，声音闷闷的：“所有人都去，那跟在公司上班有什么区别？”

卫哲摸了摸鼻子，调笑道：“我们把他们全都聚集在一个地方，我们就可以放心大胆地开溜了，而且像画廊这种地方，应该有不少阴暗角落才对。”

江达琳红了脸：“喂！”

卫哲眨了眨眼，临走前还摸了下她的脑袋。

斯黛拉靠在自己的豪车上，抬起手腕看了眼手表。香车美女，路上不少人侧目。

叶东烈背着装着电脑的双肩包，提着大包，匆匆赶来。

斯黛拉接过他的包：“挺快，我以为你至少还得二十分钟才能出站。你还好吧？”

叶东烈点了点头：“我三叔他们给我爸找的墓地就在山上，说是风水特别好，我也不懂，还办了几十桌酒席，请人来做了道场。”

“那花了不少钱吧？”

“嗯。完了我三叔说要给我爸在祠堂里修个牌位，还有我堂哥要盖房子、结婚，我也借给了他们一点钱。幸亏董家赔的钱还剩了点儿，不然真不够了！”

斯黛拉匪夷所思地问：“你这次回去，把董家的赔款都花完了？”

叶东烈点头：“我自己留了一万块钱，其他的都给我三叔了。”

斯黛拉无语地道：“走吧，先去吃饭。”

大型的复式公寓里，是颇有艺术气息的装饰，墙上有项目的挂画，孔冰心坐在巨大的工作台前翻看画册。

沈英杰进门时，孔冰心摘下眼镜：“回来了？”

“嗯。”

沈父走出来，手里拿着两盒名片，名片上印着一个名字——“策展人，孔冰心”。他站在工作台前帮孔冰心整理目录。

孔冰心拿出几张邀请函给沈英杰：“你要的邀请函。这次要来的人特别多，画廊那栋楼又是保护建筑，估计得限流，我好不容易才留了几张。要是不够，到时候我给你个工作证，你自己出去接你的朋友。”

沈英杰淡淡地说：“哦，不用了，明天我有事，去不了，我把邀请函给朋友就行。”

孔冰心愣了下：“好吧，真是马屁拍到马腿上。”

沈父笑着说：“我早告诉过你，生儿育女最大的好处就是教育我们如何处理挫败感。”

孔冰心把名片整理好："拜托，我已经六十岁了，我需要大量的荣誉感和幸福感，人民币也可以，唯独不需要挫败感。"

沈父顺着她说："所以你有我就够了。"

沈父在孔冰心的脸颊上亲热地吻了一下。

沈英杰转头要走，就被孔冰心叫过去整理重量级嘉宾的关键词。

沈英杰沉默地站在办公桌前，对着电脑整理关键词。

沈父和孔冰心交换了一个眼神，孔冰心放下正在整理的目录："怎么，心情不好啊？失恋了？"

"他什么时候恋爱的？"

"我也不知道，但他现在这张苦脸，和他以前考试失利或者项目失败时的脸不一样，所以我猜是失恋。"

两人一问一答，倒问得沈英杰更加心烦了："你们能不能别这么八卦？"

孔冰心一脸兴致盎然："难道是还没追上？"

沈父更直接，开始传授经验："求偶是整个恋爱过程中最有趣、最回味无穷的阶段，是两性之间的博弈，是两个灵魂的碰撞，是多巴胺最接近顶峰的时段，有可能的话，应该尽量延长。"

"你闭嘴。"孔冰心瞪着他，然后看向沈英杰，"谁啊？跟妈妈说说，什么样的女孩子让我如此优秀的儿子这般苦恼？"

沈英杰拿起外套就要出门："我没什么好说的。"

沈父搂着孔冰心的肩膀："算了，人生八苦，'求不得'排第七，你随他去。"

"不行，我得打听打听。"孔冰心走到露台上给袁肃打电话。

"老袁，是我，哈哈哈，对对对，明天开幕……你来之前提前告诉我。对了，我有件私事想问问你，英杰最近是不是在谈恋爱啊？"

"我正在犹豫要不要跟你说，又怕你觉得我太多管闲事。"

孔冰心看着楼下的沈英杰将车开走："怎么可能？你对英杰就跟自家长辈一样，你关心他是很正常的，怎么会是多管闲事？你说……"

翌日，清晨的第一缕光照进卧室，江达琳从梦中惊醒，梦里英雄救美的卫哲正抱着她难舍难分，裴瑜却突然间破门而入，与此同时卫哲从眼前消失。

江达琳洗漱完毕，一边开车一边用车载电话给邦尼打电话："你说我这个梦是什么意思啊？"

邦尼淡淡地道："还能是什么意思？说明你怕裴小姐呗，要不你干吗觉得她要来你就躲柜子里啊？”

江达琳提高车速：“可我不怕她啊。”

邦尼娓娓道来：“梦境都是潜意识的表现，不过也不怪你，裴小姐脸蛋好、身材好、学历好、家境也好，这种样样都好的女人，偏偏还那么不要脸……换成我是你，也会担心的。”

江达琳撇了撇嘴：“你干吗老说人家不要脸，多难听啊？”

邦尼语气冷漠：“我这里的‘不要脸’是褒义词，人不要脸天下无敌，她要是真和你过不去，我看你未必是她的对手。”

江达琳在一栋老式建筑前面停下车，周围停着的都是豪车，衣冠楚楚的人们下车，在画展的背景板前签到留影。

画廊里，江达琳和卫哲背对镜头，保持着不远不近的距离，假装欣赏作品，却在低声聊天。

眼前是一幅几根线条组成的超现实主义作品，明码标价六千万元。

卫哲笑了笑：“怎么样，你有什么想法？”

江达琳道：“一个字，贵。”

卫哲看她一眼，眼里带笑：“嗯，一共就几根线条，就六千万元，这可比做公关来钱快多了。”

江达琳也看向他：“换我就多画几根了，没准儿更贵呢。”

卫哲笑起来，勾起嘴角：“要不我们去看电影？”

江达琳四处看了看：“现在？我们刚进来啊！而且斯黛拉她们还没到呢！”

卫哲靠近她，仿佛是要拯救她一样：“你不是坚持不住了吗？”

“我确实坚持不住了！不过我们就这么走出去，让人看见了影响不好吧？”

卫哲趁着周围没人在意，伸手捏了下江达琳的掌心：“那这样，我先出去，你过五分钟再出去跟我会合？”

江达琳攥紧手心，耳根微微发烫：“好。”

几分钟后，江达琳愉悦地走出画廊，一抬头却看到不远处卫哲和裴瑜正在聊天，站在一旁的还有裴东来。

裴瑜一眼看到江达琳，抬手打招呼：“小江总！”

江达琳只得走过去：“裴小姐！”

裴瑜上下打量两人：“刚在门口撞见卫哲，想不到你也出来啦！”

江达琳呵呵笑了两声：“真巧。”

卫哲微微靠近江达琳一些："我来介绍，这是我们DL的小江总，这位是Bella时装的裴总。"

裴瑜插嘴道："也是我爹。"

裴东来笑呵呵地说："幸会幸会。刚才我还在夸卫哲，说他年纪轻轻已到行业专家的位置，想不到他们的总裁更年轻。小瑜什么时候也能像小江总这样早点继承家业独当一面就好了，我也能省省心。"

裴瑜的白眼差点翻上天："你以为人家小江总想这么早继承家业啊，都是没办法好吗？要不是她爸爸……呃……对不起啊，我好像说错话了，你们当我没讲过。"

江达琳无语地道："没关系。那个……我正好有点急事，先走了，你们慢慢聊。"

"好啊，你有事就先去忙吧，我们再聊会儿。对了爸，你不是说要找卫哲聊聊电商这一块的营销策略吗？"

江达琳瞥了一眼卫哲，对方像是没看到自己一般，正在和裴东来聊天。

江达琳气鼓鼓地往前走，走了几步又忍不住回头看，看到裴瑜正搭着卫哲的肩亲热地聊天。

她气得跺了跺脚，不知道的怕是还以为卫哲是裴瑜的订婚对象呢！

江达琳计上心来，一边假装打电话，一边匆忙往回走。

裴瑜和裴东来看见走回来的江达琳，一脸惊讶。卫哲也回头看她。

"好的，好的，我们尽快赶到。"江达琳表情紧张，对卫哲说，"出大事儿了，客户叫我们马上过去。"

裴瑜凑过来："出什么事了？"

"不好意思，商业机密，不能告诉你。"

卫哲对裴家父女抱歉地道："那……不好意思，我们先走一步。"

第二十五章　试探卫哲

江达琳走得飞快，卫哲跟在她身后，一路沿着街道走。

卫哲喊了她两声，没有得到回应后，无奈上前一步抓住她的胳膊，顺势牵住了她的手。

卫哲好整以暇地问："没客户出大事儿吧？"

江达琳摇摇头，脸因为窘迫还红着。

卫哲捏了下她的掌心："我就知道。你是不是……吃醋了？"

江达琳试图挣脱他的手，奈何卫哲抓得紧，她道："你才吃醋呢！我是觉得你在画廊门口和裴小姐那样亲热不太好，今天现场有很多同行都会来的，而且大家都知道裴小姐已经订婚了，看见你们那样，会引起别人的误会的！我是在挽救你的名誉。"

"你想得很周到。"卫哲故意开玩笑，"不过其实我们在聊Bella时装的生意，裴总想把电商这一块交给我们DL。我正在争取，你就把我叫走了！"

江达琳赶紧把他的手甩开："那你快回去吧，就说出的大事儿已经安排别人搞定了！就这样！"

卫哲抓住她的胳膊，声音低下来："喂，都走到这儿了，还回去干吗？走吧，请我看电影。"

"为什么是我请你，不是你请我啊？我不要，我可以请男人吃饭，但绝对不请男人看电影！"

卫哲眼底的笑意渐浓，他勾着江达琳的肩往前走："好好好，我请你。"

江达琳扭动肩膀："喂……你怎么能和老板勾肩搭背？"

挣扎了一会儿也不见卫哲有松手的打算，江达琳索性认尿，两人哥儿俩好一般往前走。

江达琳突然反应过来："其实你们没聊生意吧？"

卫哲顾左右而言他："要不你给我买爆米花呗？"

叶东烈身穿一身崭新的西装礼服，斯黛拉站在他面前将他的袖扣别好。叶东烈嘴角扬起一抹笑容，低头吻了下斯黛拉的额头。

"你是特意定做了一件没有扣子的衬衫，然后再去单独买了一对衬衫的扣子？这不是骗钱吗？"

斯黛拉别好袖扣后稍微后退："苹果公司特意设计了一款没有Home键的手机，然后再做了一个外接Home键，你觉得呢？"

叶东烈恍然大悟："我觉得苹果太黑了，不过原来这商业模式早就有了，我还以为是苹果首创呢。"

斯黛拉笑着说："一切创新，都能在历史里找到痕迹。"

她拉着叶东烈照镜子，而后打了个响指："不错，我们走吧。"

叶东烈拉住斯黛拉，一脸担忧："我长这么大，唯一看过的展览是大一的时候和同学一起去自然博物馆看恐龙化石。"

斯黛拉安慰他："没事的，今天就是个开幕酒会，很少有人会认真看展品，说穿了就是个社交场合而已。"

叶东烈垂眼看她："那就更惨了，我不知道我应该跟别人说什么，万一他们跟我聊那些画可怎么办？我就知道齐白石，还有徐悲鸿。"

斯黛拉好笑地挽着他的胳膊："你今天将看到的作品，没有一张能超过齐白石和徐悲鸿的作品。别担心，我会一直陪着你的。"

斯黛拉挽着叶东烈走进画廊。迎面几个衣着时髦的人热情地走过来："斯黛拉。"

斯黛拉松开了挽着叶东烈的手，下意识地疾步向前。叶东烈慢了两步，斯黛拉已经被几个朋友叫去应酬。

叶东烈顿住脚步，失落地叹了口气。

他左右无事，随意走着看展览，站在一幅画前，无趣地做了个鬼脸。

乌小白身穿服务员制服，捧着装满精美点心的托盘，看到叶东烈后，高兴地拍了拍叶东烈的肩膀。

叶东烈惊喜地道："乌小白！你怎么在这里，你这是？"

乌小白是叶东烈的学妹，在如此陌生的地方见到熟人，也难怪叶东烈兴奋。

“打工咯，半天三百块，挣点零花钱。哎，你吃点儿吧，这个好吃。”

“你也吃啊！”

乌小白笑了笑：“我可不能站这儿吃，没事，我前面偷偷吃了好多了。听说你去O-Robert了？好厉害啊，难怪大家都说你牛。听说他们家应届生工资巨高是不是？多少钱呀？”

叶东烈害羞地挠了挠头：“还可以，他们是算年薪的，计算有点复杂，具体我也不太清楚，要到年底才知道。”

乌小白睁大了眼，憧憬地道：“年薪！要是明年我能拿到和你一样，不，有你一半好的offer，我就心满意足了！”

“你一定会的。”

“嘿嘿，承你吉言。哎，你今天一个人来看展啊？你喜欢艺术？”

叶东烈四处张望：“没有，陪朋友来的。”

乌小白笑着问：“女朋友？哦哦哦，是不是那个……我听好多人说了，说你找了个特别牛的女朋友，是女高管，真的假的？”

没发现斯黛拉，叶东烈有些心不在焉：“嗯，是的。”

乌小白四处看了看：“哇，好酷啊！你的女朋友在哪儿呢？有机会一定要介绍我认识认识啊！”

“她和几个朋友说话去了。”叶东烈说完便往走廊外走。

斯黛拉正在各个走廊上找叶东烈，她给叶东烈打电话，却只能听见冷漠的女声：“对不起，您呼叫的用户已关机。”

斯黛拉继续找，终于找到正坐在长凳上的叶东烈。叶东烈正低头翻着画报，周围有几个女生探头探脑地看过去。

斯黛拉舒了口气，走过去柔声道：“对不起。你的电话怎么关机了？”

叶东烈目光疲惫：“你忙完了？我一直玩游戏，手机没电了，还好有画册可以看。”

斯黛拉笑了笑：“我饿了，我们出去找地方吃饭好不好？”

叶东烈站起来要往外走。

斯黛拉歪着头看他，他伸出手握住斯黛拉的手，两人相视一笑。

斯黛拉手心温热，柔声道：“我的活动都挺无聊的，我在想，以后你也带我参加你的活动，认识些你的朋友，好不好？”

叶东烈温柔地答应：“好。”

斯黛拉微笑着侧过脸，将头靠在叶东烈的肩膀上，叶东烈也伸手揽住斯黛拉的肩膀。周围有风轻轻地吹过来，树叶晃动，连同晃动了一池春水，泛起温柔的涟漪。

舒晴与斯黛拉擦肩而过，打过招呼后便准备去找杜威廉会合。

找到杜威廉后，两人边观展边讨论小力士奶粉的营销方案。

不远处，孔冰心带着助理一同走来。

杜威廉热情洋溢地道："孔老师你好！我是DL的杜威廉！"

孔冰心让助理先行离开："Hi，威廉，你好，你好！"

"恭喜孔老师，今天的展出太棒了。"杜威廉介绍舒晴，"对了，这是我的同事舒晴。"

舒晴拿出名片和孔冰心交换。

孔冰心微笑道："你就是舒晴啊，幸会。"

"怎么，孔老师知道我？"

"听传播公关圈的朋友说起过。"

"我这儿有不少快消和奢侈品类的客户，希望有机会能跟您合作。"

孔冰心微微一笑："看来舒小姐的能力一定很强，不论是快消还是奢侈品公司，那些人我很清楚，都是很难伺候的。"

舒晴怔住，而后笑着说："你们慢慢聊，我去一下洗手间。"

"正好我也要去洗手间，我带你去吧。"

公关天然的敏感神经让舒晴微不可见地蹙起了眉。

舒晴跟着孔冰心走进一个私密的洗手间，两人一前一后从两个隔间出来。

孔冰心慢条斯理地洗手："沈英杰是我儿子。"

方才的意外都有了解释，舒晴反倒不再紧张了："原来是这样。看来您是有话要跟我说了。"

"嗯，我确实有话要说，不过今天遇到你，也是机缘巧合，英杰不知道这件事，不过是我临时起意罢了。"

舒晴自嘲地一笑："原来如此。那不好意思，我今天挺忙的，要不改天再约吧？"

舒晴关掉水龙头，转身往外走。

孔冰心叫住她："你可能误解了我的意思。"

孔冰心扯过一张纸巾递给舒晴："我不是来棒打鸳鸯的，听说你和英杰在谈恋爱，我就简单地打听了一下你的背景……呵呵，你也是做母亲的人，想必能理解吧？有关你的身世，比如孤儿什么的，甚至单亲妈妈，这些我们家都无所谓，谁没有个过去呢？英杰找到喜欢的人我和他爸爸都很高兴，相爱不容易，但相爱的基础是彼此坦诚，不是吗？”

“您到底想说什么？”

“听说你那个孩子是在国外生的，其他的就没人清楚了，你能不能跟我说说这段故事？你不用担心我会有什么想法，我们家很开明的，但我需要知道一下。”

舒晴故作轻松地道：“您想得太多了，我和沈英杰并没有谈恋爱，说得不好听一点，我和他充其量也就是炮友关系。您那么开明，应该知道炮友是什么吧？我没有必要向一个炮友交代我的私事，更不用说炮友的妈了。”

舒晴看到孔冰心紧蹙的眉头，头也不回地往前走，直到走到尽头处她才停下来，将揉成一团的纸巾扔进了垃圾桶。

电影院里，卫哲揽着江达琳走去柜台买爆米花。

旁边恰好是熟悉卫哲的人，携着女友走到两人旁边热情地打招呼：“卫哲！”

卫哲惊讶地道：“Hey！这么巧！”

“带我女朋友来看电影。”男人笑了笑，对着身侧的女友说道，“宝贝儿，这就是我一直跟你说的，大名鼎鼎的危机公关专家卫哲。之前那个信天翁航空打人时间，还有那个豪车撞了外卖员的事，你现在看见幕后黑手了！”

江达琳一直微笑，又偷偷瞥卫哲。

两人的目光在卫哲和江达琳身上打转，许久两人才带着没窥探到八卦意犹未尽的神情离开。

卫哲和两人告别后，接过服务员递来的爆米花。

“你说他为什么不介绍我？”

坐在便利店里，江达琳一边使劲往嘴里塞蛋糕，一边比画着当时的情形：“那人已经说了‘我带我女朋友来看电影’，完了两个人就这么看着我，可他明明就这么搂着我，硬是不介绍，仿佛他搂着的不是一个人，是一个木偶。哦，对了，他也没把他的朋友介绍给我的意思。”

江达琳正要将一大口奶油吃进去，邦尼上手去拦：“行了行了，别吃了，这都几点了，吃下去的全长身上了。”

“你别拦着我，我现在情绪不好，必须吃点甜的……倒是你，就喝一杯酸奶，你就不能陪我吃点儿啊？太不够朋友了！”

邦尼将酸奶喝了一半就放下了：“行了吧你，我这么晚被你拽出来，已经牺牲美容觉了，不能再把我的身材赔上。你继续说，然后呢？”

“然后我们就硬生生地目送那俩人离去，那俩人还回头看了我好几次，眼神怪怪的。你说，他该不会是觉得我拿不出手，带不出去吧？”

邦尼歪着头：“那应该不至于，我倒是觉得有可能是某些深层次的原因。我问你，他有没有说过你是他的女朋友？”

江达琳郁闷地道：“没有。”

“那不就得了？他不知道该怎么介绍你啊！”邦尼仔细分析，“介绍你是女朋友？可惜你不是。说你是同事？场合、动作不对。如果介绍你是总裁江达琳，那就更不可能了。名不正则言不顺，没有定位怎么介绍啊？”

江达琳蹙眉：“反正我觉得心里不舒服。”

“不舒服？喂，你是不是想当他的女朋友？”

江达琳迟疑地道：“我、我也说不上来，你知道我也没想过正式和他谈恋爱，而且我们现在的位置也不可能公开交往，但他这么一来，我又觉得硌硬。”

“那你也太矫情了，定位这种事是互相的，你得自己先想好你到底要把他当成你的谁！接下来你们再约会，你就多留心。要不下次你们再一起在公共场所出现，你试探试探他？”

“怎么试探？”

“你就做点亲密的举动，比如你们出去的时候，你就这么往他身上靠，或者突然亲他一口。如果他的反应很自然，那就说明他还是很接受你的，具备可持续发展性；他要是显得防备心很重，甚至下意识地把你推开，那你就得小心了，可能他只是把你当成情人和炮友。”

隔天便是周一，午饭时间，江达琳等卫哲从办公室走出去后才缓慢地走出办公室。

恰好撞上悠闲地踏上电梯的卫哲，江达琳走到电梯的角落，与卫哲并肩站立。

她眼里闪过一丝狡黠，朝卫哲靠过去，在卫哲的胳膊上掐了一把。

卫哲一只手不动声色地伸过去，抓住江达琳不安分的手，顺便与她十指相扣。江达琳只好伸出另外一只手继续掐卫哲。

卫哲低头看她，手掐了一下她的腰。江达琳赶紧离他远远的。

电梯到了一楼，两人如正常同事般往外走。到了DL传播门口，两人一个往左走一个往右走。

日料店里，每个小隔间都有布帘遮挡，江达琳坐在隔间里，不时掀开帘子往外面看，直到卫哲走进来。

江达琳把菜单挪到卫哲面前："你怎么比我晚这么久？"

卫哲挑眉："我要比你多走整整三个路口，当然会晚。点了吗？"

"点了我自己的。"

卫哲翻着菜单点单："我要一个……"

江达琳坏坏地望着卫哲，忽地伸手过去摸了下卫哲的脸。

卫哲愣了下，下意识地躲开："怎么了？"

江达琳收回手："你脸上有灰尘。"

卫哲用纸巾抹了抹脸："还有吗？"

江达琳悻悻地说："没有了！"

两人面对面吃饭，不时玩手机。江达琳心不在焉，时不时看卫哲一眼，忍不住开口道："对了，我有件事要……"

卫哲的手机急促地响起，他接起电话："喂？什么？唐正被人用鸡蛋砸了？"

日料也没来得及吃完，两人匆匆赶回公司。

媒体永远是第一时间捕捉到新闻，有关铃铛网扣押商户货款的报道已经霸占新闻头条。

"铃铛网五百亿元日成交额完成在即，中小商户纷纷投诉恶意扣押商家货款""铃铛网刷单严打计划漏洞层出不穷，系统误判，盲目关店，恶意扣押货款""铃铛网冻结商家资金，最高金额达四十万元"

路易斯念出这些标题后，唐正一巴掌拍在了桌子上："一个卖女装的商户，三天内成交量一百二十三笔，其中有一百二十一笔是虚假交易，也就是刷单刷出来的，只有两笔才是真实购买，被我们的系统判定关店整顿。就因为这个，他决定用鸡蛋来直接攻击我的脸。最可笑的是，他砸我的那颗鸡蛋，也是从铃铛网上买的，是昨晚下的单，今天早上就送到了，准时、高效，确保了他把那颗鸡蛋砸到我的脸上。"

卫哲翻看着几篇新闻报，道："我听说过你们的严打计划。"

唐正义正词严："没错，因为这种刷单行为不但对铃铛网的名誉造成了恶劣的影响，也极大地损害了消费者的利益，继而直接威胁到我们的业绩，所以我才下定决心整顿。现在这帮商户非但死不悔改，还到处乱说，闹得媒体全都在胡乱报道，还去电子商务投诉平台投诉我们恶意扣押货款。”

“刷单的处罚就是扣压货款吗？”

“我们有一个系统，会根据刷单的严重程度给予处罚，处罚措施包括降权、关店、罚款、扣押货款等等。现在电子商务投诉平台给我们的要求是坐下来和这些商户代表谈判，一起找到一个解决的方法，这也是我特意来找你们的原因。”

唐正看了一眼流云，流云搬了一个大盒子放在桌子上，盒子里是几沓厚厚的资料。

“预计一共有163名商户代表会来参加谈判。我的团队更擅长打字或者语音，面对面谈判不是他们的强项。为了确保我下次不会再被鸡蛋攻击，我想把这个工作交给你们。”

卫哲和江达琳对视一眼，卫哲道：“谈判没有问题，但我需要知道，我们的底线在哪里？”

“底线很简单，四个字，决不妥协。这些要求都是不合理的，我们但凡有一点动摇，他们就会得寸进尺，那严打计划就会功亏一篑，我绝对不允许这种事情发生。”

卫哲点点头，声音沉稳地道：“你们的系统有没有误判的可能？”

“系统不会误判，算法都是有数据作为依据的。”唐正盯着卫哲，“所以我就把这件事交给你们了，你们能做到吧？”

“当然。”

大家没想到，唐正此行还带来了礼物，只是礼物确实不怎么好看——桌面上摊开着一件印着“铃铛网购物节500亿特别版”的卡通T恤。

安东凑到江达琳身边：“小江总，我们是不是要去铃铛网值班了？”

“肯定啊，总不能让那帮申诉的人来我们公司吧？”

唐正举着与自己格格不入的卡通T恤：“我们公司正在迎战购物节，不适合有任何不和谐的因素存在，所以网站会发通知给所有谈判商户，直接来你们公司，你们没问题吧？”

江达琳噎住了，咬着牙说：“没问题。”

卫哲收到一条微信，是邦尼发来的：“卫哲老师，今天有没有空？有件事想找你帮忙。别跟琳琳说。”

卫哲大步走过街道，看到邦尼等在街头。他看了眼手表：“抱歉，实在太忙，我最多只有半个小时。”

“半个小时都用不着，十分钟就行。”

邦尼低头摆弄着手机，卫哲瞬间收到一份文件，文件里是邦尼的资料和模特卡。

邦尼仰着脸说：“我想让你帮我把我放到小力士奶粉代言人的候选人名单里，其他的，你都不用管。”

“你想当小力士奶粉的代言人？”卫哲狐疑地看着邦尼，“那可是奶粉广告。”

邦尼扬起笑容：“那又怎样？我早晚也要结婚生孩子，也是奶粉的潜在消费者嘛！”

卫哲摸了下下巴：“让我猜猜，是不是薛义让你这么做的？”

“他什么也没让，但他告诉我，觉得你们公司提交的候选人都不满意，不能让他眼前一亮。”邦尼说，“试试又没关系，对不对？万一成了呢？”

卫哲表示了解：“你怎么不找江达琳？”

“找她还有好吗？她一直觉得薛义对我没安好心，要是让她知道，肯定没戏，我只能先斩后奏。你也放心，我对薛义没意思，我就是想利用一下这个关系。你也知道，我在培训中心干得快要闷死了，一点上升空间都看不见，想借着直播闯出点名堂，可没人帮衬也是一潭死水。我再不努力努力，我的人生就完了！你就帮帮我吧，你们DL能拿到小力士奶粉这一单，我不是也出力了嘛！再说也不一定能成啊！”

卫哲不再追问：“OK，那我替你跟舒晴说。”

“谢谢卫哲老师，不管事情成不成，我都请你吃饭。”邦尼双手合十，又从包里拿出一个U盘，“这里还有一份我的资料，供你使用。”

电梯里，卫哲抛了下手里的U盘，好笑地摇了摇头。

电梯门打开的时候，舒晴脸色发青地闯进电梯。卫哲叫住她：“舒晴，我正好有事找你。”

“哦，等我回来，我有点急事。”

舒晴直接关上了电梯门，按下去一楼的按钮。

她走出电梯，沉着脸走到沈英杰旁边：“我不是和你说了我很忙？”

满脸胡楂、黑眼圈，都显示出沈英杰最近过得不怎么样。沈英杰声音有些沙哑：“我要不是冒充供应商打到你们公司，你是不是不打算接我的电话了？到底是怎么回事，我求求你，你有事不要藏着，你说出来行不行？”

舒晴迟疑着追问：“你为什么不告诉我孔冰心是你妈？”

沈英杰登时反应过来："你知道了？你们见过了？发生了什么？"

舒晴冷声问："你明明知道我昨天会去画廊看展，为什么不告诉我？"

沈英杰既焦躁又无奈："我觉得没必要，要介绍也不应该是那种场合。我觉得即便你们遇到了，也只是工作场合的相遇，你不知道她是我妈，她也不知道你是我……你和我的关系！"

"你的判断有误，你妈知道我们的事了。我不清楚她是怎么知道的，不过为了打消她的担心，我也向她说明了我和你并不是恋爱关系，所以请她把慈母心放一放。"

沈英杰看起来很着急："你听我解释，我真不知道为什么会变成这样，我什么都没跟她说过，一定是，一定是……"

"不管是谁说的，如果你遇到她，也麻烦再次提醒她一遍，我不喜欢被人调查，更不喜欢有人来打听我的孩子。我们俩的关系到此为止，我不希望同样的事再发生。就这样，再见。"

剧烈的急刹车声响起，沈英杰驾车横在孔冰心的工作室的楼下。

工作室内，孔冰心和助理正在工作，孔冰心透过老花镜在看一份清单，助理一刻不停地戴着耳机在打电话。

沈英杰大步流星地冲进去："妈，你是不是见到舒晴了？她要跟我断绝来往，还让我请你不要再调查她。妈，你到底做了什么？"

助理见状，离开了工作室。

孔冰心摘下老花镜："我没做什么，就是做了任何一个母亲在听说唯一的儿子有了交往对象后都会做的一些事，好奇心而已。我自问没有什么出格的地方。"

"不出格？！你居然不经过我的同意，就擅自去调查我的朋友，你还去找她，去说那些话！妈，我一直觉得你是独立女性，是艺术家，你和那些只会跳广场舞、说东家长西家短的阿姨妈妈不一样！"

孔冰心伸手打断他的话："你不用给我戴高帽，在自己儿子的终身大事上，我就是个最普通的母亲，和别人没什么不一样。我也不在乎，什么孤儿、什么单亲妈妈，我都不计较，我和你爸都是开明的人。但如果她以后要成为我们家里的一员，我最起码要有知情权吧？我得知道她的父母曾经是做什么的，为什么不在了吧？还有那个孩子，孩子的父亲是谁，为什么她就变成单亲妈妈了，是年少无知一夜情的产物，还是遇人不淑被人抛弃的结果，难道你不想知道吗？"

沈英杰猝不及防地问："是袁肃跟你说的吧？"

"是我打电话问他的。你袁伯伯说，这个女孩子人品不好。你的另一半，出身我们可以不问，但人品不能有问题，你说是不是？"

沈英杰哑口无言，露出失望的笑容："我的事情我自己会处理，你不要再插手。"

沈英杰冲进袁肃的办公室，袁肃愕然地抬头。

"舒晴的人品怎么了，有什么问题？"

袁肃气笑了："怎么，你是来兴师问罪的？"

沈英杰没心思说废话："我没心思跟你说废话，你为什么说舒晴人品不好，有什么依据吗？"

"用不着依据，用你的脑子想一想，我是什么地位，她又是什么角色，我有必要造她的谣吗？"

"不肯说是吧？"沈英杰从桌上随手拿起一个信封，唰唰写上辞职信，"不说我辞职了。"

袁肃一巴掌拍在桌子上："你敢威胁我？"

沈英杰又气又无奈："袁总、袁伯伯，我求你了，我长这么大没这么喜欢过一个女人，你能不能高抬贵手放我一条生路，行不行？"

"你去想想，这个女人是怎么进入DL的，又是怎么在短短几年间从AE（业务经理）一路做到合伙人的？那个帮她的人最后去哪了……总之，舒晴这个女人，表面上看起来云淡风轻，其实翻脸无情，随时都可以出卖别人。这几十年起起伏伏，我知道一个道理，永远不要相信一个会出卖别人的人。你这孩子太实在，热情起来一厢情愿，我不希望你跟这种女人在一起。"

沈英杰瞪大了眼："你是说？难道……舒晴是你安排在DL的内线？"

袁肃顾左右而言他："你不用管这些，反正我和你爸妈是多年好友，我是看着你长大的，我不会害你。"

袁肃拿起写着辞职信的信封揉成一团，扔进垃圾桶。

咖啡被称为白领们的精神伴侣也不为过，浓郁的咖啡味充斥着整个办公室，四个人或站或坐，翻看着资料。

路易斯想了想，还是觉得唐正说的话格外好笑："决不妥协这种底线，也能算是底线？"

卫哲不置可否："唐正这次铁了心要整顿刷单问题，不会同意与商户讨价还价的。"

江达琳烦躁地翻阅着资料："我也不明白这些商户有什么好讨价还价的，刷单本来就是错的，就应该好好做生意才对！"

"这些都是中小型商户，如果不让他们刷单，没有成交量，没有好评，根本就不能吸引到客户，生意根本做不下去。"

"我上有老下有小，店我不要了，能不能把我的三万四千块货款退给我？"安东念完材料说，"听着挺可怜的。"

江达琳皱了皱眉头："那我们明天怎么谈啊？完全没有转圜的余地啊。"

做公关多年，卫哲早就看惯这些伎俩："我估计这些商户也都心知肚明，只是抱着侥幸心态来和铃铛网叫板。唐正的意思很清楚，要我们把这种坚决的态度传递出去，这一拨人要是能挡回去，接下来其他人就能慢慢接受现实。"

江达琳猛地抬头："这不就是杀鸡给猴看？"

铃铛网商户服务组向商户发送邮件后，商户们第二天齐齐拥进了DL传播大楼。拿着申诉材料的，啃着蛋饼的……商户们坐在休息区，叽叽喳喳，大把吃着水果和糖果，休息区俨然成了菜市场。

斯黛拉被眼前的情形吓了一跳，扶了扶眼镜，这才朝里面走，问待在前台的艾米："这是怎么回事？"

艾米瞥了一眼，低声道："说是铃铛网的案子，都是来申诉的。"

斯黛拉点点头，身躯笔挺地经过了大会议室。

会议室里围着几个人，面前摆了几张桌子，像是问诊一样，商户坐在桌前申诉。

坐在江达琳桌前的商户大声说："我这个都是真实数据，不是刷单。"

江达琳指着电脑："你看，这个买家十分钟之内在你的店里买了整整三十箱酱油，酱油可是有保质期的。"

"那……那人家开饭店不行吗？"

江达琳再指着电脑道："他在你的店里买完酱油以后，又去另一家店买了十箱酱油，这你又怎么解释？"

"这……他需要很多酱油？"商户愁眉苦脸，"美女啊，我做的真的是小本生意，你们能不能把我的货款还给我？"

江达琳无奈地道："你的货款不是被扣押了，那一笔是罚款。"

商户急得拍桌大喊："你们怎么能说罚款就罚款？"

另几张桌子前的情况也没能好到哪里去，卫哲刚坐下就被塞了一个红包，路易斯面前的商户甚至连生意都不打算做了，只想退回保证金。

在休息区的商户一个也没离开，仍然吵吵闹闹。

从电梯走出来的沈英杰也愣住了，大步走向前台："我叫沈英杰，麻烦你叫舒晴出来。"

艾米查看预约名单后问："你们预约过吗？"

"约过，但她不接我的电话。"

艾米低下头，一边瞄沈英杰一边打电话："舒晴，有位沈先生找你。"

沈英杰焦躁地扯自己的领带，舒晴却面带微笑地走出来："沈先生，你怎么上来了？难怪我打你的电话打不通。走吧，我请你喝咖啡，我们一边喝一边聊。"

到了电梯里，舒晴的微笑再也伪装不下去。

"你又想干什么？"

"你可真会演。"

两人同时开口，均是一怔。

沈英杰打开天窗说亮话："你是不是袁肃的人？"

舒晴怔住："你说什么？"

"袁肃说你翻脸无情，擅长出卖人，我想到两种可能，第一种，你是袁肃在DL的内线。"沈英杰盯着舒晴的脸，不愿错过任何一个表情，"但在飞扬那一单上你拼得那么凶，所以我觉得应该不是。那就还有第二种可能，你是不是跟袁肃一起，联手出卖了你的老板江远鹏？"

舒晴瞬间脸色惨白，死死地盯着沈英杰。

电梯门打开，舒晴在沈英杰走出去时喊道："你要是再敢胡说八道，我不会放过你的。慢走，不送。"

舒晴没好气地走回办公室，刚坐下来，就收到一封邮件。邮件里是小力士奶粉的三位最终代言人，分别是蒋南希、金燕玲和邦尼。

舒晴立即走去大会议室，朝卫哲招了招手。

关上办公室的门，舒晴低声说："薛义选中了邦尼。"

卫哲不以为意地笑了笑："意料之外，情理之中。"

舒晴在原地踱步："你让我把邦尼的资料放进候选人名单，我还当是个玩笑，想着发过去也没什么，就当是感谢邦尼之前的帮忙，谁知道她居然真的会被选中。"

卫哲摊手："可见她不是无的放矢。"

“蒋南希是南希家装的创始人，是女企业家协会历年来最年轻的会长；金燕玲是著名的女运动员，拿过奖牌，为国争光。这两位都结婚有了孩子，也是精英女性，选她们做代言人我都能够理解，但邦尼……你跟我说句老实话，薛义和邦尼是不是有什么？”

卫哲摇头：“据我所知，目前还只是单纯有好感，应该还没有任何实质性的问题。”

舒晴皱了皱眉：“上次邦尼出马约到薛义，我就觉得薛义肯定对她有意思，至少是有好感……这事，要不你先替我和小江总说一声？我看她挺忌讳这种事的。”

卫哲点点头，又叮嘱舒晴：“OK，一会儿我去跟她说。她要是问起来，你就说都是薛义的主意，我们也很意外。”

“我确实很意外啊。”舒晴无奈地说，“如果邦尼和薛义有了什么实质性的问题，你得告诉我。”

卫哲说：“好，如果我知道的话。”

江达琳知道代言人之一是邦尼之后确实大吃一惊，毕竟选一个未婚女孩来作为小力士奶粉的代言人，这可怎么都说不过去。

卫哲摊手，说：“我也很奇怪啊！”

两人正说着，一名女商户冲进来打断两人的对话。女商户手里捏着几张快递单，胡乱塞给了江达琳：“我没骗你吧！你们赶紧把我的货款还给我，十几万块呢！”

江达琳想了想，说：“你等我一下。”

她回到座位上，一边看着电脑上的交易记录，一边飞快地核对快递单。

邦尼打来电话，惊喜地说道：“江达琳，我要当小力士奶粉的代言人啦！”

“我正想打电话问你呢，这到底是怎么回事？”

邦尼装傻：“我也没想到啊，就是突然收到了通知，还让我跟你们公司一起签三方协议呢！不知道代言费能有多少，你知道有多少钱吗？”

江达琳放下快递单：“我也是刚知道……不是，钱不钱的不重要，你真的要签约吗？我怎么觉得这就是薛义做的一个局啊？”

邦尼眉飞色舞地道：“不管是谁做的局，这都是件大好事儿啊。我现在高兴得不得了，我这几年来都没这么高兴过，就当我求你，你就别再说扫兴的话了好吗？”

江达琳忧虑地道："好吧，我不说了，你自己当心，签约之前看清楚。"

"OK啦，我会保护好自己的。等我签好了合同请你吃大餐啊！"邦尼站在街边拦出租车，"对了，你和卫哲怎么样了？试探有结果吗？"

江达琳挫败地说："没结果，我打算今晚吃饭的时候再试试。"

"吃饭是个好机会，通过吃饭绝对可以看出你在男人心目中的地位，高档餐厅和低档餐厅是两回事，包厢和大堂是两回事，出去吃和在家吃又是两回事，你要好好注意了！"

江达琳记在心中。

挂断电话后，她发了会儿呆才继续翻快递单。

手一顿，她翻回前面的一张快递单，看了一会儿后打开了地图。

江达琳走到正在向安东求赔偿的女商户面前说："你的那些快递单，是假的。"

女商户使劲把杯子往桌子上一放："你胡说，怎么会是假的？"

江达琳拿出一张快递单："这一张，你的交易记录上收货地是河北石家庄建华南大街，快递单上的收货地址虽然也是石家庄，却是在桥西区的红旗大街。这一张，交易记录上签收时间在五月二十二日下午四点，但我追踪这个快递单号，签收时间却是在五月二十三日上午十点。还有这一张，快递单上的货物重量写着一百克，你卖的是女士鞋，我就想知道，哪双鞋的重量只有一百克？"

女商户见伪造的快递单暴露，忽然就一屁股坐到地上，一把鼻涕一把眼泪地哭喊："这可怎么办？我老公身体不好要看病，我还有两个儿子要上学，全家就靠我开店挣点钱，这可叫我怎么活呀？求你们高抬贵手，把我的货款还给我吧！"

安东上前要把她扶起来，忽地就被抱住了大腿。

卫哲示意江达琳淡定，他在女商户面前蹲下来："刘女士，这个小伙子的女朋友就在隔壁上班，这个女孩醋劲儿特别大，你这样抱着他的腿，若被他的女朋友看到，会拿菜刀砍你的。"

女商户瞬间站了起来。

卫哲继续劝她："按照规定，扣押的货款到了时限就会还给你，到时候万一没收到，你再来找我们。我看你的店铺经营状况，就算不刷单，业绩也很好以后网站把刷单都肃清了，以你的商业头脑，早晚会成为大卖家，你说是不是？来，我扶你起来。"

女商户终于放心地离开。

路易斯一边伸展胳膊一边说："这一天总算结束了！我的脖子、我的背……"

安东说："我打算去江边吼两嗓子释放一下，你要不要一起？"

路易斯翻着手机："谢谢你，但我还是觉得SPA（水疗美容）更适合我。"

大会议室里，其他人已经下班离开，江达琳低头收拾着办公桌，卫哲在一旁整理资料。

卫哲边整理资料边问："晚上想吃什么？"

江达琳说："吃什么都行。"

卫哲笑着提议："那要不去我家，自己做？"

江达琳可没忘记邦尼说的话，蹙眉问："你为什么会想在家里吃啊？"

卫哲愣住："你想出去吃吗？也可以啊！怎么了？"

卫哲拿着东西往外走，江达琳想了想，叫住他："我问你个问题，那天我们在电影院，你为什么不把我介绍给你的朋友？"

卫哲想了半晌，哑然失笑："电影院……我没有把你介绍给他们是因为我根本不知道他们是谁！如果我介绍了你，那接下来怎么办？"

江达琳的声音闷闷的："是这样啊！"

卫哲走近江达琳，拉住她的手让她靠在自己怀里："所以你在纠结这个？"

江达琳才不愿意承认："我才没纠结。"

卫哲心情很好地笑起来，嗓音恰到好处地好听："真的？"

江达琳不敢抬头，就差缩在他怀里了："真的……"

气氛旖旎，卫哲眼中的笑意更甚。

"请问交材料是在这里吗？"门外响起一个声音。

两人赶紧松开手，回头一看，一位老奶奶正站在会议室门口。

第二十六章　危机来袭

会议室里，老奶奶坐在椅子上打瞌睡。卫哲站在电话旁边，不断拨号，却总是听见重复的冰冷女声。江达琳自然没想到商户会派自己的奶奶过来，一时烦躁地翻着资料。

卫哲拿着资料走到老奶奶身边："奶奶。"

老奶奶一下惊醒，拍了拍胸脯："啊？天亮了？"

卫哲哭笑不得："没有，天亮还早呢。奶奶，您这份材料还是不全，得重新补。"

"啥？星期五？"

卫哲大声喊："您孙子王斌，在哪里？"

"他去办事了。"

"小斌有没有说什么时候来接您？"

老奶奶摸了摸耳朵："啥？"

江达琳直接放弃了同老奶奶对谈。

铃铛网的交易额已经达到四百九十三亿元，即将突破五百亿元，眼下也不能影响其进程，于是发微博告知王斌的计划等同作废。

江达琳无奈，只好打开办公室的躺椅，找来一条毯子，扶着老奶奶在躺椅上睡下。

窗外无尽的夜空是上海夜晚特有的淡粉色，夜色笼罩着城市上空，CBD大楼的灯光永远不灭，如同永远没有夜晚的上海。

江达琳和卫哲坐在露台上喝啤酒，她微微歪着头，看向窗外。

“还说去哪儿吃饭呢，最后哪儿也没去。我算是看出来了，这个王斌就是故意的。他知道我们不可能同意立刻解冻货款，所以干脆派了他奶奶来恶心我们！”

卫哲不置可否：“他没准儿还算到了铃铛网不想把事情扩大化，所以不可能公开指责他。”

江达琳无语地道：“世界上怎么有这种人啊？先不说他确实刷单了，就算他心里觉得委屈，也不能把自己的奶奶扔在人家的公司过夜啊！”

两人的手机同时响起一阵消息提示音，手机屏幕上是一条条推送消息：铃铛网今日成交额正式突破五百亿元。

江达琳一边刷着手机一边撇嘴道：“全是关于五百亿元的新闻。你说，那个王斌看着这些新闻，会不会孝心一动过来接他奶奶回家呀？”

卫哲摇头：“不会，他会更生气。”

“可惜我们连个寻人启事都不能发，这个王斌要是在我跟前，我非打他一顿不可。”

“寻人启事……”卫哲所有所思，“你觉得像王斌这种把奶奶丢在别人的公司不管的行为，如果被其他人知道了，会发生什么事？”

“肯定会觉得他很过分吧！但我们前面试过了，他们家别的人都找不着啊！”

卫哲嘴角露出一抹算计的笑：“王斌是碧云县人，碧云有全国知名的小商品市场，加工厂数以千计，所以这个县做电商的人特别多。他们还自己组织了一个网络商盟，王斌是商盟的干事之一，他们县做电商的人几乎人人都知道王斌。”

江达琳飞速地敲电脑：“如果我们能让王斌的老乡们发现王斌的奶奶被他丢在公司里……”

卫哲揉了一把她的脑袋，对她最近的进步颇为欣慰：“那这种来自乡亲、朋友的舆论压力，可比远在天边的微博要大多了。”

“这次来谈判的商户代表里，有六个是碧云县的。”江达琳愉快地敲着电脑，“那就把他们的申诉时间全部改到明天。”

安静的深夜的，办公室里只剩下两人的讨论声。

光线透过百叶窗照进来，落在趴在桌上睡觉的江达琳身上，她肩上盖着卫哲的外套。许是睡得并不舒服，她的眉头微微皱着。

卫哲躺在沙发上，被刺眼的阳光照醒。他看向江达琳，站起来将百叶窗的光线调暗后带上门出去了。

江达琳迷迷糊糊地醒来：“几点了？”

卫哲低声说：“快上午九点了。”

江达琳瞬间清醒，一下子坐起来：“那得开工了。那老奶奶怎么样了？”

两人走至大会议室，老奶奶正坐在大会议室角落的躺椅上大吃大喝，一旁的安东几人正在接待各路商户。

江达琳坐在桌前：“只要你能证明这些交易都是真实存在的，我们可以退回您被扣押的货款。”

商户无奈地站起来，却看到了角落里的王斌的奶奶：“那不是王斌的奶奶吗？王斌就是我们县的，做女装的，他奶奶怎么在这儿？”

江达琳开始演戏：“唉，昨天叫王斌回去补材料，他倒好，派他奶奶过来，自己一晚上没出现。我们也是没办法，只能好好照看老人家。”

商户不可思议地道：“他把他奶奶丢这儿，自己没出现？”

江达琳表情无辜地点了点头：“对，电话也联系不上。”

面前的人立刻掏出手机拍照片，随后发了朋友圈。

没过一会儿，同一个县的几个商户也都跑过来拍照。

王斌很快赶过来，休息区的商户纷纷回头看他，一边看一边交头接耳。

小力士奶粉的代言人敲定后，邦尼去了飞扬集团的办公室。她在合同上签下自己的名字后，见Andy和舒晴在一旁聊天，转身去了办公室门口四处张望。

她举起手机自拍，顺便发给了薛义：“我正在你们公司呢，想不到你还真的会选我当代言人！我会努力的，无论如何，我也要好好感谢你给我个机会，我请你吃饭吧！”

薛义回复：“别急，你先好好地履行代言人的职责再说。当代言人是要负责任的，做得不好随时更换，你也别高兴得太早。若你履行得好，我请你吃饭。”

邦尼撇了撇嘴，嘀咕两声：“嘁，还端架子。”

从飞扬集团离开，邦尼和舒晴进了一家咖啡馆。

邦尼推开门：“想喝什么？我请你。”

舒晴笑着说：“怎么能让你请？我请你。”

“不行，今天必须我请你，多亏了你帮忙，我才能有这么好的机会。”邦尼同她走到点餐台前，“我是真的要谢你，我今天可是签了一份合同，本来就该请客，而且接下来我们还会常常见面，更何况我还要请你替我对琳琳瞒一瞒。”

舒晴问她：“我正想问你，你当选代言人这件事，肯定是瞒不过小江总的，你打算怎么说？”

“我正准备去跟她解释，这事儿只要别让她知道是我毛遂自荐的就行，就赖到薛义头上，说是薛义的决定好了。”

点餐台前，沈英杰正在等咖啡。舒晴一直盯着沈英杰，就连邦尼的话都没回应。

邦尼好奇地望着两人。

舒晴回过神：“我喝热美式，双份咖啡，不加奶、不加糖。谢谢。”

服务员将咖啡递给沈英杰：“沈先生的巧克力星冰乐，加双份奶油。”

两人再次看向对方，看似下一秒就要燃烧。

“除了她的热美式，再要一杯大杯拿铁。”邦尼一边付钱，一边偷窥舒晴的表情。

舒晴捧着咖啡，眼神涣散，一不留神被烫到了手，失手将咖啡洒了一地。

邦尼喝着咖啡，眼珠转来转去。

因为档期，拍摄时间基本配合蒋南希和金燕玲的空闲时间，邦尼只得调整上课时间。她站在studio门口张望，舒晴走出来接她，领着她往里走时，有些抱歉地说：“只能这么安排了，就是害你取消了一节课。”

邦尼摆了摆手，不甚在意地说：“没关系，她们都忙，我不要紧，缺一节课补回来就可以了。”

两人走进studio，蒋南希和金燕玲都在试装，造型师拿着衣服给她们挑选，一旁的摄影师不时拍摄着花絮。

邦尼和两人挨个打招呼，换来蒋南希和金燕玲的淡淡一笑。等她转过脸，两人脸上的笑瞬间变成不以为然。

Andy热情洋溢地跑过来和邦尼拥抱，引来蒋南希和金燕玲的侧目。

金燕玲坐在座位上，让小吴去买咖啡。蒋南希在一旁努了努嘴：“那个网红什么来头？”

小吴低声说：“我也不清楚。”

金燕玲轻蔑地一笑：“我在网上查了下，是个主播，没什么粉丝，连网红都算不上。”

蒋南希从镜子里看了邦尼一眼：“早知道和这种人一起代言，我还得再考虑考虑呢！”

邦尼早将两个人的互动看在眼里，回到家，她把包甩在沙发上，念念有词：“装什么装啊，不就是开个破公司嘛，一年的利润还不够买一套房；不就是拿了个第二名嘛，既不是四大赛也不是奥运会，装什么装，还看不起我，老女人！”

林肯正坐在电脑椅上修照片：“你不是说那个总监还有舒晴还是很照顾你的吗？你是不是把人想得太坏了？”

邦尼坐在一旁涂指甲油：“我才没有，别人对我是什么态度我还看不出来吗？不过无所谓了，只要拍出来我比她们更上镜、更漂亮就行了！”

林肯抬起头：“我敢保证，你一定比她们更上镜、更漂亮！”

和林肯吐槽向来得不到有效回应，邦尼一边往卧室走一边给江达琳打电话：“喂，江达琳，我必须跟你说说我今天的遭遇……”

卫哲家的厨房里，江达琳和卫哲在一起做饭，两人身体时不时碰到，再相视一笑。

江达琳拿着手机道：“你别跟她们计较，她们是嫉妒你，这样，我这两天找时间去探班，我去给你撑腰！”

卫哲搅拌着电磁炉里的肉酱，时不时往锅里撒调料。江达琳在一旁切菜，边切菜边琢磨：“我是越想越不放心。你看啊，邦尼长得像薛义的前任，邦尼为了小力士奶粉去接近薛义，接着薛义以西区萨特的名义去给邦尼捧场，直到两人最终见面。薛义又是给她过生日，又是给她送名牌裙子，现在还把小力士奶粉的代言都给了邦尼，这不是追求？”

卫哲不置可否，舀了一勺酱送到江达琳嘴边：“怎么样？”

江达琳舔了舔，道：“好吃。”

她嘴边沾到一点酱，伸手去抹，却越抹越多。卫哲大笑着替她抹去嘴边的肉酱，而后微微俯身，吻住她的唇。

电磁炉响起来，卫哲轻轻哼着歌将肉酱端开，走到一旁制作千层面。江达琳继续问：“这不是追求是什么？喂，你经验那么丰富，你分析分析，薛义是不是居心叵测？”

卫哲含糊地回答：“有可能吧。”

“什么叫有可能？如果有可能就应该早点觉悟，将其扼杀在襁褓之中啊！”

卫哲看了她一眼，说：“邦尼是成年人了！闺密要想做得长久，就得知道分寸感在哪里，否则早晚要散。”

江达琳瞪他：“说什么呢，我不同意你的看法。身为闺密，我就应该替她把关，忠言逆耳也得说，良药苦口也得喂，不然算什么朋友？”

卫哲走到烤箱旁：“可你怎么知道你的话就是忠言，你的药就是良药？”

“我还能害她吗？你不了解邦尼，她这人虽然聪明，但是……但是……有点急功近利你知道吗？而且她老想着利用美色、利用男人……这是玩火自焚，这样是不行的……”江达琳讲话断断续续的。

卫哲笑着打断她的话：“哎，朋友或许需要指点，但一定不需要指指点点。”

“得了吧，你这么懂，我也没见你有几个朋友啊！”

卫哲将餐盘放进烤箱，设定好时间：“我不需要有很多朋友。”

江达琳站在他面前：“那林肯呢？林肯那么爱邦尼，邦尼身边有薛义这个追求者，你作为林肯的大哥，就不替他着想一下？”

卫哲怔了一下道：“那是他的事情，我不会插手。”

“你这人……哎哟！”被刀切到了手，江达琳扔下刀跳起来。

卫哲抓起她的手，拧开水龙头放在水下冲起来。

电话响起，他扯了几张纸递给江达琳，接起电话：“喂……好，一会儿见。”

江达琳抽回手：“怎么了？”

“铃铛网又出事了。”

接到消息时，路易斯正在和相亲对象面对面尬聊，相亲对象说个不停，路易斯恨不得立刻夺包而逃。

“我对你印象很好，不过我有个问题想问你，就当是一个小小的考验吧。假设，我是说假设，未来我们结婚了，有了孩子，万一，我是说万一，家里没钱了，只剩下最后一点钱，只够买一个面包……你愿意牺牲自己，把面包留给孩子吃吗？”

路易斯拿起手机看微信，闻言掏出钱包，抽出一百元放在桌上：“我有急事要先走，这顿饭总价二百一十八元，你刚才拿了一张九折的优惠券给服务员，所以会是一百九十六元，我付一百元，多余的不用找了。”

路易斯拎起包要走，又回头笑着说：“如果我只剩下一个面包，我会把面包平均分给家里的每个人。不过这种情况永远不会发生，因为我不会没钱的，我也不会嫁给你。告辞！”

江达琳一根手指贴着创可贴，将车停在DL传播大楼外的一条街上，卫哲先下车。一辆出租车从身旁经过，车窗后赫然是路易斯。

卫哲走进电梯，冷不丁路易斯从身后跟上来。

“这么巧，你也来了。”

路易斯冷笑一声，决定拆穿老大的淡定模样：“你是走来的吧？”

卫哲喉结滚动：“你看见了？”

路易斯愤慨地道：“你和小江总……你、你居然瞒着我！”

“Sorry，她希望我们暂时不要公开。”

路易斯双手抱胸：“告诉我不算是公开好吗？是谁在你被美女缠着的时候给你打电话救你出来？是谁替你记住各路美女的生日和昵称？是谁在苦苦维持着你岌岌可危的名誉……”

卫哲啧了一声：“第三条过了啊！”

“我的心都被你伤透了。”路易斯摇摇头，一副被伤透心的模样，“等等，你以前从来不瞒我的，难道……难道……你这次是认真的？”

卫哲倏然一惊，久久没有说话。

电梯门打开，卫哲和路易斯走出来。隔壁的电梯门也刚好打开，走出一身击剑套装、头戴头套、手持击剑的人。

路易斯吓了一跳：“你是谁啊？”

安东摘下头套，弱弱地说：“我……我是从击剑馆过来的。”

显然被吓到的不止一个，视频会议另一端的唐正看到穿击剑服的安东也愣了一下：“诸位好，抱歉这么晚打扰大家。有一个商户给我们的客服打电话，威胁我们说如果我们不同意退回货款、解除封店，就要来铃铛网抗议。我们研究了一下，发现这个人很可能不是在虚张声势。”

视频会议结束后，卫哲站在白板前道：“有三件事要在最短的时间内弄清楚，第一，抗议时间；第二，抗议规模；第三，抗议形式！在铃铛网上经营的商户，彼此之间沟通最喜欢使用的通信软件就是语音频道，像这样的聚众抗议，他们一定会先开设一个语音频道，然后在频道里召集人手，统计人数。找到这个语音频道，就等于找到了信息来源。”

路易斯举手：“问题是这样的语音群没有几万也有几千，一个个听过来，那得到明年了吧？”

安东把头套放在桌子上：“也可以反向追踪，那样更快！不是有一个商户打电话威胁过铃铛网吗？我们追踪他的语音号就行了。”

江达琳露出一个大大的笑容，拍了拍安东的肩膀："安东啊安东，我觉得你越来越有前途了！"

安东紧张地敲着键盘，几分钟后猛地抬头："找到抗议闹事的聚集频道了！不过不止一个频道，一共有九个。"

江达琳皱眉："通常一个频道上限两百人，九个频道就是……"

安东回头说："有一千八百人要去铃铛网闹事？"

卫哲问道："安东，你有办法让我也加入这个群吗？"

安东愣了下："可以，不过你首先得有一家铃铛网的店铺。"

卫哲拿起手机快速开了一家铃铛网的店铺。

语音频道里，有人正在鼓吹聚众抗议。卫哲进群之后，听了一会儿后开始说话："各位，我刚进群，什么时候去抗议？我也要去！"

"新来的，明天早上八点半，铃铛网大厅集合！明天老子准备带上帐篷，去铃铛网的大厅坐着，不给爷一个说法爷不走了！吃喝拉撒都归他唐正管！"

"没几个小时了。"安东有些着急，"怎么办？"

"路易斯，出一个应急预案给铃铛网让他们准备起来。"卫哲想了想，又看向江达琳，"明天你坐镇铃铛网的总部大楼，和他们的人一起协调应付。"

"好。你呢？"

卫哲继续听语音："到时候我会在外面，和那些抗议的人在一起。不卧底，怎么知道他们下一步想干什么？反正我的店都开好了。"

应急预案启动后，铃铛网的办公室人来人往格外忙碌。江达琳和流云一起站在监控前，能清晰地看到铃铛网大厅各个角度的情形。

监控里，一个带头人身后跟了十几个人，一个个拿着手机似乎正在核对身份。

卫哲出现在最后边，脸上架着一副黑框眼镜，身上是土里土气的休闲服，同往常判若两人。他摸了下藏在外套下的微型麦克风，四处张望后朝带头人走去。

卫哲问带头人："不好意思，抗议是在这里吧？"

带头人看了看他："嗯，你是哪里的？你是卖什么的？"

卫哲老实地答："我是桐城的，卖女装的。你呢？"

"我是卖卫浴的。一会儿就在这儿。"

卫哲憨厚地说："好嘞！大哥您怎么称呼？"

"我姓陈。"

卫哲老实地说："一会儿我就跟着陈大哥了！"

"呵呵，嘴挺甜！"

"嘴甜没用，命苦！"

"都苦。"带头人很有感触地拍了拍卫哲的肩膀，从背包里拿出一面大字报，递给了卫哲。

卫哲重新走回角落里，低声对着麦克风说："一开始总是会很激动，没必要急着正面应对，等第一波过去再说。"

铃铛网的员工赶来上班时，众人忽然就将巨大的红色手幅唰地展开，上面赫然一行大字——"铃铛网无耻，灭我小店，毁我生计。"

商户们都聚集在大厅里，有人拿着喇叭大喊："铃铛网无耻！灭我小店！"

记者们闻讯赶来。

江达琳挂了电话，说："按照我们计划好的，把所有记者都接上来，安排到媒体通气室去，不能让他们留在一楼大厅！"

"收到。"

江达琳重回监控前，看到镜头前卫哲正在同带头人陈大哥交谈。

"陈大哥，你觉得今天有希望吗？"

"不好说，但是铃铛网财雄势大，要是我们不团结起来一起争取，那就真的一点希望都没有。先闹一阵，吓唬吓唬他们再说。"

"哦。"

卫哲坐在角落里，给江达琳发微信："找个人下来，主动要求谈判。"

一片嘈杂里，流云在保安的簇拥下走出来，人群顿时更加躁动。

流云大声说："大家不要激动，有什么问题可以提出来，我们可以谈。"

"谈什么？之前又不是没谈过，我们派了那么多代表来找你们谈，有结果吗？有人听我们说话了吗？"

"你们把我们骗去申诉谈判，可最后结果还是那样，根本就是糊弄人！"

商户们声音尖锐，流云尽量维持着微笑："铃铛网这么大的平台，我们骗你们干什么？大家到这儿来是为了寻找解决问题的办法，对不对？你们现在这个样子，又何尝是共同商量的态度？除了事态恶化，根本于事无补嘛！"

"这都是被你们逼的！"

"一家店一年拼死拼活才挣十来万元，你们随随便便扣押个货款就是几十万元，我们资金周转不过来，就是死路一条，是你们逼得我们走投无路！"

“叫唐正出来！”

商户们几乎将流云围在当中。群情激昂时，流云完全忘记了江达琳的叮嘱，语气强硬：“我再重申一遍，刷单是决不允许的，铃铛网不会纵容任何虚假交易！”

一颗鸡蛋正中流云的脑袋。

保安忙冲上来护住流云。

角落里的人正要掏出第二颗鸡蛋的时候，卫哲摁住了他的手：“你是想继续在铃铛网上做生意，还是今天闹完这一场，从此以后不再开店了？”

“老子打他关你屁事！”

卫哲方才听过带头人叫他的名字，这人叫李庆。

卫哲手上使了力：“大家来这里是为了讨口饭吃，不是为了鱼死网破，你不论做什么，都和在场的每一个人有关！再说，这个人就是个小卒子，又不是大老板，你打他有什么用？”

带头人也走过来：“不是说好了动口不动手的吗？谁让你砸鸡蛋了？快收起来。”

卫哲皱眉：“陈大哥，这样不行，万一酿成恶性事件，倒霉的是在场的人。”

带头人咬着牙说：“还是得来点硬的，不然后面没法谈。这里真明白事儿的人不多，你算一个。”

卫哲低声说：“我也是想着大家今天来就是想讨个说法，回头还得在铃铛网上开店呢！真撕破脸的话，别的人不知道，今天在场的这些，尤其是咱们带头的几个，接下来没准儿真的没法再在铃铛网上混了！”

那人吓了一跳：“你别吓唬我。”

“我没吓唬你，你看，这里到处都是探头。”卫哲指着周围的摄像头，“上面的人都看着咱们呢，谁是谁、开的什么店，这会儿肯定都查清楚了。就算他不找咱们的麻烦，光是不给咱们上活动，不给推荐位，就够咱们喝一壶的了。再说，咱们也不是都占理……反正我确实……刷了几单！”

“谁不刷啊？不刷单他铃铛网能有今天？五百亿元日成交额有多少水分他自己心里清楚！再说……老子要是占了十成理，早就去告唐正那孙子了，还在这儿跟他磨？”带头人悻悻地低语，“这样，一会儿他们再来要求谈，你跟我上去。”

总算将众人安抚下来后，铃铛网已经安排记者报道此事。王楚拿着话筒专业地说："铃铛网自宣布推行严打刷单计划以来，有大量有着刷单嫌疑的商品被下架，不少店铺被强制关闭，更有不少店铺的货款遭遇扣押和冻结。正因为此，铃铛网不断遭遇中小商户的抗议，就在今天，两百多名来自全国各地的网店商户自发来到铃铛网的总部大堂，要求铃铛网给个说法。铃铛网主动表态，愿意和商户坐下来共同协商解决方案。"

商户们坐在大厅里，接过抗议组织者们分发的水和盒饭。

王楚主持完毕便给卫哲打去电话："你在搞什么鬼？我主持得好好的，突然在一张现场照片里看见你，你什么时候成铃铛网的商户了？"

卫哲低语："你别问那么多，先把那张有我的照片删了别发，别的回头我告诉你。"

"你放心吧，有你的照片的我都没让发。"

没一会儿，唐正出现，走进会议室。

商户们均是一愣："唐总！"

"唐总你来得正好，我告诉你，这件事今天不给个交代，我们是真的不走了！反正店没了，钱也没了，回去也没活路！"

唐正慌忙安抚众人："那什么，都坐。本来我今天在苏州的，一接到消息，立刻往回赶。那个……大家的心情我很理解，但平台的规则里一直都写得很清楚，只要出现刷单的，都算作虚假交易，根据情节轻重不同进行处理。每个商户注册的时候，都应该收到过这个新规，也都点了'同意'的。当然，如果哪位没有刷单，只要拿出证据，铃铛网一定改正错误，并且赔偿损失。"

有商户站起来说："刷单是不对，可这矛头也别光对着我们，你们铃铛网也不干净啊！"

唐正一愣，只听那人继续说："装什么呀，这么多年那些刷子要是没有你们内部人支持，刷得起来？现在倒好，你们赚够钱了，突然就要立牌坊拿我们开刀了是吧？天下没有这样的事儿！"

其他人跟着起哄："你们要是不讲理，我们就去找媒体，把你们两头牟利的事情曝光。"

江达琳低头给卫哲发短信："有商户代表说，他们刷单有铃铛网内部的人支持，估计还从中收了不少钱。"

卫哲收起手机，同身旁的商户套近乎，没一会儿商户就把他拉入了一个廉价刷单群。

会议室的走廊里，流云和长天聚在一起低声商议。江达琳凑过去问道："怎么样，有什么进展吗？"

长天无奈地道：“我们正在查，一时半会儿也没那么快啊。”

流云冷笑道：“查什么呀？铃铛都这么多年了，几十亿笔的交易，现在来查这种事，这不是开玩笑吗？查出来又怎么样，自己打自己的脸？说不定很多相关人员已经离职了。要我看，这帮商户代表就是信口开河，随口勒索，想借此逼我们退让。”

“但不查也不行，万一这些人手里真的有什么我们不知道的证据，向媒体一曝光，我们就太被动了。”

流云不屑：“我看他们不敢曝光什么，就是想勒索。小江总，你们公关这儿也动动脑子，看看有什么别的办法。”

江达琳有些疑惑，但也跟着说：“哦，好。”

唐正匆匆地从办公室走出来，将流云叫走了。

江达琳收到卫哲发来的微信：“加了一个刷单群，在群主的微信朋友圈里发现了这个。”

江达琳点开照片，吃惊地看向正站在唐正身侧的流云。

照片上是刷单公司的总裁和几个朋友的合影，其中一个人就是流云，配文则是：“一眨眼，毕业十年了。”

第二十七章　要恋爱了

小力士奶粉的代言人定下来后，便是各种广告拍摄。摄影棚里，众人手忙脚乱，摄影师举着相机，咔嚓咔嚓的响声中夹杂着小孩的哭声。

蒋南希搂着小孩儿微笑，奈何小孩儿不停地哭泣，最后导演不得不宣布暂停拍摄。

Andy皱眉说："之前挺乖的，估计是认生。"

导演脸色难看："认什么生，蒋南希抱孩子的姿势都不对，一看就不是自己带孩子的。"

"人家是总裁嘛，没空亲自带孩子。"

蒋南希抱着小孩儿不停地哄，小孩儿却不给面子地号啕大哭。

蒋南希玩笑地说："别哭，别哭了啊……再哭坏人就来抓你了！"

小孩儿的妈妈在一旁着急："你别这么吓唬我们孩子好吗？"

蒋南希悻悻地道："对不起。"

忽然传来一股怪味，蒋南希震惊地将视线投向怀里的小孩，龇牙咧嘴地道："这……"

她把小孩往小孩的妈妈那里一塞，立刻捏着鼻子难忍地离开，临走时不忘吩咐秘书小张："把甜点分给大家。"

小张推着餐车跟在她身后，蒋南希将一份份甜品发给每个人，周围的人笑着道谢。

角落里，邦尼和林肯正在因为林肯只带了一份甜品争吵。邦尼的声音里是压不住的愤怒："我让你来探班，你怎么就带一杯咖啡、一块蛋糕啊？这儿这么多人呢！一杯咖啡、一块蛋糕你给谁吃啊？给别人看见了，我就是大大的不懂事！"

桌上放着一束没有动过的鲜花、一杯咖啡和一块小蛋糕。

林肯小声问："我不知道会有这些规矩，要不我现在出去买？"

"买什么呀？这儿是郊县，前不着村后不着店的，能买到什么呀？我就少关照你一句，你就给我弄成这样，让别人知道了我多没面子啊！"

蒋南希走过来，看到桌上的蛋糕，不露声色地笑起来："来来来，邦尼，吃甜品，我特意让人准备了冰袋，就怕热了不好吃了。"

邦尼皮笑肉不笑，等蒋南希离开后瞪着林肯："看见了吧，人家是怎么带东西的，整整一车呢！"

林肯郁闷地说："我现在打车出去买，不管多远，我给你买来！"

蒋南希和金燕玲看向争吵的两人，交头接耳："男朋友？"

蒋南希笑了笑："不知道，不是说她是薛义钦点的吗？不该有别的男朋友吧？"

"那可说不定。"

轮到金燕玲拍摄的时候，小孩子依然哭个不停，导演盯着镜头里的照片直皱眉头。邦尼忽然走上前，抱起小孩儿轻轻哄了几下。

没一会儿，小孩儿就笑眯眯地和邦尼玩耍起来。

导演拍了拍手："这样，先拍邦尼。"

金燕玲走到台下的时候一脸不高兴："她不是没结婚吗，怎么那么会抱孩子？"

蒋南希喝着咖啡："现在的女孩子复杂得很，谁知道呢？"

邦尼摆着pose和小孩子的拍摄格外顺利，导演连连称好。

过了一会儿，导演让暂停，告知众人薛义来了。

邦尼看着笑容和煦的薛义，如遭雷击。等众人同薛义打了招呼之后，她才缓慢地上前："薛总。"

薛义热情许多："拍得怎么样？还行吗？"

邦尼笑着说："挺好的，一开始还挺紧张，大家都特别帮我，现在好多了！"

导演也走上前，给薛义看了几张照片："邦尼拍得很好，特别上镜，连那小孩都特别喜欢她。"

薛义盯着照片："是吗？看不出来你还会哄小孩。"

邦尼大方地说："我家里有个弟弟，小时候我老带孩子。"

薛义像是纯粹探班公司的工作一般，同众人打招呼后便离开了，然而明眼人自然看出不同，就连蒋南希和金燕玲态度都有所转变，一脸八卦地凑过去。

金燕玲给邦尼递了一杯咖啡："你跟薛总是怎么认识的？"

邦尼笑了笑："说来也是个巧合，薛总一直看我的直播节目，我也是签约那天才知道的，本来我也一头雾水呢！"

"刚才那个外国人是你的男朋友吧？长得挺帅。"

"那个呀，"邦尼愣了一下，"那个不是我的男朋友，就是一个普通朋友。我不是在培训中心教老外说中文嘛，他是我的一个学生。"

身后的林肯提着重重的饮料，听到邦尼的话，原地愣了一会儿，把饮料丢在地上便转身离去。邦尼看着地上的饮料，给林肯打电话，却提示无人接听。

拍摄完毕后，邦尼带着一身疲惫回家。林肯正坐在沙发上发呆，电视上节目播放着，他却没听到一句。

邦尼丝毫未察觉林肯的异样："累死我了，我现在算是明白那些模特有多辛苦了，这一天照拍下来，比我上一天课都累，简直浑身疼。"

她往脸上抹卸妆油："还有我这脸，这妆也太厚了，还没我自己化得好。可惜我是新人，要不然我肯定要求自己化妆了……你说我要是每天接这种拍摄，久而久之这皮肤肯定吃不消。"

林肯突然出现在身后，邦尼一睁眼吓了一跳："我的妈呀，你干什么呀，吓死我了！"

"我是你的普通朋友？培训中心的学生？"

邦尼愣在原地。

等林肯转身要出门，她忙上前拉住林肯："去哪儿啊？难怪我就看见饮料没看见你。你听我解释，我说那些话都是为了应付那些人，是social（社交），你不要当真。"

林肯失望地道："什么样的social，会不敢承认自己的男朋友呢？"

"我知道，我知道我那么说不对，可我也是怕麻烦。那些女人都是又势利又八卦，我要是说你是我的男朋友，她们肯定打破砂锅问到底，问完了就会各种评头论足嚼舌根，所以我就……"邦尼捧着林肯的脸，"对不起啊，我真的是因为不想多生是非，才撒了个谎，你别生我的气好不好？我发誓，你是我的男朋友，正式的、官方的、绝对的男朋友。"

“你不是因为我是你的男朋友而觉得丢脸？”

邦尼踮起脚抱他：“当然不是，你这么好，我为什么要觉得你丢脸？我纯粹是怕麻烦，不想把我的私生活都告诉别人。”

林肯还是有些郁闷：“OK……你先休息，我出去走走。”

“好吧，那你不许不接电话。”邦尼看着他，“亲一下？”

林肯关门离去后，邦尼靠在门上，笑容如释重负，长吁一口气，忽然看到电视上唐正正在接受记者采访，而他身后正是江达琳。

不只是江达琳，就连唐正也没有预料到流云会参与此事。他看着照片，表情阴晴不定。

很快保安就走进了流云的办公室，而后流云不甘地离开。流云作为铃铛网的副总，此时自然不宜声张，唐正只是无奈地说等风波过去再对外宣布流云辞职。

唐正随后接受采访，站在镜头前侃侃而谈：“关于商户们的诉求，我们会给予认真考虑，具体情况具体对待。如果是由于我们的过失造成的损失，我们一定给予纠正和弥补……但经过查证后确实是参与了刷单的商户，那对不起，我唐正还是要坚持原则的。我也想奉劝所有的商户，刷单不过是饮鸩止渴，干干净净地做生意，创建一个健康有序的平台，才能实现长远的利益。”

商户们一个个愤愤不平：“这什么意思，这不还是要继续搞我们吗？”

“曝什么光？你真把那刷单公司的事摆在台面上，那铃铛网肯定就肆无忌惮了，我们除了害了自己人，还能有什么好处不成？说不定还要被铃铛网恶狠狠地报复！”

“先写诉求吧，回头一条条跟他们掰扯。”

走廊里，两个铃铛网的员工边聊边走：“听说这次的活动预算上了九位数？”

“是啊，这年头导流多贵啊！哎，你说，咱们楼下那些商户，还有没有机会上活动啊？”

其中一位员工摇了摇头：“我看悬，除非他们赶紧整顿好了把店重新开起来，不然时间也赶不及啊！”

“哈哈，那他们这下损失大了，这次导流主要是导给中小店铺的！”

办公室内坐着的商户着急了：“哎，你们听听……有导流活动。”

“铃铛网哪个月不搞活动，你能不能沉住点气？”

“废话，一次导流能带来那么多生意，我当然急了。我坐在这里是为了什么？不还是为了继续开店吗？”

几个人正在争吵，唐正和江达琳刚好走进来：“各位的诉求写得怎么样了？”

商户们哪还顾得上诉求，抬头问：“唐总，铃铛网又要做活动啊？不是购物节刚做完吗？”

唐正笑着说：“这次购物节主要获利的还是5A级大商户分场，所以网站打算再做一次活动，回馈中小商户。呵呵，也算是响应你们的要求嘛。不过你们得抓紧点，不然估计赶不上。”

“那个……网站最快什么时候能退还所有扣押的货款？”

铃铛网的大厅内，商户们百无聊赖，正三五成群地聊天。安东带着铃铛网的员工一起下来发矿泉水和面包，商户们接过面包开始向安东打听。

“他们还在谈吗？都这么长时间了，还没谈完？”

安东笑呵呵地道：“呵呵，别急嘛，喝点水，没准儿一会儿就有结果了！”

“你这小伙子态度倒是不错。”

安东笑着说：“你们是商户，我们是平台，我们之间又不是你死我活的敌我矛盾，除非你们再也不开店，否则过了这两天咱们又亲如一家了是不是？我肯定得给你们服务好呀！”

众商户交头接耳，纷纷低声称赞。

安东下意识地看向卫哲，卫哲朝他点了点头。

卫哲赞许地道：“这小伙子说得，倒还真中肯。”

李庆在一旁冷哼：“怎么？这么容易就屈服了？”

卫哲说：“什么叫屈服？说句实话罢了。咱们确实还得在铃铛网上继续开店，难道你不想开了吗？”

其他人附和道：“呵呵，说不定楼上谈判那几位已经被招安了！”

卫哲见人心躁动，接着说：“哎，说句不中听的话，咱们也确实刷单了，这事儿本来就是违法的，说破大天去咱们也不占理。咱们现在在这里抗议，也就是尽力多要点好处，真要是过头了，把唐正惹毛了，我们很有可能啥也捞不着。”

“是啊！我就怕唐正记恨我们，回头真拼个鱼死网破，那我们这些小胳膊小腿的，还拧得过家大业大的铃铛网？”

李庆一脸不屑，目光灼灼地盯着卫哲和旁边的商户。

卫哲说："我在想，还是得给铃铛网一个台阶下，要不今天还真得在这儿过夜了……"

众人议论声四起。

忽然江达琳带着其他人走出来，抗议的商户们精神为之一振。

抗议的带头人说："各位，我们的诉求都交给铃铛网了，他们同意对误判的虚假交易进行修正，并抓紧时间处理扣押货款的问题，争取让所有下决心整顿店铺的商户能赶上下一波的活动。"

江达琳和卫哲对视一眼，两人眼中笑意渐浓。

李庆的脸色却越来越沉，在卫哲同带头人说话时，他忽然从怀中摸出个瓶子，拧开后一股脑儿倒在自己身上。

离他最近的江达琳狐疑地望着那个瓶子里的液体："喂，你想干什么？"

江达琳试图阻止，却被李庆一把拉过去："别动！"

卫哲蹙眉："你要干什么？"

江达琳奋力挣扎："这液体有问题。"

李庆摸出打火机来："你们别过来，我这是汽油。"

抗议的人群一哄而散，顿时离得远远的。

李庆面目狰狞："谁要是敢过来，我就一块儿点了。"

新闻报道还在继续。名仕公关的办公室中，袁肃一边喝着咖啡，一边慢条斯理地看着电脑上的网络新闻。看到江达琳被绑时，他一口咖啡全喷在电脑键盘上了。

舒晴和斯黛拉看到新闻后，也匆匆赶了过去。

沈英杰盯着新闻报道，越来越不安，在办公室边踱步边打电话："我看到新闻报道了，你也在现场吗？"

舒晴将车开得飞快："我不在，不过我正在往那儿赶。"

沈英杰悬着的心放了下来："哦，好，那你自己要小心，离危险远一点。"

舒晴愣了一下，才挂断电话。

邦尼正坐在沙发上敷面膜，刷着手机，突然在朋友圈看到一个视频，点开一看，视频中被威胁生命的人竟然是江达琳。

邦尼一把撕掉面膜，穿上鞋就往门外跑。

几辆车几乎是前后脚到，斯黛拉和舒晴匆匆跑过去："现在怎么样？"

"人都在那后面，这儿也看不见，干着急！"

安东急得双手合十地祈祷："阿弥陀佛，阿弥陀佛……"

李庆拽着江达琳走到天台，手里啪嗒啪嗒地打着打火机，声音骇人。

董所长和警察们正在低声开会，手里的步话机刺啦刺啦响。

江达琳望着李庆手里的小火苗，小心翼翼地试图挪远点。

李庆举起打火机："你们听着，除了唐正，谁的话我也不听，叫唐正过来！"

卫哲走向长天："唐正呢？怎么还没过来？"

长天低着头，面露难色："唐总在和董事们开会，已经通知他了。另外，唐总有个顾虑……他担心自己一旦和绑匪对话，万一说错了什么，就、就更糟了……"

卫哲冷冷地说："他是怕担责任吧？我来给他打电话！"

卫哲回头看了江达琳一眼，走到一边给唐正打电话："喂，唐总，我是卫哲……我不管你现在在开什么会，请你立刻出来和绑匪对话，否则我就把流云和刷单公司的事还有铃铛网这段时间的背后部署，全都公开。"

唐正咬牙切齿地道："你威胁我？"

卫哲又看了江达琳一眼："我是认真的。"

唐正说："你叫长天听电话！"

卫哲把手机丢给长天，随后走到江达琳能看到的地方。他冷静地对李庆说："你放开她，我们什么都可以谈。"

李庆情绪剧烈波动："你到底是谁？为什么出头帮铃铛网说话？你跟她是什么关系？"

"我和她没什么关系，但你知不知道你现在这么做，等于让我们所有谈判的努力白白浪费！"

"浪费什么，有什么可浪费的！你们本来都认㞞了！"李庆大喊，随后勒紧了江达琳，"别动。"

江达琳被勒得咳嗽起来，卫哲心急如焚。

长天走到卫哲身边："唐正说他马上过来。对了卫哲，我觉得你是不是应该回避一下？这儿有我们就行了，毕竟你的身份是卖家，万一被看出来……"

卫哲看着被勒得气喘吁吁的江达琳："看出来就看出来吧，我哪儿也不去。"

"可是……"

卫哲冷声道："我再说一遍，我哪儿也不去，就在这里。"

江达琳试图和李庆讲道理："你、你这又是何苦，我真不明白……咯咯……我不明白，你为什么……要这么做？本来就是开个店，你现在……搞这么大……不是……得不偿失？"

李庆将她勒得更紧："你懂个屁。"

江达琳顿时被噎得说不出话来。

卫哲急得往前一冲："你到底想要怎么样？"

李庆语气阴狠："唐正在哪儿？"

不远处，唐正带了几个人匆匆赶来，定了定神，上前一步："李庆，我在这里，不管你想要什么，你先把我的员工放开！"

"我呸，我放开她后，你还能听我的？"

卫哲脸色铁青。董所长走过去："武警部队和狙击手正在赶来的路上，十分钟内能到。"

卫哲松了一口气："那就好。"

"不过那女孩身上有汽油，我担心狙击手就算来了也不敢轻举妄动。"

卫哲微抿薄唇，一声不吭。

前方突然封路，坐在后座的邦尼心急如焚："你怎么转弯了？我要去前面。"

司机回头说："跟你说了前面封路了要改道。"

邦尼索性让司机停车，她下车后踩着高跟鞋分开人群拼命往那边跑。人跑得太急，高跟鞋卡在水沟里，邦尼把鞋使劲一拔，鞋跟被拽掉了。

她把鞋跟捡起来扔进包里，脱掉另一只鞋，提着一双鞋光着脚开跑。

两辆武警车开到隔离带外，一队全副武装的武警下车摆开阵势。不远处的小楼楼顶，狙击手架上了长狙。

李庆既激动又悲愤，一张脸涨得通红。

唐正站在原地没动："你的事我都听说了，你是天台人对吧？呵呵，我太太也是天台人，我听说你在铃铛网上开了一家竹藤制品店？"

李庆爆发，声嘶力竭地道："把我的钱还给我！把我的钱还给我！"

江达琳吓得躲开打火机。

李庆声泪俱下："我找不到工作……我、我爸妈托人……送礼，送了一万多块的礼，给我找的工作，一个月工资……才、才两千块钱……他、他们欺负我，看不起我……在背后说我的坏话，他们欺负我，还跟老板告我的状，我就辞职了，晓丽叫我开网店，说、说我负责进货、发货，她负责维护、运营还有客服……”

唐正顺着他的话说：“哦，晓丽是？”

“她是我的女朋友，这些都是晓丽管的……她说你们扣了十五万块的货款，店也被封了，要重开……我只好又找我爸借钱。我爸把家里所有的钱都给我了，我把钱全给了晓丽，她在上海，上个礼拜她跟我说，还要交十万块保证金。我来上海找她，说算了不开了，她、她说要跟我分手……我找她要钱，她、她说钱都被你们拿走了！你把钱还我，你把钱还我！”

长天凑到唐正耳边：“我们刚才查了，这个李庆开的店确实被封了，但没有扣货款。”

唐正皱眉道：“这个小伙子……你听我说，刚才我的人查过了，你的货款没有被扣，而且在铃铛网开店铺费用是非常低的，哪怕是最贵的，一个月也就一百来块钱，你的女朋友是不是搞错了？”

李庆摇头：“我不信，我不信，你把钱还我，你把晓丽还我！”

李庆陷入狂乱状态，手上打火机乱挥。

一旁的人看得心惊肉跳。

江达琳豁出去了：“你不就是想要挣钱、想要女朋友回来吗？我教你！你说你开的是竹藤制品店，你的货源是哪里的？哦对，你是天台人？天台是竹藤之乡，应该货源不错。你的店叫什么名？”

李庆一愣：“丽庆竹藤。”

江达琳一边胡说八道，一边仔细观察李庆。

卫哲紧张地看着江达琳和李庆互动，手指不自觉地摸到了自己的皮手环。

一小队武警试图从后面包抄李庆。

“什么？丽庆竹藤？我的天哪，你们起名字也太不走心了吧？这名字太土，我跟你说，东西再好，人家一看见这个店名，就根本没有点进去的欲望了。店名是什么？店名就是品牌名，是你的招牌，要起得洋气、好记、朗朗上口，比如你可以叫‘竹藤家’‘竹野家’‘竹藤不二家’，或者哪怕你叫‘丽丽家’‘庆庆家’都行，都比‘丽庆竹藤’好啊！你们有品牌规划吗？当我没问，你们肯定没有。唉，我看你的店就是被这个名字给耽误了。我跟你说，你的店要是换我来开，我早就挣钱了……”

李庆犹疑地说：“你……你知道怎么挣钱？”

江达琳理所当然地道：“我当然知道了，我的专业就是做品牌策划和品牌推广啊。”

众人正紧张的时候，突然响起一阵刺耳的急刹车声，一辆警车停下来，车门打开，李月如跌跌撞撞地跑了出来。

李庆愣怔时，江达琳忽然一个反擒拿手转到李庆身侧，又猛地用膝盖顶到李庆的下身，跟着往前一扑。

卫哲迎上去，一把将江达琳拽到自己身后，使劲抱住她，用身体挡住她。

身后的武警一起扑上来，成功地将李庆扑倒在地。

卫哲紧紧地抱着江达琳，江达琳劫后余生般抬起头，两人四目相对，时间仿佛静止了一般。

李月如在身后哭喊："琳琳！"

江达琳立时醒悟，赶紧松开抱紧卫哲的手，迎向朝自己冲过来的李月如。

李月如仔细打量江达琳，然后一把搂住她。

江达琳笑了笑："妈，我没事，你看，我不是一点事儿也没有嘛！"

隔离带松开，邦尼和斯黛拉几人全部冲了进来。邦尼一脸坏笑，看向卫哲："卫哲老师，刚才你真英勇呀！"

李月如抹了抹眼泪："对、对、对，卫哲先生，谢谢你救了琳琳。"

卫哲道："不敢不敢，谈不上救，应该是小江总自己勇敢。"

邦尼一脸真挚："你用身体护着她，生怕打火机掉到她身上，我们都看见了。"

卫哲笑而不语。

舒晴看着李月如和江达琳母女亲热，眼神晦暗不明。

受惊一场，这会儿安全后，众人悬着的心终于落回实处。

众人正要走时，江达琳忽然不动了。卫哲第一个发现，低声问她："怎么了？"

江达琳尴尬地道："我……刚才没觉得什么，这会儿有点腿软。"

"那我抱你过去吧。"

卫哲说完就将江达琳打横抱了起来。

江达琳心里咯噔一下，想起周围的人，羞得把头埋在卫哲怀里。

李月如几人都看呆了，卫哲却目不斜视，只顾抱着江达琳，稳步走到了车前。

邦尼凑到李月如耳边嘀咕了几句，李月如拿起手机拍照片，绽开笑容。

卫哲把江达琳放在车边，邦尼扶着江达琳上车。李月如站在车门旁向众人道谢："今天大家都受了惊吓，晚上我做东，在御彩轩订上两桌，请大家吃个饭，也算是压压惊。大家都要来啊。斯黛拉，我先送琳琳回去，你帮我照应一下。"

斯黛拉笑了笑："没问题。"

李月如转身刚要上车，又回头道："对了，卫哲，你也一起上车吧，我有话要问你。"

卫哲一愣，只好跟着上车。

目送汽车离开，一行人窃窃私语。

安东碰了下路易斯的胳膊，低声问："路易斯姐，我怎么觉得小江总和你家老大之间……有点什么……我是不是想太多了？"

路易斯耸了耸肩："随便你怎么想咯！"

舒晴也和斯黛拉对视，舒晴笑着问："他们两个？"

"可能吧。"

舒晴一脸意外："那什么……晚上我还要照顾乐乐，吃饭我就不去了，你替我和江太太打个招呼。"

江达琳靠在床上，李月如坐在床边，床头柜上放了餐盒。邦尼坐在沙发上吃水果，卫哲站在床尾。

江达琳挣扎着要起床："妈，我又没病，不用躺着吧？"

"你今天受了那么大惊吓，就得好好歇着。"李月如笑着看向卫哲，"卫哲，我把琳琳交给你了，你替我好好照顾她。"

邦尼一脸八卦地笑。

江达琳脸一红道："妈，人家卫哲也忙一天了，凭什么照顾我呀？"

李月如隔着被子在江达琳腿上拧了一把。江达琳疼得哎哟一声。

邦尼瞄了两人一眼："阿姨你放心吧，上回江达琳胃疼，吃什么药也不行，全靠卫哲的一碗面条给拯救了！"

李月如激动道："是吗？这事我都不知道。那太谢谢卫哲了，我们琳琳从小胃就不太好，她自己又没脑子，总是饥一顿饱一顿的。你也知道，胃是要靠养的呀，可是刚好家里出了那么多事，我是实在顾不上她，她自己还要扛一家公司，想想我也是心疼……不过还好有你，不但在公司里帮她，在生活上也能照顾她。"

江达琳嘀咕："他照顾我什么了呀？"

"您过奖了，那个，没什么事我就先走了，不耽误你们母女说话。"卫哲笑得勉强，离开前对江达琳说，"你好好休息。"

邦尼看着他的背影，好笑地道："跑得还真快。想不到卫哲这种身经百战的'钻石王老五'，遇到家长也会落荒而逃。行了，那我也走了，江达琳你借我一双鞋子。”

江达琳指了指柜子：“你自己随便拿。”

李月如站起身：“谢谢邦尼，今天也辛苦你了，回头阿姨单独请你。”

邦尼拿起一双高跟鞋：“阿姨，咱们之间不用客气。我走了啊！有什么事给我打电话！”

邦尼离开后，李月如坐在江达琳的床头，喜滋滋地看着她：“喂，你跟卫哲到哪一步了？”

江达琳用被子遮住脸，只露出一双眼睛：“什么哪一步啊？”

李月如瞧见她的模样，好笑地道：“你们是不是在谈恋爱？快点说啊！他今天都当众抱你了！”

江达琳迟疑地道：“今天那是特殊情况，我的腿麻了……好吧，我和他算是在交往吧！不过不算谈恋爱！”

李月如拉下她的被子，八卦的神情活像一个少女：“什么意思？你们搞地下情啊？”

江达琳轻轻捶了下被子：“我也说不好，但我们俩一个总裁、一个合伙人，总不能真的公开谈恋爱吧？”

“真公开倒也不是坏事，反而能让其他人有所忌惮。他是怎么打算的？”

江达琳嘟囔：“不要，我还没想好呢。他的话……我也不清楚。”

李月如一副恨铁不成钢的模样：“这怎么能不清楚？你必须得搞清楚他的心意，如果你们真的能在一起，妈妈非常赞成；但如果只是玩玩的，那你们最好尽快收手，这不是你们两个人的事情，涉及整个公司。”

江达琳坐直身体：“妈，我知道了，所以我们才没公开嘛，你给我们点时间想一想！”

“你不用想，你喜欢卫哲这几个字都写在脸上了，关键是他怎么想！”

江达琳噘嘴，烦恼地摸了下头发：“我知道了。你晚上不是还要请大家吃饭吗？快走吧，路上会堵车的！”

李月如失笑：“好好好，我走了！对了，妈妈还是很喜欢卫哲的，你要是需要帮忙，妈妈随时帮你助攻啊！好男人不要轻易错过。”

江达琳下床把李月如往外推：“不用帮忙，不用帮忙，别越帮越忙！你快走吧！”

她把门关上，靠着门背吁了一口气，而后跺了跺脚，才双手捂着自己的脸，眼神里仿若缀满温柔的星星。

说是少女怀春，大抵也不过如此。

江达琳扑到床上，给邦尼打电话。

邦尼正走在街道上，避开行人接通电话："我就猜到你会打给我。怎么，今天被卫哲抱了一下，心里小鹿乱撞了是吧？"

江达琳将头埋在被子里，声音闷闷的："哪有！我是担心他那么抱着我，还给所有人都看见了，会不会引来很多不必要的猜测啊？"

"猜测当然有了，你没看见其他人那眼神，我们又不瞎！"

"那可怎么办？"

"这有什么怎么办的？关键是你们俩怎么想，用不着理会别人的想法。"

江达琳想了想，给卫哲发短信："我妈和邦尼都走了，你在哪儿啊？我们晚上一起吃饭？"

卫哲刚到心理疗养中心，看了一眼手机，回复："今天有点累了，想早点休息，要不明天？"

江达琳略微失望，但也没说什么："好，那你休息吧。"

卫哲将手机放进口袋，缓慢地走上台阶。

聂灵子打开门迎接他："要不是听说你今天遭遇险情，像这样提前半个小时的预约，我肯定不会理你。"

卫哲有些郁闷："医院还能挂急诊呢，你就当我也是挂急诊吧。"

聂凌子打开网络新闻的视频，视频里能清晰地看到被劫持的江达琳和几米外一脸焦急的卫哲。

聂灵子挑了挑眉："她是不是就是你的那位小总裁？"

卫哲苦笑一声，胳膊向后伸，躺在沙发上："这已经不是第一次了。"

聂灵子关掉新闻："上一次是什么时候？"

卫哲声音微凉，抬头看天花板："上一次是我和第一个女朋友谈恋爱的时候。"

聂灵子笑道："这好像是我第一次从你口中听到'谈恋爱'这三个字。"

卫哲不置可否："没错，当时我们确实在谈恋爱。那差不多是六年前，有一回我们在她家里……"

卫哲不可避免地想起第一次谈恋爱的时候。这大概是男人的劣根性，永远难以忘却所谓的初恋，像是自己给自己套上了一颗朱砂痣的幻想，这颗朱砂痣有个统一的名字，叫作初恋，偶尔还会被叫作前任。

大概是六年前，卫哲和裴瑜还在热恋，两人在起居室里嬉闹，和所有热恋中的年轻人一样，卫哲将裴瑜压在身下亲吻。

听到脚步声的时候，卫哲和裴瑜抱着彼此躲在长椅背后，一动也不敢动。

等到裴东来听不到裴瑜的回应将要离开时，两人刚松了口气，却不料长椅忽然朝外倒下去，两人就此暴露在裴东来的视线里。

裴东来让两人坐在沙发前，裴瑜还在旁边做鬼脸。裴东来开明地大笑：“女大不中留的家伙，要不早点嫁人算了。”

裴瑜挽着卫哲的胳膊撒娇：“爸爸你说什么呢！”

聂灵子不可思议地笑着问：“所以就因为一句‘女大不中留’，你就被吓得跟人家分手了？”

卫哲摊手：“我不知道……我想我是没准备好……”

“那这次的感觉呢？还是没准备好？”

卫哲有些犹豫，努力寻找思路：“应该是吧……我也不知道为什么会这样。”

“嗯……跟我说说你的父母。”聂灵子笑着道，“嗯，你见到女孩的父母，就紧张得想跑，我想是时候了解一下你的父母了。”

尽管疑惑，卫哲还是知无不言：“我记得我跟你说过一次，我爸爸是个外交官，他和我妈妈在我很小的时候就离婚了，后来我跟着我妈妈。我们相处的时间其实很少，特别是小时候，她是个艺术家，整天和她不同的男朋友飞来飞去，写生、学习、交流、展览……她总是把我寄养在不同的亲戚、朋友家里，东家两个月，西家两个月，有时候我觉得我简直是吃百家饭长大的。”

卫聘婷在完美地履行艺术家的身份，却总是忽略自己的儿子，仿佛有一个长久的牵绊并不符合艺术家的自由，所以卫哲是被随时丢弃的存在。

卫哲眯着眼道：“我很会讨人喜欢，所以这些亲戚、朋友都对我很好，非常好。那时候小，我也总是不明白，为什么一个地方刚住习惯了，我又要被带走，送到新的地方去。但现在我终于明白了。”

聂灵子微微前倾：“明白了什么？”

卫哲嘴角扯起一个笑容：“有一句话说得很好，经常旅行的人，心会变得很硬，因为他们总是在告别。我想人的一生或许也是如此，终于在一起了，便意味着要分开。”

卫哲想，他曾经是那个随时被丢下的人，于是现在的他选择随时离开别人。并非要补偿儿时的自己，而是清楚地明白被丢弃时的痛苦，所以他想要做更潇洒的人。

天色已近黄昏，月亮还没冒上来，太阳落山的地方，天地交接间，淡蓝色与昏黄交接。

卫哲从心理疗养中心离开，明明已经知道答案，却还是犹豫不决。

金碧辉煌的高级餐厅，幽静雅致的包厢内，智利红酒的香味在鼻尖蔓延，而后充斥着包厢。

邦尼轻轻晃动杯子："你可真讲究，出来吃饭还自己带酒。不过这酒真好喝。"

薛义笑着说："智利酒普遍果香四溢，热情奔放，可惜这个国家离中国实在有点远，海运周期太长，导致几家最好的酒庄的酒根本过不来，这一瓶还是我从美国带过来的。"

薛义侃侃而谈，邦尼眯了眯眼。这种男人天生带着致命的吸引力，一旦他决定靠近，就是女人沦陷的时候。

"你太懂生活了，万里迢迢搬家，还要带着酒。"

"没有白辛苦，你能欣赏，我就很高兴。"

邦尼沉默了一会儿道："我没想到你今天会来片场探班。"

薛义公式化地回答："集团对小力士奶粉寄予厚望，这是在中国区的第一支广告，我当然要来看看。"

邦尼摇了摇头："对了，我一直想问你，你为什么会选我当奶粉的代言人？"

薛义再给她倒了一杯红酒："你虽然不明白，但你也欣然接受了。"

邦尼不好意思地笑了笑："这么好的机会，我怎么舍得错过。而且我也不是完全不明白，我试着猜了一点原因。"

"哦？说说看。"

"目前市面上凡是我们能看到的小孩奶粉的广告，全都是以父母带孩子的形象出现，千篇一律，毫无新意。所以我就在想，你们是不是想要换一个与众不同的切入点，我身边也有结婚生子的朋友，她们并不因为做妈妈了，就被单纯地贴上'妈妈'的标签。她们还有其他身份，而且做得很好，所以你们特意选了三个不同领域的女性，如果这些家庭、事业都很成功的女性都选择这款奶粉，就恰好说明这款奶粉是最明智的选择。"

薛义颇为欣赏地看着她："但你还没有结婚，谈不上家庭成功。"

邦尼抿了一口红酒："是啊，我一开始也纠结这个，不过后来我想，我好歹也有上百万粉丝呢，也是有号召力的，既然是要打广告，为什么要强行界定已婚、未婚、有孩子、没孩子的呢？难道这些广告贴在地铁里，未婚、没孩子的就看不见了吗？听说有一种广告是专门做给潜在顾客看的，就算是未婚的，早晚都要结婚生孩子吧？”

薛义哈哈大笑，好心情地问道：“你会结婚生孩子吗？”

邦尼俏皮地眨了眨眼：“嗯……看心情。”

“哈哈哈！你真是个有趣的丫头。那你觉得，你可以和蒋南希、金燕玲相提并论吗？”

“说老实话，这一点我没想通，但很快我就释然了。”邦尼坦诚地道，笑容是年轻女孩特有的骄傲，“虽然我的事业没有她们成功，但我比她们更年轻、更漂亮啊，没准儿她们恨不得用万贯家财来跟我换取青春呢！”

“那要是她们真的来换，你换吗？”

邦尼斩钉截铁地道：“当然换。”

薛义还是笑：“跟你吃顿饭，我笑的次数比过去的一个月还要多。你说得对，但也不对，按照你的解释，你确实很符合这个代言人形象，但也有无数的网红同样符合这个要求。”

“那你是为什么？”

薛义盯着她，将原本总裁与代言人的距离拉得越来越近：“我告诉你我对小力士奶粉的候选人不太满意，隔天我就看到你的资料出现在DL拿来的新方案里，这么好的默契，我不响应一下，不是太辜负你了？再说，我一直也找不到合适的机会约你，偶尔打个电话约吃饭、约咖啡，总觉得刻意。现在你成了我们的代言人，虽然有点假公济私之嫌，但我总算能经常见到你了，是不是？”

邦尼低头喝酒，假装没听到他的话。

“对了，你说你还有个弟弟？”

邦尼笑道：“我感觉你要开始查户口了。不过我不打算回答你的任何问题。”

薛义乐于陪她聊天：“为什么？”

“因为我是一个很普通的女孩，我的身世没有任何精彩之处。更重要的是，我已经跟你的公司签了一份代言合同，并且几乎履行完毕了，想必你连我的身份证复印件都看过，而我几天之前才刚刚知道你的现实身份，这不公平。”

薛义端起酒杯：“你很在意公平？”

“我们一生努力奋斗，不就是为了自由和公平吗？”

薛义深深地凝视邦尼，举杯道：“来，为了自由和公平。”

高脚杯碰撞发出清脆的声音，红色的酒液晃动，杯子后面是这座大城市所有年轻女孩一般毫无畏惧的双眼。

深夜，月光安静地照在带有上海韵味的余庆坊，稍显破败的墙在月光下毫无遮掩。邦尼和林肯仰天躺着，两人眼睛都睁着，均是毫无睡意。

林肯开口说道：“我仔细想过了，今天的事情是我太多心了，忘记考虑你的处境。”

“没事，我也确实做得不够好。”

林肯转身搂住邦尼，最后说道：“我不喜欢你做这个工作。我知道你不会听我的，但我还是想告诉你，我不喜欢你做这个工作，不是因为我小气，而是我不喜欢那些人，那些蒙着面具过日子的人，我很怕你和他们在一起时间长了会变得和他们一样。”

邦尼安慰道：“你想多了，我也就跟天上掉馅饼似的得到这次拍摄机会，下一次还不知道在什么地方，想变得和他们一样也得有那个命啊，是不是？”

“No，你很出色的，每个人都会看见。”

邦尼转过身：“那你为我骄傲吗？”

林肯抱她抱得更紧：“当然，我又骄傲又担心。”

邦尼抱住林肯，轻轻拍着他的背：“你放心，我不会变成他们那样的。”

阳光透过梧桐树叶的缝隙，落在街头的大幅海报上，上面是小力士奶粉的三名代言人姣好的面容，中间的女子笑容明亮。

DL传播的会议室临时改装成了直播室，蒋南希面前放着几罐小力士奶粉，架着直播架，后面是举着提词板的工作人员。

蒋南希怀里抱着孩子，奈何小孩一直在挣扎，一会儿试图去抓摄像头，一会儿朝保姆伸出手，镜头外面，蒋南希的保姆一直试图让孩子安静。

“平时一直特别忙，像这个点儿，我通常都是在开会。”蒋南希明显有些不自然，眼神不由自主地飘向提词板，又赶紧飘回来，“如何平衡事业和家庭是一直困扰我的难题……会不会给孩子喝小力士奶粉？当然，多多很喜欢喝小力士奶粉的。”

江达琳几人正在工作人员身后看监视器，直播间的人数在三十万上下跳动。

“每天早晚我都会给多多喝一杯小力士奶粉，她现在身体的各项指标都很好……是不是我自己喂？当然是了！时间？我每天都会挤出时间陪孩子……多多你别乱动！”

孩子突然剧烈挣扎，一股脑儿扭动身体，冲出了镜头。

轮到金燕玲直播，她穿着一身休闲装，表情僵硬，观众人数迅速下降。

“因为我是运动员，所以我比较注重营养的均衡与全面，小力士奶粉是采用新鲜直取的新西兰自家牧场的第一道奶源，含有针对性的自然保护配方，能够帮助孩子的消化……并且能够有效帮助孩子的脑部发育。”

弹幕上飘过各种各样的问题。

Andy不满意地嘟囔：“广告倒是背得挺熟，怎么一点都不跟观众互动？这么多问题都不回答，她不知道这是直播吗？”

舒晴撇了撇嘴：“她应该是不习惯吧，直播看起来简单，但其实跟脱口秀也差不多，有声有色地连续说上一个小时，很多人都做不到的。”

几人倒没想到，直播镜头前最自然的反倒是邦尼。

邦尼轻松地面对镜头，边说边和弹幕互动：“广告出来后，被问到最多的问题是，你什么时候生的孩子？其实以前我一直觉得生孩子这事儿离我很远，但可能人到了一定阶段，想法就会变，我现在还真挺想要个孩子的……什么，我有没有男朋友？”

豪车的后排，薛义也在看直播，闻言会心一笑。

“着什么急啊？我觉得其实有没有男人无所谓，但是你得有个孩子，”邦尼拿出小力士奶粉，“然后喂他小力士奶粉。”

看着熟悉的人送来的车队，邦尼脸上的笑容更甚：“谢谢车队！哇，又来一支车队，谢谢，给你比心！不过有钱给我送礼物，也别忘了给孩子买奶粉啊！哈。”

监视器后，Andy乐了起来：“邦尼可真行！”

江达琳语气骄傲：“邦尼的临场发挥能力特别强，以前我们在学校戏剧社做即兴表演，她总是最好的，别人都跟不上。”

不知不觉直播间人数突破一百万，不断有人进来，弹幕上飘满了礼物。江达琳和舒晴满意地对视一眼。

“小力士奶粉来找我的时候我特别意外，我说我怎么能代言奶粉呢？但他们特别耐心地给我解释、给我普及知识，我这才发现原来这不仅仅是一款奶粉，还是一个科技含量非常高的产品。它里面的营养指标在全世界都可以排前三，再加上大家都知道小力士奶粉的母公司是飞扬集团，咱们谁家里没有飞扬的产品啊是吧？反正我要是有孩子，肯定给他喝小力士奶粉！”

工作人员打印出一张直播销售数据单，江达琳和舒晴凑过去看，舒晴不可思议地道：“蒋南希的转化率是百分之十五，金燕玲的转化率是百分之二十二，邦尼的转化率……百分之四十七？！这么高！”

江达琳喜形于色：“这就相当于这一百多万看直播的观众里，几乎有一半的人都点进了小力士的店铺！”

Andy张大了嘴巴：“这简直是难以置信。”

结束直播的三人先后走进接待室。一阵掌声中，舒晴和江达琳赶紧迎上去，邦尼自然而然地走到江达琳身边。

Andy挨个拥抱几人：“Bravo！效果惊人，就在直播的一个小时里，小力士奶粉的网络旗舰店的销售额已经突破了五百万元。这也是我们第一次做直播促销，没想到效果这么好！辛苦三位了！”

金燕玲揉了揉肩膀：“总算没白忙。”

蒋南希笑着问：“我们三个人的数据分别是多少啊？”

工作人员拿着单子念：“金老师的销售额是一百三十万元，蒋总的销售额是一百一十万元，邦尼的销售额是二百八十万元。”

邦尼看向江达琳，指了指自己：“我有这么多？”

瞧见蒋南希和金燕玲脸色突变，Andy上前打圆场：“哈哈，直播观众的兴趣我们也没摸清楚。”

舒晴点了点头：“网友都是很随性的，这个销售数据也不能说明什么。”

邦尼谦虚地道：“是啊，我平时就是做直播的，已经做习惯了，几乎是专业的，蒋姐姐和金姐姐今天都是第一次做直播，难免有点不习惯，以后慢慢就好了。”

邦尼给了台阶，其余两人哪有不接着的道理，却没了参加庆功宴的心情。

Andy和舒晴送两人离开，邦尼吐了吐舌头，在江达琳耳畔呢喃：“就一个小时，我卖了二百八十万元的奶粉？就一个小时，我卖了二百八十万元的奶粉？”

江达琳抱住她，郑重地点头：“是的！你现在已经是明星了。”

听到“明星”二字，邦尼眼神憧憬，猛地一用力，将江达琳抱起来转了个圈：“早知道跟你们谈提成了！”

“你个财迷！”

接待室里，是两人干净清澈的笑声，毫不掩饰的开心出现在眼眸里、神情里和抑制不住的声音里，若是有人经过，怕是也会被感染，忍不住会心一笑。

第二十八章　风光无两

直播事件比预计的热度更大，电梯里贴着小力士奶粉代言人的海报，而大家议论的焦点已经从蒋南希和金燕玲变成了邦尼，邦尼直播间的热度一时风光无两。

不只是直播，邦尼还被邀请做网络访谈。

王楚坐在高凳上，把采访稿放在一侧，举起话筒："邦尼最近非常红啊，常常出现在网络红人榜前十。有个问题我一直很好奇，你一个没有结婚、没有生育过的单身女性，给一款婴儿奶粉做代言，不觉得很奇怪吗？"

"不奇怪啊，很多奶粉广告找男人来代言，我好歹还是个女的。"

王楚笑着说："可那些都是奶爸吧？"

"那我就是准奶妈啊。而且说不定哪天说当就当了，是吧？"台下笑声不断，邦尼看着镜头，"别以为只要未婚，生孩子喂奶就是很遥远的事，真不是。我这么说其实很多人一定在心里默默地赞同，你们知不知道有多少和我一样的单身女性，每个月都要担心一次'喜当妈'！我们就是没好意思说罢了。真的，母婴行业就应该把眼光再往前放一点，婚前女性都是潜在客户啊，这一点小力士奶粉就做得特别好，我觉得能想到这个点子的人，简直是个天才……"

江达琳笑着看电梯里的采访视频，走到前台时脸上还保持着明显的笑容。

"有你的快递，昨天保安代收的。"艾米又拿起另一份快递，暧昧地说，

“还有这份是卫哲的。”

不只是艾米，其他人脸上也挂着暧昧的笑容，好似知道了了不起的八卦。

杜威廉迎面走来，低声道：“我还以为你会和卫哲一起来呢。”

“怎么会！”

江达琳满脸通红地走进自己的办公室。

她刚关上门，安东就推门进来，将一沓文件递给她。心思细腻的安东甚至将文件上方的回形针弯成了一个心形。

江达琳略感无奈，看来昨天卫哲的那一抱，还真是引起了不小的反应。

就连李月如也跟着凑热闹：“我买了些不错的花胶和瑶柱，后天是周六，你带上卫哲来家里吃饭吧？”

江达琳愣了一会儿：“周末公司活动，我估计没时间啊……”

“那周日呢？周日晚上总该回来了吧？”

不给江达琳拒绝的机会，李月如就先挂断了电话。

从前台走到办公室的卫哲，同样接受了来自各种八卦眼神善意的洗礼。

他端着一杯咖啡坐在办公室里：“所有人……都知道我和江达琳的事了？”

“对啊。”路易斯摊手，凑上去问，“你众目睽睽之下英雄救美的时候难道没想到这一点？”

卫哲蹙眉道：“当时……当时情急啊。这些人的思想为什么这么不纯洁？”

恋爱中的人约等于傻子，路易斯现在更加确信这是亘古不变的真理。

“因为没有人是瞎子……喂，你不会是后悔了吧？”路易斯瞪大了眼睛，“我早就警告过你，不要轻易招惹小江总，你不听，非要吹皱一池春水，现在大家都知道了，我看你怎么办……”

“我也不知道。”

路易斯无语了，说起正事：“我懒得跟你讲。对了，这个周末文森特参股的辉煌度假村开幕，邀请你们所有合伙人，你去不去？”

卫哲看了一眼手机：“我周末要去给MBA上课。”

路易斯眼中精光乍现：“你想避开小江总？”

卫哲微微蹙眉：“我是真的要上课！”

“随你。”路易斯传达完消息，离开了卫哲的办公室。

江达琳敲门进来时，卫哲难得地还在发呆。两人看向对方，都有一丝不自在。

江达琳捏了捏手指："你有没有……发现？"

她眼尖地发现卫哲桌上一沓文件上面的回形针也被故意掰成了心形，无奈地道："人人都知道了。"

"嗯，我发现了。"

"那个……我妈妈问我们周六有没有时间一起吃个饭……"江达琳看向窗外说，"不过我跟她说了，周末公司活动，我们都要去辉煌度假村捧场。"

卫哲望着她："我去不了度假村，周六要去给MBA上课。"

江达琳愣了下："还是裴小姐的那个MBA项目？"

"嗯。"

"知道了，我先出去了。"江达琳走到办公室门口，忽然转身问，"我对MBA项目也很有兴趣，可不可以去旁听你讲课？"

"嗯……当然可以。"

采访完毕，邦尼站在录影棚外扶着墙根站着，细高跟鞋穿了太久，脚隐隐作痛。她眼前一辆豪车经过，后面跟着一辆出租车，出租车窗放了下来，露出林肯的脑袋。

邦尼目送王楚款款地上了豪车，没好气地看着林肯打来的电话，直到王楚的车离开才一瘸一拐地走上出租车。

回到家后，邦尼脱下高跟鞋，脚跟红肿，她把腿搁在林肯的膝盖上："咝……你也不给我揉一揉。"

林肯一边帮她揉，一边心疼地说："你现在又要上课又要录节目，还要直播，太累了，我认为你应该减少工作量，注意休息。"

邦尼笑容嘲讽："减少工作量？注意休息？呵呵，我可不要，我好不容易过上这种忙到连轴转、所有的人都需要我、没有时间休息的日子，我得好好珍惜，得把每一分钟掰开了好好过才行。只有你们这种不知道民间疾苦，从小到大没被人欺负过，工作八个小时就觉得自己快累死的人，才会觉得休息是一件不得了的事。中国有一句老话，生前何必久睡，死后自会长眠。等我过气了不红了、老了走不动了，有的是时间休息，现在我不想休息，我把我休息的份额全部让给你。"

林肯愣住："你还好吗？"

邦尼反应过来："我没事。"

"不，你有事，你最近和以前不一样了。"林肯皱起眉毛，手上的动作却没停，“不，我没有多心，你不觉得最近我们很少交谈了吗？我们也不去散步了，也不去度假了，甚至晚上你都不愿意跟我……”

邦尼不耐烦地道：“哎呀，我这刚回来你就跟我说这些干吗呀。你喜欢休息、喜欢摄影、喜欢骑着自行车满世界乱逛不去工作不事生产浪费生命那是你的事，我很忙的，我没时间，我也不想跟你聊天、散步、度假，我既没那个境界，也没那个心思，你懂不懂？我不想说了，今天早上六点就起来了，晚上还要上课，我先歇会儿。”

邦尼靠着椅背，脸朝向另一侧。

两人在同一个空间，却各怀心思。

邦尼最近越来越不愿意待在余庆坊林肯的家，休息好后她便叫了江达琳吃饭，谁知听到了江达琳要去旁听的计划，差点一口酒喷出来。

“旁听？哈哈哈，可以啊江达琳，你比我想象中有种！”

江达琳噘嘴：“我就是气不过！我妈叫他去我家吃饭，虽然我先拒绝了，但他也不能拒绝得那么快啊，立刻就说要给MBA上课……过分！”

见家长这种事，向来是男人们的噩梦，邦尼笑了笑：“也不能都怪他，见家长这种事，是个男人都害怕。”

江达琳虽然理解，但还是失落：“我知道他害怕，但也不要表现得那么明显好不好？闹得好像我立刻要嫁给他似的。”

“那你是怎么打算的？就这么公开恋爱了？”

吃过饭后，两人边走边继续聊，邦尼还在一旁出谋划策：“你们这个办公室恋情，是挺麻烦……”

两人经过另一桌，忽然瞥见卫哲和王楚面对面谈笑风生，看似十分亲昵。邦尼脚步顿住：“哎，那女的不是王楚吗？就是采访我那个主持人。”

江达琳道：“我过去打个招呼，你等我一下。”

卫哲和王楚惊讶地看着她。

江达琳压下尴尬：“Hi！好巧。”

卫哲放下酒杯：“Hi。呃，我来介绍，这位是著名主持人王楚，这位是江达琳，我的……老板。”

王楚饶有兴趣地上下打量江达琳：“久仰久仰。”

江达琳解释来意：“你好，我和邦尼在这儿吃饭，刚好看见你们。”

三人朝邦尼看过去，邦尼挥了挥手。

王楚笑了下：“原来你和邦尼是朋友，她是个很有想法的姑娘。”

江达琳望着卫哲和王楚，却不知道该说什么好："那个……那你们慢慢聊，我先回公司了。"

转身的时候，江达琳一脸懊恼，恨不得时光倒流，自己就不会再来打招呼。

身后的卫哲叫住她："她最近在做一档真人秀节目……好像遇到了点麻烦，所以找我商量看看怎么应对。"

江达琳嘴角扯出一抹牵强的笑容，语无伦次地说："哦，没问题啊，不用跟我说……那个……我先走啦！"

一出门江达琳就没好气地龇牙咧嘴："我觉得好丢脸。刚才那感觉就跟捉奸似的，偏偏人家根本没把我介绍成女朋友。我是不是太患得患失了？"

"你是她的女朋友嘛。"邦尼看了一眼手机，"不怪你，卫哲身边的女人素质也太高了，一个裴瑜是富家小姐，这个王楚又是著名主持人，换了我，我也患得患失。"

江达琳皱了皱眉，第一次觉得气馁。

MBA课堂上，两组学生正在唇枪舌剑，卫哲好整以暇地站在当中，其他人饶有兴致地看着，只有教室后排的江达琳昏昏欲睡。

"我觉得公关根本不重要，从最近几个著名事件就可以发现，公司出了问题，公关往往是最后一个知道的，甚至比消费者知道得更晚……公关的位置太靠后了，根本进不了企业的战略决策层和运营层，最多也就是个救火队员吧！"

裴瑜直接说："你错了。"

江达琳单方面认为裴瑜是自己的潜在情敌，一个激灵醒了。

裴瑜继续说："若公关进不了企业的战略决策层和运营层，只能说明这家企业的公关人不行，而不能说明公关不重要。"

另一个学生不服："那至少也说明公关对于这些企业不重要，而这些企业可不在少数。"

"你还是错了。那只能说明这些企业没有意识到公关有多重要，这也恰恰解释了为什么他们在近期的公关危机里全都显得那么被动，那么无所适从。"裴瑜看向卫哲，"卫哲老师，你说，我讲得对不对？"

"你讲得对。"卫哲微笑着道，"但他说得也没错。"

裴瑜语气娇嗔："哎呀，你讨厌！你别和稀泥好不好？我们是认真的。"

江达琳看傻眼了，悄悄拍了一张课堂照片发给邦尼："我就不该来这个

MBA听课，简直是自己找罪受。”

邦尼正对着镜子梳妆，右手拿着唇膏，左手拿着手机，照片里卫哲和裴瑜挨得很近。

“你错了，你坐在那里，不是为了盯梢也不是为了严防死守，你是代表了一种态度，这个态度既让卫哲明白你的心意，也是对那些狂蜂浪蝶的警告！女人适当地吃醋，男人会很高兴的，明白吗？”

江达琳皱眉看着邦尼发来的语音：“我在课堂上呢，你别发语音啊！”

“我在化妆，手没空。”

江达琳收回看向卫哲的视线：“化妆？跟林肯出去玩吗？”

邦尼犹豫了一下道：“林肯去和什么新锐设计师见面了，我约了几个网红小姐妹喝下午茶。”

邦尼从楼上下来，戴着墨镜站到了路边，分明是最简单的T恤和牛仔裤，偏偏穿出了红毯明星的范儿。

一辆豪车驶来，车窗打开，后座上赫然是薛义。

江达琳百无聊赖，坐在后排打了个长长的哈欠。

一节课结束，江达琳刚想拿着包离开，却无语地望着学生们纷纷朝卫哲走过去。

卫哲在人群中朝江达琳眨了眨眼，试图安慰她。

“卫哲老师，什么时候有时间来我们公司坐坐，给我下面的市场部讲讲课？”

“你看你说的，卫哲老师给你讲了课，还得给你的员工讲课呀？卫哲老师，有空一起吃个饭呗？”

“我在阳澄湖旁边弄了个农场，自己家放养的土鸡，还有笋子、蔬菜什么的，都是有机无公害的，下周我做东，请卫哲老师还有全班同学一起聚聚，怎么样？”

卫哲耐心地应付着众人，总算差不多时，又被裴瑜叫住：“卫哲，我这儿有两个企划方案，想请你帮我看看！”

“裴瑜，你可不能仗着是美女，就想独占卫哲老师啊。”

“说什么呢，卫哲老师就是裴瑜请来的！”

裴瑜随手挽住卫哲的胳膊：“就是，我就是独占了怎么样啊……”

卫哲朝后排看了一眼：“着急吗？”

“急啊，我爸让我周一给他汇报呢，我怕说得不好又要被他骂。”

江达琳盯着被裴瑜挽着的卫哲的胳膊，恨不得盯出一朵花来。她越看越气，索性拎着包离开教室，给卫哲发了消息："我去车里等你，你完事了出来。"

江达琳瞪了半天微信，没有等到回复。她朝教室方向张望，一脸不开心地给邦尼发微信："好不容易下了课还被人围着，到现在都出不了教室，那个裴瑜居然在众目睽睽之下挽着他的胳膊，早知道我就不来看他上课了！气都气饱了！"

车内装饰豪华，邦尼坐姿矜持，听完江达琳的语音打字发消息："看不下去就撤！"

"没错，我也准备撤了，我玩自己的去！"

邦尼："快去玩，我这里有事，先不跟你聊。"

邦尼放下手机，冲薛义一笑。

薛义回以微笑："周六把你约出来，你男朋友会不会不高兴？"

邦尼摊手："他今天也有事，我们俩各忙各的。"

"所以你真有男朋友？"

邦尼大方地笑道："我长得又不丑，别的没有，男朋友总是有的。"

江达琳刷着朋友圈，看到斯黛拉发的度假村的照片，索性问斯黛拉要了邀请函之后直接驾车去了度假村。

新开的度假村春风洋溢，人们衣着入时。斯黛拉和叶东烈走在前方，身后是推着推车的舒晴，推车上是被遮住阳光安静睡觉的乐乐。

叶东烈四处张望，偶尔拍几张照片。

文森特从门口走过来，人未至声先到："斯黛拉！舒晴！"

斯黛拉笑脸相迎："文森特，好大的手笔啊。"

文森特笑容洋溢："你们要是喜欢，欢迎经常来住，骑骑马，钓钓鱼，放松放松。"

斯黛拉和舒晴走到外面拍照，文森特四处环顾，误以为叶东烈是服务员："喂，小伙子，去开瓶香槟，再拿几个杯子过来。"

叶东烈愣了愣："我？"

文森特一脸不耐："对啊，愣着干吗？快去！"

叶东烈茫然地往餐厅走去。

服务员忙得团团转，也没在意叶东烈是谁，直接把香槟放到托盘上递给他，顺便给他推了一辆餐车。

斯黛拉四处张望，直到看到叶东烈推着餐车走过来。叶东烈不会开香槟，文森特皱眉：“你怎么回事，连香槟也不会开？拿来，拿来！”

斯黛拉走上前接过香槟：“我来开吧。”

“怎么能让女士开香槟……”

斯黛拉笑了笑：“没关系，我男朋友不擅长这个，还是我来开吧。”

文森特诧异地看着叶东烈：“难道这是……哎呀，你看我这眼神，我一下没认出来，不好意思，不好意思啊！”

斯黛拉打开香槟，给叶东烈递了一杯。

叶东烈摇头：“香槟不适合我，我情愿喝啤酒。”

斯黛拉察觉他的情绪：“你要喝啤酒吗？我去找服务员要。”

“不用了，我自己去找，我知道他们把酒藏在哪儿！”

“你没事吧？”

叶东烈声音闷闷的：“没事，你慢慢喝。”

斯黛拉正要陪他出去，何宏伟从远处走过来，又叫住她。

何宏伟站到她面前，随手端起一杯香槟：“我也没想到，这种场合你也把那小孩也带来。”

斯黛拉心平气和地道：“他是我的男朋友，这样的场合我带他来很合适。”

“Sorry，我只是实话实说而已。真的，你会被这样的小男孩吸引，我不意外，毕竟你刚从崔英俊那个大坑里出来，年轻人嘛，热情、美好，他能让你高兴，但是高兴一阵也就差不多了，你说呢？”何宏伟指了指窗外，“你不觉得，他跟这个场合，跟你的整个生活，格格不入吗？”

叶东烈站在河边，百无聊赖地朝水里扔着石子。

斯黛拉顺着何宏伟所指看过去：“格格不入这件事，未必和年龄有关，我其实也不喜欢这样的场合，不过是虚与委蛇罢了。另外，宏伟，我们认识这么多年，我真不希望因为这种事做不成朋友。”

何宏伟开玩笑：“这是你的第二次警告了。”

斯黛拉笑了笑：“是啊！如果你不能心平气和地对待这件事，可能就会有第三次。”

何宏伟投降：“OK，我不想被红牌罚下，我决定自我禁言了！”

叶东烈站在河边，表情犹豫。他回头看去，忽然转身往里走。

斯黛拉见他走过来，笑着介绍：“你进来啦！哦，我给你们介绍，这是何宏伟律师，我的好朋友……宏伟，这是我男朋友叶东烈。”

何宏伟似笑非笑地看着叶东烈：“你用不着介绍得这么刻意，你别忘了，第一个知道你们在一起的人就是我。”

斯黛拉无奈地看向叶东烈：“对不起啊，宏伟这人平时还挺有礼貌的，今天……”

叶东烈情绪低落：“我想先走了。”

“可我们刚来不久啊……”

“你想玩就继续，我先走了。”

叶东烈大步往前走，斯黛拉踩着高跟鞋快步跟上他：“你怎么了？你是不是不高兴了？我知道宏伟是不太礼貌，但是……”

叶东烈霍然回头：“但是什么？里面那些人，你的那些朋友，何止不礼貌，他们根本不尊重人好不好？”

斯黛拉抓住他的胳膊：“你是因为文森特叫你拿酒吗？他是搞错了……”

“那他为什么不搞错别人，偏偏就搞错我？因为我看上去比较穷是不是？我知道，你们都是非富即贵，我就不应该来这里。”叶东烈指着那边站着的一群人，“我是你的男朋友，他们看不起我，就等于看不起你，你还替他们说话……”

“我没有替他们说话，我也不觉得他们在看不起谁，相反我觉得是你不够客观，你太敏感了……”

叶东烈嗤笑一声：“我敏感？我已经很迟钝、很忍耐了好吗？就里头那些人，有一个是真诚的吗？没有！一个比一个虚伪！一个比一个浮夸！告诉你，我最看不起的就是这种人！”

“他们是我的朋友。”

叶东烈甩开她的手：“朋友？你敢说这里头有谁是你的知心朋友吗？你敢吗？”

斯黛拉无奈地道：“我不想吵架，你能心平气和地好好说话吗？我送你回去。”

“我会打车的好吗？是不是在你眼里，我就只配坐地铁啊？”

斯黛拉拉下脸：“叶东烈！你有完没完？”

叶东烈大步往前走：“我没完！是你急着想我完，想赶紧把我弄走，你好继续进去和你那些浮夸虚伪的所谓朋友在一起吧……”

斯黛拉不欲继续争吵，转身就走，被叶东烈一把拉住。斯黛拉甩开他的手：“本来我的心情很好，现在都被你破坏了，我不习惯，也不擅长和思维混乱的人打交道，你走吧，我不想跟你说什么了。”

叶东烈犹豫：“你什么意思？”

“我没什么意思，你不是要走吗？要走赶紧走。”

斯黛拉大步走开，面色难看地回到座位上。

舒晴抱着乐乐走过去：“你还好吧？”

“我没事。”

斯黛拉忽然闻到一股臭味：“什么味道？”

舒晴反应过来，一把抱起乐乐往外面走：“哎呀，不好意思。”

洗手间设计贴心，温暖又干净。舒晴正在托板上给乐乐换尿布，笑着逗乐乐：“拉臭臭了是不是？乐乐拉臭臭了！”

乐乐开心得咯咯直笑。

舒晴将他抱起来给身后排队的人让位置，不料身后的人竟是熟人，那人叫温妮，见到舒晴后热情地拉着她聊天：“这也太巧了呀，我们有两年没见了吧？宝宝两岁了呀。”

温妮转头对女佣说：“阿花‘我跟你讲，这就是我在洛杉矶月子中心的室友，我们当时住在一栋别墅里，她比我早生十天……哎哟’这是宝宝吧？他叫什么名字来着？”

“乐乐。”舒晴笑了笑，“你又怀孕了？”

“是的呀，六个月了，我老公上个月在联洋给我买了套房子，说是奖励我，其实很小的，也就三百多平方米。你现在住在哪里啦？”

乐乐的手指抓住了舒晴，舒晴低头说：“我住浦西。”

“浦西哪里？”

“普陀，兴南花园。”

温妮倒也不是真想知道她住在哪里，不过是想满足自己的虚荣心。

“反正有机会我们要出来多聚聚。对了，我记得你是F大毕业的，我老公给F大捐了个实验室，被聘为F大荣誉校友了哦，好像你们校友有个精英汇，经常搞活动的？我们可以经常碰头咧！”

“好啊，我有同事在等我，我先出去了。”舒晴替乐乐收拾完，抱着乐乐匆匆离开了。

“嘁，一个‘小三’呀，装什么清高，我最讨厌这种又要当婊子又要立牌坊的女人。”温妮看着她的背影，不屑地道，“兴南花园是什么别墅区啦？”

女佣摇了摇头：“不知道。”

温妮挺着大肚子往外走：“哦，普陀区也没什么值钱的房子。”

舒晴抱着乐乐出去，斯黛拉正面沉如水地站在窗前。见到舒晴过来，她冷不丁开口问：“你会不会也觉得，我的选择有问题？”

舒晴摇头：“不会，恋爱是两个人的事，你觉得好就好。”

斯黛拉垂眸看向窗外：“即便后患无穷？”

“能有什么后患？你肯定都想过了吧。”舒晴笑起来，“就算有后患，眼前的开心也是开心啊。”

身后袁肃和沈英杰的谈话声传来。

“我刚说今天一定能遇到熟人，这不，就遇上了！”

斯黛拉回头道：“袁总，别来无恙？”

“斯黛拉，我对你有个意见。”袁肃笑着说，“你每次遇到我，都问我别来无恙，听了感觉我好像一直有恙似的。”

舒晴朝两人微微点头，袁肃和沈英杰准备离开。舒晴和沈英杰擦肩而过，乐乐却朝沈英杰扑过去。

沈英杰一愣，停下脚步：“乐乐！”

“叔……叔……”

沈英杰伸长手臂：“来，叔叔抱抱！”

舒晴抱起乐乐，不让沈英杰抱：“不用，他哭是因为饿了。乐乐，我们喝奶奶好不好？”

舒晴拿起奶瓶往乐乐嘴里塞，乐乐却吐出奶嘴继续哭。

沈英杰一脸铁青，低声问：“有意思吗？你干吗这么犟，非要把孩子弄哭？”

舒晴哄着乐乐：“不关你的事。”

舒晴将乐乐带到遮阳伞下，一个人照顾他。

远处的袁肃端着一杯咖啡，慢悠悠地走到舒晴旁边。

“我们有一阵子没有互通有无了，最近有没有什么新消息？说出来大家分享一下？”

舒晴看也不看他：“没什么新消息，我们之间的交易早就完成了，你最好离我远一点。”

“何必这么武断？说不定我们还有用得着彼此的地方。抛开你跟沈英杰那点事不谈，我对你的能力还是很赞赏的。”

舒晴冷着脸：“我不需要你的赞赏。”

舒晴推着乐乐离去，不愿意再同袁肃多说一句话。

文森特此次请来的多是行业里的佼佼者，餐厅里大家各自落座，言笑晏晏，红酒佳肴，好不惬意，各自高谈阔论。

唯独斯黛拉和舒晴比较沉默。文森特同两人坐在一桌，正乐呵呵地逗乐乐玩：“舒晴，你打算什么时候给乐乐再找个爸爸？”

斯黛拉抬头道：“你怎么这么八卦？”

“这你就不知道了，我们投资圈是最爱八卦的！”

舒晴不经意地转身，同沈英杰的视线撞到一起，她故意提高嗓音：“我正准备去相亲呢！你们要是有什么好人选，也欢迎给我介绍。”

文森特笑着说：“那正好，我最近搞了个‘平生会’，取‘一蓑烟雨任平生’的意思，里面大多是我投的公司的CEO啊、高管啊，全都是青年才俊，过几天我们要搞个化装舞会，你到时候来，我给你介绍。”

沈英杰脸色发青，低头发微信：“你就要点脸吧，别再去祸害青年才俊了！”

舒晴嘴角露出一抹得意的笑：“你太小看我了，我想祸害的可不止青年才俊，还有少年才俊、中年才俊、老年才俊，才俊那么多，等着我去选呢！”

她看向沈英杰挑眉，愣是让沈英杰气到不行。

江达琳赶到的时候，众人已经从餐厅走出来。舒晴看到她微微愣住，下意识地去抱乐乐。

江达琳朝两人打招呼，看到被文森特抱着的乐乐：“哎，这是你儿子吗？好可爱，几岁啦？叫什么名字呀？”

舒晴极其不自在：“两岁了……叫乐乐。”

江达琳觉得乐乐有一股奇妙的吸引力，她不自觉地去逗他。她摸了下乐乐的脑袋：“哎，他的后脑勺也有一个凸起，我也有呢。”

乐乐难得地不哭不闹，笑嘻嘻地伸手要江达琳抱。

江达琳高兴地把乐乐抱起来：“乐乐你好，我叫江达琳，你可以叫我琳琳阿姨，不，还是叫琳琳姐姐吧……”

舒晴的脸色越发不好，她忍不住从江达琳手里抱回乐乐：“乐乐该睡觉了。”

不远处，袁肃一直默默地注视舒晴和江达琳的互动。

忽地，温妮捂着肚子出现在袁肃身边：“袁总。”

袁肃回头道：“孙太太，好久不见，孙总呢？”

“他今天要跟几个客户打球，这边开幕的也是朋友，他分身乏术，只好我代替他来了。”温妮指着舒晴，“哎，你认识她？”

袁肃再度看过去，江达琳正和舒晴有说有笑。

袁肃无端感慨：“要说这公关圈也是真有意思，人与人之间的关系，简直是一辈子的课题。就比如这两大一小，看起来和睦无比，可你猜猜，这台面下都有些什么幺蛾子？”

“我怎么猜得出？不过我认识那个舒晴，我们俩在一个月子中心一起住了三个多月呢。”

袁肃状似不经意地开口：“是吗？那你知道那孩子的爸爸是谁吗？”

“你们不知道啊？”

袁肃摇头：“我只知道她是个单亲妈妈，至于那孩子的父亲是谁，好像没人知道。”

“这样啊……”温妮说话遮遮掩掩，“呵呵，其实我也不清楚，美国的月子中心嘛，都是孕妇待着，基本上很少有老公陪着的。那什么，我得去看看我家妞妞，先走了啊！”

她不是不知道，怕只是不想说，也真是有趣。袁肃目送温妮离去，想了想，回到自己的座位。

度假村的另一处，薛义的朋友们和女眷们在一起说笑。尽管只是参加度假村的开幕式，这些人也恨不得穿出最昂贵的衣服，如同出席盛大的酒会。

薛义领着邦尼过去，一一向她介绍朋友：“这位是黄总，这是黄太太，这位是康总，这是康太太……”

黄太太和康太太看向邦尼的目光不善。

黄太太扫视邦尼的T恤、牛仔裤：“我知道你，你不就是演小力士奶粉广告的那个网红吗？我看过一次你的直播。”

“是吗，你还看直播啊，那么low……”康太太做作地捂住嘴巴，“对不起哦，我不是说你low。”

康总闻言走过来解围：“你嘴上有没有把门儿的？”

邦尼淡笑道：“没关系，爱看直播的观众普遍年龄层很低，年纪大的人看了难免会觉得格格不入，其实是有代沟。”

“你……”

康总搂住老婆，不许她再说话。

邦尼笑得云淡风轻。她当然清楚，今天是因为薛义这两位太太才不敢多说话。不过是趋炎附势的人，她也懒得在意。

高夫尔球场里，春风怡人，午后的阳光被葱郁的树叶遮挡过滤，光影晃动。薛义递给邦尼一根球杆，教她打球。

薛义挥动球杆：“那几个人里，只有一个是我的朋友，其他几位我也不熟，本以为都是场面上的人，谁知道竟然连基本的礼貌都不具备。虽然你刚才的反击也很厉害，但我还是要替他们向你道歉。”

邦尼看着球滚入洞中，笑了笑：“没事，我不会放在心上。其实有时候客气才是真正的距离，与其彬彬有礼地虚与委蛇，我倒宁愿别人把敌意写在脸上，反倒让我觉得更踏实。”

薛义惊讶于她的成熟：“你这话听上去完全与你的年龄不符，谈不上老气横秋，但有种阅尽千帆的味道。”

邦尼打出一记漂亮的开球：“我早就跟你说过，我这里很年轻，但心已经活了很多年！”

薛义感慨道：“要不是我知道你一共也没打过两次球，我真不敢相信这是你打的，你到底有多少潜力？”

薛义开着高尔夫车载着邦尼。邦尼伸开双臂，由衷地赞叹：“这儿景色可真好。”

“你喜欢的话，我们可以经常来，你正好可以多练练球技。”

邦尼瞥了他一眼：“刚才还说我打得好，这下暴露心里话了！看来我一定打得很烂。”

薛义捏了捏邦尼的脸：“你真的打得好，好得连我这个师父都不知道还能怎么教你了。”

超出正常距离的昵称，让邦尼有点愣怔。

薛义低声到近乎呢喃：“你呀你，太好强，没见过你这么要强的姑娘……”

风扬起邦尼的乱发，薛义伸手去拂，顺势低头吻住了邦尼。邦尼下意识地想要躲开，薛义却牢牢箍住了她的腰，邦尼闭上眼，长长的睫毛如同蝴蝶的翅膀惊慌地扇动。

远处隐隐有人声传来。

“不是说要去参加烧烤派对吗？”

等她意识到方才的人声正是江达琳时，赶紧慌张地移开一些，快步追上去：“琳琳，你等等，跑这么快干吗啊？”

江达琳停下来，转身对着邦尼道：“你追我干吗？”

“我是想跟你解释……不是你想象中那样，我也不知道是怎么回事，我们就是坐着高尔夫车准备去参加烧烤派对，正说得好好的，我一回头，他就突然……”

“那就是他欺负你咯？你怎么不推开他？怎么不给他一巴掌？”

邦尼语气迟疑：“我推他来着，可我推不动啊，你也看见了的对不对？人家是老板……”

“老板也不能这么欺负人啊！我早该想到的，先是什么西区萨特，在直播上给你砸钱，然后又假公济私地找你拍广告当代言人，这分明是处心积虑地想潜规则你啊！都怪我，我应该提高警惕的，我就不应该同意让你去当这个代言人。不行，我找薛义算账去！”

邦尼一把拉住江达琳：“你别啊！我这代言人的合同还没履行完呢！我不是给他代言，是给小力士奶粉代言，这是我的工作。”

江达琳抓紧邦尼的肩膀：“邦尼你听我说，你没必要屈服的，我们和飞扬之间的合同里是有道德约束条款的，姓薛的这样做已经构成性骚扰了，你不但可以提出解约，还可以索赔！你可以告他的！”

邦尼塌下肩膀：“告什么告啊？人家是飞扬集团的老板，我还想在这个圈里混呢！江达琳，你不懂，不管薛义是什么居心，他终究是给了我一份我梦寐以求的工作，不是谁都能接到小力士奶粉这么大的代言广告的！今天被你撞上，他估计不会怎么样了！琳琳，我跟你不一样，有些机会对你来说是唾手可得，对我来说却是来之不易。这个代言对我太重要了，我不能和薛义搞僵了，你明白吗？”

江达琳无语地道：“要是以后他接着占你的便宜怎么办？”

“你相信我，我知道怎么保护自己的。”

江达琳语气担忧：“真的？”

“真的！你就信我一次好吗？”邦尼点了点头，“对了，你别跟林肯说这事啊。当然，我和薛义只是一时糊涂，犯了个错，但是人都会犯错的嘛，对不对？就好像卫哲，你不是说裴瑜也把手伸到他的胳膊里吗？”

江达琳没好气地说：“你提他干吗啊？”

邦尼微笑道：“对不起，我的意思是说，人在江湖走，难免不湿鞋，但只要知道自己的心在哪里就好了嘛，对不对？我当然是爱林肯的，我也相信卫哲肯定喜欢的是你。”

卫哲结束了课堂的事情给江达琳打来电话。

没有卫哲，江达琳也不想继续待在度假村，索性开车去找卫哲。

卫哲坐在副驾驶座上："度假村不好玩吗？"

"就那个样子，没什么好不好玩。"

卫哲不吭声，车里气氛沉默。

半晌，卫哲问道："晚上想去哪里吃饭，要不去我那儿？"

江达琳心里憋着一口气："你为什么老是带我回家吃饭呀？"

"那你想去哪里吃饭？"

江达琳将车开得飞快："上海那么多饭店，干吗老在家吃，又不是见不得人！"

卫哲看她一眼："那我们出去吃？"

江达琳淡淡地道："我妈让你去我们家吃饭，你是不是害怕了？"

卫哲问她："你怎么了？"

"你回答我的问题就行了！"

卫哲看向窗外："你不是说你已经拒绝了吗？"

江达琳停下车等红灯："如果我没拒绝呢，你是不是也要拒绝？"

卫哲开始变得烦躁，摸了摸皮手环："我今天有课啊，你不是也去了吗？"

"是啊，我去了，看着裴瑜言辞挑逗你，故意挽着你的胳膊，你还一副很享受的样子！"教室的场景重现在脑海里，江达琳冷冷地说，"你干吗不说话？"

卫哲声音克制："万言万当，不如一默。你在气头上，我说什么也没有用。"

江达琳咬牙切齿，冷不丁问："我们算不算在谈恋爱？你喜欢我吗？"

卫哲看向她："你怎么突然想起来说这些？喜欢啊。"

"那爱呢？你爱我吗？"江达琳没等卫哲回答，就接着说，"行了，你别说了。"

江达琳一个急刹车将车停在路边："下车！"

卫哲没有动。

江达琳直接吼道："叫你下车啊！从现在起，我们就是普通的同事关系！"

卫哲无奈地走下车。

江达琳的车飞快地开走，只留下一串汽车尾气，看上去比江达琳的愤怒更深。

邦尼进屋，一如既往美丽的脸庞看着有些憔悴。

林肯站起身帮她取下包时，邦尼拿出一个相机盒子递给林肯：“喜欢吗？”

林肯惊喜地道：“当然喜欢，我太喜欢了，怎么会突然买给我？”

邦尼笑着说：“这段日子我工作太忙，忽略了你，觉得过意不去，看你喜欢这个相机，就买来送你了。”

林肯一把抱起邦尼转圈：“你真是太好了！”

邦尼心虚地笑：“你喜欢就好。”

林肯捧着邦尼的脸亲：“对了，我打算去找工作了。你不是一直希望我工作吗？我也意识到了，在上海，男人老是在家不工作要被人看不起。”

邦尼感动地说：“谢谢你！”

卧室里，林肯正在熟睡，邦尼却躺在床上辗转反侧。

她悄悄走到客厅，给薛义发微信：“今天的事，我已经忘了，请你也忘了吧。”

皎洁的月光下，邦尼的侧脸美丽而忧郁。

电话响起，打来电话的却是江达琳。

江达琳对着马桶狂吐，邦尼皱着眉头站在她身后，一手拎着江达琳的头发，一手捏着鼻子。

“你酒量又不行还喝这么多……啧啧！”

江达琳洗脸，邦尼心疼地望着她：“好点儿没？”

江达琳红着眼睛，狼狈地说：“嗯，我好了。”

邦尼替江达琳把头发整理好：“傻不傻？”

江达琳嘴角扯起一丝微笑：“你不傻？”

邦尼跟着笑：“行，我们俩都傻。”

MUSE酒吧内，人头攒动，卫哲和路易斯坐在角落的卡座内。

路易斯狂笑不止，拍了下真皮沙发：“小江总真的把你赶下来了？”

“嗯。”

路易斯啧啧两声：“太好了，虽然你是我的老大，但我还真觉得大快人心……那你现在打算怎么办？”

卫哲摇头："我也不知道。"

"那你到底爱不爱她？"

卫哲低头喝酒，眼神是难得的困惑："说爱太严重了吧？"

"我爱你"三个字，于卫哲来说无异于大杀器，听了就想跑。

路易斯紧紧地盯着他："那喜欢呢？你肯定是喜欢她的对不对？"

卫哲点头："嗯，我不想伤害她，不想看到她难过。"

路易斯撇嘴，开始心疼单纯的江达琳："但你还是把人家给坑死了！你说你那么高的情商，怎么就把话题说到死胡同里了呢？"

卫哲无语地道："她一句接一句地逼问，我有什么办法？"

路易斯叹气："你可以出状况嘛，装病、装死、装接电话，装什么都行，这种问题怎么能正面应对呢？你这一迟疑，好了，小江总肯定觉得自己的脸都丢尽了！"

卫哲一只手摆弄着手环，心情烦躁。

"我跟你说，现在这个情况，明天到公司她肯定不跟你说话了，所以不管是好是散，只能靠你去打破僵局。"

从家里到办公室，江达琳一路上都不顺，她郁闷地走进大办公室，却刚好看到卫哲带着王楚笑意盈盈地走进来，脸色顿时更加难看。

江达琳把文件放在安东的桌面上："安东，这份材料有问题，重新做了拿给我！"

安东瞄她一眼，安静地把文件拿回自己的办公室。

江达琳刚转身，卫哲从身后叫住她："小江总？"

江达琳闭了下眼睛，面无表情地转身："有什么事？"

卫哲走到她面前，嗓音低沉："有个业务，需要我们俩一起做。"

"她的业务？"江达琳朝王楚看了一眼，"她的业务有你负责就行了，用不着我。"

卫哲摊了摊手，眼神里是一闪而过的算计："这个业务需要严格保密，连路易斯也不适合知道，我一个人也完成不了……你不是一直说公私分明吗？"

江达琳皱眉瞪着卫哲，明明知道卫哲所说不是实话，他完全有理由去找路易斯，路易斯是他多年的助理，没有理由不能负责。可江达琳不得不答应他，更重要的是，对于这个邀请，她似乎也不想拒绝。

第二十九章　感情危机

《秀出你的爱》是目前大热的综艺节目，作为一个几乎全是素人参与的恋爱综艺，自播出便屡屡占据收视率前列，最新一期的节目已经是收视率第三。

江达琳和卫哲面前播放的正是其中大热情侣的综艺片段。

周森坐在地毯上给吴美林涂脚指甲油，吴美林则探着身子，给周森扎了个洋葱头小辫子，视频上飘过可爱的字幕——“随时虐狗的森林CP”。

江达琳笑了笑：“我看过这一期，他俩很甜的。”

王楚按下遥控器，视频开始播放下半部分。

周森没好气地把指甲油一放，拿着指甲刷将一道指甲油刷在吴美林的脚上。

吴美林尖叫道：“你长没长眼睛！”

“你才没长眼睛，我又不是故意的！”周森转身懒懒地说，“累死了！”

吴美林猛地拿起指甲油，朝周森背后丢去。

王楚将视频定格，无奈地说：“从第八期开始，他俩的关系就很不好，有几次都差点拍不下去，幸亏制作团队是我们的人，否则早就露馅了。”

江达琳和卫哲下意识地看向彼此，又下意识地朝两边看。

王楚把厚厚的一摞资料放在桌上：“周森和吴美林是同乡，吴美林在夜市开了一家奶茶店，因为长得漂亮，人称‘奶茶西施’。周森是在奶茶店旁边摆摊卖手机贴膜的。四年前几个小混混喝醉了酒调戏吴美林，周森挺身而出与人打了起来，因过失伤人被判了三年有期徒刑。刑满释放那天，吴美林等在监狱门口，向周森求婚成功。”

《秀出你的爱》推出后，他们俩迅速走红，成为公司数一数二的艺人。公司原本打算趁热打铁，为两人量身定做新计划，却不料两个人正打算离婚。

王楚开车载着江达琳和卫哲，卫哲坐在副驾驶座上，江达琳坐在后排。王楚边开车边解释吴美林和周森的离婚原因：“导火索是吴美林想拿一大笔钱去做投资，周森不同意。实际上是因为吴美林表面柔弱，但其实控制欲很强，认为他俩能有今天都是她的功劳，在工作上总是她一人说了算。而周森觉得自己为了她坐了三年牢，付出够多了，也开始希望有自己的声音，再加上一些鸡毛蒜皮的小事，两人一个倔，一个冲，总之是同患难易，共富贵难。”

王楚和卫哲言笑晏晏，江达琳低着头玩手机，对着邦尼吐槽。

江达琳：“我以后再也不搞办公室恋情了！”

邦尼：“怎么啦？和卫哲撞上了？”

江达琳：“我本来想避开一阵，冷处理的，他忽然就搞了个案子，这下又避无可避。昨天刚把他轰下车，现在我们又坐在一辆车上了。”

邦尼：“你是总裁，你不会拒绝吗？”

她倒是想拒绝，奈何……心口不一。

江达琳：“拒绝不了，这个业务很有意思，是‘森林CP’的，我正在去他们家的路上！”

邦尼立刻激动起来：“真的啊？我昨天刚看完《秀出你的爱》的最新更新，我好喜欢他俩啊！他俩怎么了？”

江达琳秉承公关人原则，抑制住分享八卦的强烈冲动道：“不能说，无可奉告！”

卫哲皱眉道：“他俩不知道离婚的后果吗？”

“怎么不知道？有什么用呢？说了多少次了，节目还剩下最后一期没录，网站这边要等到全都播完了才会付尾款。除此之外，还有好几档访谈要上，另外还有一本书要出。”

江达琳放下手机：“他俩还要出书啊？”

王楚无奈地道：“出版社版税都付了，预备年底上市的。如果他俩现在离婚，不但一切都成了笑话，而且所有的钱都要还回去。”

卫哲笑了笑：“所以你们必须对所有人瞒着这件事。”

“对，本来我们连公关都不敢请，就怕传出去出问题，我和我老板再三打包票，他才同意我找你们……到了。”

汽车在一栋公寓楼下停下，眼前是一栋非常普通的公寓楼，环境和同类小区没有任何区别。

王楚引着两人往前走，她一马当先，卫哲和江达琳差点同时走进去，卫哲一让，江达琳撇了撇嘴走进去。

楼道阴暗，江达琳被楼梯绊了一下，惊得大呼一声。

卫哲伸手去扶她，江达琳移开手臂躲开了。

前方的王楚回头看了看，饶有兴趣地挑了挑眉。

走在楼道里，王楚介绍道："这是吴美林之前租的那套房子，也是他们的婚房，其实他们买了新房，但为了节目拍摄，大部分时间他们还是住在这里。"

三人走出楼梯间，王楚声音淡淡地道："从这里开始，就进入摄像机范围了。"

江达琳四处张望，果不其然看到好几个摄像头。

王楚摁了几下门铃，随着房门打开，一个瓷花瓶飞出来，卫哲眼明手快地把江达琳拉到一边，险些被砸中。

三人吓了一跳。

吴美林嚷嚷道："这都怪你，我就是被你这个乌龟王八蛋给气糊涂了！"

周森半个身子抵在门口，大吼："别吵了，跟你说了有人来了！"

江达琳随着卫哲走进去，干巴巴地说："谢谢。"

吴美林家是一套布置得极其温暖舒适的公寓房，森系家居风让人觉得如沐春风，茶几上放着两本离婚证。

卫哲弯腰拿起离婚证，打开翻了翻，放了回去："看来不用阻止了。"

吴美林和周森一人坐在沙发一边，周森忽地用手捂着脸。

"我怎么会知道他俩一早跑去离婚了？我一上午都在公关公司开会！"王楚一脸烦躁地在餐厅里来回踱步打电话。

看到吴美林和周森正在看着她，她恼怒地一把拉上餐厅与客厅之间的拉门。

江达琳一脸八卦，趁着吴美林和周森不注意，正要偷偷拍一张离婚证的照片，刚点开摄像头，王楚就一把拉开门冲了出来。

"我管不了你们了，你们俩等着当被告吧。"王楚转身看向卫哲："Sorry，看来我们合作不成了。"

卫哲对着江达琳挑了挑眉，江达琳再次悄悄拿出手机打算拍离婚证。

吴美林吓坏了："王总，我们就是一时冲动……"

"什么都是一时冲动。"王楚冷笑道，"他因为一时冲动坐了三年牢，你因为一时冲动求了婚，现在你们俩又一时冲动去把婚给离了。对不起，这次谁也救不了你们，等着赔钱吧！”

江达琳飞快地摁下了快门。

王楚淡淡地道：“卫哲、小江总，我现在要赶着回公司说明情况，你们俩我就不送了！”

王楚一阵风似的离开，门砰的一声被带上了，屋内一片寂静。

江达琳悄悄地准备多拍几张。

周森怯生生地问：“我们要赔多少？”

卫哲摊手，故作轻松地道：“具体数目我不清楚，总数大概是在一千五百万元吧。”

吴美林大惊失色：“这么多？”

周森跌坐在地上：“完了，完了，完了……”

江达琳好笑地问：“你们没看过合同吗？”

周森指着吴美林：“合同都是她看的。”

吴美林怒目瞪着他：“你这事儿倒赖上我了！合同你不也得签字，你是瞎子啊？”

“我是不瞎，可我聋啊，我的耳朵都快被你喊聋了！”

卫哲对着江达琳使了个眼色，江达琳赶紧站起来。

吴美林冷不丁问道：“你们是公关公司的吧？”

卫哲转身：“对。”

周森跟着说：“王小姐说特意请的你们，要帮我们做危机公关。”

江达琳皱眉：“本来是这样，不过现在应该不用了……”

吴美林和周森对视一眼：“我们可不可以请你们？你们的公关费要多少钱？不用一千五百万元吧？”

王楚听到卫哲和江达琳已经同意帮忙公关周森和吴美林的事件后，惊讶程度不亚于听到周森和吴美林已经领了离婚证。

王楚哭笑不得：“卫哲，你什么意思啊？你明明知道我们公司准备告他们违约了！”

卫哲肯定地说：“你们不会的。”

“不告他俩？”王楚冷笑，压低了声音，“他俩已经离婚了，离婚就是违约，这在合同里写得清清楚楚！我的老板昨天把我骂得狗血淋头，我现在跟他俩拼命的心都有，告他们都算轻的！”

“可就算告他们，他俩也根本拿不出那么多违约金，而且就算赔了钱，也不够填你们的亏损。对你们来说，最大的损失甚至不是制作费用，而是在网站这里失去了信誉，以后再有节目就卖不掉了。”卫哲挑眉，“你们公司和视频网站是签了对赌协议的，如果合约完不成，你们不但拿不到钱，还要被罚款。”

王楚皱眉打量江达琳和卫哲：“你们想怎么样？”

“你回去劝劝你的老板，先隐瞒这件事，再跟吴美林和周森签一份补充协议，暂时不算他们违约。”

王楚气笑了：“卫哲啊卫哲，我们好歹也是朋友一场，你这么逗我有意思吗？你是不是觉得我傻？我不会同意的。”

卫哲挑眉，语气认真：“如果周森和吴美林能够太平无事地拍完最后一期，做完所有采访，完成一切合约，你们公司应该不会有损失吧？”

王楚压根不相信：“如果能那样当然最好，问题是就他俩那演技，随时会露馅儿，而且一旦有人走漏风声……”

江达琳紧跟着说：“如果走漏了风声，你们再告他们也不迟！”

人来人往的DL传播前台，艾米走到前台找快递。

电梯门打开，卫哲和江达琳陪着穿着入时戴着墨镜的吴美林和周森前后走出来，所有人的目光登时看过去。

四人往大办公室走，艾米张大了嘴巴：“这不是……”

艾米一路跟过去，吴美林微笑着和众人打招呼，周森则走在她身后，板着脸。

四人走进办公室，艾米用揣测的目光打量着他们的背影。

杜威廉走到艾米旁边：“这不是‘森林CP’吗，他俩怎么来了？”

艾米摇了摇头：“不知道，不过肯定有问题。路易斯，你知道发生什么了吗？”

“不知道。”

安东接触到艾米的目光：“我也不知道，这事小江总没带上我。应该是签保密协议了。”

艾米撇了撇嘴：“我看这两个人大概不行了。”

“怎么看出来的？”

艾米一副看透人生的模样：“用眼睛看，从进门到这里，两个人之间连一次眼神交流都没有，只有长期不和的夫妻才会这样，眼神交流，懂吗？”

“懂！”杜威廉一扭头，深情款款地看向艾米，“就像这样。”

艾米做了个呕吐的动作，捂着胸口离开了。

会议室里，吴美林摘下墨镜搁在桌上，拿着镜子照脸。周森嫌弃地看她一眼：“别照了，再怎么照，你那脸还是肿得跟猪头似的。”

吴美林将视线从镜子里离开：“你才猪头呢！要不是因为你，我能一晚上借酒消愁吗？”

“你那是缺乏演员的自我修养。”

卫哲假意咳嗽一声，斗嘴的两人安静下来。卫哲挑眉示意道：“两位，从现在开始，你们就不是夫妻了。”

“我们昨天就不是了……”

卫哲伸手：“没错，身为合伙人，最重要的就是同心协力地将工作完成，不拖累对方，不在背后捅对方刀子，时时刻刻为对方拾遗补阙，绝对不会乱说话，能做到吗？”

“我可从来没坑过他，都是他坑我。”

“拉倒吧您！”

江达琳被两人吵得无法集中注意力：“你们是不是特别想赔钱？”

卫哲把一份文件扔在桌子上：“目前这份补充协议，已经是我为你们争取到的最后宽限，不然这会儿你们已经收到传票了。”

吴美林泄气地坐在椅子上：“行吧，都听你们的。”

“那你俩现在握握手。”

“握什么手啊……好好好。”

周森和吴美林嘟囔着，互不情愿地和对方握了握手。

“你们要上的这档是目前国内收视率最高的访谈节目，其中对你们来说最具有考验性的，是在回答问题的时候会给你们戴上耳塞，并追问很多细节，有些细节是真的，有些细节是假的，故意混淆你们。”

卫哲将问题清单分别发给两个人：“这张清单上，都是你们有可能遇到的问题，你们先看一下。我们一条一条过。”

江达琳打开桌旁的摄像机，对准吴美林和周森。

卫哲声音低沉，好听得恰到好处：“周森，你还记得求婚时的情形吗？”

吴美林撇嘴：“他又没得老年痴呆，怎么不记得？”

卫哲伸出一只手：“一方回答问题的时候，另一方请不要插嘴。”

周森皱紧眉头：“我当然记得那天的情形。”

那是很浪漫的一天，监狱的大门缓缓打开，周森背着个包，神情黯淡地走出来，迎面却是与阴森的监狱截然不同的画面，穿着婚纱的吴美林捧着一束鲜红的玫瑰花，微笑着站在他面前。

江达琳看了一眼问题清单：“你当时是什么心情？”

周森立刻开口：“激动啊，我们老周家祖坟冒青烟了！感觉祖宗显灵了。”

卫哲微微一笑道：“可当时在吴美林的身后，还有至少两辆车以及几台摄像机，外加很多工作人员和围观群众。你看到那些的时候，是什么感觉？”

“我……我有点蒙。”

卫哲追问：“为什么？是因为吴美林，还是因为摄像机？”

“都有吧……我没想那么多。”

刚结束人生最为阴暗的日子，吴美林捧着鲜花在他面前单膝跪下，周森清楚地记得自己捂着脸干号了几声，最后忍不住哭了起来。

卫哲挑眉：“也就是说，其实当时你并没有正面答应吴美林的求婚，是不是？听你的一位朋友说，后来你曾经找他喝酒诉苦，说你是被硬绑上贼船了！”

周森急了：“谁说的？哪个王八蛋胡说八道？是不是董立春？这孙子说话你们能信？不是，你们找董立春干吗呀？这节目怎么那么鸡贼啊？”

“因为节目组已经找到了他，准备给你们来个突然袭击。”

吴美林忍不住了，在一旁说道：“姓周的你也太不要脸了吧？合着我向你求婚还是绑架你呀？你还有没有良心呀？”

周森一脸无奈：“我这刚出狱，你招呼都没打一声就领了一群人来，长枪短炮的，还在那咣当一跪，你说那是不是绑架？”

卫哲看了两人一眼，继续问：“你和周森结婚，有没有事先商量过？”

吴美林气得咬牙切齿：“当然商量过。”

周森坐不住了：“你是跟我商量过，但你没说会突然求婚啊！”

卫哲敲了敲桌子，周森只好住嘴。

江达琳转而问吴美林：“你为什么不告诉他会有求婚？”

“不告诉他是为了节目效果，就怕提前说好到时候看起来太假了！这事儿后来都跟他解释过，再说他也没损失啊！”

周森一句话脱口而出：“我怎么没损失？我要不是为了你，能进监狱坐三年牢？我不坐牢，你怎么知道我就过不好了？”

吴美林瞬间气红了眼：“好啊周森，你总算是把心里话说出来了！其实你一直在心里记恨我是吧？你觉得就是我害你坐了三年牢，是我对不起你！可那是我叫你冲上去的吗？是我让你打人的吗？”

年轻人生气时根本顾不上怜香惜玉，只是一股脑儿地发泄怒气，甚至不惜伤害对方。

周森冷笑一声道：“对，没错，是我自己脑子抽了，冲上去打架，把自己给打进牢里了，我是疯子，我有病！”

“你个没良心的畜生，你在里面坐牢，”吴美林哽咽，眼睛里满含泪水，“我在外面等你三年，你一出来我就嫁给你了，我还辛辛苦苦想着给咱们创一份事业，闹了半天……我……我瞎了眼！”

周森瞪她一眼：“得了吧你，你就是被人一忽悠见钱眼开，什么钱都想挣！”

周森和吴美林坐在车上，降下车窗后诚恳地望着站在路边的江达琳和卫哲：“对不起哦，我们俩保证，下回一定不冲动。”

卫哲摆了摆手：“行吧，你们先回去吧，下周就要出发录最后一期节目了，希望你们能扛住。”

车门关上，江达琳和卫哲目送车离开，同时长舒一口气。

“你……”

“你……”

两人异口同声。

卫哲做了个手势让江达琳先开口，江达琳低声问：“你觉得他俩能做到不露馅吗？”

“碰碰运气吧。”

两人刚转身，身后忽地响起短促的喇叭声。

裴瑜降下车窗，摘下墨镜：“卫哲，我本来想上楼找你，既然你在楼下，我就省得停车了。小江总，你也在啊！”

江达琳转身要走：“你们慢慢聊，我先回公司。”

裴瑜饶有兴趣地看着两人，笑容灿烂：“卫哲，我是来确认订婚礼座位的，你来一个人还是两个人？”

江达琳的脚步顿了顿。

卫哲摸了摸鼻子：“就我一个。”

“哦——”裴瑜拉长了腔，“好啊，就你一个！”

江达琳咬了咬嘴唇，径直离开，走向DL传播。

BB直播公司大大的会议室里，围坐着一屋子网红，个个争奇斗艳，邦尼也坐在其中。涂总坐在会议室中央，公布了最新的政策——截至年底，网站将对所有的主播进行一次年终评审，流量最好的前十名主播，将在明年得到这份价值一千万元的合同，外加一百万元的定金。

工作人员搬上来一个箱子，箱子上放着一个相框裱着的大合同。箱子被打开，里面是整整齐齐的钱。

众人交头接耳，有人拿手机去拍那堆钱和合同。

邦尼的脸色一点点暗了下去。

坐在餐厅里，邦尼转悲愤为力量，将牛排切得不像样子："前十名的主播可以得到一百万元签约金以及一份价值一千万元的大合同，这两样加起来，等于一年一套房了。"

"那太好了！"江达琳笑起来，"你的人气不是一直在前三名？"

邦尼挫败地说："那是上个月最高峰的时候，现在也就勉强卡在前十名吧。"

"只要能保持在前十名里也不坏啊！"

"问题是保不住啊，你自己是做公关的，所谓的KOL（意见领袖）、网红过气有多快，竞争有多激烈，你比我清楚。最近我的人气明显不如之前了。"

江达琳安慰她："那是因为你最近没有出新热点。我觉得是你们平台想搞内部恶性竞争故意那么说的，你别想太多。"

"真金白银堆在那里，你叫我怎么能不想多？我都快愁死了，我们家那位还在给我讲渔夫和金鱼的故事，渔夫救金鱼，从不想要任何报酬，变成想要当教皇，最后一无所有。"邦尼自嘲地一笑，"他是在叫我不要贪得无厌。但这就是我和他最大的不同。"

江达琳皱眉："你别这样，林肯很爱你的。"

邦尼苦笑："光爱我有什么用？不瞒你说，我最近其实焦虑得不得了，我都一把年纪了，在这座城市连个属于自己的住处都没有。我还想出国留学，可我那点积蓄，连第一年的学费都不够。我是拼命想多做一点，多存一点钱，多抱几条大腿，可这些……他根本理解不了。"

"你也别太难为自己了，虽然你还没买房，可你的照片已经占领了这座城市的很多地方，那么多人看过你的广告，这种成就不知多少人一辈子都不会有。"江达琳给她倒了一杯红酒，"对了，你跟薛义没有再继续吧？"

"我们一直没联系了，有工作也都是舒晴或者他们品牌部的人联系我。"

邦尼有一丝怅然，“人家是大老板，身边美女环绕，我又不是天仙，他犯不着骚扰我。”

江达琳自己也郁闷得不行：“那就好。我现在越来越觉得有些人的思维方式真的很奇怪，就比如那个裴瑜，特意开车到我们公司，就为了找卫哲确认她的订婚礼的座位。这种事情打个电话就完了，还非要开车过来说！这都安的什么心？”

邦尼抬头道：“安的是司马昭之心。这位裴大小姐也真是有本事，都要订婚了，该怎么泡男人还是怎么泡男人，厉害，佩服！”

江达琳愤然喝了一口酒：“我现在越来越觉得不跟卫哲在一起是正确的，他身边都是些什么人啊？”

邦尼翻了个白眼：“说句你不爱听的话，我看你是嘴硬心软。你回想一下，自从那天你把他赶下车，你我之间的交流，九成九说的是卫哲……做人呢，最要紧的是无论何时何地都能真实地面对自己，不要自己骗自己。你能问出‘你爱不爱我’这种问题，就说明你已经爱上卫哲了。”

江达琳不得不承认邦尼所说的话全是真的，她确实已经陷入名为卫哲的沼泽地里，只是原地踏步，却越陷越深。

江达琳求助地看着邦尼。

“本来呢，丢了一次脸就不能丢第二次，至少不能那么快投降，但以你的性格，我觉得你坚持不了几天。要不你还是主动跟他谈一次吧，看看接下来你们两个人怎么往前走。你不是说下周你们还要一起出个差？光冷战也不是办法。我觉得卫哲还是喜欢你的，顶多就是还没上升到‘爱’那个高度……”

没一会儿，邦尼的手机响起，她皱眉接起电话，却在不停地赔笑。

挂断电话后，她摊了摊手，表情更加挫败：“说我昨晚直播的转化率为0，店里一单也没成交。”

江达琳猛地抬头：“怎么可能？是不是他们搞错了？”

电脑直播页面上，邦尼一条条翻看微博评论。陌生的爱来得快去得也快，闲时便拿观看直播当作消遣，离去时便是污言秽语毫不留情。

“口口声声说做直播不为钱，最后还不是跑来卖广告？既然要卖就不要立牌坊！虚伪拜金！”

“网红直播里面能有什么正经人？以前是做什么的大家不懂吗？”

邦尼气疯了，一把关掉电脑：“嘁……说这话之前麻烦先拿面镜子照照自己！我看镜子都会被你的脸吓得碎掉吧！”

卧室里林肯正在书桌旁工作，举起设计图给邦尼看："你看，这是我新做的设计方案，你看看。"

邦尼无精打采地回答："挺好的。"

林肯喋喋不休："是吧，客户也觉得很好，我打算把这套房子打造成一个样板案例。不过到时候我可能要经常去工地了，和工人多磨合才能做出好东西。"

"加油。我有点困，先去洗澡睡觉了。"邦尼想起一件事，忽然回头，"你们做这些设计，是不是还要负责买材料啊？设计师去买材料或者装饰品，都是有回扣拿的。"

"那是什么？"

邦尼无语地道："怎么回扣你都不懂啊？就是你推荐客户去买的地板，地板商会给你钱的，我朋友说能拿百分之二十呢。一套房子装修至少几十万元，除了设计费，回扣也能拿好几万元吧，幸亏我提醒你，不然你损失大了！"

林肯大惊小怪道："怎么可以这样？这不是游戏规则，这是暗箱操作，万一材料有问题呢？那可是会对人体产生伤害的！这种提成只会导致人们不计后果地将提成高的材料推荐给客户，这是不对的！"

邦尼摊手，语气不耐："我的天哪，说你是死脑筋你还真别不乐意，就你这么不懂变通，不遵守行规，不通人情世故，还想在国内做生意？而且还是天天跟人打交道的装修生意……不是我咒你，你早晚得赔死！"

"如果这就是你所谓的变通和人情世故，那我情愿死脑筋。"

邦尼转身往卧室走："所以活该你穷啊。"

林肯走上前拦住邦尼："你怎么变成这样？我终于明白了，其实你是看不上我，你一直都看不上我，你觉得我没钱……"

邦尼更加不耐烦："不是我觉得你没钱，是你真没钱……哪个男人像你这样年纪轻轻的不工作啊？还美其名曰什么间隔年，你有什么可间隔的？除了把钱间隔没了还有什么啊？我每天起早摸黑地工作，就是为了多赚点钱，我好心好意教你怎么赚钱，你还跟看贼似的看我，算你高大上行了吧？"

林肯半晌才开口："你是不是就知道钱？"

邦尼冷笑道："我就是喜欢钱怎么了？你又不是今天才认识我的！这世界上我就喜欢两件事，第一件是挣钱，第二件是花钱。你觉得谈钱俗气是吗？有本事你去把豪车、大房子买齐了给我，每个月再按时给我几万块，我保证再也不谈钱，我也一提钱就觉得俗……问题是你行不行啊？你不行！没有家财万贯就别装得不为五斗米折腰好吗？矫情！"

林肯整个人都蒙了，不懂如何辩驳，却不愿再听邦尼说一句话，回到卧室拎着包走出来，打开门就走了出去。

同邦尼分别之后，江达琳捧着手机犹豫不决，一条短信删删改改，最后也没能发出去。江达琳心一横，直接打去电话。

电话里传来刺耳的音乐声，江达琳微微皱眉。

热闹非凡的夜店里，音乐声从未停止。卫哲一边往里走，一边拿出手机接通，朝四周张望："喂？"

"是我，我在想，我们应该谈谈……"

江达琳话说到一半，电话那端裴瑜撒娇的声音传过来。裴瑜从卫哲身后冒出来，一把抱住卫哲，脑袋贴在卫哲的后背上："我在这里，我就知道你会来找我。"

江达琳愣住了，连忙挂断了电话。

早知道卫哲和自己争吵后去逍遥快活，她无论如何也不会打这个电话，甚至刚刚还差点示弱，她可真是蠢极了。

卫哲望着被挂断的手机，扯开裴瑜抱着自己的腰的手："这就是你说的醉得连路都没法走？"

"之前真的没法走，后来休息了会儿，好像又好了。"裴瑜坏笑着拉住卫哲的手，"哎，别走啊！来都来了，玩一会儿嘛，这家音乐不错的。"

卫哲再度扯开裴瑜要抱上来的手："你不是已经要订婚了吗？你的未婚夫呢？"

裴瑜撇了撇嘴，硬要赖在卫哲身上："我就是觉得要订婚被套牢了，才一个人出来玩的……你干吗突然提他？你要是真在乎这些，也不会赶来救我。"

卫哲无奈地道："来救你是出于江湖道义，万一你出事了，我岂不是罪过？再说你这个人情绪不稳定，谁知道你的未婚夫是不是已经下岗了？"

裴瑜笑嘻嘻地道："还是你了解我。送我回家呗。"

"我怎么送？我又不开车。"

裴瑜强行抱住他的胳膊："我叫代驾啊！送完了我还能再送你，我们十八相送，好不好？"

卫哲和裴瑜坐在后排，裴瑜紧挨着卫哲："喂，什么时候有时间，我把我的未婚夫带出来给你看看？帮我把把关啊，你就不怕我遇人不淑？"

卫哲不以为意："把关的事有令尊在，裴总火眼金睛，用不着我越俎代庖。"

裴瑜靠着卫哲的肩膀："我爸只会看家世、人品，可你懂我的心啊，你可以帮我把把关，看看我们俩适不适合。"

卫哲把玩着手机："没兴趣。"

裴瑜忽地凑近他的脸："你该不会是在吃我的醋吧？"

卫哲看向窗外一闪而过的路灯："你觉得我是那种人吗？"

"你这人好没劲……是不是因为江达琳啊？"

"你倒是提醒我了。"卫哲打开手机，却被裴瑜一把抢过去。

卫哲一把抓住她的手："别乱来。"

裴瑜声音微弱，似真似假地道："你不会真的跟她谈恋爱了吧？我会伤心的。"

"少装。"

卫哲想了想，准备给江达琳发微信，裴瑜在旁边试图捣乱。卫哲看她一眼，看透似的说："不要试图在我发微信的时候捣乱，也别想着在我身上留根头发、落个东西，或者在我的衣领子上留个印子什么的。"

裴瑜天真地眨了眨眼："会有什么后果吗？"

卫哲冷声道："会绝交的。"

卫哲发语音给江达琳，却显示消息被对方拒收，他再一看，江达琳方才已经把他拉黑。

暖黄色的灯光一闪而过，卫哲侧脸英俊，眼中神色晦暗不明，倒是坐在一旁的裴瑜，眼神中满是使坏。

江达琳还在家里咬牙切齿地骂卫哲，等到困得不行才拖着脚步去睡觉。

被电话铃声吵醒时，江达琳艰难地扯下眼罩，怀疑人生般望着天花板。

她声音微弱："谁啊？"

裴瑜声音明亮："有没有时间一起吃个午餐？"

江达琳转身趴在被子上："今天挺忙的，还是算了吧。"

裴瑜笑起来："我想跟你聊聊Bella的推广计划……"

"……"

江达琳匆匆赶去餐厅，裴瑜闲适地靠窗而坐，装扮时髦，如同真正的千金名媛，伸手朝江达琳打招呼。

江达琳笑着坐下，端起咖啡喝："想不到这里还藏着这么一家餐厅，我还以为是美术馆呢！"

裴瑜笑了笑："以前刚开业的时候还行，现在墙上挂的都是仿制品了，厨师也换了人，我都不知道为什么这么火。”

江达琳搞不明白裴瑜约自己的目的，索性也不着急，安静地等待。

裴瑜打量着江达琳，一边喝酒一边慢悠悠地问：“你要喝什么？他们家的单一麦芽还不错，给你叫一杯？”

江达琳推拒道：“不用了，这大晌午的，不喝酒了。”

“做你们这行的，喝酒难道还分早晚？卫哲可是随时随地都要来一杯的。”裴瑜总算开始提卫哲，“昨晚我在夜店喝多了，卫哲是去接我的。我和他的感情，和一般人不一样，你别介意。”

到底是她更介意还是自己更介意？江达琳嘴角扬起一抹冷笑。

“对了，我听过你的故事。你刚回国上任时的事儿网上有点视频，我随便看了看。”

江达琳放下咖啡，做出要离开的架势：“那都是过去式了。对了，你不是说找我聊Bella时装的推广计划……”

“卫哲就喜欢你这样的。”裴瑜料定她不会离开，更加慢悠悠地说，“落难的千金、倒霉的公主，他就喜欢这样的，他这人内心深处有点骑士精神，热衷扮演拯救者的角色。”

江达琳愣怔一秒，很快回过神：“我不明白你在说什么。卫哲是我费了九牛二虎之力挖来的合伙人，如果你要说是他拯救了我，那也是我主动请来的。”

“当年我遇到卫哲的时候，也是在人生低谷，我爸和我妈闹不和，家里鸡飞狗跳，我轻度抑郁，动不动就旷课。眼看期末考试有一门要挂，我到论坛上发帖求助，有几个人回复我，让我去求一个叫卫哲的师兄，说他曾是那位教授的得意弟子。我就去找他，说花钱请他帮我写篇论文，他不同意，我求了他快半个月，他总算答应辅导我，后来我那篇论文拿了个优秀，我们也在一起了。”

“然后呢？”

“再后来我才知道，他就是那个论坛的版主，上面发帖的、回复的，全都是他一手操纵。”裴瑜提起往事，嘴角有一抹甜蜜的笑，又有一丝讽刺，“说起来他这骑士精神也挺扭曲的，明明是自己先相中了对方，还非得下个套，变着花样让对方去求他，你说这人变不变态？”

江达琳不可思议地问：“你是说，我去挖他，其实是他先给我下的套？就算是这样，从公司角度来说，我也没有什么损失。”

裴瑜摆出一副云淡风轻的姿态，好像这场会面并不是由她而起。

“你别以为我是故意挑拨离间啊，真不是，我觉得卫哲挺喜欢你的，作为他唯一的前任，闲着没事就想跟你交流一下心得。”裴瑜笑了笑，“不过说实在的，卫哲这种男人，我早就看透了，当当男闺密就行，真要当男朋友谈婚论嫁，早晚要心肌梗死。不然我为什么要嫁给别人？”

江达琳瞪着裴瑜：“我觉得你这个人很奇怪。你明明都要结婚了，喝多了不叫未婚夫去接，为什么要找别的男人？你把卫哲来接你的事告诉我，无非希望我生气，如果我把这件事告诉你未婚夫，他又作何感想？”

裴瑜无所谓地笑了笑：“你在威胁我吗？有本事你去告诉他好了。”

“我没你这么无聊。下次除非有业务，否则别约我了，我很忙的。”江达琳掏出五百块丢在桌上，“今天这顿，就当我请客户了。”

江达琳开着车，回家的途中忽然掉头往另一个方向开去。

她一手握拳敲着卫哲家的门。

卫哲打开门，愣了下，很快开口：“你把我拉黑了，我正准备去找你……”

江达琳嗤笑一声：“刚才我和裴瑜见了一面，她说要跟我谈业务，闹了半天全程都在说你。我不管你跟她是什么关系，也不管你们之间到底有什么不一般的感情，我现在是来告诉你，这个女的脑子不正常。你去告诉她，以后除非是聊工作，否则不要随便给我打电话。至于你和她之间到底有什么纠葛，有什么过往，还是有什么未来，我通通不想知道！”

江达琳一通话劈头盖脸地砸下去，说完就要离开，走了几步她又回头笑了笑：“还有，不管你有什么拯救人的欲望，我，江达琳，用不着你拯救，你是我挖来的合伙人，好好干你的工作明白吗？”

卫哲摸了摸皮手环，一脸茫然。

江达琳第三次非常搞笑地指了指卫哲：“以后不要在我面前提她。”

卫哲追上去，拉住了气势汹汹的江达琳。江达琳使劲挣脱卫哲的手：“干吗？别拉拉扯扯的，有摄像头！”

卫哲俯身在她耳边低语：“摄像头随它去。我正在做午饭，要不要进来吃一点？”

江达琳跺脚，奈何卫哲用力抱着她，她气道：“吃什么吃？气都气饱了！”

卫哲笑起来，呼吸落在江达琳的耳畔：“我忘了你刚跟裴瑜吃过。”

江达琳瞪向他：“跟你说了不要跟我提她。”

卫哲把她带出电梯："她是故意激怒你的，你就这么容易上钩？你别生气了。你不是要找我谈谈吗，来都来了……"

江达琳生气地喊："现在我不想谈了，放开我……"

江达琳一怒之下，狠狠地一脚踢在卫哲的腿上。卫哲吃痛，撒开了手，江达琳赶紧溜进电梯。

电梯门合上，卫哲揉着小腿，生平第一次在所谓的男女关系上产生无奈的情绪，却对这种情绪毫无办法。

又是一个深夜，斯黛拉工作完毕开车回家。

小区对面站着一个高挑却安静的身影，叶东烈低着头站着，像是被丢弃的流浪猫。

饶是如此，斯黛拉还是将车开得飞快。叶东烈终于肯抬起头，怔怔地目送斯黛拉的车离开。

离开的车忽然又倒回，停在叶东烈旁边，斯黛拉打开车门，偏过头看向叶东烈："上车。"

叶东烈乖乖地上车，到车上却还是闷闷的，听到斯黛拉说话后才开口："下午没上班，一直在那儿等着。"

斯黛拉语气放轻柔了一些："小区里有长椅，干吗站大门对面？"

"我怕在小区里等时间长了让人看见，对你影响不好。我知道我错了，我不应该突然发脾气，你能原谅我吗？"

斯黛拉无语地笑道："吃晚饭了吗？"

叶东烈还是摇头。

吃过饭后，斯黛拉本打算送叶东烈到学校，却因为想起上次的争吵，生生止住了要说出口的话。

叶东烈跑到地铁口，走了两步却又绕了一圈回来，目光炙热地盯着斯黛拉："我想你了。"

斯黛拉好笑地道："这才几秒钟而已。"

"神经传播大脑命令的速度是每小时250公里，几秒钟等于已经跑出去好几百米了，当然想了。"

工科男的浪漫真是上天入地独此一份，斯黛拉忍不住笑出声："看来我应该考虑把你挖到我们公司当文案。"

斯黛拉将车停好："要不我送你进站吧！"

分明只是打算送叶东烈进站，谁知道两人腻腻歪歪，最后竟然在地铁上来来回回几趟。明明有空座，两人却不坐，叶东烈单手拉着扶手，另一只手揽着斯黛拉。

趁着周围没人，叶东烈低头亲了亲斯黛拉的脸。

地铁门打开，叶东烈拉着斯黛拉跑出来，笑容完全掩饰不住。

斯黛拉看了看时间，和叶东烈依依惜别："好了，你真的该走了，到宿舍估计都快晚上十二点了。"

叶东烈抱着她："真不想回宿舍，不过快了，这个月底我就能搬出来，我打算在你家附近租个房子。"

"好啊，我可以帮你参谋参谋。"

叶东烈点了点头："对了，你会来参加我的毕业典礼吧？28号，下周三，你一定要来，我们同学都特别想见你。"

斯黛拉愣了下："啊？为什么？"

叶东烈咧开嘴角，仍然是傻里傻气的笑容："好奇嘛，上次我们寝室那几个回去一通吹，现在人人都知道我找了个特别牛的女朋友。你知道，我在我们学校还挺有名的，所以……你一定要来！"

拍毕业照那天，学校人山人海，到处是穿着学士服洋溢着笑容的年轻人。

叶东烈不知从哪里找了一套学士服，非要斯黛拉穿上体验一把。

斯黛拉有些抗拒："不用了吧……我以前体验过。"

"你以前体验的是文科学士服，这一套是理科学士服，不一样的！而且我特别想跟你一起穿着学士服合影。答应我吧！"

斯黛拉还没来得及拒绝，乌小白和其他几位朋友就捧着相机走过来，催促着斯黛拉换上学士服后，凑过来给两个人拍照。

斯黛拉一脸尴尬，拍完两张照片后便换回了原来的衣服。

人人都说怀念青春，但当青春不再时，也怕是只能怀念了，体验什么的，只会无端生出尴尬。

斯黛拉走到露天位置喝咖啡，拿出手机翻出自拍模式当镜子照，仔细地照着自己的眼角和额头，被眼霜堆砌的眼角也逃不过眼尾纹的侵袭。

远处叶东烈拍完照跑过来，气喘吁吁地道："你没事吧？怎么突然走了？"

斯黛拉笑了笑："公司突然有点急事，这里Wi-Fi信号好一点。你怎么来了，不是说还要吃散伙饭吗？"

"不吃了！你这么好看，我不放心你嘛！"

斯黛拉笑起来，伸手拿掉叶东烈衣服上的碎叶子：“去你的。我今天都被你们的同学当成老师了！”

叶东烈俯身吻她：“说什么呢，我们学校哪有你这么漂亮的老师！”

斯黛拉笑着同他离开。刚才那一瞬间，她想明白了，青春这稍纵即逝的存在，她是没有了，但她身旁的人有，她总是能欣赏，便已经是好事一桩，哪里还敢奢求太多！

第三十章　一夜之间

街边安静地停着三辆车，车上贴着《秀出你的爱》节目的标志，王楚和卫哲站在其中一辆车旁，吴美林和周森坐在另一辆车中。

王楚眯了眯眼睛，找出墨镜戴上："我不知道你们有什么办法能让他俩管住自己的嘴，不过我好不容易才说服我的老板暂缓起诉，他俩如果只是吵架也就罢了，要是真在录制过程中把'离婚'两个字说出来了，那谁也帮不了他们。"

王楚吩咐完毕便招呼众人上车。

卫哲走在江达琳身侧，想帮江达琳把箱子放进后备厢，谁知江达琳闷声不说话，一把扯过自己的行李箱，随后坐到了最里面。

江达琳一上车便戴上了耳机，打算闭目养神。

卫哲摘下江达琳的耳机，换来江达琳没好气的一哼。

卫哲看着她："你把我的腿都踢青了，连对不起都不说一声？"

江达琳表情无辜："我踢过你吗？"

她伸手要抢耳机，抢不过后便把头朝向窗外再不看卫哲。卫哲拍了拍江达琳，指着监视器："他俩和我们俩，姿势差不多啊。"

监视器里，周森和吴美林一人头朝左，一人头朝右，大有老死不相往来的趋势。

江达琳无语地看着监视器。

卫哲突然凑近，搂住了她的肩膀，又被江达琳猛地挣脱。

青山绿水，满眼葱郁的树木和未经开发的山脉，原始的风景令人心旷神怡。只是有些人却完全开心不起来。

吴美林和周森正东倒西歪地睡在车内。吴美林迷迷糊糊地睡醒，猛然望见窗外熟悉的风景，忽然使劲去拍周森。

周森恼火地醒来，看到窗外的风景却忽然惊呆："这不是……这不是茶山吗？怎么突然回老家了？"

车辆驶入村庄，江达琳拿着手机拍摄窗外的景物。

三辆车停下，王楚走到最前方调度，摄影师拿着摄像机站在第二辆车的车门口。

三妈、三叔和一群当地人围上来，小孩们则新奇地望着摄像机的镜头。

卫哲敲了敲车窗："准备好了吗？"

隔着贴了膜的车窗玻璃，能看到外面攒动的人群，周森和吴美林表情僵硬。周森靠在椅背上不愿意下去："怎么办？三叔、三妈都来了，我们结婚他俩还给拿了五千块钱，要是知道咱俩……反正我丢不起那人。"

吴美林正在补妆："你现在知道丢不起人了，离的时候怎么那么痛快？"

周森猛地瞪向她："那天明明是你先开的头，一大早就嚷嚷着要离，还说我要是不同意我就是孙子养的……"

吴美林不耐烦地道："行行行，别净说没用的，反正我不管，外面这些都是你的亲戚，你管好你那张破嘴就行。"

"你才是破嘴！我的亲戚难道不是你的亲戚？你家离茶山才多远，真是……"

车门打开，吴美林瞬间换上一张笑脸，笑容无懈可击，上前一步走向三叔和三妈："三叔、三妈，我们回来啦！"

周森紧随其后，笑着打招呼。

卫哲示意司机打开后备厢，里面装了满满的礼物，司机拎着礼物走进屋。三叔看了一眼礼物："这回来还带什么东西！"

周森赶紧笑着说："没带什么，就是个意思？"

"你们两个都好吧？"

周森和吴美林对视一眼，两人手牵手应道："我们好着呢！"

人群之后是卫哲和江达琳，江达琳倔强地拎着箱子，卫哲无奈地走在她旁边。

王楚踩着高跟鞋走过来，打量两人一眼："今天这头开得不错，看来安排他俩衣锦还乡没准儿还真能有点作用。不过你们俩没事吧？”

江达琳拎着箱子往前走：“没事。”

“没事就好，我也顾不上你们，我先到前面去了。”王楚风风火火地离去。

卫哲摊了摊手，无奈地说：“把箱子给我拿吧。”

江达琳拖着箱子走得飞快：“不要！我又不是没手！”

周森和吴美林被簇拥着，走进一间里外套房。套房颇有当地风情，绣着鸳鸯戏水的大红床单铺在床上。

三叔笑容憨厚：“你们俩婚结得仓促，美林家里没什么人了，连回门也没办，这次回来刚好，就当是回门，你三妈特意给你们布置的。看看，还行吗？”

两人百感交集。吴美林笑着说：“谢谢三叔。”

三妈捧着两碗甜汤走过来，嘴上还念叨着：“来，桂花莲子红豆汤，一人一碗，早生贵子啊！”

吴美林嗫嚅着，眼圈发红，眼泪掉进了碗里。

周森低声说：“你别哭啊！”

吴美林擦了擦眼泪：“不哭，我是高兴。”

喜气洋洋的人群渐渐散去，吴美林和周森相顾无言。许久之后，周森才笑着看摄影师：“既然是回门，那就高高兴兴的吧。给我们多拍两段。”

“好嘞。”摄影师把镜头对准了周森和吴美林两人。

周森嘴角带笑：“娘子请。”

“干吗呀你？”吴美林脸红着撞了下周森的胳膊，“请就请！”

卫哲和江达琳也走进农家院里，正四处打量。越过矮墙往不远处的山坡看，采茶人正背着背篓采茶，好不惬意。

江达琳正在看风景，却收到邦尼的抱怨：“学费太贵了，二十二万元一年，出去读两年研究生，加上生活费少说也得八十万元。我今天当兼职翻译，站一天也才一千五百元，这得熬到哪天才是个头啊？”

江达琳拍了一张风景照发给邦尼：“这里的人日出而作，日落而息，我觉得他们没有钱也挺开心的。”

邦尼百无聊赖地坐在留学展摊前帮忙做留学咨询：“开心什么呀，要真开心，为什么那么多人进城打工？”

两人正聊着，周森和吴美林又在房间内吵架了，拍摄一度中断。江达琳跟在卫哲身后匆匆推门而入，两人还在争执。

“你以为我乐意啊？我是给你面子，不想让你在家乡人面前丢脸！”

“你千万别给我面子，我用不着。”周森站在房间的一角，看向走进来的卫哲，“你们来得正好，你们评评理。我三妈、三叔辛辛苦苦准备的屋子，说是为了给她办回门，她倒好，说不愿意跟我睡一张床，非让我睡地板。”

吴美林双手抱胸：“就你那德行，谁跟你睡一张床啊，再说我俩都离……”

江达琳适时地咳嗽了一声，吴美林赶紧捂住嘴。

周森嫌弃地看她一眼：“看看你这破嘴，还说我呢，嘴上连个把门儿的都没有。”

“我是女的！我不管，反正你睡地板！”

卫哲打开门，又打开窗户，看向吴美林：“把你刚刚说的那句话，大点声喊出来。有笔吗？”

周森递了一支笔给卫哲。

卫哲抓过周森的手，在他的手腕上写了个“一千五百万元”，在旁边画了翅膀，又转身看向吴美林：“要不也给你画一个？”

吴美林后退一步：“不用，不用……”

“噗……”

江达琳见卫哲看过来，连忙背过身憋住笑。

她走在卫哲前面，头也不回地准备进屋，听到卫哲在身后叫她的名字，也不回应。

卫哲上前一步拉住江达琳。

江达琳低声说：“你干吗？拉拉扯扯的，再让别人看见！”

“骂也骂了，打也打了，还在生气？”

“我不生气。”

卫哲哑然失笑：“你不生气干吗这个样子？”

江达琳无语地道：“好吧，我是生气。”

卫哲拉住她的手：“生气刚才干吗要笑？”

江达琳翻了个白眼：“不想跟你讲话，你这个人太差劲！”

卫哲再次拉住她，嗓音低沉：“再给我一点时间，好不好？”

“说什么呢？”

卫哲凑到江达琳耳边低语。

江达琳红着脸，一把推开卫哲：“讨厌你！”

卫哲含笑道：“真的那么讨厌？”

“当然是真的！我早就看透你了，表面上温柔体贴对谁都挺好，其实骨子里对谁都不好，自以为是、自作聪明、自恋自大，觉得全世界的女人都应该围着你转，打着不婚主义的旗号到处招摇撞骗，说穿了还不是想一边泡美女一边又不想负责？我越来越觉得，你就是那种不主动、不拒绝、不负责的‘三不’男人，说得好听是风流浪子，说得难听就是耍流氓！”

卫哲怔怔地望着江达琳，声音是少有的低沉：“原来我在你心里是这样的人？看来，我确实伤害了你。”

卫哲点头，叹气道：“对不起……突然就有点心灰意懒，呵呵……那先这样吧，走了……”

江达琳站在门外，眼看着卫哲走进房间关上门，她站在门口敲门：“你没事吧？我、我是不是说话太重了？虽然你确实有点渣……但是工作还是不错的，我从你这里学到很多东西……我也知道在公司你一直帮我，为我着想……我不是故意那么说你的，我是一时气急，加上那个裴瑜老居高临下地刺激我，我这人经不起刺激，我……”

房门突然被打开，卫哲一把将江达琳拉到怀里，让她把脸埋在他的肩膀上。

江达琳两只手无处安放，小声嘟囔：“你干吗啊？”

卫哲一把将江达琳抱起来，江达琳尖叫一声，随后门被卫哲一脚关上。江达琳娇嗔地踢了一下卫哲的小腿。这个男人还真是……有够奸诈的。

茶山风景优美，居住条件却因为未开发而大打折扣，江达琳站在洗手间里，看向台盆四周：“我忘了，这里不是五星级酒店，我得回自己的房间了。”

卫哲哼着歌，拦住江达琳的去路。

江达琳忍不住笑道：“别玩了，我得回去刷牙、洗脸呢！”

卫哲朝江达琳勾了勾手指头，江达琳莞尔，跟着他走入房间。

卫哲打开行李箱，里面装得整整齐齐的都是男人的物品，他拉开网袋，从里面拿出一个电动牙刷刷头替换装。

卫哲把自己的电动牙刷刷头摘下，换上一枚粉红色的，又周到地挤上牙膏，才递给江达琳。他又打开一盒压缩毛巾，往上倒了矿泉水后，毛巾一下变大。

江达琳一边刷牙一边抑制不住地笑。

她给邦尼发微信：“邦尼，我好像终于明白恋爱的感觉了。”

培训中心的大门口，邦尼送走最后一个学生，转身朝大门口走去，却不经意间瞥见对面的马路上，薛义正和友人从一家饭店走出来。

邦尼正沿着街道走，薛义的车缓缓停在她身边。

薛义降下车窗："看见我了怎么也不打个招呼，转身就跑？"

邦尼瞬间红了眼眶，尴尬地道："我怕打扰你应酬。"

她径直往前走去，不敢回头。薛义的车缓缓跟上去，开在邦尼旁边。

"上车吧。何必这么倔，好歹我也算是你的老板，怎么可以一点面子都不给？"

邦尼冷声道："我的广告合同是跟DL签的，又不是跟你签的，你算我的哪门子老板？"

薛义作势拿起手机："好，那我立刻给江达琳打电话，让她把代言人给换了。"

"你！"邦尼停下脚步，"你这么欺负我，有意思吗？"

薛义也把车停下来，打开后座的车门："上车吧，就当我求你。"

邦尼坐在车上，沉着脸不说话。

"你啊，也太犟了，这里到你家还隔着一条江，难道你还想游回去？"

邦尼冷漠地说："怎么回去是我的事，不用你操心。"

"好，我不操心。我就默默地把你送回去，好不好？"薛义笑了笑，忽然拿出一个精美的首饰盒，"给，送你的。"

邦尼狐疑地看他一眼，打开首饰盒，赫然看到一只漂亮的大牌手镯。她把首饰盒合上："别人不要的东西，何必拿来打发我？"

薛义好笑地摇了摇头，打开头上的车灯，拿起手镯示意邦尼看内侧，手镯内侧刻着"To Bonnie"！

邦尼惊讶地问："给我的？可是怎么可能？"

"手镯是早就买好准备送你的，可是……"薛义笑了笑，"发生了那些乱七八糟的事，你说不希望再来往……所以……"

邦尼一瞬间变得心烦意乱。

手里的手机振动，她赶紧接起。

江达琳喜滋滋地问："你看见我发你的照片了吗？"

邦尼捂着听筒小声说："我在外面，一会儿跟你说……"

薛义在一旁说："小彭，等一下尽量开到弄堂里面，这雨太大了。"

"好的。"

邦尼猛地抬头，听到江达琳短暂的沉默后，立刻挂断了电话。

薛义似笑非笑，摊了摊手，表明自己不是故意的。

黑色汽车驶到余庆坊门口，正要往里拐，邦尼急忙拦住司机："不用往里开，就这里吧。"

"雨这么大，你会淋湿的。"

邦尼摇了摇头："没几步路，没关系的。"

她刚要开车门，薛义把首饰盒递给她，意味深长地道："东西别忘了。"

"我、我不能要，这太贵重了，而且……"

"邦尼，我不年轻了。"薛义打断邦尼的话，"男人到了我这个年纪，都会觉得时间宝贵，看到喜欢的人、喜欢的东西，不会任由自己错过，因为不想后悔。"

邦尼脸色煞白，逃离似的打开车门。

她哆哆嗦嗦地拿出钥匙开门，一进门就筋疲力尽般靠在门背后，大口大口地喘气。

首饰盒被她紧攥在手中，她犹豫了几秒，终于缓慢地打开，昏暗中，美丽的手镯似乎有灿烂的光。

江达琳拿着牙刷，拉开洗手间的门，瞪向卫哲："邦尼和薛义接吻了！"

卫哲刚拍了拍身边的床，示意她上去，闻言愣了愣，关上了音响。

江达琳坐在床边："我答应过邦尼不告诉任何人的，而且她向我保证了以后不会再和薛义私下来往，可是刚才我跟她打电话，听见她正在薛义的车上。你不会说出去吧？你可千万别说出去，特别是跟林肯说！"

"我保证不说出去，但我估计林肯用不了多久就会知道。"卫哲竖起手掌，"以邦尼那种性格，一旦她眼里有了别的男人，你觉得她还会勉强自己和林肯在一起吗？事实上我一直觉得，其实她和林肯根本不合适。"

江达琳垂着脑袋："但她和薛义也不合适啊！林肯至少是真的爱她吧，薛义算什么？在他眼里和邦尼最多就是玩玩，邦尼和他在一起，能有什么好结果？"

卫哲伸手搂着他："怎么，你还想插手去管啊？"

江达琳抬起头，倔强地说："我当然要管，她是我最好的朋友，我不能眼睁睁地看着她做傻事！再说了，薛义是我公司的客户，邦尼是因为我才会遇到薛义，她要是因为薛义出了什么事，我是有责任的。哦对了，你也有责任，是你怂恿她去约薛义的，别说得和你没关系一样！"

“是，我是怂恿了邦尼去约薛义，她也成功完成了任务，但后面这一堆的事，可不是因为你我啊。”卫哲无语地道，“我们能不能不讨论他俩？无论如何，这也是邦尼的私事，假如邦尼和薛义是两相情愿，那我们是没有办法的。”

“我总不能当什么也不知道吧？你能吗？对了，还有林肯呢？林肯可是一直管你叫大哥的，咱们可怎么面对他？我反正是都不敢见林肯了。”

“我现在也不敢见了，都是你害的。”卫哲好笑地道，“朋友的作用，就是在对方需要倾诉的时候，当一个好听众；在对方需要祝福的时候，及时地说声恭喜；在对方需要帮助的时候，力所能及地施以援手。这三条准则里，没有一条是需要朋友多说话的。”

朋友意味着保持距离，才能长久保鲜。

江达琳撇嘴：“就你这思维方式，谁听了还愿意跟你做朋友？”

卫哲搂紧她：“那你去跟邦尼说不要跟薛义在一起，你觉得她会作何反应？”

“我不知道。”

“她会告诉你，好的，我保证不会和薛义在一起，然后她会瞒着你继续偷偷地和薛义交往，什么都不告诉你。”卫哲安慰她，“你也别太纠结了，这种问题旁人是帮不上忙的，再说你也只是听到邦尼在薛义的车上，也未必会发生什么，是不是？”

江达琳把脑袋搁在卫哲的肩膀上，叹了一口气：“发生什么就晚了……”

“就算发生了什么，也不一定会长久，说不定过几天又有新变化。男女之间的感情，是这个世界上最不牢固的东西，朋友可以做一辈子，男女朋友却注定只能做一阵子。”

江达琳猛地抬头：“你这话是什么意思啊？”

卫哲反应过来，赶紧找补：“我的意思是，正因为这种情感很脆弱，所以我们要不断地努力，让它变得牢固起来。”

江达琳抿紧唇：“我走了。”

卫哲立刻下床，把江达琳圈在自己身前：“你要是现在走了，我就罪大恶极了。我以后保证不说了。”

江达琳冷哼一声：“我不信，你发誓。”

卫哲好笑地问：“堂堂公司总裁，干吗相信发誓这种事？”

“那你也不能给我签个合同啊？”江达琳说完，自己先忍不住笑了起来。

“签合同，可以，我喜欢签合同，那我们得好好谈谈。”

两人渐渐凑近。

江达琳小声说："嗯，保密条款、违约条款、有效期限，一个也不能少。对啊，慢慢聊，一条一条地谈。"

"你是总裁，我都听你的。"

卫哲轻轻吻上江达琳的唇，江达琳情不自禁地踮起脚，搂住卫哲的脖子。

同样的深夜，不同的房间，屋内一对喜烛快要燃尽，周森睡在地板上微微打鼾，吴美林睡在床上，睁着眼翻来覆去。

她走下床，站在窗前，却看到对面窗内的两个人影——卫哲和江达琳——正在恩爱地缠绵。

吴美林撇了撇嘴："闹了半天，他俩是一对啊。"

她歪着脑袋看江达琳和卫哲的影子，又回头看地上的周森。

她和周森是有过甜蜜的日子的。一年前，周森把背包扔在地上，陌生又激动地打量着房间，搂着她激动地说："我会一辈子对你好的。"

而现在，说好要一辈子爱她的人睡得正死，也没能履行自己的承诺。

吴美林叹了口气，走到桌旁拿起一瓶矿泉水。还没等她拧开，地板上突然爬过一只巨大的蜈蚣，她吓得矿泉水瓶落地，尖叫起来。

周森猛地跳起来，一把护住吴美林："怎么了？"

吴美林害怕地指着蜈蚣："蜈蚣！"

周森猛地拿出一只拖鞋，啪地将蜈蚣给拍死了，转过头习惯性地捏了捏她的脸。四年前，周森也是这样一把护住她，然后和骚扰调戏她的流氓打了起来，为此他浪费掉了三年的光阴。

周森躺回地板上，吴美林坐在床上望着周森，忽然伸脚碰了碰他。

过了一会儿，周森忽然睁开眼。吴美林正躺在他的背后，抱着他的腰，脸贴在他的背上。

安静的夜晚，总是容易滋养爱情。

旖旎的音乐声从精致的门内传来，舒晴拿着手中的面具站在排队相亲的地方门口。她签到后拿着面具走到一扇窗前，小心翼翼地戴上面具，手指抓了抓有些凌乱的发。

和两个相亲男聊过天后，舒晴独自坐在角落里喝酒，忍不住腹诽，好在她戴上了面具，不然再好的公关素养，她也不能保证自己不会当场翻脸。

相亲派对实在无趣，舒晴一边往外走，一边随手将名片扔进垃圾桶。

门外，一辆辆出租车过去，却没有一辆空车。舒晴打开打车软件，同样被提示没有空车。舒晴看着脚下的尖头高跟鞋，咬了咬牙打算走回去。

一个戴着面具的男人走到舒晴旁边，沉声问道：“我开车了，也没喝酒，要不要我捎你一程？”

舒晴蹙眉：“你是？”

“我对自己说，你要是真的把那些名片都带走，我就再也不管你了。谁知道你把名片都扔了，没办法，我只好来管你。”

舒晴认出他来，好笑地道：“你想太多了，我虽然把名片都丢了，但微信可都加好了。”

“你！”沈英杰气得一把摘掉面具，“你这个女人到底有没有情商啊？我都不用你给我递梯子，自己就下来了，你适当扶着点接一下会死啊？”

舒晴看着他，微笑起来。

沈英杰送舒晴回家，等舒晴下车后，也从车上走了下来。

他站在舒晴面前，无比诚恳地道：“我已经决定了，不管你过去发生过什么，只要不是伤天害理杀人放火的事，我都愿意接受。”

舒晴抬眼：“你是怎么做出这个决定的？”

沈英杰双眼直视前方，也不看舒晴：“自我催眠。每次想你的时候，我就对自己说一遍：感觉是最重要的，其他的都无所谓，人要活在当下，要往前看，过去的事就让它过去吧。”

“瞎话说一千遍会变成真理，连自己都会相信”，这句话用在爱情里，再合适不过了。

舒晴盯着他：“你说这么深情款款的话，怎么连看都不看我一眼？原来还是恨我啊！”

沈英杰深情款款地道：“要是能不恨你就好了，恨你的时候，就会想起你啊！恨的次数太多了，忍不了了，就只能来找你了。”

“你不介意乐乐了？”

沈英杰不答反问：“你和那个男人还有联系吗？只要你和那个男人没有藕断丝连，那你不想说我也就不问了。”

舒晴摇头。

沈英杰想抱住她，却生生克制住：“真的，反正我现在每天都想着你，所以一切都可以不追究，但也许到哪天不想了，你就算是个处女，我也不会多看你一眼。怎么样，我这个态度仁至义尽了吧？”

舒晴看着他，神色认真：“我要想想。”

舒晴心乱如麻，沈英杰却非要得到答案似的紧逼她，没几天便又来到她的小区楼下。舒晴匆匆走来，走向站在树下的沈英杰。

“你怎么突然来了？”舒晴脚步匆忙，“乐乐有点发烧，我得赶回去，你有什么事情吗？”

“我没事，就是想问问你，你说你要考虑考虑，这已经好几天了，你考虑得怎么样了？”沈英杰自嘲地一笑，“说来真是惭愧，这还是我第一次因为等一个女人的答案寝食难安。”

舒晴低头不语。

沈英杰便接着问：“和我在一起就这么难吗？如果你介意我父母，我已经跟他们说得很明白了，这是我自己的事，和任何人都没关系，他们现在已经不反对了。”

舒晴摇了摇头：“不是因为你父母，也不关你的事，是我的问题。我心里有一道坎一直都过不去。我知道我总要重新开始，但我不知道那会是什么时间。”

沈英杰忧郁地看着舒晴，右手抚着她的脸，几乎要吻上她的唇：“可不可以把过去都忘了？”

舒晴闭上眼睛，神色懊悔：“对不起。”

沈英杰收回手后退半步，神色忧伤地望着舒晴：“袁肃说你太复杂，说你不单纯，说你不是什么好人，让我千万不要上你的当。”

舒晴苦笑：“或许你该听他的话。”

沈英杰深呼吸，终于转身离开，走了几步，狠狠地朝路边的树踢了一脚。

而在距离舒晴家不远的酒馆里，袁肃坐在角落的位置抽雪茄。老朴推门进来，左右看看，坐到袁肃身边。

“这个舒晴2016年年初去了美国，住在洛杉矶的一家月子中心里，生了个儿子。别的孕妇都有家人陪伴，可她没有，从头到尾只有她一个人。孩子出生后的事情光靠打电话过去没有用，我已经让我洛杉矶的朋友直接上门去查了，还得等两天。”

袁肃思考了一会儿道：“嗯。我觉得还有一个疑点，你也可以查查看舒晴从美国回来后不久就升级成了DL的合伙人，虽然她确实业绩突出，但无论如何她也应该非常感激江远鹏的知遇之恩才对，可她为什么非但不感恩，反而还愿意配合我举报江远鹏？”

老朴皱眉：“因为钱？单亲妈妈用钱的地方很多。”

袁肃摇头，翻了翻桌上的资料：“当初我会找上她，就是看中她这一点，她也是一说就答应了。当时没想那么多，可现在我倒是越来越觉得这事情没那么简单，这里头应该还有别的原因。”

老朴点点头：“那我再去查查。”

“江远鹏那儿有什么最新消息吗？这家伙跑得也是真快，偏偏警方证据不足还没法给他定罪！”

老朴拿起桌上的资料塞回包里：“警方一直在找杜少鲲，只要他没出境，抓回来也就是早晚的事儿，只要把他抓回来，那所有案情就都明白了。江远鹏身为鲲鹏基金的合伙人，肯定也是吃不了兜着走。”

袁肃深深地吸了一口雪茄，笑容掩在烟雾后面：“那到时候就是畏罪潜逃罪加一等啊，哈哈！”

舒晴站在公墓里，合葬墓的墓碑上写着父亲和母亲的名字。舒晴静静地注视着墓碑，墓碑前有鲜花和供品。

她那时少不更事，却还记得父亲离世之前的细节。那晚舒晴正戴着耳机在做英语听力试卷，隐隐约约听到父亲念叨：“怎么会，怎么可能呢？”

舒晴摘下耳机，将卧室门打开一条缝，透过缝隙她看到客厅里舒瑞峰一脸愤懑地走来走去，刘颖坐在旁边嘤嘤地哭。

舒瑞峰冤枉至极：“我跟蒋总解释了那么多遍，我可以把所有麒麟门的图纸都拿出来，可怎么就没人肯信我呢？刘颖，你是相信我的对不对？我的设计是没有问题的！”

“你现在说这些还有什么用？到处都是新闻，连我爸妈都打电话来问……”

舒晴甚至不知道发生了什么，父亲紧跟着就住院了。她犹记得那天她穿着校服，疯狂地沿着楼道跑，一口气冲进病房，而舒瑞峰直挺挺地躺着，一动不动，刘颖也在她眼前直挺挺地倒了下去。

“爸，妈，最近我心里很乱，我不知道该怎么做，如果你们在天有灵，请给我一个方向。”

舒晴蹲在墓碑前，将酒洒在地上，而后站起来朝着墓碑三鞠躬，转身离去。

茶园里茶叶青翠，偶有茶香飘过。周森和吴美林并肩走在茶园里，时不时看着茶叶，神情温和。

吴美林蹲下来，从地上拔起一块葛根："知道这是什么吗？"

周森微微俯身，拉吴美林站起身："当然知道，葛根呀，小时候走在路上，肚子饿了，刨一块在衣服上擦擦就能吃，很甜的。"

吴美林嘴角带笑，眉眼弯弯："那你吃一口我看看。"

"吃就吃。"周森接过葛根，在衣服上擦了擦，张嘴就咬，"呸，好苦！怎么这么苦？小时候吃没这么苦啊！"

吴美林在一旁笑得花枝乱颤。

远处的遮阳伞下有两台监视器，江达琳、卫哲、王楚以及摄制组都围着在看。王楚满意地看着监视器："昨晚这俩人是吃了什么药，怎么突然就有说有笑的？"

"还挺浪漫的。"江达琳低声说，"不是临睡前还不好的吗？怎么一夜之间发生这么大变化？"

卫哲姿态慵懒地躺在躺椅上，凑到江达琳耳边说："这么大的改变，只有一种可能……"

江达琳红着脸，伸出手在卫哲的腰间不留情地掐了一下。

两人正小声闹着，邦尼给江达琳打电话解释了昨晚的事情，方才挂断电话。

邦尼伸手打开包，取出那只漂亮的手镯看了看。

李老师从旁边经过，瞧见闪着碎钻的手镯，凑过去问："哟，邦尼，新手镯？镶钻的？真漂亮。"

邦尼喜滋滋地说："嗯。"

"啧啧，一看就很贵。你那个男朋友送的？"

邦尼不置可否："嗯。"

同李老师告别后，邦尼去休息室化了精致的妆。目光飘向手腕上的手镯，她想了想，还是将其放回了首饰盒。

她走到培训中心外面，薛义正在车里等她，打算去品酒会。

"我们很多人知道，在新世界酒中，澳洲的西拉子久负盛名……"

薛义带着邦尼走进高档、私密的红酒会所，来宾不多，却个个衣着华丽，矜持高贵。两人对视一眼，找了角落靠后的座位坐下。

邦尼将自己的手机调成静音，偷偷拍了一张现场照片。

"但其实在新西兰的霍克斯湾，近几年却总能产出带着烟熏黑醋栗香的希腊酒，味道堪称惊艳！各位可以品尝一下。"

邦尼拿起酒杯，学着所有人的样子，闻一闻，转一转，轻轻尝了一口。听到薛义问起味道，她端着酒杯，认真地道："说实话……喝不出来。"

"提起黑皮诺，各位想到的不是法国的勃艮第就是新西兰的中奥塔哥，但其实位于法国东北部的阿尔萨斯也有着绝佳的种植黑皮诺的条件，就像我们即将品尝的下一款，浓郁而厚重，香气芬芳馥郁，来，大家试试看。"

邦尼抿了一口酒，低声说："我脸都红了，这样喝下去，我大概一会儿就醉了。"

"你的酒量不是还不错？"薛义眼中笑意不减，"要不换个地方逛逛？"

邦尼跟随薛义走下旋梯，进入酒窖。酒窖中陈列着各种年代久远的酒，酒香四溢。

酒窖是薛义的朋友盖的，他热衷于把所有喜欢的东西经营成一门生意，喜欢喝红酒便盖了酒窖，开始做红酒代理商；喜欢抽雪茄，就又做了雪茄吧；喜欢艺术品收藏，十来年下来，他挑的那些字画每一件都至少升值了十来倍，赚得盆满钵满。

邦尼由衷地感叹："这种人，命可真好。"

薛义看向她："你这么年轻，也信命？"

邦尼站在旋转楼梯的台阶上，手扶着栏杆："信，命运是天定的，命运注定了我会拼命努力，挣扎到上海，挣扎到这里，而不是像我老家的那些人，一辈子就在一个圈子里。"

薛义不置可否："嗯，江达琳是你最好的朋友？我感觉她比你天真很多。"

邦尼耸了耸肩："她有条件做一个天真的人，我没有。"

"我听说，她父亲出了很严重的问题，正在被调查。"

"已经被证实是被人给坑了，很快就能回来。江达琳虽然家境富裕，应有尽有，但她从来不认为这一切都是理所当然的，这年头，很少有像她这样富有正义感的人，她是个很好的女孩子。"

薛义对邦尼的喜欢和欣赏毫不掩饰："我很少听一个女孩这样由衷地夸自己的闺密，你是个很好的朋友。"

薛义拿起一瓶酒，看着酒标，从酒瓶下面拿出一个信封递给邦尼。

邦尼打开信封，抽出一张提货券。

"喜欢什么，自己去挑。"

"我不能要你的东西。对了，"邦尼把信封连同首饰盒一同还给薛义，"这个也给你。"

薛义上前一步，离邦尼很近："为什么不可以？你未婚，我虽然结过婚，但现在也是单身。”

邦尼弱弱地说：“我、我有男朋友，而且……”

“我喜欢你，我能感觉到，你也不讨厌我，是不是？”薛义慢慢地走到台阶上，两人平视，“我们单独相处的机会不多，但每次都聊得很投机，和你在一起的时候，我都很开心。我们之间也不存在任何交易，我们最初是在网上认识的，我是你的粉丝、你的崇拜者……”

“你别说了……”

“我喜欢你。”

薛义离邦尼越来越近，轻轻地吻住了她。邦尼的裙角因为突如其来的拥抱扬起，像是一只扑向火炬的蝴蝶。

“我们换位思考，市场上有那么多种类的奶粉，我们为什么要给自己的孩子选择小力士奶粉，而不是其他品牌？我们又会选择什么样的奶粉？”

监视器不远处的遮阳伞下，江达琳和卫哲一人面前一台电脑同其他人开视频会议。两人身后是绿意葱茏的茶山，面前是一壶茶和点心，看起来十分优哉。

杜威廉话说到一半，忍不住喊道：“哎，我说，卫哲你们那儿的环境也太好了吧。”

卫哲端起茶杯喝茶：“确实不错。”

“我觉得我们下次团建也可以去那儿……”杜威廉被舒晴瞪了一眼，又开始继续刚才的问题，“OK，硬是要我选，那我选包装好看的，这也是细节嘛对不对？”

江达琳笑了笑：“我会选择朋友推荐的品牌，感觉比较安全。”

舒晴点头：“口碑因素。卫哲呢？”

卫哲将视线从远山上收回：“我会选我认识的人的品牌，这样可以拿到第一手资料。”

“如果你不认识这个行业的人呢？”

对于公关来说，认识人是最容易的事情。卫哲摊了摊手：“那就想办法去认识一个呗！”

众人哈哈大笑时，舒晴挑了挑眉：“价格、包装、口碑以及综合信息，共四种因素。OK，假设各位现在是刚生完孩子的产妇，如果我现在告诉你们，你家宝宝生下来时喝的第一口奶是小力士奶粉，你会怎么想？”

江达琳眼睛一亮：“那我肯定愿意继续用下去。”

连卫哲都忍不住赞赏："打的是情怀牌，厉害。"

斯黛拉赞同道："这句话完全可以作为小力士奶粉的slogan（标语）来用。"

"既然你们都觉得好，那我就去做提案了。"舒晴拍了下手，结束了视频会议。

江达琳走到一旁接电话："喂！林肯。"

林肯穿着一身工装，身上灰扑扑的："我昨晚给她打了一晚上电话没打通，微信也不回，我担心她还在生我的气，刚才到家一看，她不在，你知道她去哪儿了吗？"

江达琳皱眉："我不知道啊，昨天中午我们通过电话，她说她下午和晚上都有课，会不会是在上课所以不方便接电话？"

"不知道。"林肯懊恼地道，"我就知道是我之前话说得太重了，伤害了她。你能不能替我跟她解释一下，我不是那个意思，请她原谅我？"

"我知道，我会跟她说的，你别着急啊！我也找找她。"

江达琳回头时，卫哲刚好合上电脑，她走过去："林肯打来的，说一晚上找不到邦尼。"

高级酒店套房内，薛义穿好衣服，邦尼还躺在大床上熟睡。薛义微微俯身在邦尼脸上落下一吻。

邦尼醒来，翻了个身，轻声问："几点了？"

"上午九点半了，我得去公司了。"

邦尼挣扎着要起床："哦，那我也起来。"

"不用，你继续睡，想吃什么就叫客房服务。"薛义吻了吻她的额头，语气暧昧，"你要好好休息。"

邦尼害羞地捂着脸。

薛义笑了笑，离开酒店房间。

邦尼裹着床单下床，走到窗前，望着清晨窗外的城市景色，有股难言的情绪涌上来，渐渐将她淹没。

邦尼的手机振动起来。

电话接通后，江达琳连珠炮一般说道："林肯给我打电话，说找了你一晚上，电话一直打不通，怎么我一打就打通了？林肯让我替他向你解释，说那天讲话口不择言，希望你原谅……喂，喂，你怎么不说话？"

邦尼沉默不语，一只手重重地将一头长发往后抓，表情复杂，动了动嘴唇，愣是没有说话。

“不说话是不方便吗？”

邦尼靠在玻璃上，轻声说：“江达琳，我不想骗你。”

江达琳震惊地道：“你什么意思？你……你该不是和薛义在一起吧？”

邦尼叹气道：“等你有时间，我们见面说吧。”

江达琳拿着手机，呆呆地站在远处。

卫哲走过来揽住她的肩膀：“怎么了？”

江达琳回头，表情忧虑：“我问邦尼是不是跟薛义在一起，她说她不想骗我，要约我当面说。这可怎么办，我怎么跟林肯回话？林肯又给我发微信了，怎么办，要不我也说我没打通？不行，我得找她去！”

“听上去要摊牌了。”卫哲拍了下她的肩膀，“我陪你去。”

“你不是说你不愿意多管闲事吗？”

卫哲摊了摊手：“之前你只是说邦尼在薛义的车上，那我当然不能多管闲事，但现在……如果邦尼确实和薛义在一起了，如果她准备摊牌，那不管怎么样，我总得顾着点林肯。”

第三十一章　片刻欢愉

宽阔的马路上，只有一辆车以最快的速度疾驰，江达琳双手握着方向盘，脸色焦虑，尽量提快速度。

她一个急刹车停在某咖啡馆对面的街上。

卫哲握了下她的手："你去吧。"

江达琳刚解开安全带，闻言猛地看向他："你不去？"

"我去不太合适，我在这儿等你。"

江达琳点点头，打开车门后又坐回驾驶座上："也许是我们都想多了，或许什么也没发生？"

卫哲挑了挑眉，笑着看她下车。

邦尼坐在咖啡馆的沙发上，垂着眼帘，将眼前的纸巾撕成一条一条的，喊道："有酒吗？"

服务员闻言走过来："对不起，我们不卖酒。"

邦尼喊道："我给你钱，你到外面给我买一瓶行不？"

服务员为难地道："对不起……"

江达琳推开门慢慢走进来，最终在邦尼对面坐下，一时间两人相顾无言。

邦尼猛喝了一杯苦咖啡，仿佛那是酒："我不想骗你，昨晚我和薛义在一起了。你别用这种眼神看着我行吗？我又没做什么伤天害理的事。我问过了，薛义已经离婚了，我和他都是单身，没什么见不得人的。"

江达琳无奈地道："可你是有男朋友的，就算没结婚，你这样也算是背叛吧？你让林肯怎么办？”

邦尼看向窗外，犹豫地道：“我决定跟薛义了，他比林肯更适合我。”

江达琳突然觉得邦尼很陌生：“你……你怎么知道他更适合你啊？你们没认识几天，你对薛义了解多少？他在美国是干什么的，他以前经历过什么，他到底是个好人还是坏人，你都不知道！”

邦尼如实说道：“我对林肯也不是很了解，他在美国是干什么的，他以前经历过什么，他到底是个好人还是个坏人，我也不知道啊。”

江达琳愤怒地道：“你这是强词夺理，你怎么能这么说？林肯对你多好啊，虽然你是我最好的朋友，但林肯也是我的朋友啊，现在这个样子，我可不想陪着你一起骗他，这样对他太不公平了！”

邦尼沉吟片刻，拿起手机：“你说得对。我这个人一辈子光明磊落，敢做敢当，不喜欢藏头露尾。我不想骗林肯，我这就告诉他。”

她拨号给林肯：“是我，邦尼。我和别的男人在一起了，我们分手吧，是我对不起你……不用谈，没必要，就这样，多说无益，拜拜。”

江达琳手指僵在半空中，无力地放下：“你怎么能……早知道会有今天，我就不该让你认识薛义。这人自从见了你就没安好心，一会儿冒充你的粉丝，一会儿又弄出什么代言人来，摆明了是对你有目的，偏偏你还要上当……”

邦尼打断她的话：“行了琳琳，小力士奶粉的代言人是我自己想当的，是我让卫哲……”

江达琳愣住：“卫哲？卫哲怎么了？”

邦尼心一横，一股脑儿全说了出来：“是我让卫哲把我放到代言人候选名单里的，当然你也不要怪卫哲，是我硬要他帮忙的！总之，这件事里薛义不过是顺水推舟罢了，从古到今一个巴掌拍不响，你不用把所有责任都算在他头上。选择和他在一起，是我自己的决定，没有人勉强我。”

被所有人瞒着的滋味不好受，尤其是被最亲近的两个人欺瞒，江达琳垂着脑袋，格外沮丧。

江达琳站在窗外，呆呆地看着卫哲：“邦尼说，是她求你帮忙把她放到小力士奶粉代言人候选名单里的？你怎么不告诉我啊？最起码你也应该跟我说一声吧？”

卫哲迟疑地道：“她怕你阻拦，不让我告诉你。”

江达琳气得用手把头发往后抓：“我会阻拦她就是怕会变成现在这样，因为我太知道她是什么人了……真是……”

林肯的电话再次打来，卫哲接起之后直接让江达琳开车去了林肯家。

两人匆匆跑上老旧的楼梯，林肯家的门半掩着，客厅、卧室、起居室和洗手间里通通不见林肯的身影。

直到卫哲推开林肯给邦尼精心打造的房间，看到林肯蹲在墙角一动不动。

江达琳慢慢地走过去，蹲下来轻声说：“林肯，林肯？”

林肯捂着脸，不抬头，浑身发抖。

江达琳看向卫哲，薄唇轻启：“他在发抖。”

江达琳问林肯：“你要不要跟我们说说话？或者……我们出去喝点酒？你要是不想说话，你也可以去躺一会儿……”

卫哲试图说些什么，话到嘴边却无言。他深呼吸，右手下意识地去放松左手的皮手环。

林肯浑身抖得像筛糠，忽然站起来，一脸铁青地使劲往外冲。刚打开门就咣当撞在墙上。他捂着鼻子，指缝中流出血来。

卫哲一把拽住林肯：“我们去医院。”

林肯拽着门把，不肯离开。

卫哲一记耳光打过去，林肯呆在原地，喉结滚动。

医院的走廊里，林肯仰天躺在走廊的长凳上，卫哲和江达琳靠着对面的墙站着。林肯面色苍白，目光呆滞，鼻子里塞着棉球，看起来可怜凄惨。

林肯忽然捂住脸大哭起来。

卫哲无语地揉了揉额头。江达琳一脸不忍，忍不住走到走廊的拐角处给邦尼打电话。

薛义和邦尼坐在车后排，邦尼脸色憔悴，手机不断振动，薛义忽然伸出手摁掉了电话。

“现在这个时候，做任何解释都是徒劳无用，只会更坏，不会更好。你太累了，如果我是你，就把手机关掉。”

邦尼沉默片刻，关掉了手机：“我是不是很坏？”

“你不是坏，只是顺从自己的心意。分分合合是最正常不过的事，两个人里，总要有一个人先说出口，跟坏不坏没有关系。你能干脆利索地承认并提出分手，就已经很对得起他了，他没有理由怪你。”

邦尼红了眼圈，看向窗外，眼泪止不住地落了下来。

薛义伸手摸了摸她的头发。她硬撑着没回头，望向窗外不断地无声哭泣。

夜幕下是上海的灯红酒绿，眼泪留在过去，驶向远方的谁也不知是黎明还是无尽的黑暗。

林肯昏昏沉沉地睡去，江达琳和卫哲站在他的床边，叹了口气，轻轻带上门出去。

江达琳回头看了一眼，低声问："他不会想不开吧？"

卫哲耸了耸肩："哭过了，也闹过了，应该不至于再做什么傻事。"

"林肯真可怜……"江达琳抓了下头发，"归根结底都怪我，为了公司的生意让邦尼去认识了薛义，才导致这一连串的后续反应……"

卫哲揉了揉她的脑袋："这怎么能怪你？以邦尼的性格，即使不遇到薛义，遇到张义、王义也一样会发生这种事。走吧，我们去他家，给他拿点衣服。"

走到林肯的家门口，江达琳从隐蔽处拿出备用钥匙打开门，刚要随手将钥匙放在旁边的鞋柜上，却发现鞋柜上已经有一把钥匙。

卧室里，邦尼正背对着门收拾衣服，床上扔着一个敞开的行李箱。

江达琳站在门口："邦尼。"

卫哲对江达琳说："我去给他拿几双鞋，你们聊。"

江达琳走到柜子前找林肯的衣服。邦尼抬头指着另一个柜子："他的衣服在那边。"

江达琳不声不响地关掉柜子，打开另一个柜子，拿袋子装衣服。

"林肯还好吗？"

"很伤心，一个大男人，被你害得哭成那样，又一时冲动撞伤了鼻子，你说他好不好？"江达琳尽量让自己冷静，"你呢？你打算住哪里？和薛义住一起？"

邦尼放下手中的衣服："江达琳，我没有犯罪，你能不能不要用这种审判式的语气跟我说话？我或许是对不起林肯，但我可没对不起你！"

江达琳无措："没错，你确实没对不起我，我只是觉得……我只是觉得我一直把你当成我最好的朋友，一直自认为很了解你，但你现在做的这一切……都让我觉得非常陌生，我觉得我根本看不懂你了。"

邦尼自嘲地一笑，自顾自地整理衣服："那或许是因为你其实从来就没懂过我，不，应该说，是你从来就没试图懂过我，你也从来没有明白过。"

"我有什么不明白的？我现在最不明白的就是你明明这么漂亮，这么聪明，你大一到上海来，这才几年，你的上海话说得比上海人都好，英语说得比老外都好。你当老师、做模特、搞直播，每一样你都很成功，你在我心里一直是最好的，我真的不明白你为什么要放着林肯不要去选择薛义，你别告诉我你对他是真爱！”

“我对薛义是不是真爱，这根本不重要，重要的是他能给我我想要的东西，能让我离我的目标更近一点。江达琳，我跟你不一样，你生下来家里条件就好，大学毕业的时候我们每个人都起早摸黑面试地找工作，天天累得像狗一样，只有你每天睡到自然醒，时间一到就去美国留学了，一回来就是当总裁……”

江达琳气愤地装衣服：“你明明知道我是为什么回国的！”

邦尼已经收拾得差不多，房间里又开始变得空空如也，看上去也一如既往地破败：“对，我是知道，你老爸犯了那么大的案子，欠了那么多人的钱，人都不知道去哪儿了，你照样能当总裁，照样开着好车、住着大房子。”

江达琳生气地大喊：“你闭嘴！我爸爸没有犯案，他是去寻找证据了，法院还没判决，你凭什么定他的罪？你自己做了错事，干吗扯上我、扯上我爸？”

“我做了错事？对不起，我不觉得我做错了什么！倒是你，江达琳，你是真把自己当圣母了！问题是你这种悲天悯人根本就没在点子上你知道吗？你觉得我和薛义在一起就是为了钱，可你有没有关心过，我为什么不要林肯而要薛义？你没有吧？因为你就是那种百姓没饭吃何不食肉糜的人，你从来没有真的关心过我要什么。只不过长久以来我不忍心戳穿你罢了，可你又有什么立场和资格来指责我？”邦尼冷笑道，“每个白富美的身边都有个穷闺密，用来彰显自己的仁慈和善良，以前你看着我，心里是不是充满了施舍的快感？现在我和薛义在一起了，而薛义又是你的大客户，你是不是觉得以后没准儿反过来要求我了，所以心里不痛快？不然你为什么这么在意这件事？我换个男朋友而已，你至于这么激动吗？”

江达琳气疯了：“你就是个疯子。”

邦尼表情难看，将一堆衣服胡乱地塞进箱子，飞快地拉上拉链，拎着箱子经过江达琳身边，还在江达琳肩膀上撞了一下，拉开门后毫不留恋地离开了。

卫哲走进房间，将江达琳拥在怀中，轻轻抚摸她的头。

江达琳止不住眼泪地道：“怎么会这样？呜呜呜……她怎么可以那样想我……”

一直到深夜，邦尼说的话还在脑海中不停回响，江达琳毫无睡意，索性从床上起来。

她站在书桌前，一台小型打印机正将一张照片打印出来，上面的人赫然是江远鹏。

江达琳看了看江远鹏的照片，回头将江远鹏的照片贴在白板正中的空白处。白板上分别贴着斯黛拉、舒晴、杜威廉、袁肃、卫哲等人的照片，呈放射状分布。江达琳双手抱胸，宛若警方推敲嫌疑犯的架势。

已是初夏时节，上班时间太阳已经高高挂起，树影斑驳下是干净美丽的街道。

江达琳一身漂亮的洋装，踩着细高跟鞋，驾驶着车驶入车库。她走在DL传播写字楼的大堂里，眉宇间多了一抹成熟。

办公室里，吴美林和周森手挽手坐在一起，模样亲昵。

昨天晚上，全网各头条齐齐爆出两人离婚前的视频，从昨晚爆料出现到现在一共15个小时，“森林CP离婚”的词条一直是热搜榜第一，“吴美林踹周森的车门”词条位居第二，《秀出你的爱》最后一期的片花转发量是一万，评论数则高达四万。

卫哲挑了挑眉：“热度很高啊！”

吴美林和周森对视一眼，两只手紧紧地握在一起。

王楚坐在会议桌的另一侧：“这个料是你们故意放的吧？”

卫哲嘴角扯起笑：“无可奉告。”

王楚翻了个白眼：“跟我还保密？”

江达琳笑着说：“我们签了保密条款啊！”

吴美林被周森抱着，她道：“我们俩已经决定将所有的公关事务都委托给DL了。”

王楚耸了耸肩：“好吧，不管怎么样，既然你们复婚了，那一切都好说，我们会去和网站聊下一季节目的合约。”

卫哲拍了下手：“挺好，看来要大火了。”

卫哲和江达琳送王楚几人进电梯。王楚进电梯之前停住脚步：“对了，我老板托我感谢你们，说找个机会一起吃个饭，聊聊将来的合作。”

“没问题。”

电梯门合上，卫哲和江达琳往办公室里走，迎面遇上匆匆忙忙的舒晴。保姆打来电话，乐乐高烧四十度，舒晴不得不赶回去。

于是下午和飞扬集团的会议就交给了江达琳。

卫哲拍了下江达琳的肩膀：“小力士奶粉……你要冷静啊。”

江达琳嘴角露出一抹牵强的微笑：“我知道，我会尽量控制我自己的。”

薛义走进会议室，意外地看到江达琳和卫哲。他坐到前面的椅子上：“嗯？怎么，DL换人来了？”

江达琳寒着脸，冷冰冰地道：“舒晴的孩子生病了，她临时请假，这个会由我代替她参加，希望薛总不要介意。”

薛义淡淡地道：“原来如此，我不介意，开会吧。”

江达琳侃侃而谈，身后是小力士奶粉推广的数据对比。江达琳指着白板上的数据：“‘第一口奶’的推广活动上周一开始试点，目前来看，堪称成绩斐然。从数据来看，百分之八十二的妈妈，当得知她的宝宝出生后喝到的第一口奶是小力士奶粉，都表达出强烈的进一步尝试购买小力士奶粉的愿望，其中有百分之六十四的妈妈几乎是立刻下了单。我公司认为，按照这个成绩，完全可以进一步扩大推广范围了。”

“很好，Andy，尽快召集几个大区的销售总监开个会，让销售部充分配合市场部，一起推进这个‘第一口奶’战略。”薛义微笑着点头，“嗯，一旦证明这个战略持续有效，接下来要上线的小力士奶粉白金版，也可以延续……”

走廊里，Andy边送江达琳边说：“这次这个‘第一口奶’推广战略看来是要立大功了，薛总说了好几次，说你们思路开阔，切入点稳、准、狠。”

“对了Andy，刚好今天我来了，有个问题想问问你，那个小力士奶粉白金版，是不是又得比一次稿？”

Andy点头：“没错，之前是金装版，这次是白金版，是不同的产品线，公司规定，新的产品上马，都是要竞标比稿的。”

“明白，我也是觉得这一次又一次地比稿竞标实在太累，你觉得我们DL有没有机会竞争一下你们公司明年的年单啊？”

“当然有机会了，薛总对你们的营销战略很赞赏，只要这个‘第一口奶’战略持续有效，销量一起来，薛总那边我去给你搞定。”

江达琳从飞扬集团离开后，径直去了卫哲家。两人依然是在厨房做饭。公关做久了，江达琳也能识破所谓的职场客套话，对卫哲吐槽：“什么叫持续有效？怎么衡量销量起来了？哼，乍一听像是在保证，其实等于什么也没说。”

江达琳把胡椒递给卫哲，卫哲撒到锅里，闻了闻味道：“这种老marketing（销售），你想从他嘴里拿到准话，不可能的。再说，飞扬集团的市场部说白了还是薛义自己在管，这个Andy也不能拍板。”

江达琳洗过手，经过卫哲身后时，突然伸出双手抱住了卫哲的腰：“那难道我还真的又得去求薛义啊？拜托，我现在一看见他，就会自动脑补他和邦尼在一起，想想就心烦。”

卫哲夹起一口菜递到江达琳嘴边：“你尝尝。”

江达琳凑过去尝了一口：“好吃。”

恋爱这件事还真是甜蜜，江达琳被卫哲搂在怀中亲吻时，忍不住感叹。

两人正缠绵时，林肯如同一抹游魂一样从二楼出来，江达琳和卫哲顿时安静了。

江达琳无奈地叹气：“这都一个多星期了吧，他还没缓过来？”

“忘记一段感情所需要的时间，是这段感情延续时间的一半，他和邦尼恋爱了半年，至少需要三个月才能过去。”

江达琳嘴角露出坏笑：“那你忘记裴瑜，用了多长时间？”

卫哲瞪着江达琳：“很快。”

江达琳走到餐桌旁坐下，自顾自地吃面：“因为你没投入感情？”

“因为是我提出分手的。”

江达琳撇嘴：“有什么好得意的……”

房门在这时被打开，卫聘婷一如既往地艺术家范儿，挽着林大伟的胳膊走进来。

“阿哲！”卫聘婷张开双手，和卫哲拥抱。

林大伟也张开双臂要和卫哲拥抱，卫哲伸出一根手指拒绝了林大伟。

卫哲打开客房门，林肯正一动不动地坐着看电视。看到房门外的几人，他抬了抬手，算是打过招呼了。

卫哲带上门，四人走下楼。

林大伟小心翼翼地问：“就因为那个叫邦尼的女孩？”

卫聘婷皱眉：“为什么？”

“呃……因为……因为性格不合。”

卫聘婷摇了摇头：“是吗？可是林肯这孩子性格特别好啊，比我们阿哲好多了……哎，大伟，你说我们要不要去找那个邦尼谈谈？”

“不不不，这是林肯自己的事情，我们不要插手。”林大伟当即拒绝。

林大伟突然看着江达琳问：“我是不是见过你？”

卫聘婷也认出了江达琳：“你是不是上次阿哲带来家里的女孩子？”

江达琳点了点头。

卫聘婷笑着说：“啊哈，看来我记性还是很好的，我记得那次阿哲和林肯还打架了，现在却成了好兄弟。那次乱七八糟的，也没顾上介绍，阿哲？”

卫哲摸了摸鼻子："呃，她叫江达琳，是我现在公司的老板。"

卫聘婷一脸不相信："老板？"

江达琳隐隐有些失望，却还是配合地说："对啊，卫哲是我的合伙人，我们是同事，也是好朋友。"

卫聘婷拍了下卫哲的后背："哈哈，我又不傻，阿哲怎么会把老板带到家里？是不是地下恋情啊，我不会说出去的……大伟？"

"我也不会说出去的。"

江达琳无奈地配合卫哲："你们误会了，我来家里。是因为我们今天本来是想商量怎么处理邦尼和林肯这件事的。"

卫聘婷一脸失望，声音低了下去："哦……原来是这样，真不是在谈恋爱？"

江达琳摇头："当然不是。"

回到家里，江达琳将包往地上一丢，整个人重重地躺倒在床上。她下意识地想找邦尼吐槽，想起来发生的事又作罢。

翌日清晨，江达琳走到一楼的大堂前，刚好卫哲也从另一头走来，两人汇集到一处，一起往电梯走。

卫哲站在她身边问："昨天干吗回去？"

江达琳没好气地回答："我是你的老板，又不是你的女朋友，干吗不回去？"

卫哲摸了下皮手环："我就知道你生气了，你听我解释。"

江达琳冷哼一声："你有什么好解释的？"

电梯停在一楼，江达琳和卫哲走进去，偌大的电梯中只有他们两个人，卫哲刚要摁关门键，有一人匆匆赶到电梯口。

卫哲淡定地摁上关门键："麻烦换下一趟。"

那人："……"

卫哲转过身，低着头看江达琳："我之所以没有对我妈说实话，是因为如果她知道了你和我的关系，就会不停地问，问到你烦为止……"

江达琳撇了撇嘴，语气冷淡："你怎么知道我会烦？"

卫哲朝她示弱："OK，她会问到我烦。"

"你为什么要烦？我和你的关系就这么让你觉得烦吗？老板、合伙人、同事、朋友、情人、恋人……哪个关系让你觉得烦？"

江达琳气冲冲地走出去，卫哲无奈地跟在后面。

“我不是故意的。”卫哲摊手道，“我妈妈那个人是非常容易冲动的，你看她不停地结婚、离婚、结婚就知道了，要是让她知道我和江达琳的关系……我会被她烦死的！”

聂灵子笑着摇头，中肯地说：“但你那样介绍江达琳，确实很伤人。”

“我知道。”

聂灵子索性从另一个角度问：“她在你心里到底是什么角色？你不觉得她是你女朋友？”

卫哲眯着眼，眼神困惑：“我不知道该怎么定义‘女朋友’这个词……我知道在别人那里应该怎么定义，但不知道在我这里，女朋友到底意味着什么……”

聂灵子直接问重点：“你在担心什么？”

咨询室的门砰的一声被打开，聂灵子的男朋友恼火地闯了进来。

聂灵子把他往外推：“我不是和你说了还有十分钟？”

“但我们明明说好下午一起去选礼服的……你不觉得这个男人总是来问你这些破事？他是不是对你有企图……”

聂灵子重新打开门，送男朋友出去：“你再胡说我生气了！”

卫哲皱眉重复刚才的话：“我不知道对我来说，女朋友到底意味着什么……”

他的话音刚落，聂灵子的男朋友又推开门，指着卫哲说：“我来告诉你女朋友意味着什么，女朋友就意味着她现在和你这个男人单独相处，她的男朋友，也就是我，浑身不舒服知道吗？真是看到你一次就想打一次……”

卫哲：“……”

聂灵子总算是把男朋友推出去，不好意思地笑了笑：“不好意思。”

“你男朋友在吃我的醋？”卫哲摸着下巴若有所思，“但这是一个不错的判断方法，如果江达琳身边有别的男人追求，我就能知道我对她的感觉到底是什么了。”

聂灵子惊讶于卫哲在恋爱中神奇的脑回路：“不用真的有，你可以尝试脑补一下，就有答案了。”

“有道理。”

卫哲回到办公桌前，眼神恍惚，眼前一个看不清脸的男人正要吻江达琳，江达琳非但没有拒绝，反而一脸迷醉地半闭着眼。

眼看两个人就要吻上，卫哲一个激灵回过神，看向路易斯："什么？"

路易斯晃了下手中的文件，她可是很少看到卫哲发呆："什么什么？你在干什么……这个地方需要你签字。"

卫哲拿过笔在文件上签字："今晚有空吗？周末我请你喝酒？"

路易斯一把拿走桌上的文件："呵呵，拉倒吧，肯定又是把我当精神垃圾桶。我才不要，自己的问题自己解决……"

卫哲手疾眼快地摁住文件："我需要你的建议。"

"男女之间需要什么建议，抱起来亲一口不就明白了？真是……"路易斯一脸傲娇地转身离去。

卫哲起身往江达琳的办公室走去，办公室内却没人。

艾米恰好经过，一脸八卦地对他说："找小江总？她下午去飞扬集团开会了。"

江达琳和安东正快步往飞扬集团的写字楼走去，安东抱着资料吐槽："这个小力士奶粉的花样也真多，咱们好不容易才攻克了金装版，现在又来了个白金版。"

江达琳自然也是无比烦躁："归根结底还是因为我们没有拿到飞扬集团的年单，否则也不至于这么被动。今天的会议，所有参与竞标的公司都会来，也不知道是哪几家，别让我又碰上名仕的人……"

"小江总，我听说名仕的人特别恨我们是不是……"

他的话音未落，袁肃和沈英杰从侧面走来。江达琳拿了包纸巾递给安东："把你的乌鸦嘴好好擦擦！"

袁肃和沈英杰径直走过来。袁肃看了看江达琳，倒是没料到这小丫头现在竟也能独当一面了："想不到今天居然能遇上小江总，不知道是翅膀硬了，上台挑大梁了，还是贵公司无人了呀？"

江达琳哪里还是两人第一次见面时怯懦的模样："您可能不知道，我们DL这几天一直在准备C轮完成的庆功会，人人都忙得脚不沾地，只好我来了，经验不足之处还要向袁总多请教。"

"C轮完成了啊，可喜可贺。不愧是小江总，说话的水平比贵公司其他几位要高多了，希望做事的水平也能高一点。"

江达琳耸了耸肩，嘴角维持着标准的微笑："高也高不到哪儿去，比贵公司高就可以了。"

袁肃被气到，一挥手带着沈英杰离开。

沈英杰没瞧见舒晴的身影，脚步顿了顿，随后也离开了。

这次会议并不是比稿，只是飞扬集团针对小力士白金版向各大公司提前告知项目需求。

会议结束，江达琳迎面撞上独自走来的沈英杰。两家公司若说是死对头倒也是，但也不至于和沈英杰有瓜葛，江达琳猜测沈英杰的来意，却没想到他是来询问舒晴的事情的。

向沈英杰告知舒晴请假的原因后，江达琳望着沈英杰匆匆离去的背影，若有所思。

江达琳朝自己的车走去，车门旁卫哲正等在那里，他穿着西装，身材修长真是养眼，眼下江达琳却没心情欣赏。

卫哲走到她面前："我来找你。"

江达琳遥控打开车门："找我干什么？"

卫哲搂住江达琳，江达琳要推开他，没推开。下一秒，卫哲的吻铺天盖地地落在她的唇上，江达琳愣住的时候，就被卫哲的气息入侵。

再被卫哲放开的时候，江达琳还有些恍惚，下意识地抿了抿嘴唇，忽地用力把卫哲推开："干什么呀？你把我当什么了？想抱就抱，想吻就吻？耍流氓啊你？"

卫哲开口说道："做我女朋友。"

江达琳毫无防备："你再说一遍。"

卫哲低头看着自己的皮手环，又重复一遍："做我女朋友。"

"再说一遍，大声点儿！"

卫哲再次搂紧她，乐于陪她玩耍："做我的女朋友。"

江达琳哈哈大笑，挣脱卫哲的怀抱："我不愿意！"

她说完就跑，卫哲跟在后面无奈地笑，随后追上去将她紧紧地抱住，许久都没有分开。

病房内，舒晴靠在乐乐的床头昏昏欲睡。她醒过来时病房门口站着沈英杰，眉目微敛的男人目光灼灼，直直地望向她。

舒晴莫名地红了眼眶："你怎么来了？"

"开会的时候没见到你，听说乐乐病了，我来看看……"

沈英杰正要走进病房，被舒晴拦在门外去洗手。舒晴站在水池边低声道："你别嫌我麻烦，大人都是带菌的，乐乐这回是重度流感，你也别离他太近。”

沈英杰抬头，舒晴似有所感，镜子里两个人深情对视，有莫名的暧昧。心比动作更乱，舒晴胡乱地递了张擦手纸给沈英杰，转身出去。

短暂沉默后，沈英杰走到她身边：“还得住多久院？怎么没让林嫂跟你换换班？”

“不好说，一个星期左右吧，看病情发展，就怕感染肺炎。”舒晴把乐乐的小手塞回被子里，“林嫂是保姆，这医院一会儿医生、一会儿护士的，她不行的。”

“这样，你先回去吧，我替你看几个小时。反正晚上我也睡不着，明天也不上班。”

舒晴摇了摇头：“那也不行，我可不想受你的恩惠。”

“你也太谨慎了。我是施恩不图报，既不要求你当我的女朋友，也不想问你的黑历史，像你这种谨小慎微的实用主义者，大可以毫无压力地接受，就当我是日行一善吧。”沈英杰拿起陪护床上舒晴的包递给她，“行了，你回去吧，你看你，眼圈黑得粉底都遮不住了，再熬下去能老十岁。”

“你这人说话怎么这么毒？”舒晴忍不住笑了，最后妥协道，“好吧，那有什么事你就摁这个护士铃。你别用孩子的水杯、毛巾啊！也别亲他！”

沈英杰扶着她的肩膀推她出去：“知道了，我保证不碰他！走吧走吧，明天早上记得来换我！”

舒晴离开后，沈英杰一个人站在病房里，隔着一米开外望了下睡得正熟的乐乐。

好不容易有了休息的时间，舒晴睡得也并不安稳，清晨她被惊醒，才反应过来是在家中。她起床，想起昨天的沈英杰，嘴角露出笑容。

林嫂也察觉她的好心情，让她带上几个包装整齐的保温桶：“我做了皮蛋瘦肉粥，这个小的是给乐乐的，这个是给沈先生的。在医院陪夜很辛苦的，你去拿给他，就说是你做的。”

舒晴穿好高跟鞋，接过保温桶：“我做的？”

“说我做的有什么意思？”

舒晴打扮精致，提着保温桶走在医院的走廊上，病房里传来了些微声音。

沈英杰站在病房内，隔着一段距离逗乐乐。

沈英杰手舞足蹈：“孙悟空一看，哇，这里居然有那么多恐龙啊……”

舒晴推门进去，乐乐笑嘻嘻地伸手要抱抱。

沈英杰抬头看舒晴："你看，我绝对没有靠近他半米之内，乐乐要抱抱我都严词拒绝了！我是不是特别靠谱？"

舒晴将饭盒交给沈英杰，自己进了洗手间。

从洗手间出来，她摸了摸乐乐的额头。

"烧退了点，刚量过，38.5℃。"

"辛苦你了。对了，这是……给你的早饭。"

沈英杰打开保温桶，倒出来一碗粥尝了尝："你做的？"

"对，味道还行吗？"

沈英杰笑着说："不错，但还有提高的空间。"

舒晴作势要抢走他手中的碗："你不吃就放下。"

"干吗不吃？我饿着呢！"沈英杰大口吃粥。

舒晴笑了笑，拧开粉红色的小保温桶，从里面倒出一小碗粥，喂给乐乐。

病房里其乐融融，舒晴一颗冰冷僵硬的心正在悄然融化。

一件件大小家具上都盖上了白色的防尘布，卧室内窗帘紧紧拉着，卫哲和江达琳帮林肯收拾着行李。

约是终于想通了，林肯打算离开上海去云南散心，他整理了一个大大的登山包，订好了第二天的飞机票。林肯望着精心装扮的房间，打开了为邦尼准备的卧室，拿出手机摁下了快捷键"1"。

上海的另一处，薛义正陪着邦尼看新公寓。新公寓宽敞明亮，邦尼显然很满意。薛义摸了摸她的脑袋："会不会小了点？"

邦尼东张西望："小才好啊，再大我可租不起了。"

薛义好笑地道："什么租得起租不起，钱的事你别管，你只要负责挑就行了。"

"千万别，我可以接受你送我礼物，但房子的租金必须是我自己出。"邦尼转身又看了一圈公寓，"我得有个自己的地盘，万一我们俩吵架了，你至少不能对我说'滚出去'！有道理吧？"

薛义哑然失笑，倒也随她去了。

站在卧室的窗前，邦尼掀开窗帘俯瞰上海。手机屏幕亮起来，她迟疑了一会儿，接通了电话。

"我要离开上海了。"

"你要去哪里？"

"去云南，会在那儿住一阵子。余庆坊的房子我也退租了，这里还有一些你的东西没拿走，我会打包快递到培训中心。”

邦尼淡淡地道：“谢谢你。”

林肯犹豫再三道：“我是明天上午十点的飞机，不知道有没有机会见你一面？”

邦尼看向客厅内的薛义：“我不知道有没有时间，你把航班发给我吧。”

薛义过来，邦尼努力扬起一个笑脸，解释道：“是培训中心的一个同事。”

人来人往的机场里，林肯背着一个巨大的登山包，手中拿着登机牌和护照。他朝人群中四处张望，没有看到熟悉的身影。

林肯抱了抱江达琳，转身看向卫哲。

卫哲好笑地道：“我不抱男人的。”

林肯伸出拳头和卫哲碰了碰。

林肯登机后，卫哲揽着江达琳的肩膀离开，朝另一个方向走去。

机场的一根立柱后面，站着神色黯然的邦尼。

邦尼心情灰暗地坐在出租车里，手机忽地响起。

薛义走在高级餐厅里，一边沿着通道走一边打电话：“在做什么？一上午都没有动静。”

“什么也没做。”

“心情不好？”薛义敏锐地察觉了，“能说吗？”

“也没什么不能说的。林肯走了，他希望临走前见我一面，我到了机场，但我没见他。”邦尼终是没忍住，抽泣道，“江达琳和卫哲也去了，但我……我一直躲着没敢出来……”

一滴眼泪从眼角滑落，邦尼吸了吸鼻子，打起精神道：“好了，其实没什么事，就是需要一点时间消化吧……我现在回去收拾屋子，你忙你的吧，不用管我。”

“好，我忙完联系你。”

薛义挂断电话，微微犹豫，推开门走进了包厢。餐桌上菜肴精致，不过这种聚会重要的从来不是吃。

薛义端起酒杯和敬酒的陈总碰杯：“下午还要开会，中午有工作餐，不敢多喝，各位见谅。”

广告公司的陈总一饮而尽，笑道：“没事没事，您随意，工作要紧。”

“样片我看过了，其实你们公司出的广告创意还是不错的，不过老是用那几个演员，脸太熟了，看着容易让人觉得不真诚……”

“是是是，这一点是得改进，薛总有什么好的人选也请给我们推荐推荐。”

“推荐谈不上，我回国这才多久？不过呢，我这个人喜欢用新人，就像我们小力士奶粉用的三个代言人，全都没拍过广告，一出来就让人眼前一亮，效果特别好。”薛义拿起筷子，“你们公司接的品牌那么多，也不用局限于奶粉广告嘛，我就是抛砖引玉，给你们出出主意罢了。”

陈总一愣，满脸堆笑：“明白明白。吃菜啊！”

邦尼在新公寓内忙碌地收拾，突然接到广告公司的广告拍摄邀请。她愣了下，坐在床上给薛义打电话：“有一家叫雅都广告的公司来约我拍平面广告，我还没报价，他张口就说两万元一天，吓我一大跳，是不是跟你有关啊？”

薛义站在办公室的落地窗前，微微一笑：“嗯，那你现在有没有高兴一点？”

办公室的沙发上，舒晴和Andy交换了一个暧昧的眼神，会心一笑。

邦尼恍然大悟，露出一抹笑容：“果然是你。有钱赚我当然高兴，谢谢啊。”

薛义笑了笑，挂断电话后转身看向舒晴：“‘第一口奶’战略目前来看效果不错，要再接再厉。销售这边记得工作要做细，要具体到每一个销售点，把纵深度再往下沉一沉，三四线城市、富裕县城等，这些地方都是销售增长点。公关公司这边要注意，活动要波浪形地往前推，要有步调、有章法，要主动带节奏，明白吗？”

舒晴点头：“是的，薛总。我正和Andy商量，想把‘第一口奶’做成长期效应。”

“嗯，很好，等到年底，我向总部给你们请功。”

年单的事迟迟没有得到回应，会议结束后，舒晴几番示意Andy，却没有满意的结果。

舒晴焦虑地问：“要不你给我指条明路？反正咱们之间的关系，你懂的。”

“好说好说。说实话，我倒是觉得你们可以往别的方向使使劲。”Andy对舒晴耳语几句，提起了一个名字。舒晴瞪大了眼。

回到DL传播后，舒晴径直走入江达琳的办公室。

“那个薛义实在是老奸巨猾，我以你的名义约他吃饭，他总是推说最近忙。”

江达琳没好气地道：“他当然老奸巨猾。不见就不见，要不是为了工作，我也不想见他，真的见面了我也不知道跟他说什么。”

“你别觉得我八卦，我今天听到一点风言风语，飞扬的人说，邦尼和薛义在一起了。”舒晴迟疑了一下道，“之前我就觉得有点苗头，想不到是真的。那你和邦尼现在……”

江达琳尴尬地道：“我们现在的关系有点僵，你知道的，我跟林肯也是好朋友，就是邦尼的前男友。”

“我知道，他好像跟卫哲的关系也很好。”舒晴想了想，说道，“我没别的意思，本来是想着既然邦尼和薛义在一起，那飞扬的年单或许可以通过邦尼使使劲，不过既然你们的关系变成这样，那你就当我没说过，我再去想别的办法。”

“好。”

江达琳打开抽屉，一个相框安静地躺在抽屉里，照片上两个女孩搂在一起，笑容灿烂。

斯黛拉的车停在一栋古朴的两层小楼门口，她打开后备厢。保姆迎了出来，接过斯黛拉带的礼物。

斯黛拉关上车门：“朱阿姨在吗？我爸身体怎么样？”

“上星期保健医生刚来看过，血压、血脂都是正常的，就是甘油三酯偏高了点。这会儿在练字呢。”

斯黛拉走进客厅，斯仲齐正在书桌前挥毫泼墨。她走到案边，看到宣纸上是墨迹淋漓的四个大字——“见欲而止”。

“这四个字是给你写的，你拿回去。”斯仲齐放下笔，“老子说得好，‘见欲而止为德’，我如今已是退休暮年，你却是在风口浪尖，这四个字你用得着。”

“好，谢谢爸爸。”

“你和崔英俊是彻底分开了？听说还闹去法院了？”斯仲齐倒了两杯茶，茶香浓郁，“崔英俊这个人，当初我就说配不上你，离了也不是坏事，再找个好的就是了。我最近听到了一些风言风语，说是你又找了一个男朋友？”

斯黛拉皱眉，嘲讽地道：“上海有两千多万人口，我住浦东，你们住浦西，除去血缘关系根本毫无交集，有什么我的风言风语能传到你的耳朵里？我看是朱阿姨特地告诉你的吧？”

“就算是你朱阿姨告诉我的，也是应该的，我是你爸！听说你那个男朋友比你小很多岁，还是个大学生？”斯仲齐竭力压抑怒气，“你朱阿姨替你打听了，老童家的儿媳妇有个哥哥，是搞航运的，正宗清华大学毕业，跟你一样大，没结过婚……”

斯黛拉脸色难看，打断父亲的话：“不用了，你让朱阿姨省省心，我现在恋爱谈得很好、很开心，还没打算换人。”

斯仲齐气不顺：“你从小就是个懂事明理的孩子，你和那个崔英俊结婚、离婚，我都没管你，因为对你我一直是很放心的。怎么你现在一把年纪了，反倒越活越回去了？”

斯黛拉没好气地道：“既然一直不管，那就坚持下去，何必突然跳出来指手画脚？”

“我是你爸，我有权利对你的人生发表意见，也有义务在你走偏的时候提醒你悬崖勒马！你找新男朋友，这不是问题，问题是你这个男朋友岁数也太小了，一个大学刚毕业的学生，比你小整整十一岁，你这要是放在过去，就是流氓行为！”

斯黛拉无语地道：“流氓行为？连小我十一岁都查得清清楚楚，我说怎么突然叫我回来一趟。我说爸，我找的男朋友比我小十一岁我就是流氓行为，那你娶了一个比你小十七岁的女人当老婆，你就不是流氓行为？与你相反，我反倒觉得这件事挺值得自豪的。”

斯仲齐猛地把杯子摔在桌子上：“十一岁啊……你问问你自己，再过十年，你敢保证他不会离你而去？就算他还在你身边，你还敢不敢跟这个小伙子并肩而立？你就真的不心虚？”

斯黛拉笑容黯然：“或许吧，但那也不关你的事。你再婚的时候，我发表过我的意见，你直接一记耳光叫我闭嘴。现在我找男朋友，也请你闭嘴，不要干扰我的生活。我走了。”

斯黛拉独自开车离开。她看向后视镜里的自己，早已经青春不再，父亲说的话在耳边回响：“再过十年，你敢保证他不会离你而去？”

她不敢保证，也会害怕，可是未来的事情全然没有定数，那她不如珍惜现在，追求片刻的欢愉，触摸水中月，也好过空手一场。

第三十二章　再遇危机

卫哲和江达琳手牵手走进影院，江达琳手里拿着两张首映礼票。电影院里人潮拥挤，卫哲伸手搂住江达琳，两人边走边聊。

江达琳想起从前："以前上大学的时候，一有大片，我和邦尼就会去赶首映，看完再吃个夜宵，特别开心。唉，这样的机会不知道以后还会不会有？"

"你既然那么遗憾，那不如就和好吧。"

江达琳垂着脑袋："哪儿那么容易和好？我们那天都吵成那样了……她说我爸是罪犯，说我是圣母，说我和她在一起是为了满足我自己的怜悯之心，还说我是何不食肉糜。你说她是不是很过分？她说每一个白富美身边都会有个穷闺密当陪衬，我真的是这种人吗？"

卫哲反问："你是吗？"

"我不是吧？我……不过我确实没想过她为什么会做出那些事，我以前一直觉得她拜金又物质，看谁条件好就跟谁谈恋爱，一旦发现更好的，之前的说踹就踹。在她看来，一个人要是不具备跳板功能，那就毫无用处。"

"那你为什么还跟她做闺密？"

"因为她仗义啊，不管发生什么事她都是站在我这边的……除了这次。"江达琳叹气道，"难道我真的忽略了她的感受？"

卫哲摸了下她的脑袋："行了，别想了，等过段时间再说吧。"

不远处，薛义亲昵地搂着邦尼走来。江达琳拽了拽卫哲的胳膊，想要先离开。

“还有半个小时才开场，我请你喝东西吧。”邦尼走上前对江达琳道，又看向卫哲和薛义，“我们两姐妹要说会儿私房话，两位男士麻烦不要过来哦！”

薛义摊了摊手，无奈地看向卫哲，卫哲笑了笑。

薛义走向卫哲：“想不到你和江达琳在一起了，邦尼跟我说过，我还不太敢相信。”

卫哲挑眉，淡淡地道：“薛总，于公呢你是DL的大客户，既然遇到，我怎么也该抓住机会好好地跟你交流交流，多说几句……”

“那于私呢？”

“于私你是林肯的情敌，而林肯是我很重视的朋友，现在是下班时间，我就不加班陪你聊天了。借过。”

卫哲走过薛义身边，朝另一边走去。

影院的咖啡吧里人声鼎沸，江达琳和邦尼面对面而坐，彼此尴尬。邦尼先开口：“你和卫哲看起来挺好的，准备公开了吗？”

“嗯……”

“恭喜你。”

江达琳低头，用勺子搅动咖啡：“谢谢。那个，你和薛义……我也不知道说什么好，反正这是你的选择，也轮不到我管，我也不想当圣母，我就是……”

“你就是为了我好。所有的道理我都懂，我也从来没有想过事情会变成这样，感觉就是一步一步被推到了现在的局面。这几年在上海，我最大的收获就是认清了自己。不是有句话叫‘条条大路通罗马’？有人出生就在罗马，但以我一个人的能力，可能我一辈子都到不了罗马，太难了，本事不够，时间也不够啊……”

江达琳低声说：“薛义可以帮你，林肯帮不了你。”

邦尼微微点头：“嗯。不过抛开薛义不谈，你也知道，我和林肯其实一直都有问题，之前会走到一起，确实是他打动了我，但事实证明，两个人相处光靠一瞬间的感动是没有用的。我跟他要的东西不一样，我想去纽约、罗马，他却只想在山野里听雨看花。”

“那薛义呢？你真的喜欢薛义吗？”

邦尼笑了笑：“不瞒你说，我还真的喜欢他，他特别懂我，真的，我没见过比他更懂我的男人了。前两天在机场和你分开，我情绪特别低落，他什么安慰也没给，就帮我介绍了个工作，拍平面广告，两万块一天！当时我一瞬间就觉得，怎么会有人这么了解我？”

“琳琳，我想过了，你是我唯一的朋友，也是我最好的朋友，我们还像以前一样好不好？”

江达琳咬了咬嘴唇：“我不知道，我真的不知道。”

她和邦尼一前一后走出来，卫哲晃了下手机：“我正想打给你，还有五分钟就开始了。”

江达琳笑了笑：“你没和薛义说话啊？”

卫哲摊手：“不知道该说什么，懒得应酬。”

卫哲和江达琳走在前面，即将检票时，江达琳突然抬头：“突然不想看了，我们不看了好不好？”

卫哲低头看她：“嗯，好啊，要不要吃冰激凌？”

卫哲揽着江达琳离开。

邦尼扭头目送，表情越发失落。薛义低声问：“聊得不好？”

邦尼摇了摇头。

薛义在邦尼的头发上亲了一下：“别想太多，先去看电影。他们不看，我们看。”

时间已经是凌晨，薛义刚结束同总部的视频会议。邦尼端着一盆车厘子靠在门口，轻轻敲了敲门。

薛义拉着邦尼坐在自己的大腿上，邦尼拿了一颗车厘子送到薛义嘴里，薛义也顺手拿了一颗送到邦尼嘴里：“睡不着？还是因为江达琳？”

邦尼吃下车厘子：“嗯。”

薛义笑着说：“我一直以为女人之间的友谊是最不牢固的，想不到你倒是重情重义。”

邦尼将头轻轻地枕在薛义的肩膀上：“我的朋友很少，闺密只有江达琳一个，要是她离开我，我就成孤家寡人了。”

薛义吻她：“想要我怎么帮你？”

邦尼微笑起来，抬头搂着薛义的脖子：“具体的我不知道，我只知道你是DL的大客户，乙方讨好甲方不容易，但甲方要是有心帮助乙方，总是有很多办法的。”

薛义笑着弹了弹邦尼的脑门：“你呀，在这儿等着算计我是吧？”

邦尼嘻嘻笑道：“嘿嘿……我就是算计你，你能拿我怎么样？”

“我不能拿你怎么样，不过……”

薛义凑到邦尼耳边低语，将邦尼一下抱起来往外走。

邦尼捶了下薛义的肩膀，娇嗔道："你别忘了还要开会呢……"

江达琳走出电梯，眼前突然砰砰两声，两道纸烟花的彩带飘然飞舞，门口站着几位礼仪小姐。

江达琳一路经过大办公室，沿途人人面带欢笑。大会议室里布置得喜气洋洋，桌上放着各种水果和蛋糕、冷餐、香槟杯，众人齐聚一堂。

江达琳站在文森特的不远处，文森特笑着惊呼："别这么看着我，我好紧张……"

江达琳哈哈大笑："你是财神爷，当然都看着你。"

"我就是个过路财神，真正的财神爷是你们才对。"文森特拉着江达琳走到桌前，"来来来，还是你来宣布。"

江达琳红着脸走到人群中间："我宣布，由第一资本领投，我们DLPR的C轮融资到今天正式完成，融资总额达到四点二亿元人民币。"

办公室里的人齐齐欢呼。

江达琳笑着喊："请大家找各位合伙人领红包，领到多少全看个人魅力！"

公司人头攒动，三五成群，人人手持香槟面带笑容。

路易斯笑着看向艾米："怎么样，这下你的首付钱到手了吧？"

艾米翻了个白眼："你当我傻啊，哪有那么快，期权又不能马上套现。"

"那也是存在银行里的钱，还能长腿跑了？"

安东羡慕地看着两人。

艾米拍了拍他的肩膀："接下来会再发一批的，急什么？哎，路易斯，还是你和你们家卫哲最划算，这才来了多久，一下子就有那么多钱，简直跟天上掉馅饼差不多。"

路易斯喝了一口香槟，毫不谦虚地道："馅饼也不是白拿的，那些资本又不傻，先不说我们老大的名声能增加多少估值，他一来，DL一下多了好几个业务板块呢！"

艾米感叹道："人生啊！我还记得之前江总刚进去那阵子，楼下天天有人发传单，门上还被泼了油漆，好几次我都被吓得不敢上班了！"

江达琳言笑晏晏地走过来，依次同众人碰杯。

几位合伙人站在一起，斯黛拉环顾大办公室："虽然融了那么多钱，但我一点也不觉得轻松，反而觉得压力很大。"

卫哲不置可否："因为那个钱虽然躺在公司的账上，但不是自己的，是资本的。"

舒晴挑了挑眉："而资本给钱的目的，是要让钱生钱。"

杜威廉苦笑道："嗯，所以是看起来很美。"

卫哲举杯："其实是被套牢了。"

斯黛拉笑着举起香槟杯："来，为套牢干杯。"

江达琳告别路易斯几个人走过来："干杯怎么不带我？"

"我们正在为套牢干杯！你想参加吗？"卫哲看向她，"这里的几个人，人人都签了卖身契，你不想参加都不行！"

"不让我参加都不行。"江达琳清了清嗓子，"各位，我有几句话想说。"

"刚来公司的时候，我最怕的就是得不到你的认可，其实现在还是挺怕的，但我越来越意识到，公司因为你才能运转得这么有条不紊，我很佩服你。希望你能一直监督我，给我压力，让我做得越来越好。我敬你。"江达琳和斯黛拉碰了碰杯。

卫哲在旁边又替江达琳加了酒。

"舒晴姐，我到DL的第一天，就是你来接我的。这半年来，我从你身上学了好多知识。我虽然还没结婚生孩子，但我现在特别擅长卖奶粉……你强大的营销能力总是让我震撼，所以也请你继续教我、帮我，我们一起把DL做好、做大！敬你！"

江达琳转而看杜威廉，杜威廉笑眯眯地看着她。

"我知道，你一直对我有看法，但是每次公司有什么问题，你都是尽心尽力，倾力而为，我特别佩服你的专业精神，也希望你以后继续监督我，谢谢你！"

江达琳站在卫哲面前，终于不再侃侃而谈，脸红红的，耳根发烫："卫哲……老师！你在我最困难、最无助的时候帮助了我，在DL最艰难的时候加入了我们公司，开创了DL历史上第一个危机管理部门，因为你我才知道，原来还能这么处理问题……"

卫哲眉目含笑："你要说什么啊，听着不像好话啊！"

"总之，你的出现拓宽了我的脑回路，也拓宽了我的人生维度，谢谢你。"

卫哲迷人地看着江达琳："Cheers！"

另外三个人颇有深意地看着他们俩。杜威廉做了个手势："我说，你们俩是不是……”

卫哲笑着揽住江达琳的肩膀，举起香槟杯：“不瞒各位，我们俩正在交往。”

俊男靓女并肩站在一起，众人的目光齐齐落在他们身上。

杜威廉吹起口哨。

江达琳倚在卫哲身上，微微笑道：“这事儿还是别大声宣布了，在公司我们还是正常的工作关系。”

卫哲嘴角勾起：“专业，必须专业。”

文森特乐呵呵地跑过来，六个香槟杯碰在一起。文森特笑道：“对了，过几天有个聚会，来的都是我们第一资本投的那一批公司的核心团队，你们有空就来，也可以带上朋友，大家认识认识，互帮互助。”

舒晴捧着香槟杯，慌忙接起响起的电话：“喂，Andy……什么喜讯啊？真的？那太好了！”

江达琳的办公室内，几位合伙人或坐或立，似乎都没预料到薛义会如此轻易就将飞扬集团的年单签给DL传播。

舒晴挑了挑眉：“Andy说今天她到了公司，看到薛义心情好，想想就又上前为我们做工作，软磨硬泡，然后薛义就同意了。”

“她那话能信？就是往自己脸上贴金呗。”

“但我也确实收到了飞扬集团发来的确认邮件，让我们去签协议呢！”舒晴把邮件发给各个合伙人，“我也在想，到底是什么人能让薛义一夜之间发生那么大转变？之前他可是死咬着不放的。”

斯黛拉扫了一眼协议：“会不会是……”

卫哲和江达琳对视一眼。江达琳无奈地叹气：“好吧，反正你们也都知道了，我也不想瞒着，邦尼现在和薛义在一起了，至于这件事是不是她帮的忙，我是真不知道，我得去问问。”

邦尼正坐在休息室里化妆，手机响起，她看了一眼手机，轻轻滑动接听：“喂？”

“说话方便吗？”

邦尼笑着说：“跟你说话，什么时候都方便。”

“我刚知道我们公司拿到了飞扬集团的年单。”上次聊天之后，江达琳轻松许多，“之前我们努力了很久，可薛义一直没松口，是不是因为你他才同意的？”

“因为我怎么样，不因为我又怎么样？难道因为我，年单就不是年单，人民币就不是钱了？你难道还会退回去吗？”

“不是……你知道我不是这个意思……”

“我这会儿有点忙，你今晚有空吗？我们一起吃个饭吧，到时候见面聊。”

江达琳长舒一口气：“好，那你定时间，我定地方。”

江达琳一个人坐在位置上，薛义和邦尼一同出现在餐厅门口。邦尼一眼看到江达琳，朝江达琳热情地挥手。

江达琳愣了愣，眼睁睁地看着邦尼和薛义两个人走过来。

薛义给邦尼拉开椅子：“怎么，这一脸的意外，没想到我会来？”

江达琳呵呵干笑。

薛义笑着看邦尼：“本来我也说你们两闺密好好叙旧，我何必夹在中间？可邦尼不肯，非要我一起来。”

邦尼眼珠一转：“你们先点菜，我去趟洗手间。”

薛义接过菜单慢慢翻着。

江达琳默默地望着他，终是忍不住问道：“如果你是看在邦尼的面子上才把年单给我们公司的，那就不必了。”

薛义笑了笑，将菜单放下：“邦尼还真的是你的好闺密，连你的开场白都猜到了。至于你，我现在突然有点担心了。”

“为什么？”

薛义将胳膊落在身后的椅背上：“因为你不是一个生意人。一个老板、一个真正的生意人，别说是闺密找男人求来的生意，就算是自己上了又如何？你一个做公关的，天天研究的就是人与人的关系，难道连这些最基本的道理都不明白？”

“明白是一回事，愿不愿意是另一回事。”江达琳淡淡地道，“对，我不希望她为了我去求你，我不想她被你困住。而且我也不希望你是看在她的分儿上才把年单给我的。”

薛义扯起嘴角：“你跟我说，如果年单是因为邦尼的关系才拿到的，你就不要了，这句话你和贵公司的几位合伙人都商量过吗？”

“我是总裁，也是大股东，我不商量也可以做决定。”

“这句话说得倒是有点老板气魄。那我们现在抛开邦尼不谈，你想不想做飞扬集团的生意？”薛义轻轻鼓掌，“那你听好了，我薛义是个不折不扣的生意人，生意人的特点就是唯利是图。我和你还不一样，DL是你们家的公司，你可以不顾一切地一言堂，而我在飞扬集团顶多也就是个打工的最高境界吧，我做任何决定，也是要接受总部监督，考虑方方面面的原因的。飞扬集团是我的立身之本，我再怎么喜欢邦尼，也不可能仅仅因为你是她的闺密就把公司的年单交给你们。因为DL传播一直做得不错，就这么简单。所以你也不要太自作多情，拿了年单不过是个开始，好好干活才是真的。”薛义站起身，“好啦，你和她慢慢吃，我先走了。”

江达琳只觉得被人莫名其妙地训斥了一通，一点儿也不比曾经被卫哲毒舌来得好受。

薛义离开座位，迎面撞上邦尼，好笑地道：“人生第一次，把生意给人家还得苦口婆心地做工作求着她做，你这个闺密啊……”

邦尼不好意思地笑了笑：“她就是嘴上倔。谢谢你啊，委屈你了。”

“为了你，我愿意。”薛义在邦尼的额头上亲了亲，转身扬长而去。

邦尼坐回江达琳对面，两人面面相觑，忽地都扑哧一声笑了出来。

邦尼拍着胸脯：“噢，总算笑了，看你那一脸的沉重，吓得我又不知道哪儿得罪你了。”

江达琳打开菜单：“刚被你那位狠狠地教育了一顿，我当然沉重了。”

邦尼笑着说：“他教育你？你别理他，都是装的。”

江达琳定定地看着邦尼。

邦尼一撩头发，风情万种，微微笑道：“干吗这么看着我？”

“看你过得好不好。”江达琳叹气道，“我刚才突然想到，从认识你起，一直都是你告诉我应该这么做，应该那么做，而我从来都不知道该拿你怎么办。现在几年过去了，我更加不知道该拿你怎么办了。”

邦尼挑了挑眉：“你不需要拿我怎么办，你只要别不理我就行。”

江达琳终于露出一个笑容：“只要你幸福就好。”

“我也希望你幸福。”邦尼抢过菜单，“哎呀，别矫情了，我鸡皮疙瘩都起来了。你们点菜了吗？”

江达琳大大咧咧地挥手：“点菜！我买单啊！”

为了项目，江达琳还真是豁得出去。裴瑜拿着Bella时装的公关问题招呼卫哲多次，最终还是将公关交给DL传播，更确切地说，是交给卫哲。

既然是送到眼前的单子，就没有拒绝的道理，江达琳非常情愿地去了情敌的公司。

“总之，电商时代，如何将线上和线下结合好，打好配合战，才是服装品牌营销的重中之重。”卫哲摁下PPT的最后一页，页面上是“Thank you”。

江达琳笑着说：“您也知道，我们DL在互联网营销上一直走在同类公司的前面，连铃铛网都是我们公司的客户，我们在资源上有很大的优势，只要Bella交给我们做，我们还是有信心把这个品牌再往前推一推的。”

裴东来频频点头。

裴瑜的眼神一直在卫哲身上转，收回视线后她笑着问裴东来：“爸，你觉得怎么样？”

裴东来点点头，拍了下桌子：“嗯，我觉得可以。既然决定了，那就事不宜迟。这样，我尽快让市场部的人和你们接洽，讨论后面的步骤。”

“要市场部干吗呀？我和卫哲直接对接就好啦！”裴瑜嘴上说着，眼睛却瞄向江达琳。

裴东来先行进电梯，裴瑜冷不丁地对卫哲说：“对了卫哲，我差点忘了，明晚我开单身派对，你一定要来哦。”

裴瑜进了电梯，略带挑衅地看了江达琳一眼。

江达琳故意不看她。

电梯门关上，江达琳没好气地说：“你要去参加她的单身派对啊？”

卫哲转身跟在她身后：“她当着裴总的面邀请，我怎么拒绝？要不你也一起去？”

“我才不去呢，我跟她没这么好的交情，你去吧。”

卫哲走到她身边：“你不介意？”

江达琳淡淡地道：“介意，但是为了业务，我愿意忍啊！”

第二天的晚会，江达琳百无聊赖地坐在酒吧里，和邦尼一杯接一杯地喝酒。

“你还真大方，就这么放卫哲一个人去了。”邦尼拍了拍江达琳的肩膀，“没请你你就自己跟过去啊！”

江达琳撇了撇嘴：“我怕我被气死，眼不见心不烦。”

邦尼趴在吧台上：“好吧，不过我觉得卫哲既然愿意跟你公开，这点操守还是有的。”

“不知道，但谢谢你这么晚还陪我喝酒。”江达琳的笑容看起来比酒还苦一些，“之前，就咱俩吵架那会儿，我每次一有心事第一个就想到和你说，偏偏又没法给你打电话，差点把我给憋死。”

“我也一样啊，一肚子的槽没地方吐，连个说话的人都没有了。”邦尼放下酒杯，忽然抱住江达琳，声音闷闷的，“以后不吵架了！”

江达琳笑了笑，掏出手机颇有兴致地自拍，正要发朋友圈，却看到裴瑜更新了动态。裴瑜和卫哲的亲密自拍合影占据了照片的一半，下方的定位更是惹人生气，竟然是酒店。

邦尼凑过来：“他们在酒店啊？”

酒店的套房内，音乐声巨响无比，盖住了嬉闹声。一群人在客厅中跳得浑然忘我，桌上堆满了各色酒，酒杯凌乱地摆放着。

喝醉了的裴瑜拿着话筒，脚步踉踉跄跄，踩上沙发大声喊：“各位，再过两天我就要领证了……跟你们一样，我也很无奈啊！”

众人哄然大笑。

“所以今晚是我裴瑜最后的疯狂，大家尽情享乐，吃好、玩好、喝好，这里的酒喝完了咱们再转场，狠狠地玩个通宵，一定要尽兴！”

裴瑜从沙发上走下来。

有朋友指着卫哲笑，似乎看到了目标物：“裴瑜，你身边这位帅哥，怎么一直不介绍啊？”

“这一位啊，我给你们介绍啊——卫哲，著名的公关大神，国内诸多危机公关事件的幕后黑手，铃铛网全球裁员、晋元集团上市公关，还有之前耿跃出轨的事儿你们知道吧？都是他平的！”

有人起哄道：“哇，厉害，厉害！你们是什么关系？别是未婚夫换人了吧？”

“我们的关系啊……”裴瑜走到卫哲身边，搂住卫哲的脖子，“不是未婚夫，胜似未婚夫啊！”

房间内的人聒噪地鼓掌、吹口哨：“可以啊，趁着还没领证，后悔还来得及。”

卫哲微微蹙眉，低声道：“你这是真喝多了！”

裴瑜嘟囔道：“喝多就喝多，一醉解千愁。”

“你愁什么？不都是你自己的选择吗？”

“就是因为是自己的选择才愁啊，要是有人逼我，我至少还能哭着喊着发泄抱怨，自己选的路，哭着跪着也得走下去。”

卫哲松开她的手：“行了，别把自己说得那么惨，你比很多人幸福了。”

裴瑜摇着头大喊：“不够……远远不够。”

江达琳拎起包转身要走。

邦尼跟在她身后：“喂，你是不是反应过度了？那你也先给卫哲打个电话啊？咱们现在冲过去，就跟捉奸似的，这样不好。万一人家什么事儿都没有，你就成傻子了，卫哲肯定会觉得你疑神疑鬼，是跟踪狂；万一人家真的有什么事儿，那你就更成傻子了，连回旋的余地都没了。”

江达琳一脸冷漠：“他们要真有什么，我还要什么回旋的余地？”

酒店门外，江达琳皱着眉头给保安打电话，声音冷冷地投诉：“喂，你们是不是有人在搞派对啊，大晚上的吵死了……麻烦赶紧处理！还让不让人睡觉了？”

酒店的保安出现，江达琳和邦尼一起走进去，清楚地看到保安摁下的楼层是“11”。

保安淡定地问：“请问两位小姐到哪层？”

“我们也到十一层。”

保安伸出手：“麻烦出示一下您的房卡。”

江达琳和邦尼面面相觑。

被赶出电梯后，两人瞪着电梯门望洋兴叹。邦尼皱着眉头：“琳琳，咱们回去吧，捉奸这种事太有伤我们的格调了，你大小也是个总裁……”

江达琳坚定不移地朝安全通道门跑去，气喘吁吁地往上爬。

邦尼跟在身后，不时停下来喘气：“我看你是疯了啊……你这也不是第一次谈恋爱了，这次怎么这么丧心病狂……”

卧室外的客厅音乐声震耳欲聋，卧室内醉醺醺的裴瑜抓住卫哲，吊着卫哲的脖子不放。

“别走，你别走，陪陪我嘛。”

“你到底想干什么？”卫哲哭笑不得，“你不想嫁人就不要勉强自己，非要弄得凄凄惨惨，何必呢？”

裴瑜紧紧地搂住卫哲：“我不是不想嫁人，只是不想嫁给我不喜欢的人。”

卫哲转过身，和裴瑜保持一定的距离：“那就更不应该勉强自己，你还有时间去跟你的未婚夫说清楚。”

“可以啊！我把他拒了，嫁给你好不好？”

卫哲无奈地道：“你明知道我不想结婚的。”

裴瑜拉着卫哲坐在床边：“借口……你都和别人公开了……还是说，你只是不想跟我结婚？”

有人敲门，冲进来刚好看到两个人在暧昧。那人扶着门，嬉皮笑脸地道：“不好意思，那什么，我们先散了啊，你们继续，你们继续……动静小点儿，保安会来敲门的哈！”

说完那人还嘻嘻哈哈地拍了张卫哲和裴瑜的照片。

卫哲想阻止，被裴瑜一把拉住，房间门被紧紧地关上。

卫哲想要起身：“我走了。”

“不要啦，你当我前面的话没说过。其实这次回国我觉得我还是喜欢你，看在我们当年的情分上，今晚别走了，陪陪我好不好，就说说话？”

裴瑜喝醉了，眼尾媚红。

卫哲望着裴瑜美丽嫣红的唇：“那就只说说话。”

江达琳满头大汗地从安全通道口出来，刚好看到裴瑜的朋友们嘻嘻哈哈地从通道里走出来。一行人站在电梯门外等电梯，江达琳和邦尼也假装在等电梯。

“她那未婚夫是裴总手下的一个副总，说是什么青年才俊，但她肯定看不上。”

“嗯，而且这个卫哲还是她的前男友，旧情难忘啊！”

江达琳脸色难看，大有冲上去抢手机的趋势。

有人拿起手机给旁人看照片：“看这架势，裴大小姐这回这婚有可能结不了啊！”

“哈哈，也可能婚照样结，新郎换了人。”

待一行人坐上电梯，江达琳愤怒地走到两扇门前：“是这间还是这间？”

“你不会真的要敲门吧？万一敲错了就麻烦了！会被人骂死的！”邦尼看着她，“真是受不了你……怎么简直换了个人似的？”

江达琳深呼吸，正要伸手摁门铃，隔壁的门被打开，卫哲穿着衬衫走出来，衣服有些凌乱，望着两个人，脚步顿住。

他身后是裴瑜的声音：“卫哲，要不我们去吃夜宵……”

江达琳小脸煞白，转身就走。

卫哲赶紧追上去。

裴瑜也要追，被邦尼一下拦在她面前，邦尼道：“你别动，那儿没你什么事儿！”

卫哲大步跟上去，架不住江达琳跑得飞快。江达琳边哭边跑，头也不回地喊道：“你别跟着我。”

江达琳跑到电梯口，被卫哲一把拉住，卫哲道：“你听我解释。”

江达琳狠狠地甩开卫哲的手，冲进打开的电梯。卫哲手疾眼快，冲进电梯一把抱住她。

卫哲控制住江达琳：“你听我跟你解释。”

江达琳用力推开卫哲，哭着挣扎：“我不要听！我又不傻，我长了眼睛自己会看，长了耳朵自己会听！”

“事情不是你想象中那样。当时所有人都在玩，我也没留神这些照片到底是什么时候拍的，我也没想到她会发出去。”

江达琳声音沙哑：“就算照片是无意中拍的，那为什么其他人都走了，你却还留在那个房间里？”

卫哲无奈地道：“她说她有点婚前恐惧，心情不好，想让我陪她说会儿话，就这样。”

江达琳冷声讽刺道：“婚前恐惧？哈哈，她婚前恐惧，你是恐惧结婚，你们俩简直天生一对啊！你放开我……”

卫哲抱她抱得更紧，让江达琳的脸贴在自己的胸膛上：“不放！别闹了行不行？”

“我可没闹！”

卫哲有些烦躁：“你想怎么样？”

泪水无声地滑落，江达琳也不顾现在的狼狈模样：“我看到那些照片，我就疑神疑鬼，一路赶过来，电梯不让上，我就跑安全楼梯，邦尼说我发神经，我真的是发神经了……”

卫哲低头想吻她，江达琳还是拼命挣扎。

“你听我说，我跟裴瑜真的什么也没做。要不这样，我们现在去找她，我让她来跟你说明……”

“我不要去找她，我已经够丢人的了。”江达琳抹干眼泪，收拾好自己的衣服，哑着嗓子说，“卫哲，你听好了，我是爱你，但我更爱我自己，可是为了你我觉得自己简直像神经病一样……今天有裴瑜，万一明天又有个张瑜，后天又有个王瑜怎么办？我不想变成那样的我，我们还是别在一起了。”

电梯到了，叮的一下打开门，江达琳转身出去，留卫哲在电梯里。

街道上，江达琳一个人蹲在路边，脸上泪痕未干。邦尼从她身后走过来，站在她旁边。

江达琳抬起头："我跟他分手了。"

邦尼把江达琳抱进怀里，摸了摸她的头。

照顾完乐乐之后，沈英杰也光荣地感冒。他躺在床上捧着纸巾盒，不断擤鼻涕，模样滑稽。

舒晴一边笑一边捂着口鼻，将药和水递给他："吃药。"

沈英杰一边吃药、喝水，一边哀怨地望着舒晴："你能不能别这么捂着脸跟我说话，就好像我很臭一样！"

舒晴好笑地道："你还不如很臭呢，整个一大毒草，我真怕你传染给我。我可病不起！"

"你还说我，我这重感冒不也是你儿子传染给我的？"沈英杰和撒娇时的乐乐相差无几，"你再说我跟你急了啊！"

沈英杰去抓舒晴，两人打闹成一团。

忽地开门声响起，两人还没反应过来，孔冰心走进了卧室，目瞪口呆地望着两人。

舒晴离开后，孔冰心恨铁不成钢地看着沈英杰。

沈英杰打了个喷嚏："道理都讲过了，我也都懂，但没用，我看不到她就浑身不舒服，所以你觉得我糊涂也好，神经也罢，没法子，就认了吧。"

"你鬼迷心窍了是吧？我们家从来不嫌贫爱富，带个孩子的单亲妈妈只要你喜欢，只要人品好，我们也接受，可这种来历不明的女人、来历不清的孩子，这种人怎么能领进家门？难道你就能忍，你就能接受？你这不是爱，不是喜欢，你是疯狂，你是被下降头了！我和你爸就你一个儿子，你和这种女人在一起，你是想搅和得家宅不宁吗？"

任孔冰心如何说，沈英杰都不理睬，他躺在床上，拿毯子蒙住头。

孔冰心气得不行，拿起手机打电话："老袁……是我，孔冰心。最近有没有什么外地的项目，把英杰派去出差……对，派得越远越好，时间越长越好……"

她的话音未落，沈英杰抢过手机："袁总，我是沈英杰，我辞职了，再见。"

舒晴独自回到办公室，壁挂式电视正在播放新闻，她靠着椅子接听沈英杰的电话："喂？你妈走了？我也没想到你妈妈会突然过来，她一定很生气，sorry啊。"

沈英杰靠在床上："不关你的事。她打电话叫袁肃派我去出差，想要把我发配出去，我索性辞职了。"

"你辞职了？你……你这也太冲动了吧？就因为这事辞职？"

"倒也不是就为了这个，其实我早就不想在名仕做了，而且CAA资本经过上回的性骚扰事件，想请我过去做公关负责人，谈得差不多了。我本来还在想怎么辞职，这下刚好，痛痛快快，一了百了。"

舒晴笑了笑："原来是顺水推舟啊。那就好，我就怕是我连累了你，害得你跟家人不和，又害得你不得不辞职。"

沈英杰苦笑道："你就那么不愿意欠我的人情啊？你放心，我不是那种纠缠不清的人……"

"下面播送一组国际简讯。近日，著名食品保健类跨国公司飞扬集团旗下的一款婴幼儿配方奶粉Little Giant被泰国食品药品监督管理局检查出大肠杆菌超标，有怀疑称是在灌装过程中遭到了污染，具体原因尚在调查。目前，泰国食品药品监督管理局已经责令在全国范围内下架这款奶粉……"

电视屏幕上主持人正在播报小力士奶粉的新闻，舒晴愣愣地看看新闻画面，立刻挂断电话，朝江达琳的办公室走去。

走廊里，卫哲正站在路易斯身旁说话："你把这一页再调整一下……"

江达琳经过，两人四目相对，彼此面无表情。

舒晴同时叫了两个人的名字："小力士奶粉出了点问题，我得赶过去开会，但危机公关不是我的强项，我怕临时顶上去出洋相，你们俩下午有没有空？我想请你们帮个忙。"

卫哲道："我……"

卫哲的话还未说完，江达琳爽快地回答："好啊。"

卫哲淡淡地道："刚好我下午有点事，小江总可以去就最好了。"

江达琳皮笑肉不笑道："也好，万一我不行，再麻烦卫哲老师啊！"

飞扬集团的大会议室里，薛义坐在最前方，众人面色凝重。

舒晴一边讲解一边切换PPT，屏幕上展示着DL的舆情监控系统，热搜指数、微博、朋友圈、妈妈群、母婴论坛等均在上面。

"从舆情监控系统来看，目前泰国小力士奶粉被污染的事件还没有引起过多关注，微博热搜、朋友圈等主要消息集散地也都没见到热度。但在国内最大的几个母婴论坛和电商平台母婴板块，都出现了相关帖子和新闻视频，并引发了讨论。”

Andy点了点头：“没错，小力士俱乐部的几十个顾客群里都在讨论这件事，客服现在只能回答说要等泰国方面的调查结果，但估计坚持不了多久。”

薛义询问道：“DL的意见呢？”

江达琳面前放着密密麻麻的本子：“我们的建议是，在今天下班前发出公告声明，最好能说明中国区的小力士奶粉和泰国的没有关系，不会产生问题。”

Andy当即反驳：“但泰国方面初步认定奶粉是在灌装过程中遭到了污染，而中国和泰国的小力士奶粉用的是同一条生产线，这就很难解释了。”

江达琳飞快地思考：“可以查查生产批次，应该不至于泰国所有的小力士奶粉都被污染了吧？”

薛义沉声道：“泰国那边我去催。声明最晚什么时候出？”

“不要拖过今晚。等等，还有一些需求需要你们配合。”江达琳翻着面前的本子，“第一，要立即开通一条二十四小时热线电话，经理级以上员工轮番接听，态度公开、坦诚，随时和消费者保持沟通。第二，整个飞扬中国区公司上下要统一口径，包括总部和全国五大销售区的所有员工，尤其是在外面跑客户的底层销售，绝对不允许乱说话，所有的解释都按照统一邮件回答，邮件内容我们会草拟后给你过目。第三，必要的时候，需要薛总你亲自出面接受采访做出说明。”

从办公室出来，舒晴和江达琳等人边聊边往外走。

舒晴看到江达琳的成长，由衷地赞赏。

江达琳害羞地笑：“我还记得第一次做发布会，我那天快要紧张死了！”

舒晴抱着文件，看着她的眼睛诚恳地说道：“总之今天多亏有你，危机公关不是我的强项，飞扬集团也只有市场部，没有公关部。要不是你提醒，他们根本想不到那么细。”

“这都是卫哲教我的……”江达琳愣神，回想起卫哲教自己的情形，甩了甩头。

舒晴看在眼里：“你和卫哲是不是……”

“我们不在一起了。”江达琳淡淡地笑道，“这样对工作也有利，是不是？”

高级男装店里，人少而安静。店员正在替叶东烈整理刚刚试穿的衣服。

叶东烈站在镜子前："怎么样？"

"好看，那我们就买了吧。"斯黛拉看向店员，"这套我们要了，还有刚才那两件。"

"好的。"

"我自己买，你别给我买。"叶东烈翻了翻标签，突然大叫起来，"这一件就要五千多块？要不我们别买了？"

"可是你没有西装了。"

"要不我不去参加明天你们的那个什么活动了？"

"明天下午这个活动，来的都是TMT行业的精英，你去认识点人，对你有好处的，不去太可惜了。"

叶东烈纠结："可是这太贵了。"

斯黛拉拿过衣服："我送你吧。"

叶东烈推托道："不用，不用，算了，我自己买，我是不会让你给我买衣服的！"

店员将计价器转过来，叶东烈脱口而出："这点衣服要一万六千多块？"

斯黛拉低声说："我来吧。"

"不不不，我可以的。"叶东烈慌慌张张地拿出手机，却被店员告知不接受手机付款。

叶东烈拿出一张信用卡，店员刷卡之后尴尬地说："对不起，这张卡显示余额不足。"

斯黛拉掏出钱包："我来付吧。"

叶东烈将她的钱包推回去："不行，说好了给你买衣服的。"

他又拿出一张信用卡："这样，你用这张卡刷八千块，然后这张卡刷八千七百块，行不行？"

叶东烈强撑着笑容，回到工位上看到自己余额只剩一万多块的信用卡，没好气地将手机一丢，一只手撑着下颌，一只手不断地转笔。

曹毅被几位同事簇拥着走过来，几个人都兴高采烈，有人喊道："阿烈，中午日料走起。"

叶东烈闷闷地道："你们去吧，我不去了。"

曹毅走到他身边："干吗不去？我请客，去吧。"

"就是，毅哥请客，机会难得啊，等他走了，想吃都没的吃了！"

叶东烈抬头问："毅哥，你还真的打算辞职单干了？"

曹毅点了点头："嗯，我刚从丁总的办公室出来。"

"毅哥，我先订位置啦！"

"好嘞。"

曹毅往位子上一靠，感慨地叹了口气："两年了，不容易啊！"

叶东烈凑过去问："毅哥，辞职创业的压力大不大啊？"

"大，怎么不大？我可是把全部身家都拿出来了。"曹毅忽地靠近叶东烈，"喂，有没有兴趣跟着毅哥一起干？"

叶东烈愣了愣："啊？"

"我也不是蛮干，行业前景什么的就不说了，肯定是看准的，最要紧的是投资人我已经谈好了，天使轮到A轮一路扶持，不用担心钱。以你的技术水平，"曹毅竖起大拇指，"只要你来，肯定是团队核心，一上来就拿的是原始股份，公司一轮一轮往前，你的财富就不断膨胀，你说是不是？"

"毅哥，我……我这才来OR没几天，我从来没想过这些。"

"OR是家好公司，可惜盘子大了，发展的速度有点慢，就算上市了，咱们又不是初期员工，分不到多少钱。这年头像你我这样做技术的，只能自己创业，不然光靠工资还有那点虚无缥缈的期权，何年何月才是个头啊？你说是不是？"

叶东烈犹豫地道："我太年轻了吧？"

"就是因为年轻，才应该去创业，人生难得几回搏。我早就想明白了，就咱们这种一没背景，二没人脉，无权无势的人，靠这点工资、奖金，不去创业哪天才能熬出头？创业了或许还能拼个机会，要不这一辈子就是蚁族，那就是个虫子！"

曹毅站起来，拍了拍叶东烈的肩膀："我不催你，你自己好好想想。"

叶东烈想了想，往楼下走去。

OR公司门口，斯黛拉开着车停在楼下。她站在车边，叶东烈走过来，却没有穿新衣服，手中提着一个纸袋。

斯黛拉上前问道："怎么没换衣服啊？"

"你去吧，我不太想去了。"

"为什么？"

叶东烈笑了笑："这衣服太贵了，我负担不起，而且它也提醒了我，其实我不适合那个场合，那里都是老板精英，我一个大学刚毕业的小员工，去了也白搭。"

斯黛拉笑了笑："怎么会白搭？举办这种聚会的目的就是帮助大家拓展人脉，而且你本来也很优秀啊，你看丁伟不是一见到你就特别喜欢你吗？"

叶东烈摇摇头，想得倒是很明白："丁总喜欢我，是找员工的眼光，而那种聚会上的拓展人脉，至少也得层级对等，彼此需要。我现在去，只会让人笑话。"

"我的男朋友，谁敢笑话？"

"反正我不去了，你去吧。"

斯黛拉犹豫了一下道："那我也不去了。"

叶东烈惊讶地道："啊，你没必要。"

斯黛拉发动引擎："我本来就不是很喜欢那种应酬的场合，你说得对，那种场合就得彼此需要，我现在对那些人没有什么需要。"

"那……我们现在去哪里？"

"你这衣服吊牌没剪吧？"斯黛拉看他一眼，"我们去把衣服退了。"

叶东烈试探着问："你没生气吧？"

"没有。"斯黛拉笑了笑，车飞快地驶出。

情侣做不成，生意伙伴这一身份还在继续，江达琳仍然避免不了和卫哲有所接触。简餐厅内，几个合伙人坐在一起共进工作餐，江达琳低着头冷着脸切着牛排。

卫哲坐在江达琳旁边，低声问："能不能……"

江达琳看也不看他一眼。

卫哲放弃询问，手横过江达琳面前，拿过胡椒瓶子。身侧的舒晴不断用手机发邮件，杜威廉认真地吃着漆黑的墨鱼面。

"四件衣服加起来一万六千七百块，他穿着特别好看，可人家说'你自己去吧，我不想去了，我不适合那种场合'！那我还能怎么办？我如果真的把他丢下，自己去了，那估计离分手也不远了，我只能说'那我也不去，我们去把衣服退了吧'。我现在总算明白，男人比女人有钱是一件很正常的事，女人比男人有钱，就会处处尴尬……OK？"

斯黛拉放下刀叉，眼神扫过几人："是谁定的合伙人会议不许聊工作，只许聊私事加强情感沟通的？"

舒晴抱歉地说："我下午要带乐乐复诊，但小力士奶粉那边一堆事，我实在是心不定。"

江达琳和卫哲同时开口。

"其实……"

"不好意思。"

江达琳撇了撇嘴，卫哲识趣地闭嘴不再说话。

江达琳道："对不起，我也一直在想小力士奶粉的事，你说什么我都没听清。"

斯黛拉挑了挑眉，看向卫哲。

卫哲微微笑道："我认为你说的这件事，你可以往好的方面想。如果男朋友有钱和自己有钱只能二选一，你选哪一个？"

"自己有钱。"

卫哲淡笑，不言而喻地摊了摊手。

"我倒是宁愿我的女朋友比我有钱，那我就可以少奋斗二十年了。"杜威廉放下叉子，喝了一口水，"你在意你的男朋友吃你的软饭吗？"

"不在意。"

"那不就得了？我也找个不在意我吃软饭的就好了嘛。"

舒晴的电话响起来，接完电话后，她喜形于色，轻松地舒了一口气："查到泰国被污染的那批奶粉的生产批次了，没有发到中国的。总算可以解释了，我也可以放心地去医院了。"

舒晴抱着乐乐，和保姆林嫂一起等在候诊区。旁边诊室的门开着，诊室内有一位母亲正抱着一个一岁多的女婴在看病。

舒晴抱着乐乐："等我们的乐乐身体养好了，又可以出去玩了！"

诊室内，女孩的妈妈突然提高声音："什么？性早熟？医生你别吓我，我家孩子才一岁多！怎么性早熟啦？"

医生安抚道："你不要着急，很多婴儿会发生假性性早熟现象，原因多种多样，大部分是因为外源性激素，你回去后仔细检查一下，奶粉先停一停，还有蜂蜜、豆浆都不要喂。"

女孩的妈妈皱着眉头："我们家除了喝点小力士奶粉，蜂蜜、豆浆从来不给她喝的！"

舒晴一愣，把乐乐交给林嫂，悄悄地走到了诊室旁边。

"我也没说一定是奶粉有问题，原因是多种多样的。"

女孩的妈妈自然是不听，笃定是奶粉的问题："肯定是奶粉有问题，不然还有什么原因？我们家的药物都是锁起来的，自从有了孩子化妆品我都不用的，那除了奶粉还有什么？我就说什么宝宝的第一口奶，当时听了我心里就觉得有什么地方不对，肯定里面添激素了！医生你说，这个宝宝的第一口奶是不是听上去就有问题？不然怎么会叫小力士？连名字都有问题！喝了力气大是吧？吃激素了力气肯定是大的！”

女孩的妈妈愤怒地离开。

舒晴走进诊室，询问方才那女孩的性早熟问题。

医生轻声安抚：“也不一定是奶粉问题，导致婴儿假性性早熟的原因是多种多样的，不做全面调查根本无法判断问题到底出在哪里。你们做家长的也不要像惊弓之鸟一样疑神疑鬼，全是个例……”

舒晴推着推车走在医院的路上，林嫂在一旁担忧地说道：“现在这种奶粉说是什么配方的，反正混在一起，谁知道他们往里面掺什么了？喏，新闻上不是也报了，那个泰国的什么奶粉里面不是细菌超标啦？还是进口的！反正这年头养个孩子不容易，那句话叫什么来着？宁可错杀，不可错放。”

舒晴走到车边，让乐乐坐进车里后，给江达琳打电话提起刚才医院里的事情。

“性早熟？”江达琳翻看着小力士尊萃母婴群，“有可能。我刚潜伏到一个妈妈群里，这些妈妈什么吃喝拉撒都能说半天，要是觉得奶粉有问题，那肯定会说的，我让安东多留意网络。”

江达琳拨打分机给安东：“安东，你把针对小力士奶粉的关键词搜索再加上‘性早熟’三个字……对……监控范围再大一点……”

没几分钟，安东敲门而入，紧张地说：“我找到那个妈妈了！就是舒总在医院碰到的孩子性早熟的那个妈妈，还是小力士的会员，说要告小力士和飞扬集团！”

舒晴和江达琳站在安东的电脑后面，安东一边擦汗，一边结结巴巴地解释：“就是这个妈妈，一直在群里说是小力士奶粉导致她的孩子性早熟了，还晒了医院的诊断书。现在好多妈妈说要把奶粉拿去化验。她还说要告飞扬集团呢！但诊断书上只说是性早熟，没说是奶粉导致的。”

“没有确凿的证据，医生不会下那种论断，告是告不赢的。”舒晴皱眉道，“但要是品牌的名声毁了，那就什么都没了。”

安东瞪着电脑：“这个妈妈说她正在发微博……怎么办？”

江达琳紧张地思考道：“让客服立刻联系她，私聊，最好打电话，能劝就劝，先稳住她，不能劝就尽量拖时间，能拖多久就拖多久。”

斯黛拉忽然走到办公室门口，敲了敲门：“刚刚文森特给我发微信，他在马来西亚出差，说小力士奶粉在整个东南亚都下架了。我们这边怎么样？”

舒晴正在发邮件："在东南亚是大肠杆菌，在我们这边是性早熟。"

斯黛拉无语地道："那还不如大肠杆菌呢……"

她的话音未落，女孩的妈妈已经将微博发送成功，不仅控诉小力士奶粉，甚至@了工商局、税务局和食品药监局。

安东愣愣地念着微博内容："她竟然还@精神文明办公室？"

第三十三章　丢失客户

舆论的影响永远比想象中更大，微博被散布的第二天，小力士奶粉的销量几乎呈断崖式下降趋势，部分婴幼儿店铺索性直接下架小力士奶粉，小力士奶粉在各个国家的销量都受到不同程度的影响。

飞扬集团的全球连线视频会议上，国外各总部的负责人怒不可遏，每个人都很激动，个个语速飞快。

欧洲的产品研发部负责人艾德里安坚决地说："The ingredients definitely have no problem, it is all tested and qualified, there is no chance for our product to cause any sexual precocity（配方肯定没问题，都是经过检验合格的，不可能导致性早熟）。"

"Is there estrogens in our product（我们的产品里有雌激素吗）？"

"Only the natural estrogens, but not only in our product, any dairy product, milk, cheese, ice-cream, has natural estrogens in it, but there is no exogenous estrogens and it is forbidden！ It has nothing to do with sexual precocity（只有天然雌激素，但所有乳制品都含有天然雌激素，牛奶、芝士、冰激凌里都有，外源性雌激素是肯定没有的，而且这跟性早熟根本没关系）。"

新加坡VP打断他的话，询问大肠杆菌是否有影响。

艾德里安立刻嘲讽地道："Are you suggesting that we specially added some shit in it（你是说我们特意在产品里加了屎吗）？"

江达琳和舒晴对视一眼，表情忧虑。

几个人争执不下，薛义怒道："And the Great China is suffering from that too! We should build an independent production line in China（大中华区也躺枪了！我们应该在中国单独建造一条生产线）！"

"Sorry，it's not my call（对不起，这不是我说了算的）！"

薛义忍不住道："Can anyone give mean explanation? Yesterday the Little Giant ranked No.2 in China, and now they are removed from the shelves in many stores（谁能给我一个解释？昨天我的产品还是全国销量第二，今天好多都被下架了）！"

艾德里安怒道："I would say blame your own, sexual precocity is not our problem, people are ignorant, you should educate them（你最好怪你自己，性早熟跟我们没关系，人们是无知的，你应该教育他们）！"

Andy在一旁嘲讽："Really? Can you repeat this to the journalist? People are ignorant（是吗？你敢对记者说一遍吗？人们是愚蠢的）？"

薛义伸手打断他的话："OK, How about let's call it a day, can we? And Adrian, I need all the related scientific documents（好了好了，今天就到这吧，艾德里安，我需要所有相关的科研资料）。"

DL的众人面面相觑。

飞扬集团的美国总部这时却突然打来电话，要求立刻起诉媒体。

薛义匆忙走回办公室，甩下几份文件在舒晴和江达琳面前："这次遇到的麻烦，比我们想象中严重得多，你们公关公司必须立刻采取行动，否则这样下去飞扬中国将近一年的辛苦都要付诸东流。"

舒晴拿起厚厚的文件："我和小江总回去立刻商量一下，尽快拿出方案来。"

"嗯……"薛义皱了皱眉，抬起胳膊，"对了，你们不是有卫哲吗？听说他是著名的危机公关专家？你们反正是一家公司的，事不宜迟，让他直接介入吧。"

江达琳愣了下："好的。"

卫哲刚走到一楼的电梯口，路易斯就从身后跟上来，绕着他转了一圈，幸灾乐祸地道："她说不要在一起了，你就同意了？"

卫哲瞥她一眼："我没有说同意，但我也不知道该说什么。"

"枉你聪明一世，你不知道该说什么也可以用别的方式转圜啊，你的情商呢？”路易斯为老大毫无恋爱脑而叹气，“就你和裴小姐拍的那些照片，随便哪个女孩子看到都会生气的，你就应该去哄啊，吃饭、送花、买包包，哄的时间久点就过去了……”

卫哲虽然没有反驳，但是挑了挑眉：“但我觉得她说得也没错，她不想变成成天为了男人担惊受怕的那种女人。”

“那是反话好不好？她不想成为那种女人，你就不要让她成为那种女人嘛……两个人吵架的时候，都会故意把话往绝望的方向去讲的，这个时候就需要有人不屈不挠地往回拽，等那段时间过了就好了……”

卫哲停下脚步，深深地看她一眼：“你情商这么高，为什么还没有男朋友？”

路易斯摊了摊手，不置可否：“因为你们男人情商都太低，我不能降低我的标准……那你打算怎么办，就这么让她去了？女孩子对这种事很在意的，不赶紧解释清楚，她会恨你一辈子的。”

卫哲沉默不语。

等电梯门打开他没有走出去，把手里的文件让路易斯带去办公室，道：“你先去吧，我还要去个地方。”

卫哲走去门口打车，司机一路疾驰去了心理疗养中心。

依然是同样的位置，卫哲的眉却蹙得更深：“她说她爱我。”

房间内开着窗，风从窗外吹进来，散去了咖啡的香味。聂灵子把咖啡递给他：“OK，我知道，你认为‘爱’这个字会给你很多负担。”

“她说她爱我，但她更爱她自己。”卫哲无意识地摸着皮手环，“其实我很欣赏她说的这句话，但是……我突然觉得心里空荡荡的。”

聂灵子微微点头：“你打算怎么做？”

“我不知道，我不想伤害她。”卫哲沉默半晌才道，“但我已经伤害她了。有时候我会想，如果我们没有恋爱，如果我们只是普通朋友、只是合伙人，她就不会受到任何伤害。”

人人都爱如此感叹。

聂灵子耸了耸肩，提醒他一个不可忽略的事实：“但你们现在是男女朋友。”

卫哲点头：“没错，就因为我们是男女朋友，所以她会感到愤怒，因为她对我的期待值不一样了，她的态度也不一样了，但我还是以前的我，从来没有变过……”

聂灵子笑了笑，颇有深意地问他："你觉得你从来没有变过？"

卫哲不可避免地想起江达琳，他没有变过吗？又或是……他只是不愿意面对自己因为江达琳而产生的改变？

虽然人是分手了，但是习惯还在，汽车在MUSE酒吧门前停下时，江达琳趴在方向盘上懊恼地捶了捶脑袋。

恋爱可真是件恼人的事情，生生将人的生活轨迹做了翻天覆地的改变。

江达琳坐在卡座里拿出手机自拍了一张，一边发给邦尼一边感叹"花间一壶酒，独酌无相亲"。

她低头翻看手机上的自拍照，忽地瞥见照片角落中的人，忙将照片放大看。她一回头，便看到正在和领班拉拉扯扯的卫聘婷。

江达琳赶紧起身朝隔壁桌走过去。

卫聘婷正半醉着和领班理论。

"我说了，我没有偷你们的东西。"卫聘婷正争吵着，忽然看到江达琳，惊喜地道，"Hi，琳琳！"

江达琳走上前，接住了卫聘婷热情的拥抱："卫太太。"

"叫我阿姨就好了，你不是在跟阿哲谈恋爱吗？"卫聘婷不理会走上来的领班，"你怎么一个人在这里？阿哲呢？你们吵架了吗？"

"呃，阿姨，我和卫哲只是同事关系……"

"骗鬼呢！我的儿子我还不了解吗？就算你们是同事，那也肯定是有一腿的同事……"

好脾气的领班忍无可忍地道："女士，只要您把包打开给我们看一眼……"

江达琳转身问："你们为什么要看她的包？"

"我们的服务员都看见了，她拿了我们的两个限量版的水晶杯，每个要一千多块钱。"见卫聘婷还不打算配合，领班走到一旁报警。

江达琳看了眼卫聘婷的包，似乎鼓鼓囊囊的有杯子，她低声问："阿姨，你真的没误拿他们的杯子？"

"你真是天真的丫头，阿姨当然没有拿，阿姨要他们的杯子干什么？等警察来了，他们就会被打脸了，啪啪啪。"卫聘婷捏了捏江达琳的脸，"你知道吗？我挺喜欢你的，你和以前阿哲身边的那些女孩不一样，那些女孩要么心机深重，要么胸大无脑，不像你，眼神干净又可爱……不要生阿哲的气了，嗯？原谅他吧，他看起来聪明，其实是个傻瓜，男人没有几个是真正聪明的，他们最多也就是自作聪明……但他喜欢你，他看你的眼神和看别的女孩不一样。”

没一会儿，领班就带着警察走过来。警察出示证件后说：“女士，麻烦打开您的包让我看一下。”

卫娉婷慢慢地把包打开，包里赫然是两个漂亮的水晶杯。她张大了嘴巴：“咦，为什么我的包里多了两个杯子？这不是我的杯子，是谁放在里面的？”

江达琳无奈，拿出手机给卫哲打电话。

卫哲正在按摩店做“马杀鸡”，躺在床上，发出重重的喘息声。手机响起，他赤裸着上身坐起来接通，技师继续给他按着肩膀。

“卫哲，我现在在MUSE……我遇到你妈妈了，她拿了酒吧的两个杯子，不对不对，是警察在她的包里发现了两个杯子。现在你妈妈被警察带走了。”

卫哲困惑地道：“什么？警察？”

“对，她被怀疑偷了酒吧的杯子，被警察带走了。”

卫哲被技师摁了一下，发出一声销魂的叫声。

江达琳听到声音瞪大了眼睛，没好气地说：“我现在跟他们过去，看看是去哪家分局再告诉你。”说完她狠狠地挂断了电话。

警车后排，卫聘婷拉住江达琳的胳膊，小声说：“我是不会偷东西的，你要相信我，那肯定是别人放的。”

“别人怎么会打开你的包呢？”

“难道是我拿错了？我以为那两个杯子是我的？”卫娉婷笑眯眯地看着江达琳，“对不起。”

“啊？”

“‘对不起’是替阿哲说的。”卫聘婷摸了摸她的手，把她的手握在掌心里，“小两口吵架，男人总应该先说声对不起，你会一个人跑来喝闷酒，肯定是阿哲把你气得不轻，养不教母之过，我先替他对你说声对不起。男人嘛，脑回路都是有问题的，我们女人不跟他们一般见识。阿哲这个人看上去脾气怪怪的，其实心思很单纯，你是没看见过他小时候，穿一套小西装，见到人就会喊‘叔叔好’‘阿姨好’，头发软软的，还梳个三七分，那眼睛湿漉漉的就像小狗一样，特别可爱。”

江达琳笑起来。

卫聘婷认真地说：“不要生他的气，他真的是喜欢你的。”

卫聘婷被带到派出所后，卫哲匆匆赶了过来。卫聘婷和卫哲拥抱，卫哲视线越过卫聘婷看到了江达琳，用口型轻声说：“谢谢。”

卫哲一直搂着卫娉婷，卫娉婷依赖地靠在儿子怀里。

领班走过来，抱歉地说："卫先生！我不知道这是您母亲……"

"对不起Ivan，所有的损失我来赔，多少钱？"

领班摆了摆手："不用了卫先生，您是我们店的常客，反正杯子都找回来了，那就不用再赔什么了。"

卫哲对警察说："警察同志，给你们添麻烦了，我妈妈年纪大了，这两天和家里人闹矛盾，心情不好，一个人跑出来喝酒，我也在到处找她。她肯定不是故意偷东西的。"

江达琳站在不远处，看着卫哲冷峻的侧脸。分开之后他好像并无变化，甚至比先前看起来更好。

卫聘婷笑着对卫哲说："原来在酒吧里报你的名字也管用？你为什么不早告诉我？"

"你为什么一个人跑去喝酒？林大伟在哪儿？"

卫聘婷不理会他的问题，反问他："你女朋友也一个人跑去喝酒了，你在哪儿呢？"

江达琳默默地把脸扭到一边。

卫哲看她一眼，低声对卫聘婷说："妈，现在是你差点被当成小偷抓进去，你干吗又偷东西？"

"我没有偷东西，我是拿错了。全怪林大伟那个王八蛋，我不过是和小许多说了几句话，他就吃醋了和我吵架。"

卫哲喉结滚动，无语地道："小许是谁？"

卫聘婷开心地说："是我新认识的一个雕塑家，特别可爱，长得和你还有点像，我介绍你认识他。"

警察走过来，领班和卫聘婷先后签字后，林大伟匆匆赶来。卫聘婷冲上去抱住了他。

卫哲回头看江达琳，刚好撞上江达琳的视线。许久之后，江达琳才移开视线。

卫哲送林大伟和卫聘婷坐上出租车，卫聘婷还在小声叮嘱："她是个好姑娘，好姑娘不要错过，我已经替你道过歉了！错过了你会后悔的！"

江达琳挥挥手目送出租车离开。

"谢谢你。"卫哲缓缓走向江达琳，"我妈妈心情不好的时候，会做出一些奇怪的举动。我记得小时候有一次，她去第一食品商店，拿了一块金华火腿没有付钱，但她根本不会做饭。幸亏那天我也在，我用我的压岁钱付了账，那次是她听说我爸再婚。”

江达琳默默地听完，淡淡地道：“嗯。既然没事，我就先走了。”

她走了几步忽然转身道：“对了，小力士奶粉现在的问题有点严重，客户那边希望有你加入，负责整个危机管理的部分。”

“嗯。”卫哲注视着她，神色意味不明，带着少有的纠结，“我和裴瑜说过了，她愿意随时向你解释那天晚上的事。”

江达琳笑了笑：“不用了。明天见。”

卫哲再次叫住她：“我请你吃饭？我是说过两天，有时间的时候。”

“OK。”江达琳头也不回地离开。

卫哲再次走进大办公室时，大办公室里已经是鸡飞狗跳。舒晴手边放着几个电话，她挂断一个电话看过来：“飞扬集团的市场部打电话过来，说热线电话被打爆了，全都是问性早熟的事！他们现在乱套了，问我们应该怎么回答？”

杜威廉从办公室里探出头：“已经有三个朋友来问我小力士奶粉是不是会导致性早熟，我直接回复他们三个字‘不可能’——先否认了再说。”

安东盯着电脑：“这女的也太能说了，又到母婴论坛发帖子了！还没证据胡说什么呢！”

路易斯照着安东的脑袋敲下去：“小小年纪不要说脏话。”

安东捂着脑袋：“你不要打我，只有小江总才可以打我。”

江达琳盯着电脑屏幕，转过身看安东：“安东，把所有相关帖子全部截图，发帖人的IP地址全部记录下来。”

昨晚的微博标题骇人，短短一个小时后，已经达到了八千多评论和一万五千多次转发的地步。薛义站在办公室里，掐着腰瞪着屏幕：“为什么转发数会超过评论数？”

“转发数超过评论数，可以理解为读者在看到这篇内容时，扩散传播出去的念头已经大于一切。”卫哲切换到下一张PPT，“这个妈妈原本就在母婴论坛上连载宝妈日记，出事后她把这篇长微博同时复制到了论坛上，截至目前，已经有四个母婴论坛转载并置顶了这篇文字，紧跟着再蔓延到各个母婴QQ群和微信群。”

“查到她的身份了吗？”

卫哲点了点头：“查到了，她叫王慧，过去做过媒体记者，从纸媒辞职后，在家一边带孩子一边从事公众号写作。小力士那边试着跟她联系了好几次，但她情绪很不好，拒绝跟我们面谈，电话也不接。”

薛义转身问：“你们觉得，我们直接起诉所有造谣和转载的媒体怎么样？采取法律行动？”

“我不赞成起诉媒体，目前报道这件事的媒体已经多达几十家到上百家，而且基本上是自媒体和网络媒体，起诉没有意义，反而容易引起众怒。”卫哲说，“还是用公开发声明的方式。要主动维护好媒体关系，对那几家大的媒体，尤其是母婴类的，可以投一些广告，其余的可以想办法请过来，开个媒体通气会，用沟通取代起诉。”

直到夜晚时分，DL传播仍是灯火通明。会议桌上摆着几大盒外卖，白板上写满了字，众人边吃边工作。

江达琳飞快地敲着电脑键盘，卫哲和舒晴在小声讨论。

卫哲指着电脑屏幕说：“奶粉里不允许检出雌激素，指的是不能检测出人为添加的合成雌激素物质……这一句很重要。”

路易斯和媒体沟通不顺，挂断电话后小声嘟囔：“真是……听不听得懂人话？”

舒晴听到她的聊天内容后，凑过来问：“你有乳腺增生啊？我也有。但生孩子确实会帮助缓解，尤其是母乳喂养，对女人很有好处。”

路易斯抬头问：“母乳里也有雌激素吧？”

江达琳闻言，手指快速地敲键盘，在电脑上搜索母乳喂养和雌激素相关新闻。她飞快地翻阅着资料，在看到一条资料时眼睛一亮，念出声来：“你们看，母乳中的雌激素含量远远超过了配方奶。”

卫哲在她身后俯身盯着电脑屏幕：“就是说，如果可以证明这一点，那奶粉导致性早熟现象就是不成立的了。有没有数据？”

舒晴立刻开始打电话：“我马上让小力士奶粉的研发部去做一次检测。”

江达琳拦住她：“等等，我有一个建议，能不能干脆做一次公开检测，顺便录个视频，分别检测母乳和奶粉的雌激素含量？”

卫哲看她一眼，欣慰地说：“还可以联系其他奶粉品牌联手辟谣，毕竟这个误解是对全行业的伤害。”

几个人分开各自打电话，偶尔卫哲和江达琳四目相对，江达琳也是立刻回避眼神。

二十四小时时刻戒备的工作，公关绝对要算一个。清晨的第一缕光照进办公室时，一办公室的人东倒西歪地各自趴在办公桌上。卫哲缓缓醒来，刚要挪动，发现江达琳居然趴在他伸长的右手上，呼吸浅浅，睡得正香。

卫哲不自觉地看入迷了，半晌才伸出左手从桌上拿了一本笔记本，想了想又抽出一张纸巾铺在本子上，托起江达琳的头轻轻放在纸巾上。

窗外的舒晴看着这一幕，似笑非笑。看到卫哲看过来，她用手遮住眼睛向后转，表示自己什么也没看到。

卫哲的手指从江达琳的发间掠过，发丝扫过手心的触感异常清晰，他发现他的视线又开始不听使唤，同样不听使唤的还有不规律跳动的心脏。

检测结果出来，小力士奶粉的发布会正式举办。研发部的负责人艾德里安站在台前，手持话筒，江达琳在一旁充当翻译，左侧视频正在播放有关小力士奶粉配方中雌激素含量检测的分析PPT，台下记者涌动。

江达琳淡定地发言："结果表明，十六种常见激素类物质中，有15种在所有奶粉里均未发现，而只有黄体酮，同时出现在所有样本里，包括母乳、牛奶、花粉、禽蛋和肉类，其中母乳中的黄体酮含量并不比牛奶中低……"

发布会结束，薛义接受媒体采访。他笑着同众人点头，依次回答媒体的问题："这次风波对小力士奶粉有伤害，但谈不上很大，毕竟我们是一个国际性品牌，而且我们的研发中心水平在全球都是数一数二的，全球有数以亿计的宝宝在喝我们的奶粉，这不是开玩笑的……事实上我们正准备对小力士奶粉增加投入，打算明年在中国开设一条独立生产线，投资总额在一点五个亿左右……"

这一紧急公关事件结束，DL的众人长舒一口气。办公室内，舒晴微笑着指着屏幕："数据显示，截至今天上午九点，小力士奶粉可能导致性早熟事件的热度已经成功地下降了百分之九十！仅剩的讨论也多半是围绕着如何预防婴儿性早熟的问题，而不是针对奶粉了。而且刚才Andy给我打电话，所有之前把小力士奶粉下架的经销商，已经全部恢复销售了。"

走出会议室，安东却忍不住吐槽："费了半天劲，我陪她跑了五家三甲医院，她总算搞明白她女儿的情况属于医学上的微小青春期……"

"按照网友的健忘程度，估计顶多再有一个星期，这事儿就算过去了。"路易斯打了个哈欠，"总算没有白忙，这个周末我要狠狠地睡上四十八小时。"

"一个人睡又有什么意思？"

路易斯一巴掌拍在他的后脑勺上："嘿，你个死小孩皮痒了是吧……"

人群散去后，江达琳还站在走廊中。卫哲从江达琳身后走出来，站在她身边："怎么了？"

"哦，没有，我刚刚突然想到，这所有的危机总是突如其来，又飞快地结束，有时候这速度快得反而让人觉得心里不踏实。"

"恭喜你，你进入状态了！"卫哲笑了笑道，"每一个做公关的人都是披着乐观主义的皮，揣着悲观主义的心。好了，别想那么多，如果都像你这么忧心忡忡，那我们这些人没有一个能活到六十岁。晚上有时间吗，我请你吃饭？"

"不用了。"江达琳十分冷淡地说。

电梯门一开，江达琳当先走出，看都不看卫哲一眼。

舒晴好笑地看着江达琳的背影："你们俩就打算一直这样？办公室恋情是最难处理的，你还得好好下功夫。"

卫哲耸了耸肩，笑道："你是苦尽甘来了。"

舒晴猛地看他："什么意思？你知道什么？"

卫哲微笑道："我知道你有个地下男朋友，知道之前你们俩分过手，而且还知道你现在正要去跟他约会。"

"你还知道什么？"

卫哲跟在舒晴身后："让我搭你的车，我就告诉你。"

卫哲和舒晴一起去了酒吧，三人坐在酒吧的一隅。舒晴指着卫哲和沈英杰："你们俩到底什么时候开始在一起玩的？"

沈英杰倒了三杯酒："就是上次CAA性骚扰的case，我们'一见钟情'。"

卫哲跟着说："他不让我说，怕吓着你。"

沈英杰笑着解释："你连晚上一起逛个街都怕被人看见，要是让你知道你们公司的合伙人知道我和你的事，我怕你会杀我灭口。不过现在好了，我离开名仕去CAA当甲方公关，不用跟你相爱相杀了！"

舒晴娇嗔道："谁跟你相爱了……"

卫哲十分诚恳地揭穿事实："CAA也很恨我们。"

"这倒是！你们那出性骚扰事件搞得他们太被动了。不过倒是便宜了我，拿到一个好职位。"

三人正说着话，远处袅袅走来一位美女。她径直走到卫哲面前，娇声道："帅哥，你落单了，我们一起玩好不好，我请你喝一杯？"

卫哲摇头："不好。"

美女沉下脸："干吗？嫌我不漂亮？"

卫哲继续摇头："不是，你很漂亮，是我今晚没化妆。"

沈英杰和舒晴憋着笑。沈英杰戏谑地问："喂，你的情商呢？怎么这么跟美女说话？"

卫哲举起酒杯同他碰杯："年纪大了，懒得敷衍。"

沈英杰仰脸喝酒："我看你是心里有别人吧？我真觉得江达琳是个不错的女孩，比你那些莺莺燕燕好多了。"

舒晴摇了摇头："你们俩还真是无话不说。"

"就兴你们女人有闺密？我们男人也有。"沈英杰看向卫哲，"喂，遇见心动的姑娘不要错过，否则以后会后悔的，你要学学我，你看我多锲而不舍。"

卫哲身子往后躺在沙发上："你比较执着，我这人崇尚自由，不愿意束缚别人。"

沈英杰和舒晴笑了一会儿，走去舞池跳舞。沈英杰搂着舒晴："你很少评价别人，我刚才想了想，我们认识到现在，你没有在我面前评价过你们公司的任何人，包括刚才你也没替江达琳说话。"

舒晴淡淡一笑："从我们认识到现在，十分之九的时间是竞争对手关系，我当然不会在你面前评价我的同事。至于卫哲和小江总，我不觉得我有什么资格去评价别人的感情。"

沈英杰低头问："你觉得他俩不合适？"

舒晴哑然失笑："你也太敏感了吧？"

沈英杰作势要吻她："我会读微表情，刚才卫哲说话的时候，你的嘴唇是朝下撇的。"

"是吗？那你说我现在在想什么？"

沈英杰吻住她，声音暧昧缠绵："你在想，还是我面前的这个男人好。"

舒晴哈哈笑起来，朝卫哲的方向看去。

卫哲一个人坐在卡座里，不由自主地翻开江达琳的微博。页面上有一条新微博，他忙点进去看。

"每天临睡前警告自己，人生这么短，何必再抽时间出来和喜欢的人争吵？"

他再刷新的时候，页面上显示江达琳的新微博已经被删除。卫哲仰脸看着灯光闪烁的舞池，却毫无凑热闹的心思，只是一杯接一杯地喝酒。

出了酒吧后，沈英杰架着卫哲，将他安置在路易斯开来的车里，舒晴在一旁无奈地笑。

江达琳也没能好到哪儿去，坐在房间内一脸烦躁，最后拿起手机点了一堆甜品。发泄似的吃完甜品后，江达琳躺在沙发上睡得四仰八叉，家里一堆外卖盒。

江达琳迷迷糊糊地醒来，跌跌撞撞地去开门："谁啊？大清早的！"

李月如提着自制零食，看着客厅的地上凌乱的外卖盒。

江达琳坐在桌旁吃爱心零食，李月如皱着眉头替她将外卖盒收拾起来。

"怎么这么自暴自弃，大半夜的吃这么多甜食？你还说没事，要不是我过来看你，还不知道你在过这种乱七八糟的日子，你看看你像什么样子！行了，一会儿吃完收拾收拾，跟我搬回松江去。"

江达琳没精打采地说："我不去。"

"你是不是受什么刺激了？是不是有客户刁难你了？有同事为难你了？"李月如蹙眉道，"哎，那你跟卫哲怎么样了？这大好的周末他也不来约你？怎么啦？闹矛盾啦？"

江达琳摆了摆手，继续吃美食："谈不上，就是觉得办公室恋情不好，还是清清白白的合伙人关系来得简单。"

"分手啦？"

江达琳沉默了一会儿，闷声说："就没牵过，分什么手啊？"

李月如整理好客厅，在江达琳对面坐了下来："怎么没牵过？你们俩明明是互相喜欢的，我又不是看不出来！你别任性，遇到好男人不要轻易错过，你得认真点。"

江达琳撇了撇嘴："妈，我之前就是太认真了，卫哲身边的女孩子太多，跟他在一起我心理压力太大……想想还是算了。我不想说他了，太受欢迎的男人，我心脏受不了。妈，我爸最近还是没消息吗？"

李月如摇头："还没有，也不知道在什么地方受罪，唉！经侦支队后来找过你吗？"

"就上回来警告了我一回，后面就没有了。"

"嗯，万一他们再来找你，你还是说什么也不知道。现在公司进了C轮，好不容易走上正轨，不能因为你爸爸的问题再受影响，所以你千万不能牵连进去，有回答不上来的，你让他们来找我，知道吗？"

李月如走出楼门，拿出手机拨了一个没有显示名称的电话，却响起电话占线音。

江达琳靠在床边，旁边是一台望远镜，手里的手机正在往外拨号。

舒晴家，她和沈英杰正在给乐乐洗澡，乐乐心情很好，遭殃的却是舒晴和沈英杰，两人身上都被泼了不少水。

手机响起，舒晴走到一旁擦手，然后走到客厅里接电话。

听到电话那端的声音时，她脸色煞白。

“喂？”江达琳拿着望远镜往远处看，“那是乐乐的声音吗？”

舒晴如同触电一般，忽地按掉手机。

沈英杰察觉异样，走出来关切地问：“舒晴，怎么了？谁的电话？”

“哦，没什么，上门推销的。”

舒晴缓了一会儿，关掉手机，回到浴室。

李月如连拨了两遍电话，都没有接通，她把手机扔在副驾驶座上，想了想，又给卫哲打去电话。

卫哲挂断电话，裹着睡袍，和路易斯面对面吃饭。

路易斯啧啧两声，一副老母亲的模样：“要不是舒晴给我打电话，我还真不知道原来你也有喝醉酒的一天。哎，舒晴和那个沈英杰瞒得挺好啊，这地下恋情还真是密不透风……喂，你为什么会喝醉啊？你不是一向不允许自己有失控或失态的可能的吗？”

卫哲声音平淡：“我失控或失态了吗？”

“那倒没有，你倒头就睡。”路易斯停顿了一会儿，又戏谑地道，“哈，不过你睡死到我把你卖了你都不知道好吗？喂，被人拒绝，踢到铁板的感觉如何？要我说小江总就是牛气，说不要你就不要你！”

卫哲不吭声，转而将路易斯连人带面赶出了房间。

他回到房间，站在衣柜间前，为刚才的电话苦恼。与女孩的父母打交道，即便他是高级公关，也会觉得头疼。

餐厅里，李月如不似往常一般热情，淡笑着招呼卫哲坐下：“你来啦，请坐，要喝点什么？”

“我要一杯美式，谢谢。”

服务员离开后，卫哲看向李月如：“江太太，您找我有什么事吗？”

“今天找你其实有点冒昧。今天上午我去看琳琳，发现她的状态很不好，这才知道原来是因为你。”李月如仍然保持着微笑道，“我这个女儿，不是我夸她，实在是个懂事、坚强的孩子，家里出那么大的事，公司那么复杂，她说扛就扛了……但她再怎么坚强、有能力，也还是一个二十几岁的单纯女孩子，她长这么大还从来没有谈过恋爱，从小到大呢，也是在父母恩爱的健康家庭里长大，一直被保护得很好。所以虽然我明知道我没有立场来干涉两个年轻人的恋爱，也知道这是成长的必经之路，但作为母亲，我看到她那么难过，还是很心疼……”

卫哲愣了下道：“江太太，其实我……”

“我不是来劝和的。”李月如打断他的话，“当然我也不是来劝分的，事实上，你们这个情况我也很头疼。琳琳那个丫头一口咬定和你保持合伙人关系是最好的，理论上我觉得她说得也对，可问题是，她是我女儿，我真的不忍心看着她难过。”

卫哲不语。

李月如笑了笑又道：“琳琳说你身边的女孩子太多，她觉得压力太大。不管怎么样，我希望你们能好好地谈一谈，如果可以在一起那最好，如果不能，那你也帮我想想办法，怎么样让这件事的后遗症尽快结束。出差也好，怎么都好，两人分开一阵子，现在你们每天低头不见抬头见，对琳琳来可能就是日日相对，日日伤心。你说是不是？”

夕阳西下，卫哲在餐厅里连喝完几杯咖啡。柔和的光线落在他的侧脸上，衬得人有些落寞。

卫哲的皮手环已经被放松到最后一格，他走在街道上，给聂灵子打去电话。

“日日相对，日日伤心。”卫哲低头感慨，“怎么会这样？”

聂灵子笑着说：“她说得没错，对江达琳来说，每天见到你恐怕是一种痛苦。”

卫哲苦笑道：“我不明白为什么会这样，其实这个周末我约过她的，但她拒绝了……”

聂灵子的男友狂躁地开口：“拒绝了你就不会再约吗？你脸皮就那么薄？脸皮那么薄干吗还死缠烂打别人的女朋友啊？喜欢一个人就去找她，不要在这里占用别人的约会时间行不行？你看你在这唠唠叨叨的，你是不是男人，你是不是有病啊！”

卫哲淡淡地道：“我是有病啊，我正在请我的心理医生给我治病。我该怎么办？”

“说实话，我觉得我男朋友说得对。”聂灵子轻声说，“不过那是对正常人而言，对你……我想你在害怕。得知自己被喜欢，通常人们会很高兴，你的反应却是本能地抗拒，像是在故意逃避。”

聂灵子总结道：“我还是那句话，最好你能带她一起来，我们一起来解决问题。”

卫哲没了处理公关时的杀伐决断，犹豫不决地道：“你让我再想想。”

今日的DL传播有一丝不寻常，这是江达琳坐到办公室的椅子上时的第一感受，她摘下墨镜，看着镜子里一双红肿的眼。

不就是不小心把香水喷在眼睛里了吗？这群人已经联想到她为情所伤了，江达琳撇撇嘴，再一次感受到办公室恋情的危险性。

她从抽屉里拿出粉饼补妆，小声嘟囔：“是不是得滴眼药水啊？”

路易斯拿过来一份文件，趁着她签字，一直窥探她。

回到卫哲的办公室，路易斯将文件丢给卫哲，斩钉截铁地道：“哭过了。”

卫哲喃喃地道：“真的哭了……”

“你自己看啊，两只眼睛肿得跟桃子似的，看着特别可怜。我现在是真能明白江太太为什么要赶你走人了，人家是独生女，看着自己的掌上明珠被你折腾成这个样子，肯定心疼死了！唉，我现在也看着你就心烦。”

卫哲：“……”

江达琳戴着墨镜低着头走出去，迎面遇上斯黛拉，两人你让我我让你，江达琳不小心就撞到了格子间的角上。

卫哲心尖一颤。

路易斯翻了个白眼，说道：“你看你干的好事。一开始就叫你别招惹人家，你非不听……”

“为什么会选择小力士奶粉？”

“因为听说是喂宝宝喝的第一口奶。”

“护士说的，那我想既然宝宝一生下来先喝的是小力士，就索性继续喝吧，谁知这奶粉喝了还会上瘾。”

“我听说奶粉应该经常换牌子，试过喂我们家宝宝别的奶粉，不行，老是吐奶，就喝小力士才行，我就觉得怪怪的，心里不踏实。这不，说是还能导致性早熟？这也太吓人了，谁知道这里头掺什么了呀？”

篝火传媒公司的办公室内，大写的公众号logo贴在墙上。视频结束，陶主编放下手上的iPad，拿起一页纸的稿子看。随后他放下稿子，问钱云：“你们公众号为什么不愿意发啊？”

钱云是今朝育儿公众号的撰稿人。

一旁有人撇嘴道：“还要问吗，拿广告费了呗。”

钱云尤为气愤，不然他也不会拿着稿子来到篝火传媒。他摊手道：“辛辛苦苦做了一个月，说不让上就不让上了，我也不图什么，只要稿子能见天日就行。”

陶主编点了点头：“是篇好稿子。不能拖，得趁着小力士奶粉导致性早熟的事还没完全结束前赶紧发。这样，国雄，你安排一下，就发明天的头条吧。”

正当钱云高兴时，他又叮嘱：“嗯，语气再客观一点，陈述事实，不做评价。”

办公室内，钟林正敲着键盘排版，一抬头看见安国雄一脸兴奋地送钱云出去。

安国雄拍了拍钱云的肩膀：“我得谢谢你给我一篇好稿子，你放心等着明天的百万点击吧。”

钱云开心地一笑：“我就知道交给你是没错的。”

安国雄自嘲地道：“我是典型的揣着一颗普利策奖的心，干着商业公众号的活儿。行了，我就不送你了，我得赶紧干活。”

安国雄喜滋滋地走到美编旁边，点开公众号编辑软件。

钟林抬头问：“有什么大新闻呀，值得连夜换头条？”

安国雄顾不上其他，和美编指指点点。

钟林绕到两人身后，电脑上有一行清晰的标题——奶粉之谜：给新生儿喂小力士奶粉，喝了就上瘾？

钟林站在办公室的门外，从手机里翻出卫哲的电话号码，又看了一眼办公室里的两个人：“喂？卫哲吗？我是钟林，嗯嗯……小力士奶粉的公关是你们公司在做吧？”

落地窗外是满城灯火，落地窗内是缠绵温馨。

房间内假壁炉里炉火熊熊，邦尼坐在沙发的一侧，手里捧着书，正小声地念诗：“你我相逢在黑夜的海上，你有你的，我有我的，方向。你记得也好，最好你忘掉，在这交会时互放的光亮。”

薛义头枕在邦尼的大腿上，感慨地道：“徐志摩这个人是真的太有才华，可惜啊，就因为那点风流韵事，被贬低得如同小丑一样。”

邦尼合上书：“我倒是觉得，是不是被贬低成小丑，像徐志摩这种人应该是根本不在乎的吧？”

薛义哈哈大笑：“还是你看得明白，这才应该是真才子的心境。他要是在乎，就不会做出那些事，也不会写出这些诗了。”

两人正愉悦地聊天，薛义就被一通电话叫走。

晚上的DL传播会议室里，几个人一同看向卫哲以及卫哲写在电脑上的标题。

卫哲蹙眉：“那个编辑本来是纸媒的，后来跳槽去了《第一时间播报》做新媒体，几年前我帮过他，我们的关系一直不错，我相信他不会乱说。”

舒晴面如土色，双手合十定在额头上。

江达琳揉着眼睛，路易斯关切地问道：“小江总，你没事吧？”

卫哲的视线落在江达琳身上。

江达琳轻声说：“我没事……他们家发稿一般是主编拍板。《第一时间播报》是每天早晨八点准时推送，现在是晚上九点半了，我们还剩下十一个小时不到。”

舒晴抬头道：“卫哲，时间不多了，你来安排吧。”

“那这样，我和……”卫哲关切地看向江达琳，顿了顿道，“我和路易斯立刻再去找那个责编，希望能够找到办法说服他。小江总，麻烦你和舒晴赶去飞扬集团，薛义已经过去了。”

电梯里，舒晴懊恼地自言自语。

江达琳安慰道：“舒晴姐，你别太担心了。”

“我的预感不太好……”舒晴摇了摇头，“‘宝宝的第一口奶’是我提出来的方案，居然会被歪曲成‘奶粉上瘾’！我是一个母亲，完全可以想象家长们听到这种说法后的反应！”

卫哲在一旁道：“是我们公司提出的方案，但也是在飞扬认可的前提下才实行的。”

舒晴苦笑：“话是这么说，但飞扬肯定会把责任推到我们头上。真是要疯了！”

“走一步看一步吧。”

卫哲和路易斯快速赶去安国雄家，安国雄却格外警惕，看了两个人的名片之后，便立刻将两人拒之门外。

卫哲一把挡住门：“这年头做媒体的，虽说不至于要反过来讨好公关，但和公关保持良好的沟通总不是一件坏事，对不对？”

“你说得没错，保持良好的沟通是应该的，但沟通的时机，得由我说了算，我们可以约明天，现在我要休息了，晚安。”安国雄盯着卫哲，笑着关上了门。

卫哲想了想，再次敲开门。

这次安国雄更不配合：“你们再敲门，我就报警了。”

路易斯气得要去踹门，卫哲摇了摇头：“不能逼他，他这种人容易做出过激反应，就算今天刹车了，他还会往别的地方发。”

路易斯仰天长叹：“真是人人都是媒体的美好时代啊！”

两人往外走，卫哲边走边发语音到微信群里：“安国雄不肯撤稿……”

卫哲紧皱，这一次不只是舒晴，连他也产生了不好的预感。

第三十四章　后患无穷

就连天气都格外配合，夜里突然飘起了雨，雨滴密集地洒在窗上，办公室内白色灯光明亮。

薛义在办公室内愤怒地吼道："无稽之谈！新生儿在医院能待几天？喝了那么两口奶粉就能上瘾？这些人到底有没有常识？"

Andy烦躁地说："新生儿刚喝母乳的时候，因为母乳还不够多，吸起来很累，哭闹着不肯吸也是很正常的，过两天习惯了就好了，这跟上不上瘾有什么关系？会不会是底层销售在工作时使用话术不当造成的？"

销售总监可不想接这一个责任，立刻说："你觉得我们销售会说'喝了小力士奶粉会上瘾'吗？又不是智商有问题！再说我们销售根本不允许在医院推销奶粉，这是国家规定！我看归根结底就是你们市场部那句'宝宝的第一口奶'出的问题，这句话有歧义！"

薛义脸色阴沉。

Andy胆怯地看了一眼薛义："这句话又不是我们想的。舒晴，你们DL在做方案的时候，难道没想过这句slogan有可能误导消费者？"

舒晴早就预料到会接锅，蹙眉道："'宝宝的第一口奶'和'奶粉上瘾'，这中间隔着十条黄浦江那么远，怎么可能误导消费者？"

"怎么不可能？喝了第一口，就想喝第二口，喝着喝着就上瘾了……会产生这样的联想吧？我看还是slogan有问题。"

江达琳站出来说："你别血口喷人，照你这个说法，这奶粉要是这么厉害，那些抽烟上瘾的人也不用戒烟了，直接喝奶粉就行了，不但不用担心尼古丁，还有丰富的营养。而且我们当初一共提了三个方案，slogan写了整整一个白板，最终决定是大家一起做的，在座的各位，连薛总也投了赞成票，真要是slogan出了问题，那也不是我们DL一家的责任。我看你就是想甩锅，告诉你，没门儿！”

薛义坐在椅子上，冷声说：“别吵了，现在不是追究责任的时候，赶紧商量对策。”

众人一起开会，讨论应对方案，舒晴在白板上写下步骤。卫哲和路易斯同薛义几人连线视频会议，墙上的时钟嘀嗒嘀嗒地走过。

卫哲声音冷静，吩咐道：“要立刻和国内最大的几家门户网站联系，尽可能阻止扩散和转载……”

路易斯打电话给媒体，语气亲热：“约了你下周吃饭，那今晚就不能给你打电话啦？哈哈哈，是这样，明天网上可能会有一篇不实报道……”

卫哲接着说：“但措辞要隐晦，不能不打自招、没事找事。要第一时间发布声明。”

安东坐在办公室内噼里啪啦地敲电脑键盘。江达琳在他身后猫着腰：“这样写，反复接受各级政府职能部门的检测，均未发现任何质量问题。”

卫哲又道：“要准备律师函，表明立场和态度，随时起诉《第一时间播报》。”

薛义对着视频问道：“为什么上次不起诉媒体，这次却要起诉？”

“上次是自媒体发布信息，其他媒体转载起哄；这次是《第一时间播报》为了博眼球，有意对我们发难，我们要是不起诉，倒显得心虚。还要准备新闻发布会，联络有关专家辟谣做证。”

薛义扶着额头，一脸疲惫地问道：“还要做什么？”

江达琳抬起头：“还有很多要做的，比如产品下架和顾客退货，都需要我们立刻拿出政策。”

薛义离开公寓后，邦尼坐在地毯上，一边吃水果，一边懒洋洋地翻看GMAT（管理学研究生入学考试）教材。过了一会儿，她不耐烦地把书一丢，转身开起了直播。

人真是奇怪的生物，过多了安逸的日子，反而想起了从前为了挣钱而开直播的日子。

她捧着徐志摩诗集，背后是美丽的壁炉，炉火燃烧，公寓大而奢侈。

“这样下着小雨的夜晚，烤着壁炉，读几首诗，整个人都会暖和起来……我为什么又直播了？”邦尼捧着书聊天，“哈哈，我从来没说过不直播啊，前一阵比较忙，最近安顿下来了。”

有人看到邦尼的公寓，忍不住在弹幕上提问：“这是住在爱莲说公寓吗，公寓好大啊！”

邦尼拿着手机晃了一圈，嘴角是藏不住的笑意：“哈哈哈，这位宝宝你是不是做房产的啊，放心吧，我不会告诉你我住在哪里的……白富美？不不不，我可真谈不上是什么白富美……”

“手镯好看？谢谢哦。我们还是来读诗吧，徐志摩的怎么样？”邦尼看向手腕上薛义送的手镯，笑了笑。

一缕阳光落在柔软的大床上，邦尼慵懒地醒过来，看向身边空荡荡的被窝。她伸了个懒腰，忍不住道：“竟然加了一夜的班。”

卧室外响了一道声音：“House keeping（家政）!”

邦尼愣了愣：“Come in（请进）!”

邦尼披着睡袍走到客厅，菲佣正忙着打扫房间，见到邦尼后立刻说：“Morning Ma'am（早上好，女士）!”

邦尼一脸欣喜：“Morning（早上好）！”

“Do you have any laundry（需要洗衣服吗）？”

“How much（多少钱）？”

“It's part of the service, I do laundry for Mr.Xue（这是我的工作，我为薛先生洗衣服）。”

邦尼因为昨天开直播好起来的心情，此刻更愉悦了一些，虚荣心得到极大的满足，高兴地道：“OK!”

邦尼坐在客厅中自拍，身后菲佣正在使用吸尘器，她笑着发微博，发完微博后就一条条翻评论。

往常善意的评论此刻却突然变了味。

“这女的心也是真大。”

“这年头产品出问题，代言人也要负责任的吧？”

“小力士奶粉，喝了就上瘾，过把瘾就死。”

邦尼愣了下，刚点到搜索页，立刻弹出了热搜——“小力士奶粉喝了就上瘾”。她赶紧点开页面，不自觉地念道：“‘奶粉之谜：给新生儿喂小力士奶粉，喝了就上瘾？’，《第一时间播报》爆料，小力士奶粉标榜的宝宝的第一口奶，原来喝了会上瘾，疑似添加不明物质。”

邦尼瞬间呆住。

紧跟着各大网络新闻都持续报道了“小力士奶粉疑似导致上瘾”事件，早晨的地铁里，刷着手机的人个个惊讶。

“今天早晨八点，一条名为‘奶粉之谜：给新生儿喂小力士奶粉，喝了就上瘾？’的消息刷爆了网友们的微博和朋友圈，同时曝光的采访视频里，多位妈妈声称，一直给孩子吃配方奶粉，让他们的孩子产生了依赖性，疑似‘上瘾’。而这些妈妈的主要矛头则直指标榜‘宝宝的第一口奶’的小力士奶粉，该品牌前段时间刚闹出‘奶粉导致性早熟’事件，可谓是一波未平，一波又起。”

接二连三的负面新闻，小力士奶粉在公众心中的形象早已经大打折扣。新闻报道视频中，不少试图购买小力士奶粉的妈妈把奶粉放回了货架上。各大店铺里都是前来退货的人，超市的货架和铃铛网的店铺中小力士奶粉均已被下架。

发布会紧急开始，记者们长枪短炮地早早蹲守。卫哲风度翩翩地登场，相比众人，他淡定许多。

“大家好，我叫卫哲，我将担任小力士奶粉品牌的新闻发言人，在各位提问之前，我先一句话总结一下：只喝一种奶粉不会‘上瘾’，包括小力士；奶粉中绝无‘上瘾’成分，包括小力士；奶粉厂家拒绝背锅，特别是小力士！好，各位可以开始提问了。”

“请问奶粉里是不是添加了什么物质，才让宝宝特别喜欢喝？这种物质会不会有害？”

卫哲维持微笑道：“那为什么有些宝宝会特别偏爱某一种奶粉？有些人特别偏爱吃苹果，有些人特别偏爱吃香蕉，宝宝之所以会偏爱某一种品牌的奶粉，只是一种味觉上的喜好。”

“会不会有奶粉厂家为了利益在其中增添有害成分呢？”

卫哲举起政府部门的检测报告，厉声道：“我再强调一遍，小力士奶粉已反复接受各级政府职能部门的检测，均未发现任何质量问题。飞扬集团在中国十八年，向来以诚信为企业宗旨，专注食品安全和产品质量、专注对消费者的服务、专注消费者的使用体验。下一位……”

台上卫哲侃侃而谈，江达琳站在台下失神地望着他。

路易斯从口袋里掏出两颗奶糖，塞给江达琳一颗，凑到江达琳耳边冷不丁地说：“我老大其实不错的，他这人看着花心又嘴贱，既现实又冷血，但这些都是表面现象。”

江达琳剥了一颗糖吃下去，不解地说：“啊？”

路易斯嚼着糖说：“其实他这人很没有安全感，防备心特别重。我做他的助理接近六年，前两年我去他家送文件，他都只让我把文件放在门卫室，一直到第三年，我才能进他家的门。还有，你别看他身边好像女人很多，能走到他心里的，大概一个也没有……除了你。”

江达琳沉默半晌，又道：“路易斯……”

“哈哈，我知道我管得多了！我不说了。”路易斯甩了下手，终还是忍不住道，“他有苦衷的。”

江达琳眼神晦涩，望向卫哲。只是一瞬，她便收回了视线。眼下他们要解决的绝非感情问题，而是棘手的小力士奶粉问题，否则损失了飞扬集团这一客户可不值得!

发布会刚结束，薛义的车便被记者们团团堵住。薛义沉稳地走下车，想起卫哲和江达琳所提起的回答技巧：“面对记者，你的回应要犀利，直指要害，可以完全表现出你的愤怒，适当的怀疑和猜测可以转移视线，不要正面回答问题。”

记者高高地举起话筒，开始逼问：“薛总，您对最近小力士奶粉导致上瘾的指责有什么想法？”

薛义一边往前走一边回答：“奶粉导致上瘾纯属无稽之谈，脑子是个好东西，希望大家多用用。”

“您觉得这完全是一次误解？”

薛义愤怒地面对镜头：“这何止是误解，说误解也太轻巧了吧？这简直就是诬蔑，是造谣，是诽谤，是陷害！”

“您是在说有竞争对手在暗中陷害小力士奶粉吗？”

薛义巧妙地避开陷阱：“小力士奶粉坚决反对非法竞争，我们也绝对不会做出这种事。”

“听说小力士奶粉的销量一落千丈，对接下来公司的业绩会有什么影响？”

薛义停下脚步，再次对着镜头大声道：“这次确实影响很大，我们整个公司上下的人都非常悲愤和困惑。这是一场无妄之灾，也请各位媒体代表我转达给网友和观众们，做企业不容易，做一家几十年、几百年的企业更加不容易，还请大家对我们多一些理解，少一些怀疑。谢谢。”说完薛义对着记者们深深鞠了一躬。

总算是暂告一段落，几个人往餐厅走去。路易斯瞧见卫哲和江达琳之间气氛不对，拽着安东快步离开。

江达琳回头看着两人离开，目光转向卫哲：“怎么了？”

“你妈妈找过我，说你最近心情不太好。”卫哲走向江达琳，“别再生我的气了，嗯？”

“你什么意思？你是想……”江达琳动了动手指，“我们……”

“我们和好吧。”卫哲伸手放在她唇边不远处，“别装傻，我说的不是合伙人关系。”

江达琳十分无奈：“拜托，卫哲，上一次我给你打电话，你还在电话那头和别的女人……”

“我那是在做按摩，而且按摩师是个男人，你不信我可以带你去看。”

江达琳绞了下手指，终于抬起头：“我无所谓信不信，我也不要去看。是，跟你在一起我是很开心，但你总是若即若离的，我搞不清楚你到底在想什么。你又是不婚主义者，我不知道我们有没有未来，我也不知道你爱不爱我。”

“我这样是有原因的。”卫哲突然感觉一阵眩晕，闭了闭眼睛，无意识地重复着这句话。

“每个人都是有原因的，但和你在一起我真的一点安全感都没有。更重要的是，我不喜欢跟你在一起时的自己，老是担心你会不会和别的女人有什么，老是疑神疑鬼你会不会骗我，老是患得患失我在你心里的地位，那样一点都不像我，你懂吗？我一向很讨厌为了男人失去自己的女人，我不要变成那样的女人！”江达琳说完头也不回地走开。

卫哲突然间呼吸加重。他调整着皮手环，蹲在地上给聂灵子打电话，手机无人接听，他继续拨打座机，却也无人接听，只剩下听筒里冰冷的女声。

发布会和采访挽救了一部分公众形象，但小力士奶粉仍然避免不了下架的情况和损失。小力士奶粉整个第四季度和下一年第一季度的销量全完，损失高达二十亿元，整个事业部陷入停摆状态。

“现在面临的最大问题是退货，有不少人拿着已经开过封的奶粉来退货，不让退就要闹，一点办法都没有，只能退钱。”

卫哲蹙眉：“还有食品药监局一直在高度关注这件事，被他们盯上是最麻烦的。”

“所有电视台的广告全都下了，视频网站的广告下了百分之七十，只有地面广告还没受到影响，但那播了也跟没播一样……”

办公室内，众人集体沉默。

斯黛拉先开口：“所以我们得尽快拿出下一步的对策。”

杜威廉点了点头：“那得想办法重塑小力士品牌的形象，找时机东山再起啊！”

“那还不是当务之急。”卫哲挑了挑眉，“舒晴应该明白我的意思。出了这么大的问题，飞扬集团肯定是要追责的，我们现在的危机，已经不是小力士奶粉了，而是我们自己。”

飞扬集团这么大的客户，谁也不想丢掉。

斯黛拉拍了下桌子：“无论如何，我们也要想办法保住飞扬集团的单，这是我们最大的客户之一……”

“那还在这儿坐着干什么？赶紧想办法往回捞啊，一年好几千万元呢！”

就在一行人思考对策时，飞扬集团发来了中止合同的邮件。

飞扬集团内，气氛安静诡异。Andy把辞职信放在桌子上，薛义无力地摆了摆手让她离开。总部很快打来电话，第一句话便是要求更换公关公司，薛义不得不从。

薛义坐在椅子上，隔着窗户望向繁华的上海。

邦尼打去电话，关心地问道：“我在新闻上看到你了，你没事吧？我挺担心你的。”

“还好，最糟糕的时段已经过去了。”

邦尼叹了口气：“那就好，前面我给琳琳打电话，她也郁闷得不得了，这件事是不是把DL也牵连进去了？”

薛义迟疑了一下，冷声道：“责任是所有人的。”

作为公关，最重要的事情是挽救形象，弥补损失，面对客户时也不例外。

餐厅内，江达琳几人面色沉重。薛义姗姗来迟，坐下的第一句话便是：“很抱歉，各位，这件事我也没有办法。”

江达琳试图挽救：“可是这件事从头到尾就是误解、谣传，是被消费者过度解读……这不是我们DL的错啊。”

“是啊，薛总，所有的推广计划和文案都是你们市场部同意了才做的，而销售部配合推进更是你们主动提出来的，这些都有来往邮件可以证明。只要小力士奶粉不是就此退出中国市场，那还是要继续往下做的不是吗？没有谁比我们DL更了解这个品牌了。"

薛义摇了摇头："Andy已经辞职了。总部要求所有相关人员全部问责，包括我自己。"

斯黛拉诚恳地道："薛总，我们很理解您的难处，但您也知道，这件事我们确实很无辜，之前小力士奶粉的销量那么好，已经能够说明我们的能力，而在事后的补救过程中，我们也竭尽所能地证明了我们真的很有诚意和贵公司同进退共患难，有没有可能再给我们一次机会？"

"很难，总部甚至要求法务在合同里寻找漏洞，希望能够处罚你们的过失，我已经尽力阻止了。"薛义扶额，叹气道，"这件事没那么简单，这样，你们让我再想想。"

薛义陪着几人到电梯口："你们先下去吧，我等一下再走。"

舒晴站在电梯里，脸色阴沉，抬起头诚恳地说："对不起。"

"不关你的事。"江达琳皱眉，"你们觉得飞扬总部真的会问责薛义吗？"

舒晴摇头："辛苦了那么久好不容易拿下的客户，居然就这么输给一大堆无稽之谈的谣言，我真的太不甘心了。"

江达琳咬牙切齿地道："现在小力士奶粉就是烫手山芋，我倒想看看谁敢接着往下干。"

斯黛拉忽地一愣，伸手摁下回到顶层的按钮。电梯门再次打开，三个人走过去，隔得远远地看到薛义正在和袁肃握手。

回到大办公室，江达琳气不过："这个薛义，我们前脚刚走，他居然后脚就跟袁肃碰头。"

卫哲双手抱胸："飞扬的合同短期内是没希望了，现在的关键是欠款要抓紧收上来。"

斯黛拉迟疑了一会儿，看向江达琳："小江总，你和薛义是有点私交的，能不能想想办法，尽量把我们的损失降到最低？"

"当然，义不容辞。"

江达琳约了邦尼吃午餐，两人面对面而坐。

听到合同终止，邦尼愣了愣。

江达琳脸色难看："是啊，不仅是合同终止，还说要核对所有来往账目，向我们公司问责，没准儿还要起诉我们违约呢。我现在别的都不担心，就怕他们扣着我们的钱不付，还有五百多万元呢！"

邦尼瞪大了眼："这么多……薛义应该不至于不付吧？"

“不知道啊，所以我这不是代表公司来求你了吗？”江达琳不好意思地道，“其实让你去求薛义，我真的挺难为情的，之前我那么反对你们……现在又要利用你们的关系。”

邦尼笑了笑：“行啦，你真不用跟我说这些。早知道会发生这种事，我就不该逼着薛义把这合同给你。”

江达琳叹气道：“本来觉得公司今年一个飞扬集团，一个铃铛网，两个大客户拿下了，接下来就一往无前了，谁知道天有不测风云，也就是短短几天时间，就能发生这么大变化，好端端的客户说没就没了。”

邦尼回到公寓，端着一杯热牛奶放到薛义的书桌边，正要悄悄离开时被薛义一把拉住，薛义让邦尼坐在他的腿上。

“怎么不说话就走了？都特意给我热牛奶了，肯定是有事。”

“真没事，人家是心疼你天天熬夜，我也不会弄什么补品，热杯牛奶算关心你呗。”

薛义搂着她，调笑道：“你这几句话比什么补品都厉害，说得我鼻血都快流出来了。这两天，你那个闺密没找你？”

“找了。”邦尼窝在薛义怀中，“说了求薛总高抬贵手呗！”

薛义笑道：“那你怎么不说？”

邦尼装可爱，眨了眨眼说：“我还在琢磨怎么说呢！”

“你个鬼精灵，有什么话就直说吧。”

“那我就说了啊？”邦尼重重地吻了一下薛义，“你们和DL的那个合同，能不能不终止啊？这件事他们公司真的很无辜啊，谁会想到那什么‘第一口奶’会被曲解成奶粉导致上瘾呢？又不是抽烟、喝酒是不是？再说了，一开始销量上去的时候人人都说好，你不是也表扬过他们这个营销策略特别棒吗？哦，突然出问题了就要终止合同，这有点不讲理啊。”

“也不能说不讲理，‘第一口奶’战略是他们提出的，现在这个战略出了问题，造成了公司的巨大损失，当然要问责他们，你说是不是？”薛义摸了下她的脑袋，“哪有那么简单？一个品牌想要树立起来，要一年、几年甚至几十年的付出，而一个品牌想要覆灭，却往往是旦夕之间。小力士奶粉这次销量掉了七成，没有个大半年根本缓不过来，还得有好的契机。”

邦尼嘟了嘟嘴：“找好的契机那也得靠好的营销团队啊，我觉得我闺密他们团队的思路真的挺好的，而且现在出了问题，他们肯定拼了命也想重新把品牌做起来，你就不能给他们个机会吗？”

"不行啊，我这次来中国已经不知道有多少人在盯着我了，现在闹出这件事，总部震怒，我还要去向老板交代。"薛义摇头，"但愿我没事。不过DL这个合同我真的不可能再让他们继续，你替我向她说声对不起。"

邦尼额头碰了下薛义的额头，娇嗔道："那可怎么办啊，我怎么跟琳琳说啊？我还信誓旦旦地说一定好好劝你，这下惨了。"

"你确实好好劝我了啊……嗯，要不这样，你跟她说，按照合同我们还有一些钱要付给他们，本来肯定是要拖一拖的，现在我尽快给他们安排付款，你这么说她也就不好怪你什么了。"

邦尼看着他，语气纠结："那钱难道不是本来就应该给的吗？我这么说她会不会骂我呀？"

薛义微笑道："这世界上，有什么是应该，有什么是不应该？放心吧，你这么说她懂的，会感激你的。"

薛义吻了吻邦尼。

邦尼带上门走到书房外，嘴角有一抹狡黠的笑。

她给江达琳发微信："钱的事儿我跟他说了，他说会尽快安排付款。"

江达琳端着酒杯，走到阳台看窗外的景色。不知什么时候，她也养成了爱喝酒的习惯，而窗外的夜空，从前撩人，如今落寞。

好事情和坏消息总是同时到来的，飞扬集团终于将欠款悉数付清，同时也意味着DL传播正式失去飞扬集团这一个大客户。

小会议室里，斯黛拉摘下眼镜，疲惫地揉了揉眉心，又重新戴上眼镜："少了飞扬集团这个客户，公司明年的业绩指标又缺了一大块。"

舒晴举起双手："抱歉，都是我的错。"

江达琳笑着安慰道："这怎么能怪你呢？你为了小力士这个品牌，费了多少心思，用了多少力气，我们都是看在眼里的。"

卫哲坐在江达琳身旁："风物长宜放眼量，失去了一个客户，再去争取下一个就是。"

舒晴感激地看着众人："谢谢你们，这次的事我也确实有很多感悟，卫哲、小江总，回头有机会也教教我危机管理吧。"

卫哲耸了耸肩："行。"

江达琳笑了笑："其实现在的状况跟我刚来公司时比，已经好很多了。那会儿多惨啊，就算明年业绩有压力，那也是我们过了C轮，所以业绩目标增长的缘故呀。反正现在咱们账上也有钱，怕什么？有压力才有动力，有窟窿就去补上，再不济也不会比上半年更糟了是不是？”

艾米敲开会议室的门，探头进来说：“小江总，有人找您。”

走廊里，一身波西米亚风的卫娉婷提着购物袋在大办公室里左看右看。

路易斯一抬头看见她，连忙走过去：“卫阿姨，我去叫老大出来。”

卫聘婷摆了摆手：“不用，我不是来找阿哲的。”

江达琳从办公室出来，卫聘婷走过去，给了她一个大大的拥抱。

江达琳吃惊地问：“卫太太，你怎么来了？”

“叫我阿姨就行了。”卫聘婷笑眯眯地看着江达琳，“哎，几天不见你怎么瘦了？你可别减肥啊，国人的审美很多是误区，女人瘦了吧唧的不好看，一定要有曲线。”

江达琳愣了下道：“阿姨，你是来找卫哲的吗？他在开会，我去叫他。”

“我不找他，我是专程来谢谢你的，那天晚上你帮了我大忙！让阿哲好好工作吧，他不是你们的新合伙人吗？他需要好好表现。”卫聘婷回头对路易斯说，“不要打扰他。”

江达琳回头示意路易斯：“叫一下卫哲。”

卫聘婷坐在江达琳的办公室里四处打量，看着架子上的三人合影问：“这是你爸爸？”

江达琳略尴尬地道：“是。”

“我好像在哪里见过他。”卫聘婷皱眉思考，“在哪里见过呢？”

“阿姨，你要不要先把袋子放下来？”

“啊，这是给你的。这是我最新一个系列的作品，你看看。”卫娉婷从袋子里拿出一个盒子打开，里面是一个风格现代而幽默的雕塑品。

“我觉得……挺棒的。”

卫聘婷满意地笑了笑：“你喜欢就好，我的东西卖得还挺贵的。”

江达琳连忙推托：“那我可不能要。”

“你是阿哲的女朋友，又不是外人。”

江达琳犹豫地道：“阿姨，我和卫哲，我们已经分手了。”

卫聘婷愣了下，随即笑道：“别逗了，我又不瞎，我结过四次婚，谈过无数次恋爱，男女在一起是不是相爱我一看就知道了。”

“阿姨，你听我说……”

“不，你要听我说，阿哲是最反对办公室恋情的，他会和你谈恋爱就足以说明他是喜欢你的，而如果你们曾经谈过恋爱，现在又分手了，以他的性格，他早就离开你们公司了，不可能还继续留下来和你每天低头不见抬头见，这足以说明他有多爱你。”

“妈！”卫哲推门而入。

“阿哲！你的会开好了？你要忙只管去忙，我和琳琳说会儿话。”

卫哲无奈地说：“小江总是总裁，日理万机，你这样占着人家的工作时间是不对的。”

卫聘婷妥协地离开，临走前又抱了抱江达琳，在她耳边小声说：“阿哲是爱你的！”

卫哲引着卫聘婷往自己的办公室走。他实在搞不懂母亲怎么会对江达琳表现出如此大的兴趣：“你干吗突然跑到我们公司来？你什么时候那么喜欢多管闲事了？”

“我说了我是来看琳琳的，跟你没有关系。”卫聘婷低声道，“那是个好女孩，你不要错过。”

办公室内，江达琳捧着卫聘婷留下的雕塑端详，一边觉得好笑，一边又停下来思考。她总觉得卫哲不够爱她，可身边的人都不遗余力地来告诉她，卫哲是爱她的。

卫哲敲了敲门，走进来。

江达琳抱着雕塑：“你来得正好，这个应该很贵重，你帮我还给你妈妈吧。”

卫哲耸了耸肩：“不用了，我妈送出去的东西从来不收回的，她也确实是喜欢你，你就留着吧。”

“好吧，谢谢。对了，你能不能跟你妈妈解释一下，我们真的……只是工作关系了。”

“当然。”卫哲喉结滚动，想开口再说些什么，最终还是作罢。

爱情的后遗症可真是严重，卫哲已经不知道自己走神多少次了，路易斯第三次伸出手指在卫哲面前晃时，卫哲总算回神。

路易斯只好再重复一遍：“长盛集团最近将鑫辉集团告上法庭，要求判处十年前和鑫辉签署的‘一口香’品牌合同无效，并将‘百年一口香’和‘一口香’两个品牌全部收回，禁止鑫辉使用。鑫辉希望品牌营销和危机管理两个部门能联手。”

“我打算离开一阵，休息一下。”

卫哲猝不及防的一句话让路易斯愣了好一会儿，路易斯道：“不是吧？就因为令堂来了一次公司你就受不了了？”

“我需要把一些事情想明白，在这里，”卫哲摇头，“我沉不下心。”

路易斯快速消化这一事实：“那我们明确一下，你所谓的离开是短期还是长期？如果是短期的我就在DL等你，如果是长期的你必须得给我时间准备，万一DL一怒之下把给我的期权都浮云了我就损失惨重了。话说，其实DL的前景挺好的，说不定哪天就上市了，你真的不再考虑一下？”

卫哲起身：“我还没想好，我会先找斯黛拉谈一下。”

“小江总呢？”

“我会找机会跟她说。”

卫哲起身去了隔壁的大办公室。

一大盒红袋的鑫辉一口香牛肉棒和一大盒红盒的长盛一口香牛肉棒被放到了桌子上，卫哲各拿出一样观看，屋内的众人也拿着两盒牛肉棒对比观看。

“十年前，长盛将一口香牛肉棒的品牌授权给了你们，而现在他们决定收回品牌，不允许你们继续经营了。”

鑫辉总裁费远航开口说道：“虽然不是我们一手创建的品牌，但我们为之付出的心血是有目共睹的，成绩也是举国皆知的。”

副总裁周自恒跟着说：“2008年以前，一口香牛肉棒还在长盛手里时，年销售额只有区区五百万元，2008年9月我们两家签了租赁合同，当年销售额就达到一点二个亿，去年，红色袋装一口香牛肉棒的全年销售额达到了二十五点六亿元，而长盛的红色盒装一口香牛肉棒的销售额依旧只有一亿多元。这个一亿多元其实也是借着我们的东风才卖出来的。”

卫哲耸了耸肩：“所以长盛眼红了。”

费远航点头：“没错，他们觉得这么多钱应该留给自己挣，所以跑去法院告我们，打算撕毁合同，禁止我们继续销售红袋一口香牛肉棒。我需要你们帮我对付长盛。”

江达琳思考了一下道：“你们两家有点类似生母和养母的关系。”

“大家都是中国人，生恩重还是养恩重不言自明。”费远航敲了下桌子，“我们希望公关团队同时具备品牌营销和危机管理的能力，并且要敢于撕咬，敢于拼杀，要有狼性。我们之前用的公关公司在狼性上就……十分欠缺。”

斯黛拉笑了笑：“这一点请费总放心，我们DL不管在品牌运营还是危机管理上，都是业内一流的。”

“信任这种东西，需要在实践中证明。我看过你们的案例介绍，但我们这次的情况并非常规公关，可能你们还需要进一步说服我。”

“没问题，我们可以准备提案。”

费远航不再多言。其他人也纷纷站起来，打算告辞。

卫哲忽地开口：“费总，恕我直言，你是不是料定了这场官司要输？”

费远航站起身，死死地盯着卫哲：“为什么这么问？”

卫哲微笑道：“若是胜券在握，那应该不是宽宏大量就是痛打落水狗，何必要用到狼性？”

“当年那份商标租赁协议，签得有漏洞，但未必就会输。”

“输赢还真不是最重要的，赢了当然最好，输了也未必是坏事。”卫哲一字一句，字字紧抓费远航的心，“费总喜欢狼性，但十年来做惯了第一名，再好的团队也不会有狼性，反倒是有个危机刺激一下，没准儿狼性就激发出来了，又是下一个十年第一。”

费远航眼神警惕：“你说得轻巧，一着不慎，满盘皆输。”

“所以才需要我们。”卫哲自信地一笑，眼中仿若有光，“今天刚见面，哪有什么想法，初步建议是分两条腿走路，一条腿去挽救信誉，另一条腿去品牌塑造。没有了‘一口香’，难道鑫辉就从此不做牛肉棒了吗？”

费远航慢慢笑出声，颇为欣赏地对卫哲道：“说得好。”

会议结束，一行人各自走回办公室。斯黛拉最后一个走出来，看到艾米身后的人愣了愣。

办公室内，斯黛拉将一杯茶放到叶母面前，坐在旁边的沙发上。

叶母坐在她对面，甚至没有提起自己的名字，便径直表明来意：“我一直在外面忙生意，直到前段时间叶永福去世，阿烈送骨灰回乡下，我才听说了一些事……你看，你是阿烈的姐姐，我也不把你当外人，旁的话不说，这段日子以来真的感谢你对他的照顾。阿烈年纪轻不懂事，我们年纪都大了，有些东西也不用挑那么明，你说是不是？”

斯黛拉冷漠地道：“我不知道你在说什么。”

“你这生意都做这么大了，又何必装傻？你和阿烈的事情我都知道了，这种事好说不好听，还是适可而止吧。”

斯黛拉嘴角挂着嘲讽：“你来找我，叶东烈应该不知道吧？既然他不知道，那我们也就没有聊的必要了，叶东烈自己就是大人，有什么事你去找他，不要来找我。另外，恕我直言，我从来没有听他提起过‘妈妈’两个字，所以……”

“你这个人真是不知好歹。”叶母压抑着怒气，“说老实话，来之前我很好奇我儿子喜欢的女人到底是个什么样子，今天看到你，我突然觉得，或许我当年应该把他带在身边，这样可能他就不会喜欢一个大自己那么多的女人了。你看你家大业大的，这么大的公司，听说你是个女老板？作为女人，我很佩服你，但作为母亲，我一点也不喜欢你这个儿媳妇。”

斯黛拉反而冷静下来，淡笑道：“我小学跳了两级，初中和高中加起来只读了五年，大学四年读了两个学位，工作第八年的时候，正式成为这家公司的管理合伙人。你知道我为什么这么努力吗？不是为了名，也不是为了利，就是为了有朝一日遇到自己讨厌的人，可以想不理就不理。我非常、非常、非常讨厌你。另外，既然你很早就离开了叶东烈，现在说出‘作为母亲’这四个字，你不觉得很不要脸吗？”

“你！我不会同意你们在一起的！”

叶母气极地走掉。

斯黛拉靠在门上，忽地走到办公室前，恼火地将桌上的书都推到地上，转身离开了办公室。

大办公室里的人纷纷下班，另一间办公室内，江达琳仍然在埋头工作。卫哲敲了敲门，走进来问：“有时间吗？”

江达琳从资料中抬起头：“嗯？有，我正想找你聊聊这个一口香牛肉棒的提案。如果鑫辉输掉这场官司，‘一口香’三个字从此都不让用了，那就等于得从头做一个新的牛肉棒品牌，这是个巨大的工程……”

“我有话和你说。”

江达琳愣了下：“如果是之前的事，我觉得我们保持现状其实挺好的。”

“我打算辞职。”卫哲措辞艰难，“这几天我一直在思考我们之间的问题，其实当初加入DL，我只是纯粹想借这个机会实现自己的一些目的，当然主要是经济目的，但我没想到会变成现在的样子，所以我在想，或许我离开对大家都好。”

突如其来的离开，令江达琳愣愣地看向他，忽然捂住脸，眼泪顺着脸颊流了下来。她拼命控制自己的情绪，头却埋在手里抬不起来。

卫哲无奈，想了想站起来，拉上窗帘，走过去想抱住江达琳。

江达琳哽咽着，不敢抬头地死撑道：“你别动手动脚的，要走就走好了，当我怕你啊？”

卫哲无奈地将江达琳转过来，拉住她的胳膊，将她拉到自己怀里。

江达琳哭得厉害，肩膀一抽一抽的，卫哲轻轻拍着她的背，焦虑感一点一点地上升，呼吸开始变得急促。

江达琳呜咽着，一直没有抬头："没事，你想走就走吧，要走就走快一点，记得把辞职信交上来，我会召集合伙人开会，讨论你的期权怎么处理。哦对了，还有竞业条款，根据竞业条款，你即便离职，两年之内也不许加入任何公关传播类公司。"

卫哲甩了甩头，几个深呼吸后总算恢复正常，强撑着笑容道："你越来越像个老板的样子了。"

江达琳抹了一把眼泪，倔强地说："我本来就是老板。"

卫哲离开后，江达琳在办公室里静坐了片刻。她开着车驶出车库，表情坚毅。人生到底是无法依靠任何人的，总是要独自上阵的。

江达琳一早就将卫哲要离开的消息告知了合伙人，办公室内或站或立的几人都颇为震惊。

"还有没有转圜的余地？"

"不好说，他还挺坚决的。"虽然江达琳觉得这已经是板上钉钉的事情。

杜威廉身体前倾，语气焦急："你怎么不劝劝他？你和他不是在谈恋爱吗？他干吗好端端的要走啊，还是说你们分手了？"

真是哪壶不开提哪壶，舒晴试图阻止："威廉！"

"哎呀，舒晴，这个节骨眼上就别装傻了，你别忘了，卫哲手里还有铃铛网的单呢，还有那么多客户，他这一走，好几千万元跟着跑了。我们才刚丢了飞扬集团的单，这要是再丢几个，明年喝西北风去啊？"

他说得不是没有道理，江达琳蒙了会儿道："我已经警告过他了，有竞业条款的约束，他两年内是不可以加入别的公关公司的。"

小江总还是这么天真，杜威廉道："他当然不会明说了，肯定私下里都谈好了。"

江达琳有些慌乱："我可以问路易斯。"

"没错，不能再让路易斯接触核心业务。哦对了，那个鑫辉集团的业务，赶紧别让他们再跟了。"

"我们得立刻行动起来，这样，小江总，你和我，尽快去约卫哲手上的客户，看能不能试探出他们的想法，能保几个是几个！威廉，你和舒晴看看怎么处理一下路易斯的问题。"

几个人气势汹汹地离开。

江达琳愣在原处，没想到卫哲的离开竟能引起这么大的……蝴蝶效应。

舒晴几个人先后给几位客户打电话。大办公室内，路易斯正戴着耳机在座位上噼里啪啦地打字，杜威廉大步走过去，伸手合上了路易斯的笔记本电脑。

杜威廉努了努嘴，示意路易斯跟他走。

斯黛拉走去卫哲的办公室，一脸推心置腹道："我不明白你为什么要走，现在公司C轮刚刚完成，形势一片大好，你这个时候走，未免太可惜了。更何况融资的时候我们每个人都是和资本签了协议的，你现在走就是违约，这又是何必呢？如果只是因为小江总，我觉得你大可不必在意，小江总也是明理的人，不会因为儿女情长就影响正常工作……"

"违约的事，我和文森特通过气了，他建议我可以选择到第一资本投的任意一家公司，总之只要不离开他的体系就行。"

斯黛拉扶了下眼镜："你打算去哪家公司？。"

卫哲摊了摊手："暂时我还不打算去任何一家公司，想先休息一阵。放心，我不会把客户带走的。"

斯黛拉微微蹙眉，将信将疑地望着卫哲："那一口香牛肉棒的案子呢？"

"我会和小江总交接好。对了，路易斯也会留下来。"

得知路易斯会留下的舒晴和杜威廉两人也长舒一口气，笑眯眯地送路易斯离开。

烦心事不断，斯黛拉刚回到家，就看到站在楼下的叶东烈，她怔了一会儿，让叶东烈上楼。叶东烈刚刚递交辞呈，打算去创业。

斯黛拉低头吃饭，并未言语。

叶东烈给她夹菜，开心地说："对了，趁着我还没去曹毅他们那儿报到，我们赶紧把那个度假套票用了吧，我怕后面一旦投入工作，就没时间了。创业公司你知道的，都是恨不得一天三十六个小时工作。"

斯黛拉抬起头，突然说道："今天你妈妈来找过我了。她说了一些不中听的话，我就不复述了，总的来说，就是觉得我和你不合适，不赞成我们俩在一起。"

叶东烈把筷子一放："她凭什么呀？我才四岁她就一个人跑了，现在跑来指手画脚……她怎么知道的？哦，我知道了，肯定是老家的人说的。她说什么你就当耳旁风，别放在心上，她管不了我。"

"不是管不管的问题，今天她走后，我想了很久，我觉得……我们还是分手吧。"

叶东烈着急道："哎，你什么意思啊？你不会是觉得她说得有道理，打算听她的话吧？你不是那种小女人啊，你是斯黛拉，你不会也区服于那些愚昧、世俗的眼光吧？你连抗争也没抗争过，难道就想放弃吗？”

斯黛拉笑着摇头：“跟抗争没有关系，我已经这把年纪了，再去为了所谓的爱情抗争，实在有点可笑。你看，我比你大十一岁，这是不争的事实。”

“那又怎么样？我又不嫌弃你！”

“我斯黛拉什么时候活得要感谢别人不嫌弃我了？”斯黛拉笑了笑，“年龄不是问题，呵……事实上，所有具体存在的东西，都是问题，我可以不在乎别人的眼光，却不能绕过自己的心结。我现在还有勇气和你手拉手走在光天化日之下，但三年、五年、十年后，我可能不会再有那样的勇气。还是分手吧，反正分手以后我们还可以做朋友啊。”

任谁也受不了这么直接的分手，叶东烈霍然站起身：“谁要跟你分手，谁要跟你做朋友啊？世界上那么多人是朋友，我干吗要找你做朋友？别人说几句话你就要分手，你把我们之间的爱当成什么了？不要分手好不好？你明明知道我喜欢你，我爱你，你也爱我，你为什么这么对我？难道你不爱我吗？你怎么能说得这么轻易？”

“还是分手吧。我其实这段时间一直在思考这个问题，分开对你我都好。”

“你够了。”叶东烈拿起沙发上的外套和双肩包，又甩给斯黛拉一句话，“你是个蠢货，大蠢货！”

被狠狠关上的门发出巨大的响声，斯黛拉握着红酒杯的手却微微颤抖。

分手这件事确实后患无穷，江达琳也没逃过。事实证明，卫哲离开引起的蝴蝶效应已经扇到了母亲那里。

“我听说卫哲要走？”

真是坏事传千里，江达琳声音闷闷地道：“你这消息也太灵通了吧？”

“你别管我消息灵不灵通。你怎么能让他走呢？他对DL来说太重要了，妈妈当初希望你们恋爱也是为了你们的关系牢固，希望他能真心向着公司，不是让你们为了点私事就闹成这样啊。”

“我也不想啊！我怎么知道他会提出要走？妈，我已经很郁闷了，你别再给我打电话烦我了，行不行？”

江达琳焦虑到极点，狠狠地挂断电话。如果说不希望卫哲走，她大概是第一人，可偏偏她又是最无能为力的一个。

第三十五章　炒作恋情

“欢迎回到《趣味早新闻》，令人瞩目的一口香牛肉棒商标归属案终于落下帷幕，法庭宣判长盛集团获胜，这也就意味着，从今往后鑫辉公司将再也不能使用‘一口香’这个品牌，爱吃零嘴儿的吃瓜群众纷纷表示，官司结果不重要，只要牛肉棒继续有的吃就行。”

早间新闻正在电梯里的屏幕上播放，卫哲和江达琳并肩而立。

卫哲试图搭讪：“我准备开始修身养性，我让路易斯给我又报了一个瑜伽班。不是之前你知道的那种，这一次是禅修+瑜伽，包吃包住的。”

江达琳紧盯着屏幕，压根不理会卫哲。

“对了，接下来的业务可以由你来主导，这样我走了以后，你就……”

饶是已经能够当作自己是在自言自语，对于江达琳的置之不理，卫哲还是有些挫败，摸了摸鼻子，悻悻地先走回办公室。

官司失败是预料之中的事，公关方案便变得尤为重要。卫哲事先做过调查，调查结果显示，知道长盛集团的调查对象只占所有样本的百分之二，知道一口香牛肉棒属于长盛集团的一个人也没有；知道鑫辉集团的占百分之十五，知道一口香牛肉棒属于鑫辉集团的人有百分之四十六。

鑫辉集团处境变得艰难，费远航不得不承认：“我们的战略一向是品牌靠前，公司靠后，消费者不知道鑫辉也是很正常的。”

“这是很常规的做法，也很正确，但这一次要反其道而行之，我们要把鑫辉推到台前。”

费远航愣住了，询问道：“为什么？”

卫哲换到下一张PPT：“因为数据。就在上周官司落幕后，我们又做了一次调研，结果发现，百分之六十三的样本听说过长盛，而知道鑫辉的样本，则到了百分之八十四。而这还是在没有任何宣传投入的情况下达到的知名度。”

江达琳娓娓道来：“试想一下，如果消费者知道‘鑫辉牛肉棒’才是他们长久以来一直吃，并且特别喜欢吃的那款牛肉棒，会怎么样？”

费远航几人表情欣喜，费远航眼神里充满希冀：“鑫辉牛肉棒？”

江达琳轻启红唇：“正宗好牛肉棒。”

卫哲点了点头：“一直相伴，从未离开。”

“你们打算怎么做？”

既然要将鑫辉推至台前，公关、宣传两样都必不可少。

卫哲坐在座位上，手指轻轻敲着桌子：“首先要给鑫辉牛肉棒正名，让消费者知道我们的产品确实是正宗的。”

卫哲请来牛肉棒的创始人徐三宝的传人徐挺万。老人颤颤巍巍地站在演讲台上，对着话筒开口道：“我是一口香牛肉棒创始人徐三宝的第22代传人徐挺万，我从来没有把牛肉棒的秘方给过长盛集团，他们也从来没找我买过。早在2013年，我就已经把配方卖给鑫辉公司了，跟我签合同的是鑫辉，不是长盛。虽然两家都号称是正宗的一口香，但是我有责任告诉人们，到底哪一款才是真的。”

江达琳跟在卫哲后面说：“然后就是要从根子上去除‘一口香’，强调鑫辉，强调牛肉棒。”

卫哲补充道：“可以用悲情营销的方法，官司虽然输了，但也不能白输。”

DL传播随后为费远航接了一个访谈节目的邀约，节目上费远航抹着眼泪：“那天在公司开会，几千人的会，开会前我的助理反复跟我说费总你别哭，可我还是哭了……我真觉得我们太笨了，真的……我们用了整整十年的时间，好不容易才把中国的牛肉棒做成跟外国的薯片、巧克力比肩的品牌，就这么失去了……对不起……而且我的员工们特别不容易，我们公司百分之八十的销售人员是草根出身。我父亲是养牛的，我们太草根了，除了一股拼劲埋头干活，别的方面真的太天真，遇到打官司这种事完全不在行。”

几套方案实施后，鑫辉牛肉棒上市的第一天日销售额便已经突破二百万元，费远航高兴地同众人握手。卫哲站在前面，回头让江达琳站在自己身边：

“其实这次的营销方案，都是小江总一手策划的。”

江达琳看了卫哲一眼，没有吭声，知道卫哲已经打算离开了。

果不其然，卫哲接下来便说：“对了，费总，我接下来可能会休一段时间的假，不过您别担心，有小江总，还有斯黛拉和舒晴，我相信不会出任何问题。”

江达琳强撑着落寞的心情笑道：“我们及时沟通。”

卫哲如同当初做独立公关一样，雷厉风行说走就走，快得让江达琳觉得怅然。如果不是每次看到卫哲的办公室没有拆下来的门牌，她总觉得卫哲似乎没有出现过。

江达琳经过走廊时，路易斯和安东走上前同她聊天。

安东举起手机屏幕：“有八卦。”

一个访谈节目，不仅火了鑫辉集团的品牌，更火了费远航。这年头，有一张帅气的脸，不仅保值更能增值，一夜之间，费远航已经成为全国十大‘钻石王老五’企业家第九名。

江达琳笑着说：“好事啊，这下可以直接请他自己当代言人。正宗牛肉棒，绝对‘王老五’！”

路易斯不置可否：“对了，还有一个消息，长盛集团也请了全新的公关公司，你要不要猜猜是哪一家？”

“哪一家？不会是……”

还真是有意思，江达琳怀疑名仕公关十分热衷于同DL传播做对手，就在DL传播前脚接手鑫辉集团的公关后，名仕公关后脚就接了长盛集团的公关。

本来赢了官司，袁肃正嘚瑟，看到了费远航的一通操作，气愤地合上电脑：“见过不要脸的，没见过这么不要脸的！”

肖雅站在桌前汇报：“费远航的哭诉采访视频目前点击数突破了百万，在微博上的转发量足足有五万多次，目前网友对鑫辉的态度大多数是同情，情况对我们不利。”

袁肃摆了摆手：“不用说，肯定是卫哲的手笔。我研究过他的套路，这人最擅长的就是借势，官司赢了是一套，官司输了又是一套，人的嘴两张皮，怎么说都是他行。”

“但这一次DL那边好像不是卫哲操盘。听说卫哲休假了，DL那边现在是由江达琳主导的。”

“江达琳？”袁肃冷笑了声，不相信这是江达琳能做出来的。

办公室内，江达琳坐在桌前听路易斯和安东讲解白板上的方案，并时不时提出意见。卫哲离开后，似是为了不给自己瞎想的时间，江达琳比以前更拼命，躺在办公室的沙发上睡着已经是常事。

邦尼看不下去，坚持打了几次电话，总算把江达琳约出来。

“想不到你还真行，这几天我的朋友圈和微博都被鑫辉牛肉棒刷屏了，我的好多朋友跑去买，说是用实际行动支持草根企业。”

江达琳眨了眨眼，笑着问道：“那你买了吗？”

邦尼耸了耸肩：“我才不买，吃一根牛肉棒我至少得跑两个小时，我还是在精神上支持草根企业吧。话说那个费远航真的是单身啊？这年头当老板的都有人设，这‘钻石王老五’是不是也是你们给他安排的人设啊？”

“还真是纯属意外，我问过，他是单身。”

邦尼明显不相信：“肯定是撒谎，对你也撒谎了。最多就是没结婚，但你说他身边没女人我不信，三十来岁，长得又帅，还那么有钱，要是身边没女人，那不是生理有病就是心理有病。”

江达琳不无认同：“嗯，那看来卫哲是心理有病了。”

“喂，我可不是有意说你的痛处。”邦尼问，“卫哲真的没来上班？”

“嗯。”

“好吧……虽然有点遗憾，不过从好的方面看，可以自然而然地提起前任，就说明伤痛已经过去，你正式走出来了，值得恭喜。”

这是大多人的状态，不包括江达琳。江达琳笑着说：“什么走出来，我都不知道有没有走进去过。反正最近每天忙得像狗一样，我也没工夫胡思乱想。”

邦尼耸了耸肩，无所谓地道：“你这么做是对的，世界上只有两样东西不会背叛你，一是你的事业，二是你的狗。”

远处袁肃带着肖雅和外籍厨师一起走出来。江达琳一眼看见两人：“还真是热门餐厅，居然能遇见他！”

“谁啊？”

“名仕公关的老板，我们的死对头，之前因为飞扬集团的单子往死里PK，这次长盛的公关代理又是他们家，我们天天在打公关仗。”

邦尼挑了挑眉，淡定地吃饭：“听着还挺有意思，甲方跟甲方撕，乙方跟乙方撕。”

袁肃是典型的不找碴儿不舒服，径直走过来，有意破坏江达琳的午餐心情。等江达琳不咸不淡地打过招呼后，他嘲讽道：“我哪有时间挤这儿吃饭？

我们接了这家餐厅的公关代理，年内打算在全国开满二十家分店，大小也是个生意，所以过来看看。倒是小江总刚丢了飞扬这么大一单生意，还有心思来网红餐厅凑趣，看来心态不错，成长挺快嘛。”

江达琳正要说话，邦尼冷哼道：“原来这家的公关是你们做的啊，刚才我还说呢，这是怎么办事的，弄了那么多人，女洗手间门口都排起长队了，服务员叫半天也等不来一个。这哪儿是公关呀，这不是坑客户吗？”

袁肃淡淡地笑道：“这位就是邦尼小姐吧，你今天能坐在这儿吃饭，那两张邀请函还是我送给薛总的。”

“那我可就不知道了，我这个券、那个票的特别多，正好要吃饭，随便拿了两张就来了呗。”

袁肃被气笑了，转身离开了。

邦尼没好气地道：“我不愿意听他挤对你！再说谁说我们无冤无仇了？就他看我那眼神，我特别知道他心里在想什么，肯定是‘要不是看在薛义的分儿上，我大嘴巴抽你’这种话！”

江达琳笑了笑：“那你还和他杠？”

邦尼耸了耸肩：“我和薛义在一起已经是事实，否认也没有意义。既然他碍于薛义不敢得罪我，那我有权不用过期作废啊。”

“你现在还真是越来越透彻。”

提起薛义，邦尼无语地道：“不过老薛最近的日子也不好过，你们的合同停了就停了，可他这一回是真掉奶粉坑里了。小力士奶粉的销量跌得一塌糊涂，总部对老薛很不满，他最近脾气也不太好，我都不太敢招惹他。”

小力士奶粉遭受重击，薛义经常忙得见不到人，邦尼本想找江达琳吐槽，奈何江达琳也忙得不见人影。

深夜墙上的钟指向十一点。邦尼刚走到薛义的书房门口，书房中就传来薛义对着视频的大吼：“我都解释一百万次了，这就是个不可抗力的灾难，就像地震，像飓风！”

意识到自己说了中文，薛义又用英语快速说了一遍。

“Come on, Xue, we both know there is no deterministic force（拜托，我们都知道没有什么不可抗力）！”

薛义激动地道：“Because they need to find someone to blame（因为他们要找个扛罪的）！”

“Which is the duty of a general manager（这就是总经理的责任）！！”

视频结束，薛义烦躁地站起来，使劲扯着自己的领带。邦尼敲了敲门，出现在门口。

薛义冷静下来："我是不是吵到你了？"

"没有，我在看电视。我想今晚回去住。"

薛义点点头："也好，我等下还有几个电话要打，你在这里也睡不踏实。"

"嗯，好，我先回去了。"

"等等！"薛义歉意地走过去，搂着邦尼，"最近我比较忙，抱歉，没怎么陪你。"

"没关系。"

薛义吻了吻她："你也多交点朋友，别老守着江达琳一个，多和朋友出去玩玩。"

邦尼笑了笑："嗯，最近也有几个新朋友，不过都是做直播的网红。"

"网红也没什么不好，你可以请她们吃饭，也可以来家里坐坐，别太闷了。"

"好，我知道了，谢谢你，"

邦尼目送邦尼离开，拿起手机一脸严肃地打电话。

薛义压抑着愤怒道："I said I am working on it, but I need time… What is it for? Hah? So I just came back? Why don't they give me more time, and I'm sure I can put everything together（我说了我已经在处理了，但我需要时间……我回来又有什么意义，他们为什么不能多给我一些时间，我肯定能将一切拉回正轨）…"

西蒙一字一顿冷静地道："You gotta come back, OK? It's not a choice, it's an order（你必须回来，这不是一个选择，这是个命令）!"

薛义胡乱挂断电话，想了想又给Andy打去电话："我是薛义，你现在有没有时间……"

咖啡馆的角落里，薛义点了一杯咖啡，正在和Andy开视频会议。薛义脸色难看："我在飞扬待不长了，你帮我看看吧，最好是在中国的职位。"

"我会留意，不过你也知道，从前年起外资企业就开始大规模撤出中国，高薪酬的管理职位越来越少，能和你现在这个职位相媲美的简直凤毛麟角。"Andy给他提出建议，"你为什么不找Jonathan帮忙？以他在华尔街的影响力，想帮你很容易。当年你进飞扬，不也是他牵的线？"

薛义端起咖啡喝了一口："那时候Jonathan还是我的岳父，可现在我和文慈已经离婚了。"

"但你们毕竟有孩子，去试试吧！"

薛义脸上阴晴不定，半晌说道："是啊！为什么不去试试呢？"

公寓的餐厅内，邦尼摆了一桌美酒佳肴，周围围坐着几个网红，几个人一边吃喝一边自拍。

"他对我说'我喜欢你，做我女朋友吧'。我说'你还是大学生呢，年纪太小了'。他说'我不小了，我都二十三岁了'。我说'那和我谈恋爱很贵的，你又没工作'。你们猜他怎么说？他说'我有钱啊，我爸妈每个月给我四千块零花钱，我们一起用，够花了吧'？"

其他人听到顿时哈哈大笑，笑年轻小孩不谙世事。

说话的网红摆了摆手："哎呀，你们别说，我听着还挺感动的。"

有人开口："感动归感动，不过我还是更喜欢大叔。邦尼你也是吧？"

邦尼喝了一口酒，随后举起酒杯："说真的，我其实不觉得老薛是大叔，我觉得他就是一个相对成熟的男人。从他身上我能学到很多东西。"

身旁的网红感兴趣地问道："是吗？都学到什么了？"

邦尼耸了耸肩："为人处世、看问题的视角，很多啊……"

"据说跟什么人恋爱，智商就会随谁，不知道是不是真的？"

薛义告别Andy，风尘仆仆地回到公寓，望见餐厅内的花红柳绿，愣了一下。

邦尼站起身，接过薛义的大衣："你怎么回来了？不是说要明天才回来吗？"

"哦，临时有变化。"

其他网红笑着打招呼："薛总好。"

"薛总吃饭了没有，赶紧坐下一起吃吧？"

邦尼看过去："没吃饭吧？一起吃吧。"

"嗯。"薛义黑着脸坐下，气氛一时间有些尴尬。

邦尼给薛义摆上餐盘。

坐了一会儿，薛义接起不断响起的电话，声音依然充满愤怒："我跟你说了多少次，无论如何渠道不能断，不能断……你听不听得懂人话？"

周围的几个人面面相觑。

邦尼尴尬地碰了碰薛义的胳膊，低声说："吃饭呢，先别打电话了。"

“你这是在跟我犟嘴是吧？不要给自己的无能找借口……你不干了？你以为你不干了就能威胁我……喂？喂！”薛义狠狠地挂断了电话。

邦尼伸手去推薛义：“喂！”

薛义一把甩开邦尼的手。

另外几个人面面相觑，互相使眼色：“邦尼，我们先走了哦！”

邦尼送几个朋友走到门口，抱歉地道：“对不起啊，我也不知道他怎么会这样……不好意思。”

邦尼关上门，转身走向脸色阴沉的薛义，气愤地道：“你怎么能这样？她们都是我的朋友，而且每个人都对你客客气气的，你怎么能这么对人家？害得我一点面子都没有！”

薛义皱眉看向邦尼：“这里是我家，我想怎么样就怎么样。”

“但她们是客人！”

“她们是你的客人，不是我的客人。”

邦尼无语地道：“你能不能讲点理，那我是不是你的女朋友？她们是我的朋友，那就等于是你的朋友！”

薛义心情不好，说话也不冷静：“我没有这种朋友，整天搔首弄姿，不务正业，除了钱和男人，还知道什么？”

邦尼惊呆了：“整天搔首弄姿？那我也是整天搔首弄姿，我也除了钱和男人不知道其他的，你是不是对我也有意见？”

薛义转身：“我现在不想说话。”

邦尼跟着薛义走进卧室：“你不想说话就不说了？我晚饭吃得好好的，所有的好心情都被你打破了，你现在说你不想说话？你想得美！你给我解释清楚。”

薛义皱着眉头：“我累了，我现在不想说话。”

“不行，你必须向我道歉。你给我站住！站住！”邦尼去扯薛义的胳膊。

薛义一甩胳膊，一下打到邦尼的脸。

薛义愣住了，看着捂着脸的邦尼，略微慌张地走上前：“Sorry，我是无意的……”

邦尼一回头就往外走，眼看要夺门而出，薛义一把抓住她的胳膊。

邦尼挣扎：“你放开我，放开我！”

薛义使劲搂着邦尼：“对不起，对不起，你原谅我，我是无心的，我是真的心情不好……”

邦尼瞪向薛义：“你心情不好拿我撒什么火，你把我当什么了？你真把我当那种攀附男人的女人了是吧？”

“对不起，对不起！我向你认错，我失控了，因为公司最近的事实在……”

“你放开我，我要回家。”

薛义搂着她，看起来比往常脆弱：“你别走，好吗？别走。公司这里很糟糕，我心里很乱，你别走，陪着我好不好？”

邦尼和薛义躺在床上，两人都睁着眼，邦尼轻声说：“我想去美国留学，你答应过我你会帮我的。”

“我知道了。”薛义停顿了下道，“下周我刚好要回去一趟，可以帮你去看看。”

邦尼一骨碌转过身：“你要回美国？”

“嗯，公司的事。”

邦尼皱眉问道：“因为小力士奶粉的事情？”

薛义敷衍地道：“嗯。”

“不会有什么事吧？”

薛义苦笑道：“睡吧。”

薛义关掉台灯，翻过身背对着邦尼。

一架飞机降落在美国机场上。薛义坐在出租车上，望着窗外熟悉的街景，多年前的画面如同风景一样在脑海中浮现。

十六年前，风华正茂的薛义和容貌平平的区文慈拍婚纱照，区文慈一脸强势地端坐着，薛义站在她的身后，没有笑容。

那时候他为了工作娶了区文慈，依稀记得当时自己的唯唯诺诺。

出租车外，美丽的时尚街区出现，没想到他再次回来，仍然是为了工作。

薛义提着礼物敲开了曾经的家门，区文慈从客厅中走出来，微微蹙眉。

区文慈语气淡漠地道：“你不是去中国了吗？”

薛义微笑道：“是啊，这次回总部出差，就赶紧来看看你，还有Tanya和爸妈。”

“费心了。”区文慈朝楼上喊去：“Tanya，你爸爸来了。”

Tanya从楼上下来，打扮成熟，长发飘飘。她歪着脑袋看薛义，一副美国时髦少女的模样。

薛义张开双臂，和女儿拥抱：“Tanya！”

“Hey Dad！”Tanya看起来不是很热情，“Any gift for me（给我买礼物

了吗）？”

薛义打开箱子，拿出礼盒给Tanya，又拿出其他礼物给岳父、岳母和区文慈。他对区志说：“这是特意给您买的肉桂，是‘马肉’。”

区志呵呵笑道：“难为你还记得我爱喝茶。”

“当然记得，我对茶叶的那点知识还是跟您学的。”

区伯母拿出盒子里的一条漂亮的珍珠项链：“哟！”

“这串是东海珍珠，比日本那种磨圆了的珍珠好。”

“买这么贵重的东西做什么……谢谢啊！”

薛义打开箱子，拿出礼盒给Tanya。区文慈打开看了一眼，是一条羊毛披肩，她又将盒子合上。

一旁的Tanya却大叫起来，手中拿着一套余华的四部曲，眉头大皱：“What the hell is this（这是什么）？”

薛义笑了笑：“这是余华的四部小说，强烈推荐你读一下。”

“But I don't read Chinese（我不看中文的）!”

“还有别的。”薛义尴尬地拿出另一个盒子，里面装着一条漂亮的丝绸旗袍。

“旗袍？”Tanya表情嫌弃，“我知道我长了一张东方脸，但不代表我很喜欢它好吗？”

区文慈出声制止女儿：“Tanya！注意礼貌。”

Tanya看向薛义：“Why don't you just buy me some brand（你就不能买点名牌给我吗）？”

薛义愤怒地道：“你这孩子怎么回事，小小年纪就讲究牌子？还有，东方脸怎么了？你生来就是中国人，穿什么名牌也是中国人！”

“Nice try! Don't play the father card, I don't give a shit（说得好，别对我摆出父亲的那一套，我根本不在乎）!”Tanya讥讽地笑道，翻了个白眼后猛地跑上了楼。

区文慈安慰道：“抱歉，你也知道她现在在Stuyvesant High（纽约史岱文森高中），这所学校的压力太大了。”

薛义默不作声。

区文慈和母亲在另一边忙碌，薛义同区志聊天：“情况就是这样，本来小力士的销量非常好，就因为这些谣言，突然就形成了断崖式下跌，这完全可以认为是不可抗力。但即便如此，我也有信心把失去的市场再打回来，但我需要时间。”

一通寒暄之后，薛义坐在沙发上，恭恭敬敬地说：“爸，我这次回来就是想请您给我帮帮忙。您和西蒙是老朋友，只要您跟他说一声，让他再给我一年时间，我保证能够把小力士奶粉重新做起来。在哪里跌倒就在哪里爬起来，让我背负着这么大的一个失败离开，我不甘心。”

“这么说你还想回中国？”区志问道，“对了，这段时间你的个人生活怎么样？”

薛义愣了下：“个人生活？”

“你和文慈分开也有两年多了吧？”区志缓缓地说道，到底是爱护女儿，他从不打无用的算盘，“这两年多我看文慈过得也不快乐。呵呵，你别怪我多管闲事，我知道这是你们的私事，但我始终是个中国式的父亲。之前也给文慈介绍过几个男朋友，都没下文，后来我想想，你们两个是有感情基础的，还有Tanya，是吧？”

薛义斟酌半天，尴尬地道：“其实这大半年我在上海，成天除了工作就是工作，连新朋友都没结识几个，后面又焦头烂额的，有时候夜深人静，脑子里往往会浮现出当年和文慈还有Tanya，我们一家三口一起走过的岁月，心里才稍微暖一点，算是一丝安慰。”

区志点了点头：“嗯，看得出来你说的是真心话。”

区文慈从一旁走来，问道：“爸，这么晚还聊呢？明天一早五点半就要起来去打球了！”

区志笑道：“明天约了Ivan Macaulay打球，也是你们飞扬的一个董事，老头跟我认识几十年了。行了，时间也不早了，你也休息吧，这几天别去酒店了，就在家里住。”

区文慈站在床边替薛义铺床单，薛义忙上前帮忙，区文慈默不作声，两人如过去一样，一人一边将床单铺好弄平，动作配合默契。

薛义一个人躺在黑暗的床上，眼睛却是睁着的。客房的门忽然开了，他警觉地想半坐起来。

“是我。”房间内响起区文慈的声音，“别开灯。”

区文慈坐到了薛义的床边，在黑夜里和薛义对视。她忽地凑过去亲吻薛义的嘴，薛义下意识地退了退，而后毅然决然地握住区文慈的肩。

两人倒在床上，半晌后，都气喘吁吁的。区文慈瞪着薛义：“薛义你什么意思？”

薛义迟疑了一会儿：“我……可能是飞累了，我这一路十几个小时没合眼。”

薛义的手机响起几条微信的提示音，在黑暗里闪着光，他拿起手机看了一眼，是三条来自邦尼的短信。过了一会儿，电话又响起来，薛义没接挂断了。

区文慈眼神明亮地盯着薛义：“为什么不接电话？”

薛义关掉手机：“现在是我的休息时间，休息时间我向来不接工作电话。”

“这个Bonnie是你的同事？你的同事不知道你回美国了吗？”

薛义坐起身：“知道，大概是忘了还有时差这回事吧。”

区文慈皱眉盯着他，坐到他旁边，啪地打开台灯：“你为什么不敢看着我的眼睛说？你是不是有别的女人了？你这大半年一个人在上海那么潇洒，难道身边真的一个女人也没有？你就这么清心寡欲？”

“你想叫我怎么证明？我说没有就是没有。”

区文慈冷冷地说：“你说出来的话，可是要负责任的。我爸希望我们俩复婚，我也没意见，但你要是在外面有别人，我可饶不了你。”

“真是可笑，先不说我愿不愿意与你复婚，就算我愿意，眼下我也是单身的自由人，你凭什么过问我的私生活？”

“就凭我是区文慈，就凭你能有今天全都是靠着我们家，就凭你事到如今还是要回来求我爸。”

薛义出离愤怒：“我薛义从来不接受威胁。”

区文慈嗤笑一声：“笑死人了，别装得这么有骨气好不好，别人不知道，我还不了解你？”

区文慈高傲地仰着头，随手扯过睡袍裹住自己离去。

薛义气疯了，举起床头的台灯要砸，举到半空又轻轻放下，将台灯摆了回去。

事到如今他不得不承认，区文慈所说的一切都是真的，而他如同多年前一样，不得不忍气吞声。

都说娱乐圈不能立人设，毕竟人设崩起来可比红起来速度快多了，事实上这句话放在任何圈都适用。

刚成为“钻石王老五”的费远航，因为几篇公众号文章加上几组费远航泡酒吧放肆玩乐的照片，迅速成为人人唾弃的对象。

DL传播的办公室里，邵理将一张打印稿扔在桌上，整版报纸刊登了费远航采访时捂脸哭泣的照片，下面的标题赫然写着：“装什么都行，不要装可怜！”除此之外还有几张费远航搂着美女的图片。

邵理愤怒地道：“这张是费总参加朋友聚会时拍的，这张是公司年会的照片截图，还有这张和这张，根本是换头PS，不是费总本人！还有这文章的内容，整个把费总说成了一个花花公子，这根本就是造谣！这些照片影响太恶劣了，你们得赶紧拿点措施出来。”

江达琳沉声道：“这都是对方的公关在捣鬼，我们已经在着手辟谣。”

“我要的不是辟谣，我要的是反击，以牙还牙，以眼还眼，你们明白我的意思吗？你们不是公关吗？你们去查，长盛那几个老板没有一个是干净的。需要什么情报线索，我们也可以提供，出轨的、离婚的，还是股东吃里爬外、争风吃醋的，比我们鑫辉可热闹多了！真要说故事我能给你说三天三夜。”

“你们是打算采取恶意公关吗？”江达琳微微蹙眉，忍不住道，“我们DL是不会做恶意公关的。我们打公关仗的目的，一是扩大宣传，二是维护形象，但这两点目的不应该通过造谣和抹黑竞争对手来实现。我们可以通过正当途径去抗议。他们没下限，不代表我们能和他们一样没下限。”

路易斯在身后轻轻地拽了一下江达琳。

“行了。”费远航率先站出来，“我没想到居然找了家道德标准如此之高的公关公司，还真是令人意外，不过，道不同不相为谋，我还是喜欢跟和我一条心的人合作，告辞。”

斯黛拉赶紧跟出去。

走廊里，她走在费远航身侧：“费总，我想你可能误会了，公关仗的手段多种多样，而且你也知道我们DL和名仕公关向来不和，我们肯定不会特意照顾他们的情绪。”

“我不是不懂道理的人，小江总一腔热血，满脑子正义，我也曾经经历过那个阶段，但现实又如何？连苦心养大的孩子都被人抢去了。”

只用正义做生意，那可是万万行不通的。

费远航停下脚步问：“卫哲什么时候回来？”

“嗯？他还在休假。”

“我不是对小江总有意见，但我还是希望由卫哲来负责这个案子。”

办公室内，江达琳咬了咬嘴唇，低声说：“我就不信，没有张屠夫我就只能吃带毛猪了。”她又不能依赖卫哲一辈子，这点小事也不打算去找卫哲，更何况卫哲不知道正在哪里潇洒呢！

“仰望蓝天，俯瞰大地，让这清澈的氧气滋润我们的全身，呼气，将我们体内的污浊，连同所有的焦虑、悲伤与烦恼一同呼出，愉悦而没有痛苦，顺从而没有抱怨、感激而没有自卑……”瑜伽课上，导师正在柔声指导。

卫哲和别的学员一起打坐冥想。

“把意识集中到头顶，再到两肩顺着脊柱缓缓向下沉，到尾椎骨上，挺直后背，和我一起吟唱：AUM！”

众学员正在闭目打坐，卫哲坐在最后一排，百无聊赖地拿出手机刷微博，看到手机屏幕上费远航的照片，哑然失笑。

卫哲给路易斯发去微信：“做个牛肉棒而已，怎么搞出桃色新闻来了？”

路易斯：“别提了，本来是想通过炒作费远航把鑫辉牛肉棒的名气带上去，谁知突然出现那么多负面新闻，变成了费远航花心滥情，夜夜笙歌。现在费远航指名要你回来接手呢！”

卫哲挑了挑眉：“是吗？江达琳怎么说？”

路易斯：“她还没松口，不过肯定也很纠结。唉，这事儿也怪费远航，一把年纪了既没女朋友也没老婆，这种人设很难塑造啊！”

卫哲：“他说没女朋友、没老婆你就信了？费远航身边肯定有人……”

身边有女人走过来，卫哲抬起头，面前的导师面沉如水，抽走了卫哲的手机。

路易斯盯着手机，没再等到卫哲的回复后，想了想敲开了江达琳的办公室门：“小江总，我有个想法……”

大办公室内，江达琳站在白板前说道：“我认为费总需要一个女朋友。咱们之前的销量充分说明了费总‘钻石王老五’的形象对于品牌的帮助是巨大的，但就是因为没有一个伴侣站到台前来，才给了对手可乘之机，而很多数据都表明，企业的领导者如果能有稳固的婚姻关系，则会更让人信赖。”

“这简直是无稽之谈。”

“我倒是觉得有点道理。”

费远航和周自恒同时开口。

顿时几个人都看向周自恒。

周自恒站起身道：“我觉得如果远航能有个公开固定的女朋友，那不但所有谣言不攻自破，还能趁机宣传炒作一把是不是？”

舒晴点头：“是啊，虽然‘炒作’两个字听上去不太好听，但恋爱结婚这类故事，对于打造企业领导人的个人知名度来说是最直接有效的，而且还经济节约，比请什么明星代言都有效果。”

费远航突然看向邵理，顿了顿说道："可我没有女朋友啊！"

"啧，怎么没有，就那谁啊……那谁！"

周自恒很快调出一份个人资料——柳洋，今年三十一岁，未婚，钢琴十级，在沃顿商学院硕士毕业后进入顶级咨询公司C&E，经手的第一个项目就是替鑫辉集团打造一口香牛肉棒的整体品牌战略，可以说是为鑫辉、为一口香立下过汗马功劳，在工作中和费远航结下深厚友谊；现任C&E常务董事，是咨询圈著名的美女，有很多追求者。

路易斯拍了拍手："她条件很好啊，是非常合适的人选。"

舒晴笑道："强强联手，这是一场势均力敌的爱情，我连宣传语都想好了！"

柳洋是费远航的红颜知己。费远航眼神瞟向别处，尴尬地说："我和柳洋一直是好朋友，她很聪明，我们都管她叫'智囊'，她给过我很多帮助，但我不知道她对我有没有那个意思，这都是你们说的……我不保证她会同意你们的要求。"

出乎费远航的意料，柳洋听说后欣然同意。她撩了一把头发，笑着说："没有人能保证未来会发生什么，即便是结了婚也没有谁敢保证未来。我做商业规划，可以做五年，但做个人规划，最多五个月。"

江达琳尽量说清楚利弊："一旦你们的恋情公开，就会大肆宣传，可能全国人民就都知道你了。"

柳洋耸了耸肩："我看不出我会有什么损失。既然可以帮到他，我很乐意。你们太严肃了，其实这不就是相亲吗？既然对象知根知底，我又刚好没男朋友，为什么不试一试？"

DL传播的楼下，江达琳忍不住追问："对不起，我还是想问问你，你喜欢费远航吗？那你不觉得这种方式其实挺让人生气的吗？"

路易斯扯了江达琳一把，嘟囔道："说什么呢。我们小江总就是好奇心重。"

"没关系，她这也是一种风控。"柳洋看向江达琳，笑着说，"我喜欢费远航，我得到了一个和他正式交往的机会，可以和他像恋人一样相处，未来我们至少有五成的可能会走在一起，这就足够了。你们做的公关策划，我做的企业战略咨询，所图的不都是一个未来的可能性吗？所以你放心，我一定会好好配合的。"

爱情更像是一场博弈，又何尝不是一场投资，结果未知，但总有人前赴后继。

江远鹏消失许久，又隐藏得过于隐蔽，经侦人员难以有他的消息，便再次来了DL传播。江达琳领着纪警官到办公室。舒晴往前跟了几步，突然间回头看，发现路易斯正盯着自己。

路易斯笑了笑，走回办公室。舒晴朝江达琳的办公室的窗口望了望，转而朝斯黛拉的办公室走去。

办公室内只有斯黛拉一人，她手中拿着一个验孕棒，听到敲门声飞快地将验孕棒扔进抽屉里。

“经侦的人又来找小江总了。”

斯黛拉抬头道：“是吗？是有什么最新进展了吗？”

“不清楚，就是纯粹来跟你说一声。希望能有点好消息。”

“估计不太可能。”

江达琳的办公室里，她快速翻看着一沓银行流水复印件。多笔银行流水是鲲鹏基金公司挪用资金后汇入江远鹏的银行卡，而后再被江远鹏汇出去，其中一笔是汇给江达琳里。

江达琳终于想起，困惑地道：“那是我爸给我打的生活费。你是说，我爸给我打生活费的卡也是这一张？”

“准确地说，江远鹏只用这张卡给你转过一次钱，后来就……用作别的用途了。你确定没见过这张银行卡？”

“没有。”

“令尊还有什么其他关系比较亲密的人吗？亲戚？朋友？亲密到有可能寄存一些比较贵重物品的，比如，银行卡、U盾？”

江达琳摇头，实在想不出来还会有哪些人：“没有，我真的不知道。”

“那唯一的解释就是这张卡在令尊离开时，带在了身边。”纪警官走到电梯口，“最好劝你爸爸尽快回来配合调查，时间拖得越久越不好。”

江达琳心事重重地走了回去。

舒晴似不经意间迎上去：“刚刚那个是经侦的人？有什么新消息吗？”

“没有，就是劝我配合呗。”

舒晴松了一口气，安慰道：“你也别太担心，应该问题不大的。”

“我明白，如果他们发现了什么重大情节，那就不会来我们公司找我了，肯定叫我去公安局了。”

远处的路易斯目睹两人在走廊里的对话，想了想，给卫哲发去了微信。卫哲从瑜伽课出来，靠在走廊的墙上看微信。

路易斯："刚刚发现舒晴好像对鲲鹏基金案特别上心。"

卫哲："有多上心？"

路易斯："就是……很上心，经侦的人来公司找小江总谈话，她好像很想知道内容的样子。"

卫哲的斜对面，几位女学员一边低头讨论一边对着卫哲指指戳戳，卫哲挑眉走过去："想说什么就大点声当面说出来，背后说人坏话会遭报应的。"

女学员一哄而散，离开时隐隐约约有人说道："流氓！"

卫哲哭笑不得。

斯黛拉随手将卫生间的门锁住，手里拿着一盒没拆封的验孕棒。她闭上眼睛，直接拉开小隔间的门，又犹豫不决地绕了回来。

斯黛拉拿起手机，翻开叶东烈的页面给他发去短信："我可能怀孕了。"

眼看消息发送成功，她又立刻点了撤回，才舒了一口气。

一张大办公桌、几台电脑、几个人，这是一家很典型的初创公司。

叶东烈捧着手机两眼发直，忽地大吼一声跳了起来。他急急忙忙地敲开曹毅的办公室的门，没等坐下就说："毅哥，我有件事想求你，我能不能把你给我的股份卖一点给你？"

曹毅招呼他坐下："为什么？你是缺钱吗？怎么突然缺钱了？你别怪我问得多，我是把你当小兄弟看，怕你上当。"

叶东烈雀跃地道："我女朋友怀孕了。"

"怀孕了？就是你那个公关公司当高管的女朋友，你不是说你们分手了吗？"曹毅反应过来，立刻笑道，"恭喜恭喜啊！那、那你有什么打算？"

"我还没想好，但既然她怀孕了，那肯定是要用钱的，我想给她点保障。但我也没钱，所以你看我能不能把股份卖回给你？我还是会给你打工的。"

"那你想要多少钱？"

叶东烈挠挠头："我也不知道……我应该需要多少钱？"

曹毅哭笑不得："这样，股份你还是留着，钱我以个人的名义借给你，你看行不行？"

斯黛拉靠着卫生间的洗手池，脸上表情阴晴不定。她一边抽烟一边打电话，卫生间的地上扔着一包未拆封的验孕棒。

"医生说过我有卵巢早衰，这种情况是不是不太能怀孕啊？"

护士轻声说："卵巢早衰是一个过程，其间也是有怀孕的可能的。"

斯黛拉摁灭烟，微微蹙眉："那我如果怀了孕，又选择不要的话，对未来会不会有很坏的影响？"

"方便告知您的年龄吗？"

"我……三十四岁。"

"通常女性三十五岁后生产将被视作高危产妇，建议您慎重考虑哦。"

斯黛拉心烦意乱地挂断电话，将香烟朝马桶里一丢，想了想又捡起地上的塑料袋往旁边的垃圾桶里一塞，转身回了家。

她刚到家，叶东烈便站在门外敲门："我知道你在家，我看见灯亮了。"

斯黛拉拉开门，叶东烈站在门口，两人四目相对，叶东烈掏出一张银行卡塞进斯黛拉手中。

"一时半会儿来不及买戒指，这里头有十万块钱，算是我给你的聘礼。请你无论如何，就当是看在孩子的分儿上嫁给我。"叶东烈差点想跪下，"我知道你不在乎这些，但就算是在上海，单身女人怀孕也会很麻烦的，肯定会有人在背后说你的。我不想别人说你，还有……孩子。行不行？你倒是说句话啊。"

斯黛拉愣了半天，眼泪比语言先落下来，哽咽地道："你……进来。"

翌日，斯黛拉睁开眼，昨晚的求婚她还没反应过来，一脸茫然。叶东烈突然惊醒，看到斯黛拉睡在身边后松了口气："是不是该去医院了？我没睡过头吧？"

"没有。"斯黛拉罕见地向别人示弱，抓住叶东烈的胳膊低声问，"去医院，万一真有孩子呢？"

叶东烈跪在床上抱住她："那我们就结婚啊，昨晚不是都说好了吗？你不会是后悔了吧？"

"我没有，可你不觉得这太草率了吗？"

叶东烈眼神炙热，紧紧地盯着她："我不觉得，我觉得这是冥冥中的安排，是老天爷给我的机会，让我们可以在一起。"

斯黛拉咬唇，目光坚定地道："那我去洗漱，你也起来吧，我们去医院。"

几分钟后，斯黛拉从卫生间里走出来，脚步迟疑，站在卫生间门口尴尬地道："我的'大姨妈'来了……"

叶东烈愣了半天："喂……"

斯黛拉低着头，突然间不敢抬起头。

叶东烈突然跳下床："反正我聘礼也给了，你别再赶我走了吧？"

斯黛拉望着叶东烈的脸，忽地搂住叶东烈的脖子，一个吻很轻地落在叶东烈的唇上。他们都知道，吻很轻，而爱很重。

机场门口，费远航戴着鸭舌帽等在出口，低头看手机。远处柳洋戴着口罩翩然从机场出口出来，两人走到一起，极其自然地亲昵相拥。

费远航两只手揽住柳洋，在她耳边低语："这次要麻烦你了，他们会拿你当切入点，你真的不介意？"

"不麻烦，我很乐意。"柳洋露出灿烂的笑容，"我有心理准备。"

费远航笑了笑，接过柳洋的行李箱，一只手与柳洋十指紧扣，两人走向一辆商务车。

有照片、有视频，自然不用担心无法造势。江达琳等人绘声绘色地加上了文字将两个人的照片和视频全网通稿发送，不一会儿，热门微博上已经出现"鑫辉总裁费远航恋情曝光"的话题。

鑫辉公司的办公室内，一个员工看到微博热搜，碰了碰身边的同事，示意她看手机。

几篇公众号都用了同一个标题——《十八岁上北大，二十一岁进沃顿，三十一岁俘获百亿总裁，她的人生才叫开挂》。

点开公众号的视频，员工惊讶地张大了嘴。

江达琳登录柳洋的微博账号，仅仅一上午，她的微博粉丝已经增加了一百万。评论区充斥着各式各样的评论。

"又是一个咨询圈的美女借项目成功登顶的案例。"

"难怪那么多美女哭着喊着读商学院，还真是醉翁之意不在酒！"

"在香港时见过这个女人，态度超狂的，都不知道有什么好嘚瑟的，项目成功是全团队的功劳，又不是她一个人的水平。"

江达琳一脸不忿，忍不住登上自己的另一个微博号，发出评论："看到这些评论，一股酸味直上云霄。热评这些都是什么心态？有本事你们考上沃顿商学院？有本事你们也三十一岁出任顶级咨询公司的常务董事？做到了再来这儿说，别吃不到葡萄说葡萄酸！"

路易斯兴冲冲地敲门进来："刚收到消息，截至今天下午两点，黑袋牛肉棒的二十四小时销售额突破一千万元，是红袋一口香牛肉棒的三倍还要多。"

江达琳抬起头："这么高？看来你的主意真的奏效了。"

"我也就是蒙的。"

路易斯转身出去。她可不敢说这是老大的主意。

大会议室里，人人都笑容满面，只有费远航和邵理格外沉默。周自恒自顾自地说："来的路上我还跟远航说呢，本来他火也就是火在商界圈内，现在一下子就火遍全国了！连我妈都来问，说他们舞蹈队的老太太们都知道这事了！"

邵理微微一笑，看向费远航的眼神却有些复杂。费远航别开脸，回避了她的眼神。

"我们费尽心机推品牌，然而大伙儿的兴趣却始终在这些事上，也不知道是该高兴还是伤心。"

江达琳拿出一份文件，放在桌子上："我们接下来打算继续挖掘柳洋本人，想把她打造成一个都市女性的偶像级成功人物。"

费远航看着资料，周自恒走过去一起看，桌面上是几张柳洋的照片，上面写了几个标题《柳洋：我不是男人背后的女人》《美女智囊：安全感是自己给的》《从"985"高才生到百亿总裁的女友——始终与男人并肩而立》。

周自恒啧啧两声："真牛。不过话说回来，远航，我现在越来越觉得，以你现在这个位置就应该找个柳洋这样的女人，进，可以并肩杀敌；退，可以相濡以沫，你说呢？"

费远航往邵理那里瞟了一眼："我没想过那么多，就是这么拿她炒作我心里总觉得有点不安。"

江达琳收起文件："这些文案要是没问题，我们就发出去了。"

费远航侧过脸看向邵理："你觉得呢？你是专业人士。"

"我觉得可以。"

"你觉得可以那就可以。"

卫哲边走边看手机，翻看着柳洋和费远航的照片，嘴角露出一抹得意的笑。

导师从远处走来，径直走在他面前："卫哲，我看你还是回去吧。"

卫哲双手合十："为什么？我这才上几天课，大师你怎么能赶我走呢？"

"我开设这个班的目的是帮助大家放下杂念，清静修为。"

卫哲语气诚恳："对啊，我也想放下杂念，可是放不下啊！"

"你的心里全是杂念，你不是放不下，你是根本没打算放下。我听说你还想尽办法弄了酒来，像你这样的人，其实根本不适合参加这个班。"导师看他一眼，"同学们对你的意见很大，我看你还是回去吧，多余的费用可以退给你。"

于是，在瑜伽班的第五天，卫哲被赶出去了。

第三十六章　终于复合

会议室里满满当当，里外围满了人，费远航身边坐着柳洋，和江达琳坐在离电视屏幕最近的地方。

大屏幕上，黑袋鑫辉正宗牛肉棒销售额不断攀升，数字不断跳动，直到达到一亿元。众人齐齐鼓掌。一直发呆的费远航回过神来，也跟着鼓掌。柳洋一边鼓掌一边朝费远航看过去，张开双臂同费远航拥抱。

办公室内只剩下两个人，江达琳将一份文件递给费远航："这里一共有三个板块，分别针对鑫辉公司、黑袋牛肉棒以及费总您本人，三位一体，做了一整套的战略行销方案。"

费远航翻了翻文件，视线落在他和柳洋的大幅合影上："真的有必要把我的私生活放那么大吗？"

"你和柳洋的事对整个品牌的宣传力度以及销量的影响堪称巨大，网友们甚至给你们这对CP起了个名，叫'远洋恋'。这么说吧，假设之前黑袋牛肉棒的知名度为1，那么在'远洋恋'曝光之后，黑袋牛肉棒的知名度不是十也不是二十，是一百，而且不仅仅是品牌的名气，连鑫辉集团这个公司名都变得很响亮。"

费远航面色黯淡，站起来："真是想不到啊！"

江达琳也站起身，犹豫着问："费总，你看起来好像不太高兴？"

"如果换成你，去谈一场完全是人为计划好的恋爱，你会高兴吗？"费远航静静地看她半晌，随后吁了口气，"这份方案我回去看看，无论如何，和你们的合作还是卓有成效的，希望接下来的一年里再接再厉。”

费远航和江达琳握手。

江达琳半晌才反应过来，站起身：“我送你。”

江达琳一个人站在电梯里，想起费远航说的话，微微叹气。她走到大办公室里，路易斯抱着文件从另一头过来。

江达琳同她擦肩而过，又转过身问：“路易斯？”

路易斯困惑地跟她走到办公室里。

江达琳皱眉问路易斯：“你说我们是不是做错了？”

“一场完全是人为计划好的恋爱，哈，这句话可以说是很郁闷了。但我不觉得我们做错了什么。”路易斯摊了摊手，“整个方案都是他自己同意的，宣传目的和产品销量都大大超过预期，换成我高兴都来不及，就算恋爱是计划的一部分，但费远航本来就是单身，也没说现在恋爱就必须得结婚啊，大不了半年以后闹个分手，又能炒一波宣传，这有什么可郁闷的？”

江达琳伸手打断她的话：“停，你再说一遍！最后一句。”

“这有什么可郁闷的？”

“对啊，如果他本来就是单身，这有什么可郁闷的？”江达琳以手托腮，“我也搞不懂，但我总觉得哪里不对。”

路易斯若有所思。

手机突然响起，路易斯走到一旁去接电话：“喂……你被人赶回来了？”

路易斯秉承着一副看热闹的心态去了卫哲家。她靠在卫哲的沙发上吃零食，幸灾乐祸地道：“想不到你居然会被人赶回来，你的魅力现在不行了吗？喂，被人骂流氓有什么感觉？你打算什么时候回DL？还是真的不回去了？你要是真不回去了记得提前告诉我，我打算把我在DL的期权先卖掉一半，换个首付，剩下一半存着。”

卫哲坐在沙发上，蹙眉道：“我知道费远航的问题是什么了。”

路易斯扔掉零食跑到卫哲身后：“嗯？”

卫哲指了指电脑视频：“你看。”

视频里，柳洋和费远航从双人沙发上站起来，两人与王楚合影一张，而后王楚招呼其他人一起合影，邵理站在费远航的另一边，费远航和邵理飞快地对视了一眼又迅速地移开视线。

路易斯无所谓地道：“他们俩？你这有点牵强附会吧？”

“那你再看看这个！”

机场门口，柳洋和费远航并肩前行，而费远航右侧方是邵理，有人推着行李箱差点撞到邵理，费远航伸手及时扶住邵理，两人对视一眼，邵理飞快地抽回手。

路易斯摇摇头："但我还是觉得这不可能，邵理是周自恒的老婆，周自恒是费远航的左膀右臂。"

卫哲再次调出几张视频截图，截图里费远航和邵理动作暧昧。

第一张图，费远航在上车前特意侧头看向邵理，邵理也看着他，又飞快移开视线。

第二张图里，众人合影时，费远航右手垂着，柳洋看他一眼，费远航便搂住柳洋的腰。邵理走到费远航左侧，费远航左手下意识地伸过去，却在碰到邵理的腰部的刹那收回，索性放到了自己的身后。

而第三张图，费远航扶着邵理，两人对视时，邵理立刻低下头，推开费远航站稳。

路易斯眼神闪烁："有点意思。"

邦尼和江达琳一人一头，坐在地板上聊天。邦尼咬着嘴唇："这是他第一次挂断我的电话。"

"这也是我第一次看到你为男人患得患失。"江达琳靠在沙发上说，"你现在也开始一个人喝红酒了。"

邦尼晃了晃酒杯，自嘲地笑了笑："你是不是想说我越来越像个怨妇？"

江达琳摆了摆手："我没那个意思……好了，或许是因为时差呢，也许他在忙。"

"拜托，纽约时间晚上十一点十五分，他有什么可忙的？"

江达琳歪着头说："但中国时间是中午啊，说不定人家就是在开越洋会议遥控国内。那他后来没给你解释？"

"解释了，跟你的解释一模一样。"邦尼摇了摇头，"我有第六感的，当时我就觉得哪儿不对，所以才给他打电话，果然就给我摁了。我也就是这么一说，不过花无百日红，人总会变的。"

江达琳笑着说："你可别这样，我好不容易接受你和薛义在一起的事实，你又要变卦了？"

邦尼凝视着杯中的酒液，苦笑道："你和卫哲怎么样了？"

"不知道，没联系。"江达琳没好气地道，"我已经想好了，从今往后事业就是我的伴侣，公司就是我的归宿。"

“哈。”邦尼凑过去问她，“说得轻巧，你敢说他不在这几天你没想他？”

想还是有想的，江达琳挫败地说：“想过！可那又怎么样？又不会有结果，想了也白想。我啊，宁愿化相思为动力，好好工作，多多赚钱。”

邦尼啧啧两声：“果然是公关当久了，脸皮也厚了，连化相思为动力这种话都说得出来。”

“你说得没错，这公关当久了，什么奇怪的人、奇怪的事都见过了，对什么都见怪不怪了，脸皮自然就厚了。”

路易斯突然打电话过来，江达琳连忙放下酒杯，和邦尼告别后就匆匆离去。

街边停靠着路易斯的车，江达琳裹紧大衣走过去，坐在副驾驶座上问：“你有什么新发现啊？”

路易斯示意她看窗外。

江达琳朝侧前方看过去，发现邵理一个人站在街边的黑暗中。江达琳张大嘴：“你在跟踪她？为什么呀？”

“我没跟踪她，我是跟踪另一个人。”

马路对面的咖啡店里走出来一个人，正是费远航。费远航走过马路，将咖啡递给邵理，另一只手握住了邵理的手。

邵理四处张望，抽回了自己的手。费远航抱住邵理，试图吻邵理，眼看两人的嘴唇要接触时，邵理一把推开了费远航。

费远航重新抱住她：“我就不明白，你就那么着急想把我推出去？我和柳洋在一起，你、你就真的无动于衷？”

邵理流泪道：“我怎么会无动于衷，但你凭什么这么质问我？你和柳洋在一起，难道就百分之一百是逢场作戏？就没有一点点动心？”

“好，你问得好。”费远航拿出手机拨号，“我这就证明给你看。”

邵理一把抢走费远航的手机：“你别乱来！我是鑫辉的公关总监，我不允许你破坏现在的大好局面。”

费远航气极：“你就不能勇敢一点？”

“我不能，你没有权利要求一个比你弱势的人先勇敢。”邵理抹着眼泪，甩头就走。

身后费远航沮丧地踢了一下路边的电线杆，抱头转身。

江达琳和路易斯吓得同时弯腰躲在方向盘下面。

“你怎么会想到跟踪费远航？”

“你不是觉得他不对劲吗？我其实也觉得他不对劲，就想跟着他看看，谁知道就……”

江达琳张大嘴巴，诧异地问：“你每次觉得谁不对劲，都会跟着对方看看？”

“也不是，就是感觉，突发奇想，那什么第六感嘛！”

江达琳不再质问，只是突然感慨道：“哦……那周自恒可真倒霉。”

“是啊，被自己的老婆和兄弟同时背叛……”

费远航和邵理的事情是江达琳没能预料到的，正当她一筹莫展的时候，周自恒突然送来了一份合同，鑫辉集团将下一年度的公关代理授权给了DL传播。

江达琳喜滋滋地接过文件：“谢谢你啊，周总！”

“不客气，是我要感谢你，多谢你出的主意，远航有了女朋友，也帮了我的大忙！”周自恒主动和江达琳握手，凑到江达琳耳边低声道，“远航之前被人爆黑料那件事不用再查了，不会再有了。我还得谢谢你，多亏了你提议给远航找女朋友的方案，否则我还得多费点手脚。”

这更出乎江达琳的意料，她愣了一会儿，难以置信地问道：“你，难道你……你都知道？”

“我怎么会不知道？远航和我、邵理，我们三个是同时认识的。我不过是不说罢了，有什么不知道的？不过现在好了，一切问题都解决了，我和邵理打算年后就要个孩子。”周自恒笑了笑，“一边是兄弟，一边是老婆，当中还有这么大个公司，那可是我们共同的事业，小不忍则乱大谋不是吗？还是和平稳定最重要啊！”

感情问题竟然也可以这样处理，江达琳傻眼。

周自恒挑了挑眉：“不过你挺厉害，看上去年纪轻轻，想不到对这两性之间的问题看得很透彻，几个方案都很犀利啊。哈哈，希望以后多多合作。”

到底是商场，连感情都可以靠手段处理，江达琳不得不感叹自己还是年轻。

她经过卫哲的办公室时，里面依然空无一人，而对面办公室里的路易斯正一边通电话一边记录。

她敲开路易斯的办公室的门：“路易斯，卫哲是不是回来了？”

路易斯挂断电话：“没有啊，他一直在云游上海。”

“哦，对了，之前你建议我让费远航找个女朋友，是你想出来的主意？那后面发现邵理、费远航有问题，又去跟踪他们，也是你自己想出来的？”

路易斯觉得莫名其妙："是啊，怎么了？"

"没什么，就是觉得你好厉害。"

江达琳回到办公室，在手机上下了一单外卖，在收件人处写上卫哲的名字，输入卫哲的地址，狡黠地笑了笑。

半个小时后，外卖显示已签收。

卫哲收到外卖后给路易斯打去电话，得到否认后，坐在桌边愣了愣。房门外响起敲门声，他打开门，门外赫然站着江达琳。

江达琳站在门外："原来你真的回来了。所以是你一直在幕后操纵路易斯，让她告诉我怎么做，让她去查费远航的是不是？"

卫哲愣了愣："没有啊，那都是路易斯自己的想法，她很能干的……"

江达琳冷笑一声："不用解释了，不管是你的主意还是路易斯的想法，能把客户拿下来都是好事，我谢谢你。告辞。"

卫哲赶紧拉住她："来都来了，干吗还走？"

"我就是验证一下心里的想法而已，没别的意思。走了，我还要上班呢！"

卫哲没有放开手："别闹。"

"谁跟你闹……"

卫哲的手机响起，他不得不接起电话："喂？David……什么？！中风？"

江达琳将车开得飞快，卫哲坐在副驾驶座上不停地在打电话："那是我妈，对，麻烦你和院长也打个招呼，谢谢你斯黛拉，好！"

卫哲下车后匆忙奔向手术室，手术中的指示灯正亮着，他一把抓住站在手术室门前的林大伟："我妈呢？怎么回事？"

"她说今天天气好，想去玩过山车，我们就去了，过山车停下来的时候她还好好的，我们又去吃冰激凌，刚吃了一口她就……"林大伟捂住脸。

卫哲厉声问："过山车？你不知道我妈有高血压吗？你不知道六十岁以上不能坐过山车吗？"

林大伟茫然地问："六十岁？娉婷有六十岁？她说她四十七岁。"

江达琳拽了下卫哲。

卫哲沉声说："如果我妈有个好歹，我跟你没完！"

卫哲放开林大伟，在手术室前走来走去，气得在墙上捶了一拳。江达琳拉着卫哲并肩坐在长椅上，林大伟站在手术室外焦急地等待着。

江达琳宽慰地拉着卫哲的手。

卫哲突然开口说道："从小到大，我和我妈相处的时间很少。她总是很忙，有很多工作，还有很多男朋友，忙得没工夫理我。那时候我觉得，有没有父母好像也没什么关系。”

江达琳声音温柔：“怎么会没关系？我小时候我爸妈也很忙，有时候一星期也就见上一两回，但我知道他们在那里就觉得很安心啊。”

卫哲冷不丁地问：“你说她会不会死？”

江达琳握着他的手：“胡说什么呢？不会的！”

卫哲声音低沉：“如果她死了，这个世界上我就一个亲人都没有了。”

江达琳摸了摸他的手：“跟你说了，不会的，阿姨肯定会没事。”

“手术中”的灯灭了，卫哲猛地站起来，忽然周围的声音再次变得遥远，眼前的几个人飘忽不定。

医生摘掉口罩：“手术很成功，应该不会留下什么后遗症，不过病人还没有醒，家属暂时还不能探望。”

江达琳回头看卫哲，却看到卫哲迷惘的表情，突然，卫哲就倒在了地上。

卫哲躺在病床上，慢慢睁开眼睛，愣了会儿，抬起手看了看手上的皮手环。这已经是他第二次因为焦虑症而晕倒，他颓然地放下胳膊，却瞥见江达琳趴在他的床边睡着了。

卫哲清醒过来，摸了摸江达琳的乱发。

江达琳迷迷糊糊地醒来，问：“你醒了？”

“嗯。”

江达琳激动地握住他的手：“谢天谢地，我快要被你吓死了。医生说你几个指标都是好的，也没有低血糖，可能是惊吓过度，我坚持要求让你住院。我叫护士进来！”

卫哲拦住她按铃的手：“别叫了，我没事。”

卫哲下床往外走，江达琳担心地扶着他。

两人站在病房外，病房内林大伟正守在卫聘婷床边，卫聘婷戴着呼吸机，两人含情脉脉地对望。

卫哲止步，没有再往病房走。江达琳跟在他身边，喋喋不休地道：“你也去休息吧，一会儿再做个全身检查。你不要这么犟，都晕倒了……”

卫哲声音淡漠，面无表情地道：“你回去吧，不用管我。”

江达琳僵在原地，心凉了半截：“是我自作多情是吗？我就知道是我自作多情。明明想好再也不理你了，再也不管你了，保持普通的合伙人和朋友关系就可以了，可是我怎么就做不到呢？这可怎么办？我简直是脑子有病嘛！”

卫哲突然走上前，一把把她拉到怀里，在她耳边低语："我有焦虑症，我昏倒也是因为焦虑症。"

江达琳愣住了："你这是什么全新的套路吗？"

卫哲笑起来，将手上的皮手环给江达琳看："真不是骗你。"

两人去了心理疗养中心。聂灵子总算见到江达琳，笑眯眯地看着两人："虽然出现了第二次晕倒，但敢于将自己的问题告诉心爱的人，是非常了不起的进步，我相信接下来会越来越好。"

"你原来真有焦虑症？"江达琳担忧地问，"那要不要紧啊？"

聂灵子温和地说道："我只能说，所有出现心理问题的人都需要有家人、朋友的宽容和理解，要有耐心，要给他时间。"

"好好好，我有耐心。"江达琳点头如捣蒜，猛地看向卫哲，"那个……你想开点儿，什么公司，什么合伙人，什么女朋友，不谈恋爱没关系的，不婚主义也没关系，只要你开心，你要好好的，千万不要有压力！"

聂灵子忍不住笑出声。她相信卫哲的焦虑症会慢慢好起来的。

江达琳载着卫哲回去，小心翼翼地说："你这样坐着舒不舒服？你现在心情怎么样啊？要不要听点音乐？我们听点音乐吧！"

江达琳不由分说开始播放音乐，自言自语道："《命运交响曲》？不好。哎呀，怎么都是这种音乐，会不会太丧了？"

卫哲哑然失笑："我是焦虑症，不是抑郁症。"

江达琳尴尬地说："哦，对不起哦，我不太懂。"

"靠边。"

"干吗？我说错话了？"

江达琳将车靠在旁边，怯生生地看向卫哲。卫哲忽然凑过去，捧着江达琳的脸狠狠地吻了下去。

江达琳瞪大眼，下一秒却顺从地闭上双眼，双手轻轻地环上了卫哲的腰，搂住了卫哲。

不知过了多久，卫哲才放开江达琳，看着江达琳通红的脸笑了笑："行了，继续开吧，开稳点。"

"哦……"江达琳握住方向盘的手还在颤抖，她娇嗔地看了卫哲一眼。这让她还怎么好好开车！

两人回了江达琳家，江达琳和卫哲坐在沙发上。卫哲把她拉到怀中，她伸手抚摸着卫哲的皮手环。

“每放松一格，就代表感觉到一次焦虑？”江达琳数着手环上的空格，“六次？”

卫哲轻轻点头：“这是这两个月的，其实已经比一开始好多了。这次是因为我妈出事才突然发作的。”

江达琳抬头问：“焦虑时的感觉是什么样的？”

卫哲摸了摸她的头发：“呼吸会急促，胸口不舒服，具体很难形容，但会下意识地知道。”

“所以你是因为焦虑症突然昏倒，才决定放弃独立公关，加入一家公司的？”江达琳微微笑道，“那你打算告诉阿姨吗？”

卫哲摇了摇头：“这种事何必让她担心，知道的人越少越好。你现在知道我的秘密，有我的把柄了，就不会离开我了吧？”

“我保证不会说出去……这样，我也可以告诉你一个我的秘密，你就会放心了。”

江达琳站起来走向那块蒙着布的白板，揭开布，露出上面所有的线索。

卫哲愣了愣，走过去问：“这是……鲲鹏基金案？”他的目光在斯黛拉、舒晴、袁肃等人的照片上一一扫过。

江达琳点了点头：“虽然我爸是鲲鹏基金的合伙人，但我相信他是无辜的，真相早晚会水落石出。但那个举报我爸的人，才是真的居心叵测，尤其是如果这个人是藏在DL里的……那就是一颗定时炸弹。”

沈英杰的公寓里，舒晴靠在床头看书，沈英杰坐在一旁捧着阅读器看，两人身体挨着，十分亲密。舒晴的手机闹钟响起，她拿起看了看：“时间过得真快，我该回去了。”

舒晴想要坐起来，沈英杰眼睛不离书，却伸手一拦，把她抱在怀里。

舒晴哭笑不得：“我真的要回去了，明天要早起。我现在和乐乐每天相处的时间少之又少，只有早晨的一个小时是雷打不动的。”

“想走就要自觉点。”

舒晴笑了笑，凑过去在沈英杰的脸上亲了一下：“行了吧？”

“OK！我去个洗手间，然后送你回去。”

舒晴起身从衣架上拿衣服，不小心碰到了沈英杰的外套，随着西装掉下来的，是一个小小的首饰盒。她打开一看，里面是一枚漂亮的钻戒。

舒晴愣了半晌，直到洗手间传来冲马桶的声音，才如梦初醒，手忙脚乱地将戒指盒塞回沈英杰的外套口袋里。

"哦对了，明晚一起吃个饭吧？"沈英杰穿上外套后说道。

"嗯？明晚是什么日子？"

"没什么日子，就是想吃饭呗，怎么样？"

舒晴似笑非笑，耸了耸肩道："好啊。"

舒晴第二天上班时心情异常好，就连安东都感受到她的好心情。走出电梯时，她主动跟艾米打招呼："艾米！"

"舒晴，早！"艾米收回视线，嘟囔道，"心情很好嘛！"

舒晴走向大办公室，笑容满面。路易斯和安东目送她离去，路易斯低声问："你觉不觉得她看上去有点怪怪的？"

安东认同地点了点头："确实怪怪的，但是好的那一种怪怪的。"

"有喜事？谈恋爱了？"

安东诧异地道："不会吧？她不是有个儿子吗？"

路易斯冷笑道："有儿子就不能谈恋爱啊？嘁！"

安东连忙摆摆手："我不是那个意思，我是说会是谁呢？是吧，我从来没听说过舒晴在和谁谈恋爱。"

路易斯蹙眉："她这人好像一直神秘兮兮的。"

"对啊，到现在都没人知道她那儿子是谁的。啊，那她谈恋爱，会不会是跟她儿子的亲爹？"

路易斯看向安东，冷漠地道："好想法，看不出……你还挺有才华的。"

江达琳走向大办公室，路易斯赶紧跟上去："老大没事吧？"

"没事了，我都知道了。"江达琳笑着走进大办公室。

安东一头雾水："说什么呢？"

路易斯拍了拍他的脑袋："不关你的事！"

中午几个合伙人共进午餐，杜威廉看着舒晴，接连吹了几声口哨。

"看上去好像精心打扮过。"杜威廉啧啧两声，"相信我直男的眼光，你今天绝对和平时不一样。斯黛拉，你说呢？"

斯黛拉笑了笑："我倒是看不出什么区别，唇膏的颜色不错。"

江达琳放下杯子，笑着说："对了，有个事我要宣布一下，卫哲决定暂时不离开DL了，从明天起会恢复来公司上班。"

众人抬头看她。

"真的？"

"他怎么想通了？"

“那你们俩……”

江达琳害羞地笑：“我们复合了。”

一顿午餐没有吃完，江达琳就被李月如叫回了公司。

杜少鲲躲在浙西的一栋度假屋内，但他有比较严重的糖尿病，每隔一段时间必须去医院配药。经侦人员跟踪许久，终于抓到了杜少鲲。

“目前还要等杜少鲲被押解回来后进行审讯才能知道结果。也请你们抓紧通知江远鹏尽快回来，一起配合审讯工作，早点让这个案子水落石出。你们要记住，即便江远鹏没有刑事责任，不配合警方工作也是违法的。”

待纪警官离开，江达琳猛地看向李月如：“妈，那我们得赶紧通知爸爸回来啊，别杜少鲲被抓着了，爸爸被通缉了。”

江远鹏站在街头接电话，表情游移不定：“警方有没有说别的？”

“没有，就说即便你是无辜的，但不配合办案一样要负责任。既然杜少鲲都抓到了，你也赶紧回来吧，省得我和琳琳天天为了你担惊受怕。”

江远鹏犹豫不决，翻到通讯录里舒晴的名字。

餐厅内，音乐声温柔似流水，烛光晚餐气氛温馨。

沈英杰舒坦地往后一靠，感叹道：“以前是地下恋情，被你逼得连正大光明地在路上走走都不敢，偶尔吃个饭还必须是在包厢，约会不是在家里就是在酒店，太惨了。”

舒晴嗔怪道：“我看你是得了便宜还卖乖。别人恋爱的终极目的……不就是去酒店吗？”

“错，大错特错，你看你这满脑子都什么思想？我沈英杰是个正经人，要谈正经恋爱的好吗？面对面在大堂坐着吃饭，手牵手在大街上散步，这些都是必有的。”

舒晴忍不住笑道：“好好好，你是正经人，我不正经，行了吧？”

“你也正经，就比我差一点。”沈英杰朝周围看了看，“我去下洗手间。”

舒晴坐在座位上微笑，手机忽地响起，屏幕上显示江远鹏的名字，她双手颤抖接起电话。

“我还以为你不会接我的电话。你还好吗？跟你说一声，那个……杜少鲲已经抓到了，我最近就会回去，有什么话等我们遇到再说。”

舒晴脸色煞白。

突然间，四周响起悠扬的音乐声，小提琴手拉着琴慢慢朝舒晴走来，一旁摄影师出现，沈英杰朝舒晴走去。

他身后保姆林嫂推着一辆小车，车上坐着装扮可爱的乐乐，乐乐手中抓着一个漂亮的首饰盒。

沈英杰凝视着舒晴，似有千言万语，末了他接过乐乐递来的首饰盒，单膝跪下，千言万语汇成一句话："舒晴，请嫁给我。"

舒晴后退一步，声音颤抖："对、对不起……我不能嫁给你。"

沈英杰愣住了，周围的所有人都愣住了，只剩下小提琴手后知后觉地还拉着音乐。

"别拉了！"沈英杰转身大吼，"我叫你别拉了！"

沈英杰的公寓里，舒晴将自己放在沈英杰家中的牙刷、吹风机和衣服一股脑儿塞进箱子，拉着箱子走到客厅。沈英杰面向窗外。

"我……"

沈英杰的声音比表情更冷："不要说话。从今往后你不要跟我说话，不要让我见到你。"

舒晴回到家，站在卧室里匆忙打电话："想找你帮个忙，你知道我手上有DL的不少期权，我想提前转让出去，两百万股，对，价格可以商量……是啊，最近需要钱。"

她瘫坐在地上，而后打开大衣柜中的保险箱拿出一个盒子，盒子里装着一张用流水原件包着的银行卡，下面是几张略旧的简报，泛黄的报纸上标题赫然是《麒麟都市花园总设计师舒瑞峰开煤气自杀，遗言自己没有做错》，旁边是舒瑞峰的遗照。

翌日，江达琳开车去公司，想起昨天的舒晴，笑着看向卫哲："你说舒晴姐今天会不会宣布被求婚的事？"

卫哲摇头："我觉得她不会。你觉得以舒晴的性格有可能大张旗鼓地宣布这种事吗？"

"那倒是。其实我一直觉得舒晴姐挺神秘的，光我都听到她的好多八卦，比如乐乐的身世。你说沈英杰知不知道这件事？"

卫哲摇头："我不知道，这种事情别人不说我才不去问。"

"也是……不过我们不问没什么，沈英杰能做到不问真的很了不起，我还挺为舒晴姐高兴的。"

江达琳将车开到地下车库，便要赶卫哲下车：“你先上去，我等一下再上去。”

“干什么？不是人人都知道了？”

江达琳一本正经地道：“知道归知道，但也不用敲锣打鼓地做出样子来吧？我觉得我们也应该向舒晴姐学习，低调。下车、下车！”

卫哲无奈地笑了笑，最后索要了一个吻，才心甘情愿地下车。

DL前台，斯黛拉刚要走去办公室，舒晴迎面走来。

舒晴透过落地窗看见屋里的浦江，忽然一愣：“那是浦江？”

“对，金光地产华东区新上任的老大，还是江总的老部下。怎么，你也认识他？”

舒晴移开视线：“哦……见过一面，算不上认识。”

办公室内，气氛和谐。江达琳向斯黛拉和卫哲介绍浦江：“浦江叔叔是我爸爸的老朋友。”

“当年江总在我们公司负责集团市场公关，我是他的老部下，后来他出来创业，我还一直埋怨他这么好的事儿怎么不带上我。”

“要是带上您，我们不就少了一单生意吗？”

众人哈哈大笑。

浦江低声问江达琳：“那个……江总最近有消息吗？”

江达琳笑了笑道：“不瞒您说，我爸应该快回来了。”

“那就好，那就好。哈哈，我一听说鲲鹏基金的事就知道他肯定是被人坑了，他这个人非常正义，当年我们集团搞了回黑公关，江总知道后立马就辞职不干了，他不可能干出那些事。”

会议室外，舒晴盯着会议室里的浦江，握紧双手。她不能也不会忘记，金光地产黑公关造谣父亲负责的项目存在设计缺陷并逼死父亲的事。而其中的罪魁祸首之一便是浦江，同时也是金光地产的创始人。

另一位便是江远鹏。

舒晴望着办公室内的浦江，微微凝神，随后才握拳走开。

小酒馆里气氛安静，斯黛拉惬意地喝着酒，打量着周遭的环境。

“我还不了解你？肯定是有话要说才会约我喝酒，我都准备好了，希望不要太惊人。”

舒晴失笑：“嗯，我打算辞职。”

斯黛拉一口酒喷了出来，她抓过纸巾擦嘴："什么？辞职？为什么？为什么是现在？我们已经度过最困难的时候了，DL已经走上正轨，几年内上市应该不是个梦想，你又是有期权的合伙人，而且江总都要回来了，还有什么机会能比DL现在更好？"

"有个不错的机会，在北京，我考虑很久了，觉得还是应该再去试试。那个机会真的很好，我不想错过。"

斯黛拉惊讶地道："你别忘了，你也是签了竞业条款的。"

舒晴点了点头："我知道，那个机会没有违反竞业条款，你们大可放心。"

斯黛拉消化着舒晴要离开的消息："好吧，人各有志，我拦不住你。那期权呢，你怎么想的？留一半卖一半？"

"这也是我想拜托你的，我打算全都卖了，转手可以，公司可以回购的话也可以。"

"两百万股全都卖了？你最近缺钱？全都卖了不划算啊。看来你这次去北京是认真想定居了，真是……北京那空气，对孩子不好。"

舒晴笑了笑道："小孩子适应能力强，多开几台空气净化器就好了。你祝福我就好了。"

斯黛拉苦笑着摇头："眼看江总要回来了你却又要走。OK，我祝福你。"

江达琳坐在办公室内，猛地站起身："为什么舒晴姐要走？什么机会啊那么好？"

杜威廉笑着说："不用问，能这么保密的绝对是一等一的好位子，指不定人家去当甲方爸爸什么的，股票、期权样样有。"

卫哲拍了下江达琳的肩膀："也不是没有可能，毕竟C轮后我们的步伐会慢一点，想上市总要等几年，她不耐烦等也可以理解。"

江达琳皱眉："要不要再劝劝？"

"没用，舒晴这个人一向外柔内刚，要么不说，说出来肯定已经经过深思熟虑。"

"可是她昨天还好好的，而且还有那么大的喜事……"江达琳闭上嘴，看向卫哲，"我能说吗？"

卫哲耸了耸肩："昨天沈英杰向她求婚了。"

"舒晴在谈恋爱？"

卫哲道："有一段时间了。"

卫哲打电话给沈英杰，却一直无人接听。

昏暗的房间里，沈英杰喝得酩酊大醉，手机屏幕亮了又亮，最后归于一片安静。

即便你再有才能，也永远不会是无可替代的那个人，薛义深刻地体会到了这一事实。飞扬集团总部，集团VP西蒙将詹姆斯介绍给薛义："Xue, meet our new CFO of Great China（薛，詹姆斯将是大中华区的新任首席财务官）."

詹姆斯同薛义握手："James Wilder，nice to meet you, heard a lot about you（我叫詹姆斯王尔德，很高兴见到你，听说过你的很多事）。"

薛义心里震惊，却佯装淡定："Really？ And……welcom（真的吗？欢迎你）！"

詹姆斯笑道："I booked the ticket to Shanghai for next Tuesday（我定了下周二飞上海的票）！"

"Well, looking forward to that（很期待）！"

"I bet! My first time for Chinese new year in China, I'll call you（人生第一次在中国过春节，我会给你打电话）！"

詹姆斯出去后，薛义立刻收敛笑容，转过身质问西蒙："What is this？ Is this guy the next me（这是什么意思？这家伙是要接任我的吗）？"

西蒙摊手："What you see is what you get（所见即所得）！"

薛义气急败坏："But I told you I need more time… Well, I've talked to my in-law and（我告诉过你我需要时间，而且我和我岳父聊过）。"

西蒙纠正道："Your ex in-law，Jonathan gave me a call（你的前岳父，他给我打电话了）！"

"He called you？ What did he say（我岳父给你打电话了？他说什么了）？"

"See, why don't you just come back, spend more time with the family, hah? They still love you, and you will still have a future（你为什么不回来呢？和家庭多聚聚，他们都还爱你，你还是会有个好前程的）。"

薛义恍然大悟道："So Jonathan is behind this（原来乔纳森是这个意思）!"飞扬集团总部已经找到下一个替代者，薛义站在街边，忽地狠狠地朝墙上捶了一拳。半晌，薛义走向旁边的奢侈品店。

他提着大包小包去了区志家，首先掏出一个爱马仕包包给女儿。终于不再是以晦涩难懂的中文书和旗袍当作礼物，Tanya抱着爱马仕包包不停地拍照。

区文慈走过来："你又想做什么？"

"什么干什么？"薛义凑到区文慈耳边，"我内心有愧，想给你买点东西，行不行？"

区文慈脸红道："无耻。"

"晚上我做东，请大家吃饭怎么样？"薛义笑了笑，"想吃什么菜？文慈，你说。"

区文慈转了转眼睛，温柔地笑道："上海菜怎么样？我还没去过上海呢，找机会我也应该去看看。"

窗外天蒙蒙亮，薛义的公寓内，邦尼拿着手机翻看着薛义的女儿发在网站上的一系列照片，几张合影像是全家福。

她扯起嘴角，给薛义发短信："在做什么呢？想你了。"

薛义拿起手机，刚好触碰到区文慈似笑非笑的眼神，他想了想，很快回复："在忙，开会。"

几天后，薛义回到上海，站在公寓门口犹豫了一下，从无名指上拿下指环塞进口袋里，才拿出房卡开门。

公寓内一片烟火气，邦尼穿着围裙从厨房里走出来："回来啦！我正在挑战剁椒鱼头和红酒炖牛肉，中西合璧。你去洗洗休息一下，很快就能吃饭了。"

薛义从包里拿出一个奢侈品盒子递给邦尼。邦尼笑了笑，转身却敛了笑容，重新走回厨房。

"这次回美国怎么样，开心吗？我觉得你每天都好忙啊！"邦尼给薛义夹菜，"那个……小力士奶粉的事对你没影响吧？"

"每天都要开会，又有时差，难免顾不到你。"薛义顿了顿又道，"年后我有可能要调回总部。"

"哦。"

薛义放下刀叉，突然说："那个，邦尼，有件事我想跟你商量，我觉得我们俩……"

邦尼冷不丁地开口："我怀孕了，昨天查出来的，你在飞机上，我就没跟你说。"

"可是……你说的是真的？"

"怎么，你怀疑我？我拿报告给你看。"

薛义摆了摆手："我不是怀疑你，我是……太吃惊了！那你打算怎么做？

我要回美国了。”

邦尼淡淡地问道：“我知道。你觉得呢？”

“我看还是打掉吧？我不是不想负责，毕竟你看我们俩的关系也不稳定，我又要调回总部，这个节骨眼上怀孕实在不是时候，而且对你也不好。你是个明事理的人，你懂我的意思吧？”

邦尼轻声说：“我懂，你让我想想。”

深夜里，房间昏暗，两人背对背躺着，却都睁着眼睛，久久不能入睡。

第三十七章　真相浮现

商场如战场，唇枪舌剑当然是避免不了的，但有时又要握手言和。

DL传播负责金光地产的新楼盘宣传，而名仕公关负责英特置地的御龙湾开盘公关，巧的是两个楼盘位置相邻，于是金光地产和英特置地商议联合宣传。

DL前台处，袁肃、肖雅和王超一起走了过来，王超和艾米等在那里。王超跟三个人打招呼：“你好，我是英特置地的王超。”

袁肃笑眯眯地问：“小江总在吗？”

“请稍等。”艾米打去电话。

卫哲和江达琳从大办公室里走出来，在看到袁肃的那一刻，两个人脸上的笑容瞬间消失。

一旁的浦江走上前：“王总。”

袁肃也笑眯眯地走过来：“小江总，我们又见面了。”

浦江抬头问道：“你们认识？”

卫哲淡笑道：“这个圈子这么小，袁总鼎鼎大名，谁不认识呢？”

众人往里走，袁肃和江达琳走在一起，袁肃低声说：“听说杜少鲲已经被警方抓住了，那鲲鹏基金案应该快了结了吧？听我一句话，让你爸爸赶紧回来吧，别躲了，早结束早心安，顶多被判个几年，比在外漂泊居无定所强……”

江达琳冷声道：“我爸的事不用你费心，你好好干活才是正经事。”

“哟，说得挺好！”

卫哲伸手在江达琳的肩膀上按了按，语气温柔：“你没事吧？”

江达琳冷哼一声："我才不跟这种人一般见识。"

大会议室里，袁肃正在口沫横飞地夸夸其谈，其他人围坐在一旁认真听。

"适当的互黑对双方都有利，表面上是互黑，其实是互捧。就拿你们DL做的一口香牛肉棒公关来说，起初长盛和鑫辉确实是打官司，可这官司打到后面越打越热闹，打得全国皆知，两家的知名度就都起来了，这就叫心照不宣。我们两家也能试试，表面上是敌人，其实是队友，咱们商量好了一起吵，越吵越红火！"

江达琳很想脱下一只鞋子扔到袁肃的脸上，但是公司最大，她只能脑补这一行为。

袁肃视线扫了一圈，问道："你们觉得怎么样？"

浦江首先开口："我不同意互黑。"

会议室内的所有人都惊讶地看向浦江。

浦江淡定地说："或许你们觉得我顽固，不过我年初上任的时候就在高管会议上说过一句话，我们金光地产踏踏实实做事，清清白白做人，互黑这种事，我们肯定不会做。"

王超尴尬地笑道："浦总说得是，大家都是友商，互黑不如互抬嘛，是不是？"

袁肃悻悻地闭嘴。

大会议室里，一台台电脑打开着，DL传播和名仕公关的人一起工作，来来回回唇枪舌剑。

卫哲盯着电脑屏幕："两家楼盘位置相邻，优点、缺点都差不多，所以联手宣传必须轻楼盘，重地皮，主要宣传306地块的未来前景，而不是强调自己家的楼盘有多好。"

袁肃紧皱眉头："宣传地块前景没毛病，但主打的点要错开。"

江达琳挑眉："金光蔚蓝海岸二期既然叫蔚蓝海岸，当然是主打滨江牌了。"

肖雅寸步不让："那不行，江又不是你们一家的，你们叫蔚蓝海岸，我们还叫御龙湾呢！"

路易斯翻了个白眼："你们强调交通便利和商业中心配套设施不就行了？"

"那干吗你们不强调后者？谁不知道有江景听上去更高级？"

安东插嘴道："我们的售价本来就比你们高啊！"

肖雅冷哼一声："均价高五千块钱也算高？而且27号线要延期了，强调交通便利，你们当购房人是傻子啊？"

路易斯无所谓地道："不是还有三趟公交车的终点站会挪到门口来吗？"

肖雅笑道："那你们去说公交车站，把一线江景留给我们说吧。"

"我们离江比你们近多了！你们最多也就是二线。"

袁肃坐在卫哲身边，对着卫哲低语："实话实说，金光这次的精装修做得可不怎么样，好几个地方设计都有问题，空调外机架是镂空的，一不小心得掉下去！"

卫哲淡淡地道："你怎么不说御龙湾旁边还要造一个变电站呢？"

但到最后，联手宣传的结果确实不错，一时间本地论坛的房产板块全是询问蔚蓝海岸和御龙湾的帖子。

卫哲不置可否："一加一大于二，地块的价值上去了，大家都得利。而且这两个盘本来品质就不错，精装修，小户型，价格公道，性价比很高。"

江达琳突然问道："哎，卫哲，你人生中的第一套房子是什么时候买的？"

"大学毕业三年吧，贷款买了一套二手的一室一厅，很小的。"

江达琳手托腮，憧憬地道："再小也是自己买的啊，好厉害，希望有一天我也可以买一套。"

"你想买房子？"

江达琳点头："嗯，现在住的都是爸妈的房子，我想着哪天我自己有能力了，一定要买一套给自己，哪怕再小，也是我独立的象征。"

卫哲调笑道："我以为你要搬来和我住呢。"

江达琳脸红道："喂！谁要搬去和你住……就算和你住，我也要有一个自己的窝，万一吵架了，我也得有地方去。"

江达琳简直怀疑公关永远不会拥有完整的进餐时间，饭还没吃到一半，两人就匆匆赶回公司。媒体们千方百计地挖新闻，新闻里，记者站在蔚蓝海岸的楼前，正在采访购房人。

购房人出离愤怒："本来合同上签订的是七月八号交房，现在已经过去两天了，一点交房的迹象也没有。"

记者追问："开发商怎么解释？"

"没解释，就说暂时交不了房。"

“我们家为了换这套房子，把老房子卖掉付的首付，全家人在外面租了两年房子，一路等到现在，就盼着交房的一天，他们现在迟迟不能交房，难道我们还要继续在外面租下去？这租金算谁的？”

“最可恶的是金光地产到现在也没个人出来解释一下原因，电话打过去要么占线要么没人接，简直欺人太甚。”

记者拿着话筒，对着镜头说道：“在此我们也想提醒督促一下金光地产，不要只顾着出售二期新盘，一期老盘的问题还请尽快解决。”

江达琳几人面面相觑。

浦江在办公室里来回踱步：“不是我们不想交房，真的是交不了房啊！”

蔚蓝海岸一期开盘前的设计图本打算将卫生间作为赠送面积送给业主，然而根据国家规定，赠送面积属于违建。金光地产临时调整，只能取消卫生间面积，导致现在仍不能交房。

浦江焦急地说：“我现在就怕这件事越闹越大，到时候影响了二期开盘就麻烦了！”

“但就算验收通过交了房，作为赠送面积的卫生间也没有了对不对？那业主肯定不会答应的。”

卫哲微微蹙眉：“所以更大的麻烦还在后面。立刻联络新闻上的这几个购房人，还有那篇爆料帖的发帖人，抓紧时间坐下来谈。这些都是业主代表，他们的话在整个业主群都有很大的分量。”

几位购房人来到DL传播，自然如同卫哲所想，没人接受购房时的赠送卫生间消失。

大屏幕上数据清晰地显示，过去的一天内，“金光蔚蓝海岸一期违建”已经在本地板块上升到热搜前五，而在房产论坛上，已经是热议度第一。房产公众号也纷纷跟进报道，文章刷屏朋友圈。

江达琳皱眉：“绝大部分的公众号文字是摘抄房产论坛上的那篇帖了，就是《一个挖了两年的大坑》那篇。”

卫哲翻看着帖子：“帖子写得很有水平，倒像是专业人士写的。路易斯，有没有找到这个发帖子的业主？”

路易斯摇头：“还在找，购买E2房型的业主一共九十三户，有几户一直联络不上，我准备再到业主群里找找看。”

安东突然把手机递给江达琳：“小江总，你快看看。”

江达琳接过手机。卫哲也拿起手机看安东转发的文章，边看边念：“大型五百强快消的老板、美籍华人……女主播怀孕了，他不但不想负责，还要求人家打胎……那公司就在金融街……”

卫哲猛地看向江达琳：“你要不要打电话问问？”

江达琳回过神，匆忙打电话给邦尼：“邦尼！”

邦尼坐在窗边接电话，表情阴冷：“确实是我，但我也不知道怎么会被人爆出来，可能看我不顺眼的人太多了吧！”

江达琳目瞪口呆：“真的是你？你怀孕了？”

“是啊，我也很意外。”邦尼看向窗外，冷笑道，“我还在和薛义谈，他有点接受不了。都说女人多变，想不到男人多变起来，女人真是望尘莫及。”

江达琳气愤地道：“他怎么这样啊？我找他算账去！”

“你别轻举妄动，我正在和他谈呢，你别急。”

江达琳跺了跺脚：“我怎么能不急？怀孕这么大的事儿！那你的身体怎么样啊？”

“我的身体挺好的，没什么反应。你别担心了，我知道该怎么做……拜拜。”邦尼挂断电话，表情淡漠。

飞扬集团最近气氛低落。

薛义站在办公室里，颇为留恋地望着自己的办公室，抚摸着老板椅的椅背，又拿起桌上的家庭合影嘲讽地一笑，将合影随手丢进自己的包里。

Cici敲门进来：“薛总，接詹姆斯的车已经备好了。”

“哦，好，那我们准备出发吧。”

“对了，薛总，有件事我想请您帮忙。”

“你说。”

Cici不好意思地道：“那个……您要回美国了，詹姆斯来，肯定不会再用我当助理，我能不能……能不能申请转岗啊？”

“这个啊，可以。你想去哪个部门？行政？财务？”

Cici喜出望外：“我想转财务部，不管是内审还是合规，我都可以做起来，而且我也正在考CPA，要不您帮我跟财务总监说说呗？”

这不是什么难事，薛义点了点头：“好，我去跟他说。”

“谢谢薛总，您真是好人……说真的，我真舍不得您走。”

走在飞扬集团的大堂里，薛义敏锐地感觉到众人怪怪的视线，甚至还有人正对他指指戳戳。

薛义皱紧了眉头：“今天没发生什么事吧？”

Cici慌忙掩饰："没有啊。"

薛义走到楼下，习惯性地坐进商务车的后排，车里正在播放某频道的收音机："欢迎回来，今天上午著名八卦公众号'魔都宝宝'爆料了一桩新闻，说是某五百强快消企业的老板和某网络女主播来往密切，导致女主播怀孕，该老板却不想负责任，要求女主播将孩子打掉。"

Cici低声说："小彭你这听的什么啊，赶紧关了。"

小彭反应过来，赶紧关上。

薛义愣了愣道："Cici，什么'魔都宝宝'，什么新闻啊？"

Cici吞吞吐吐地道："呃……就是个八卦公众号，每天说点儿博人眼球的事儿，根本不是新闻，就是胡编乱造。"

薛义皱眉问道："你有那篇帖子的链接吗？"

"我……我没有。"

"那行，我自己搜，'魔都宝宝'是吧？"

Cici狠狠地瞪了小彭一眼。小彭一脸无辜。

薛义找到帖子，点开翻看到视频，视频里爆料者的声音响起："宝宝，我有个料要爆给你，某大型五百强快消的老板、美籍华人，和一个女主播谈恋爱，女主播怀孕了，他不但不想负责，还要求人家打胎……那公司就在金融街……。"

车开去机场，接到詹姆斯后，薛义陪同他观看飞扬集团。詹姆斯意气风发，一如薛义刚刚来到飞扬集团时的模样。

"The city is huge… It's just going on, amazing! I'm so excited to be here（这城市可真大啊，令人惊叹！我特别兴奋）."

薛义淡淡地道："Good to know（你开心就好）."

电梯门打开，薛义做手势请詹姆斯先走，詹姆斯也不客气，当仁不让地走出。

薛义忽地晃了晃身体。

Cici连忙扶住他："薛总，你没事吧？"

薛义站直身体："没事。"

薛义陪着詹姆斯走出电梯后，立刻不回头地走出飞扬集团。

公寓楼下，薛义正在和区文慈发微信："还有几个小时到？"

"预计下午六点到达。"

薛义笑了笑："那就别玩手机了，在飞机上睡一会儿，我去机场接你。"

他收起手机，沉着脸走进公寓，一脸冷漠地质问邦尼："怎么回事？"

邦尼轻描淡写地道："什么怎么回事？"

"那个爆料，什么'魔都宝宝'，你别跟我说你不知道！"薛义冷着脸，"那是怎么走漏的风声？这种公众号怎么会知道得那么清楚？你是不是跟谁说过？"

邦尼眨了眨眼："我没跟谁说过呀……再说人家也没指名道姓说是咱们。"

薛义气急败坏："不管怎么样，这种流言蜚语一定不能继续下去。我们俩分手吧。"

邦尼冷笑道："你知道你在说什么吗？"

薛义苦口婆心地道："对不起，邦尼，我知道我这样说实在是太残酷了，但我也没有办法，总部要把我调回美国，今天接任我的人都到公司了。"

邦尼淡淡地说："那你也可以把我带去美国啊。"

"我……这没有你想象中那么简单，公司的情况很复杂，回去我说不定还有一场硬仗等着要打，纽约居，大不易。要不这样，你等我在美国安顿下来，我再想办法把你接出去，好不好？"

邦尼眼神不屑："那你要是骗我呢？"

"我怎么会骗你？你知道我对你的感情的。"薛义试图打感情牌，"我是真的有苦衷，你能不能体谅体谅我？"

"你想分手，还想我把孩子打了。"邦尼语气冷漠，"那你总要给我点补偿吧。"

补偿也好过闹来闹去，薛义松了一口气："你想要什么补偿？"

"我要得不多，一口价，三百万元。"

薛义瞪大了眼："三百万元？你疯了吧？"

"我没疯，我的脑子比任何时刻都清醒，是你要抛弃我和孩子的，那你就拿钱来赔我。我肚子里怀的是你薛义的孩子，是飞扬集团中国区总裁的孩子，这个孩子就是值三百万元。"

"你！"

邦尼微微笑着，说话却比任何人都狠心："你什么你？我告诉你薛义，我已经看透你了，你就是个胆小怕事、欺软怕硬彻头彻尾的伪君子，你别以为你能像扔一块破抹布似的把我给扔了！如果你不答应我的条件，就算我自己掏钱买机票去美国，我也不会让你踏踏实实、安安稳稳地潇洒后半生的！我没有跟你开玩笑！"

"你这个疯子……"

薛义抬手要打邦尼，邦尼一把架住薛义的手："我警告你，不要再碰我一个指头，否则后果你承受不起。"

"我的条件，你好好想想。"邦尼松开手，重重地关上了门。

薛义站在公寓内，只觉得一个踉跄，天旋地转晕了过去。

薛义再次睁开眼时，床边坐着区文慈。区文慈看过来："醒了？"

薛义哑声问："你什么时候到的？"

"飞机提前了半个多小时，打你的电话半天也打不通，我只好自己来了，谁知道一进门就被你吓了一跳。"区文慈按住想要坐起身的薛义，"别乱动，你发高烧了，41.2℃，现在热度降下去了一点，如果下午热度回升，就得去医院。来，喝点水。"

薛义就着区文慈的手喝水："谢谢。"

区文慈笑了笑："客气什么。"

薛义拿起手机："那你要不要先去酒店休息？我给你叫车……"

区文慈起身："你不用管我了。横竖今天是周末，也不用去公司，你好好休息，我出去给你买点吃的。"

薛义虚弱地说："好。"

区文慈俯身在薛义的脸颊上落下一吻，薛义赶紧闭上眼睡觉。

区文慈站在玄关处，正在弯腰换鞋，忽地听到手机振动的声音，发现架子上是薛义的手机。她拿起手机看，屏幕上显示一行信息——"我去医院检查过了，医生说药流最好不要超过四十九天，今天已经四十二天了，你最好赶紧做决定，只要你把钱给我，我就立刻去动手术，不然别怪我不讲情面。"

区文慈僵住，推开卧室门，看到薛义已经睡着，呼吸平稳。区文慈关上门，将手机放回了原处。

江边，邦尼穿着厚重的皮草，摆出各种姿势，一旁的摄影师举着相机,正在不停歇地拍照。

"好，换下一套。"

邦尼长舒一口气，热得拿起小电扇吹风，喘着气问："还有多少套啊？"

化妆师淡定地说："九套。"

邦尼处于崩溃的边缘："天哪！这不是要我的命吗？"

"看在钱的分儿上，你再忍忍呗。"化妆师一句话说到了重点。

邦尼点点头，拎起身上厚重的皮草，走到用布帘围住的临时换衣处换了套新皮草，苦中作乐一般发了张自拍给江达琳。

“我在滨江，大热的天拍皮草，我够敬业吧？还有九套，我今天能捂出痱子来。”

江达琳很快回了消息：“你怀着孕呢，悠着点儿啊！”

邦尼撇了撇嘴：“知道。”

邦尼把手机扔进包里，拿出纸巾擦汗。一旁的化妆师掀开帘子，告诉她外面有人找。

邦尼挽着包，一边擦汗一边走出来，面前站着区文慈。

邦尼认出来了：“你……”

区文慈惊讶地道：“想不到你认识我。”

邦尼淡淡地道：“认不认识有什么关系？你找我什么事？”

“听说你怀孕了，我想带你去医院做个检查。”

周围的化妆师和摄影师都蒙了。

邦尼冷呵一声：“哈，这是我的事，不劳你操心。”

“我怎么能不操心呢？我和薛义要复婚了，你要是没怀孕那最好，你要是真怀孕了，那还是去检查检查DNA放心一点，你说是不是？你们现在这些女孩子私生活都乱得很，谁知道是不是在讹我们？”

邦尼脸色一阵红一阵白：“你有病吧？一个前妻而已，还一口一个‘我们’，真是不要脸，难怪薛义偶尔提到你那表情就跟吃了苍蝇一样，想不到见面还不如闻名，简直笑掉人的大牙。”

“你……恬不知耻。”

化妆师已经开始偷偷录视频。

邦尼冷笑一声：“恬不知耻的人是你！我和薛义之间的事跟你没有关系，连离婚好几年的前夫的事情都要插一脚，真当自己是太平洋上的警察了？管得够宽的！”

邦尼看了一眼摄影师：“还拍不拍啊，我都热死了好吗？”

邦尼往前走，区文慈突然走上前从背后一把拽住了邦尼的头发，邦尼直接倒在地上。

周围的路人纷纷摸出手机拍视频。

一个卫生棉棒从邦尼的包里滚出来，区文慈松开手，愣了愣：“你没怀孕？”

路易斯在办公室内来回踱步，一边啃苹果，一边戴着蓝牙耳机打电话。

“其实金光地产本来也是好意，发生这种事大家都不想的，这几天他们那儿正抓紧召集业主协调谈判呢。好好好，拜托了。”

路易斯敲了下耳机挂断电话，咬了一口苹果，接着敲电脑键盘：“宋大美女，我是DL的路易斯，你们的公众号是不是也打算发金光地产蔚蓝海岸一期的文章了？我给你提供点别的料呗。”

办公室内，绝大多数人在加班，叶东烈坐在一个空工位上敲电脑键盘。斯黛拉从办公室走出来，叶东烈忙抬起头问道：“忙好了？”

斯黛拉在他身旁坐下：“还有一会儿。你要不要先回去？大周末的，你何必陪我加班？”

“没事，我是陪你加班也顺便自己加班。”叶东烈指了指路易斯，“而且看你们工作还挺有意思的。”

斯黛拉也看过去，笑了笑：“只是看上去有意思而已，做我们这一行心太累。”

大会议室里的一行人也在加班。袁肃看了一会儿手机，没好气地将手机往桌上一扔：“转发给你们了，你们自己看。”

江达琳拿起手机念标题：“306地块确实那么好？是真有潜力还是开发商炒作？”

帖子里指名道姓说金光地产和英特置地两家联手炒作哄抬房价。帖子本来都沉下去了，偏偏因为金光蔚蓝海岸一期交不了房，网上吵得沸沸扬扬，连带着这篇帖子也成为热门。

卫哲蹙眉：“这好像是一周前的帖子，得查一查。”

袁肃冷哼一声：“当然要查一查，而且我们已经查过了，这个发帖人的IP地址，就在你们公司。”

“什么？”江达琳愣住了，迅速将IT工程师叫到办公室来。

工程师敲了一会儿电脑键盘，沉声道：“这个IP地址确实是公司的，但是公司的所有电脑我都查过了，全都不匹配。”

江达琳问道：“不是说系统升级后，公司的所有电脑都可以后台监控了吗？那应该都有数据吧？”

“有两种可能，一种是外来电脑，另一种就是帖子是在升级前发出的。我分两批升级了电脑，一批是在二十二号，另一批是在二十四号，当中隔了一天。”

袁肃双手抱胸，冷声道：“我说你们少来这套，别不好好查。确定每一台电脑都查过了？在职员工的、离职员工的、库存的，每一台电脑都要查。”

“倒是有一台新交上来的电脑。”IT工程师说道，“是舒总的，她不是刚离职吗？”

袁肃立刻开口说道：“哎？舒总？是不是舒晴？哎，她的电脑可得好好查，这女人不是好东西啊！”

“袁总，舒晴虽然离职了，也曾经是我们的合伙人，麻烦你嘴上放干净点！”

袁肃乐了，看向江达琳：“哎呀，看着你这么天真，我真是又好气又好笑。”

IT工程师望着眼前贴着舒晴的名字的电脑，摇摇头道：“这台电脑已经格式化过了，查不出什么。”

袁肃凑上去：“我说你们别包庇啊！”

江达琳无语地道：“我们才不会包庇这种事。”

卫哲蹙眉，忽地看到等在外面正敲电脑键盘的叶东烈，拉开门朝外走去。

大会议室里，叶东烈坐在电脑前，所有人围在他身边。

斯黛拉轻声问：“行不行？”

叶东烈手上动作不停，运指如飞：“我试试，基本上格式化三遍还是可以恢复的，不过现在最前沿的技术哪怕格式化十遍，也都能找回来。”

没一会儿，电脑页面上出现一行字——“数据修复中……”。

一阵悦耳的音乐响起，电脑的数据恢复正常。IT工程师接过电脑一阵敲，众人立刻凑上去围观电脑。

斯黛拉猛地看过去：“真的是她？”

不仅是一周前的那篇帖子，就连揭秘蔚蓝海岸一期的帖子也是舒晴随后编辑发送的。

江达琳愣怔片刻，才难以置信地问道：“她为什么要这么做？”

袁肃冷哼一声：“早跟你们说舒晴这女人居心叵测！”

卫哲和江达琳走去舒晴家门口，摁下门铃后久久无人回应，直到邻居走出来告知舒晴早已经搬走。

江达琳挫败地回到办公室，调出舒晴的简历页面，想了想，又在搜索引擎搜索“舒晴”，然而跳出来的也不过是类似百度百科的页面。

她没好气地扔掉鼠标，拿起手机后却更加震惊，朋友圈有人发了邦尼和区文慈打架的视频，她拿起包和手机就匆匆往外跑。

安东从办公室里跑出来：“小江总，你去哪儿？一会儿金光地产的人要来开会。”

江达琳风风火火地按电梯："你让卫哲先顶着，我有急事，马上回来。"

一阵急刹车声后，江达琳推开车门跑下来，左看右看，看到不远处聚在一起的几个人后，匆忙跑过去。

邦尼躲在临时换衣间中，衣服被拉扯得凌乱不堪，她披头散发一声不吭，脚边的包里的手机不断有电话和微信进入。

江达琳一个箭步掀开帘子。邦尼终于抬起头来，眼睛里装满眼泪，看起来既委屈又可怜。

"琳琳！"邦尼把头埋在江达琳怀中。

江达琳抱着她："没事了，没事了……卫哲家就在这旁边，我带你过去，好吗？"

邦尼呜咽着点头。

薛义在公寓里开视频会议，即便有岳父帮忙，他也只能拿到一个地区销售副总裁的位置。他正愤怒的时候，西蒙在视频里友好地提醒："You'd better call your wife, oh your ex（你最好给你妻子打个电话，哦，你前妻）。"

薛义不明所以地拿起手机，刚要给区文慈发微信，突然看到一段视频，他点开视频，赫然看到区文慈抓住邦尼的头发的画面。

邦尼素面朝天地坐在卫哲家，脸色苍白，卫哲和江达琳坐在一旁的沙发上。

江达琳难以置信地问："向'魔都宝宝'爆料怀孕的事，是你自己干的？为什么呀？"

"薛义要回美国了。本来他答应过我，如果回美国会带我一起走，还说会资助我上学，可谁知道他根本没想带我，他回去是要跟他的前妻复婚的……这个伪君子，还口口声声说爱我！我没什么能拿捏他的地方，所以我就撒了个谎，说我怀孕了，这样至少可以找他要一笔钱。我总不能让他像扔一块抹布似的随随便便就把我甩了吧？"

江达琳叹气道："你这不是害你自己吗？你这一爆料全国人民都知道你这事儿了。"

邦尼眼神倔强："知道就知道吧，做这个决定之前，我什么后果都想过了。"

"但现在他们也都知道你没怀孕了啊。"

"反正我不会轻轻松松放过薛义和那个女人的。你也别为我担心，我有心理准备。”

江达琳正想再说什么，被卫哲用眼神制止。卫哲说道：“你也是成年人了，懂得承担后果，总之别让自己后悔。”

邦尼嘴硬道：“我这辈子还没做过什么让自己后悔的事。对了，琳琳，我能不能先去你那儿借住一阵子？我自己那屋子，我怕邻居都认识我。”

“没问题。”

门铃响起，卫哲跑去开门。林肯兴冲冲地跑进屋：“你们的保安都认识我了，让我直接上来。”

他一眼看到坐在沙发上的邦尼，浑身僵住，语无伦次地道：“邦……邦、邦、邦、邦……我……我……我……还是先走吧……”

邦尼迟疑地开口：“林肯？”

林肯闻言惊慌失措地转身，一下子撞在半开的门上，狼狈地落荒而逃。

深夜，江达琳和邦尼躺在一起睡得正熟，一阵门铃声将江达琳吵醒，江达琳猛地从床上跳起来。

“我爸回来了？”

江达琳将车开得飞快，下了车三步并成两步地冲进别墅，一眼看见客厅中央坐着的江远鹏，一旁坐着何宏伟和李月如。

“爸爸！”江达琳一下子扑到江远鹏怀中，此刻她不再是一个总裁，只是再见到父亲的女儿。

“爸爸对不起你。”江远鹏红了眼圈，“这段日子辛苦你了，我都听说了，你把公司管得很好。”

“我都是硬着头皮上的。爸，现在你回来了，是不是说明事情已经结束了？鲲鹏基金案和你无关，你是清白的对不对？”江达琳迫切地想知道答案。

江远鹏和李月如交换了一个眼神，他苦笑道：“暂时还没结束。一会儿我要和何律师一起去经侦支队。”

“啊？那、那还回来吗？会不会有事啊？不是抓到杜少鲲了吗？”

何宏伟在一旁开口：“确实抓到杜少鲲了，但江总作为基金的合伙人还是要配合审讯调查的，特别是那些钱的下落，如果那些钱能够追回来最好。”

江远鹏拍了拍江达琳的肩膀：“追不回来的部分，我就自己掏腰包赔。不管怎么样，我还是要负起责任的。”

去经侦支队之前，李月如将江远鹏叫至一旁：“那张银行卡到底是怎么回事？我在家里都找遍了也不知道有这么一张银行卡，你是不是带出去了？”

江远鹏躲避着李月如的眼神：“我也不清楚，我没有办过那张卡。”

“怎么会有这种事？到了经侦，你主动配合，最好能想办法弄清楚那个举报你的人是谁，这要真是藏在咱们身边的人，就太可怕了！”

江远鹏走到何宏伟身旁：“宏伟，咱们走吧，别让纪警官他们久等。”

江达琳和李月如一脸焦虑，目送何宏伟的车开走。

江远鹏回来了，意味着还有烂摊子等着江达琳去收拾。江达琳看着面前密密麻麻的表格只觉得头大，一边看着鲲鹏基金的投资回报，一边在计算器上敲金额。

安东等待江达琳在文件上签字，瞥见计算器上的一长溜儿数字，瞪大了双眼：“你在算账啊？这么长一串数字，都是钱吧？”

江达琳淡淡地道：“是钱。”

“哇，好多钱啊！”

江达琳冷漠地道：“是欠的钱。”

安东语塞，默默地退出了办公室。

江达琳算着算着，视线忽地集中在其中一个投资人的名字上——“秦守业，投资额一百万元，投资期限五年，预期回报年化百分之十五。”

而秦守业便是司机老秦。

老秦把江达琳引进屋。这是一间非常普通的公寓，一室一厅，看起来老式而陈旧，甚至有些贫寒。

江达琳寒暄了一会儿，才开口问道：“那个，老秦，有件事我想问问你。”

“小江总，你说。”

江达琳拿出一沓资料给老秦。老秦戴着老花镜也没能看清，抬头问江达琳：“这……”

江达琳如实说道：“这是你投鲲鹏基金一百万元的投资凭证。老秦，鲲鹏基金欠了你一百万元，你怎么从来没跟我提过呀？”

老秦明显愣了愣，迟疑地道：“这有什么好说的？”

江达琳皱眉：“老秦，你是不是有什么事情瞒着我？”

“没有没有。那个……江总最近怎么样？”

“哦，我忘了跟你说，我爸爸已经回来了，最近正配合经侦调查审理鲲鹏基金案呢。不过问题应该不大。”江达琳淡笑道，“所以我在想，先把你这一百万元还给你。有了这一百万元，你老伴儿就不用再出去给人做家务了，你儿子的贷款也能还上。”

老秦摆了摆手：“不用，真的不用。”

“你还跟我客气啥啊？大钱我们一时半会儿凑不出，一百万元还是有的。这样，我回去就让律师优先处理这一笔，先把你的钱还上，你为我爸辛辛苦苦几十年，我们欠谁的钱也不能欠你的钱啊！就算我爸知道也不会反对的！”

“小江总，你让我怎么说呀？”老秦着急地道，“这一百万元不是我的，是我替江总代持的。具体我也不知道，反正江总让我以我的名义买了这一百万元的鲲鹏基金，别的我什么也不知道。反正这钱不是我的钱，你不用还我。”

邦尼穿着睡衣坐在书桌前看电脑，屏幕上正是这两天疯狂流传的她和区文慈厮打的视频。

人们凑热闹的心态依然旺盛，评论区各种不堪的言论。

“啧啧啧，这一看就是大房打小三啊，打得好，打得妙！”

“那女的还挺有名，不就是前一阵拍奶粉广告那个吗？闹了半天不是什么好东西！”

“身材真好，做我的女朋友吧。”

“楼上倒是不挑，这种货色也要！换我，倒贴给我钱我也不要！”

“那要具体看倒贴多少了哈。”

邦尼脸色煞白，一下子合上电脑，拿起手机给薛义打电话：“是我。”

邦尼戴着墨镜坐在角落里，对面是同样戴着墨镜的区文慈，两人面对面，看起来冷漠又滑稽。

邦尼嗤笑一声，摇了摇头：“薛义还真有意思，什么事都让你出面当代言人。你也有意思，这么懦弱没担当的男人，你还当个宝，还想跟他复婚。”

“你用不着跟我牙尖嘴利，薛义再怎么不好，也是我女儿的父亲。你约他到底有什么事？”

“没别的事，薛义答应过我，会支持我出国留学，我希望他能兑现他的承诺。”

区文慈哈地嘲笑一声：“你是不是脑子有病？”

邦尼淡淡地笑道：“我没病。我也不要很多钱，十万美元，只要你们答应，我保证不再跟薛义有任何牵扯。”

区文慈冷冷地说道："我们要是不答应呢？"

邦尼弯起嘴角："你们要是不答应，我就把我和薛义之间的事儿全都翻译成英文发到美国的社交网站上去，对了，我还有不少照片呢。你不是要跟他复婚吗？听说你们家在纽约也是有头有脸的，索性我再替你们扬扬名。"

区文慈端起桌上渐渐变凉的咖啡猛地泼在邦尼脸上，缓缓站起身，转身便走。

阳光透过窗户落在咖啡馆中，落在沾满咖啡渍的桌子上，邦尼仍然在微微笑着，伸手慢慢将脸擦干净。

卫哲让路易斯调查舒晴，很快路易斯就有了新发现。她敲着电脑键盘，过了一会儿后将电脑推给卫哲。

"2008年的帖子，幸亏这个论坛还没倒闭，还让我找到了。"路易斯念出标题，"'麒麟都市花园被爆重大安全隐患，总设计师舒瑞峰不堪受辱开煤气自杀'。"

"我知道这件事，当时所有人都说麒麟都市花园有安全隐患，属于重大设计缺陷，买房的人全都要求退款，闹得沸沸扬扬，总设计师被千夫所指，最后自杀了。"

路易斯点头："而且总设计师的妻子也在闻知噩耗后突发脑溢血，半年后医治无效去世。"

卫哲抬头问："这跟我要你查的有什么关系？"

"你猜这个总设计师舒瑞峰是谁？"路易斯笑了笑，"是舒晴的父亲。还有更惊人的，舒瑞峰一死，事情就闹大了，调查后发现这个盘其实质量是合格的，所谓'重大设计缺陷导致的安全隐患'是同行恶意竞争造的谣。"

"OK……"

"造谣的同行是金光未来域。"路易斯敲着键盘，电脑上跳出来一个网页，"没错，当时金光地产的重点楼盘金光未来域和麒麟都市花园同期开盘，两家的地理位置、风格、定位都很接近，而金光地产当年也是以凶狠的市场竞争风格闻名。这是2008年，你再猜……"

卫哲打断她的话："我可不可以不要猜了？"

路易斯翻了个白眼，调出江远鹏的简历："当年金光地产的市场公关负责人就是小江总的父亲，你的导师，江远鹏。"

卫哲震惊了："什么？"

路易斯接着说："虽然互相抹黑是业界常见的竞争手段，江远鹏未必想到舒瑞峰会因此自杀，不过……就在舒瑞峰自杀的一个月后，江远鹏就辞职下海了，成立了DL。你说，他会不会是因为良心受到了谴责？”

卫哲长吁一口气：“不排除这个可能。这么说来，江远鹏在某种意义上是舒晴的仇人？难怪她要想尽办法整金光地产。但这事还是有疑点，如果舒晴知道江远鹏是自己的仇人，她为什么还要来DL工作？从她的业绩表现来看，也并不像是行业内的卧底。或许她不知道江远鹏是自己的仇人？”

路易斯从抽屉里拿出一份复印稿递给卫哲：“那可不一定。你看看这个。”

一笔一笔的资金流入，入账账户都是一样的，上面显示是鲲鹏基金。

“这是江远鹏的账户？”

路易斯点头：“对。你看，这个账号是鲲鹏基金的公司账户，这个海外账户我查了，是一家空壳公司。也就是说，这些大笔资金全都是从鲲鹏基金的账上先打到江远鹏的账上，然后再转移到海外空壳公司的。所以鲲鹏基金案一发生，江远鹏才会急急忙忙地跑路。”

卫哲蹙眉问道：“你在哪里找到这个的？”

路易斯笑得颇有深意：“舒晴的电脑里。那天叶东烈把她的电脑里的数据都修复了，我就顺便翻了翻，这封邮件是半年前她通过私人邮箱发到袁肃的私人邮箱的。”

“袁肃？这么说她一直和袁肃有联络？”卫哲问，“你让我想想，你有办法找到舒晴吗？”

“我试试。”

“对了，这件事先别跟江达琳说。”卫哲转身叮嘱道，“我先去开会了。”

关于蔚蓝海岸一期无法交付的新房，金光地产决定对购买了E2户型的九十三户人家，每户赔偿一个产权车位，此事完结后，二期便可以正常开盘。

以车位换卫生间，虽然不能说完全等值，但态度也还算诚恳，购房人也接受赔偿。

浦江叹气道：“为了赔车位，我跟上面的老板差点吵起来。我说送面积这事不是我决定的，也不是我干的，但现在既然我接手，那我就肯定老老实实地尽一切能力，该怎么补偿就怎么补偿。”

“浦总，您能有这样的想法，实在是难得。”

“我也是跟江总学的，真的，麒麟都市花园那件事，不光是对江总，对我的触动也很大。有些事看起来是小事，说不定就变成一件巨大的事，影响别人一家子一辈子。”

江达琳困惑地问：“麒麟都市花园是什么事啊？”

“你不知道啊？哦……那这事儿也轮不到我说。总之千万不能小看蝴蝶效应，还是要多栽花，少栽刺啊！”

江达琳直觉不对，回到办公室后搜索“麒麟都市花园”，几条新闻出现在页面上。

《麒麟都市花园总设计师舒瑞峰开煤气自杀，金光未来域难辞其咎》《麒麟都市花园被指重大设计失误，经核实纯属子虚乌有》……

江达琳点开照片，第一张是父亲和浦江戴着安全帽的照片，而第二张……是舒瑞峰和少女时期的舒晴的合影。

江达琳愣了下，缓缓放大第二张照片。

日托班门外，舒晴推着乐乐走出来，一边往前走一边笑着逗乐乐。迎面看到卫哲时，舒晴愣了愣。

卫哲提及江远鹏时，舒晴坦然承认：“没错，举报江远鹏的材料是我交给袁肃的，但想必理由你也很清楚了。”

“嗯，你父母……我很遗憾。”卫哲皱眉，“你也是后来才知道江远鹏是当年金光地产的市场公关负责人的吧？但有一件事我不明白，你是怎么拿到这份银行流水的？这可是江远鹏的银行卡。”

舒晴站在童车旁，低头逗了逗乐乐：“我可以告诉你原因，但你要答应帮我保密。”

“你说说看。”

“因为乐乐的爸爸……是江远鹏。”

舒晴推着童车远去，卫哲愣在原地，手指又不自觉地攒向戴在手腕上的皮手环。

舒晴离开前，表情悔恨而痛苦：“如果我能早一点知道江远鹏就是当年那个人，那个害得我父母去世的人，就好了。”

第三十八章　爱一直在

站在卫哲的办公室内，江达琳如同困兽一般焦虑又烦恼。她找出了一丝线索，却无论如何都想不明白其中的关联。

“你能相信吗，舒晴的爸爸居然是当年麒麟都市花园的总设计师舒瑞峰，这么说起来，我爸岂不是成了害死她爸的人？”

卫哲语气有些迟疑：“江总并不能预见这件事。”

江达琳站在卫哲身旁叹气：“我爸肯定不可能预见，但事情的最终结果就是那样啊，难怪我爸会突然决定自己开公司。我还记得当时我妈为了这件事跟他吵过架。”

卫哲抬眼：“你妈妈不知道这件事？”

“这么多年我爸从来没有提过，想必这事是他的一个心结。他肯定还不知道舒晴是舒瑞峰的女儿，否则他怎么都不会把舒晴招到DL来吧？”江达琳又想起一件事，“还有一件事，我刚才发现我爸往鲲鹏基金里投了一百万元，居然是叫老秦代持的，就是我们家那司机。这件事我妈肯定不知道。你说他干吗要叫老秦代持啊，这钱会不会是他的私房钱？”

卫哲恍然大悟，眼神微敛，轻声说：“有可能吧。”

“可我妈从来没在用钱上限制过我爸呀，他为什么还鬼鬼祟祟地找老秦代持？你说我要不要去问问我爸爸这到底是怎么回事？”

卫哲揽住她的肩膀，艰难地说道：“我觉得……你应该慎重。既然江总找了老秦代持这一百万元，那说明这笔钱他是不想让外人知道的，你贸然去问，未必是好事。”

江达琳嘟嘴：“可我是他的女儿啊，他有什么不能跟我说的呢？不管发生什么事，我肯定是站在他那边的呀！”

“我觉得你还是再缓缓，毕竟江总还在鲲鹏基金案里没有脱身呢！”

江达琳拍了下脑袋：“这倒也是，他这几天动不动就要去经侦接受问询。我再想想吧。”

等江达琳离开后，卫哲坐在办公室里倒了一杯酒，翻开通讯录，目光落在江远鹏的名字上。

江家别墅门前，卫哲摁下门铃。江远鹏开门，看见卫哲后愣怔又惊喜。

江远鹏请卫哲进屋：“卫哲，接到你的电话我真是又意外又惊喜。请进请进，我是久仰你的大名啊，听说你加入了DL，我真的是太高兴了。来来来，喝杯茶，琳琳的妈妈一早就出去了，家里就我一个人。唉，可惜我现在这个情况，否则应该是我做东好好宴请你才对。”

卫哲笑道：“江老师！你说这话就见外了。”

“见外？江老师？你为什么会叫我江老师？”

“你还记不记得当年你曾在××大学上过一堂课，名叫‘论新时代下的公共关系学’？”

江远鹏想了一会儿才说道：“记得，有一阵我是去各大院校上过课，不过那得有十来年了吧？怎么，你也上过那堂课？”

“十三年。”卫哲微微点头，开始复述，“一，并非所有的新闻都是好新闻；二，感知即为现实；三，公共与隐私之间根本没有界限；四，真相终会水落石出。”

江远鹏笑着和他一起背诵：“五，每个人都有从头再来的机会。哈哈，公关的五大戒律，你记得很熟啊。”

卫哲不置可否：“我是因为你才决定加入这一行的。”

江远鹏感慨地笑道：“想不到，真想不到，还有这样的缘分。对了，我听琳琳的妈妈说你和我们家琳琳在谈恋爱？”

卫哲点头：“是啊。”

江远鹏眼神犀利：“好事，真是好事。那你今天单独来找我，看来琳琳是不知道了？很重要的事情吗？”

卫哲微笑道：“江老师依旧这么犀利，是这样，我昨天和舒晴见了一面。”

江达琳坐在座位上胡思乱想，望向手里鲲鹏基金名单上秦守业的名字，终是按捺不住，拿起车钥匙就往外走。

江达琳开车驶入别墅小区，刚走到路口，忽地看到一辆车驶出来，开车的人正是江远鹏。当她瞥见副驾驶座上的卫哲时，拨号的动作忽然停住。

她微微蹙眉，掉转方向盘跟踪过去。

前面的汽车在街道的右侧停下，江达琳在左侧后方停车，打开车门跟上卫哲走进右前方的马路。她走进一栋普通的公寓楼，小心翼翼地听着动静。

卫哲领着江远鹏走到一间公寓的门前。

江远鹏停在门前："原来她搬到这里来了。"

"嗯，本来她想要搬走，因为乐乐还有一针疫苗要打，所以她只是先搬离原来住的地方。"

江远鹏看他一眼："哦。她不知道你带我来？"

卫哲摇头："不知道，我怕她会拒绝。"

卫哲敲了敲门，舒晴从房间内走出来，震惊地看着眼前的江远鹏和卫哲。

江远鹏一字一顿地开口说道："舒晴……是我。"

舒晴愣愣的，忽地一巴掌扇在江远的鹏脸上。

站在楼道里的江达琳差点叫出声，连忙捂住嘴。

"你来干什么？"舒晴瞪向卫哲，"你把他带来干什么？"

"我认为你们应该谈谈，逃避不是办法。"

江远鹏只是一个劲儿地说道："对不起……对不起。"

舒晴眼神里满是恨意，但她终是让卫哲和江远鹏走进了房间。

江达琳蹑手蹑脚地跑到了门外。

这是一间临时公寓，舒晴寒着脸站在客厅里，乐乐正在玩玩具。江远鹏一看到乐乐便激动地弯下腰去。

他把乐乐抱起来，乐乐整个人呆住，乖巧地不说话。

舒晴冷冷地道："他不认识你。"

"怎么会不认识？乐乐，来，叫爸爸，爸爸回来了！"

门外，江达琳瞪大双眼，贴着墙慢慢滑下去，最终蹲在了地上。

她脑海中闪过无数个画面，第一次见面时，舒晴在演讲前鼓励她，给她帮忙；在比稿会上侃侃而谈的舒晴；在她获得成绩时会给她鼓励的舒晴；抱着乐乐逗时温柔的舒晴……

所有美丽、真诚、温柔的脸，此刻化成利剑，无声地插在心尖上，江达琳第一次明白，有一种疼痛原来是可以无声的。

舒晴从一个盒子里拿出一张银行卡递给江远鹏："这是你的那张银行卡，你一直留在我这里，密码是我的生日。我去银行拉了下流水，发现鲲鹏基金的钱居然是从这张卡里走的，于是我就把流水给了袁肃，匿名举报……事情的经过就是这样。我现在最大的希望，就是法院可以重重地判你。你也别觉得冤枉，若要人不知，除非己莫为。"

江远鹏面如死灰："钱不是我转的。"

银行卡是杜少鲲为了基金验资而用他的身份证办理的。

江远鹏仿佛一瞬间苍老了许多岁："过了几天杜少鲲就把卡还给我了，我也没多想，随手就把卡放在了你那里。除了给琳琳打过一次生活费，我根本没用过这张卡，之后的那些资金进出我一无所知，是杜少鲲私下悄悄找了熟悉的银行柜台，办了网银操作的。这些我都已经跟经侦解释过了……"

舒晴淡淡地道："是吗？那真是太可惜了。"

江远鹏执着地解释道："舒晴，我知道我对不起你，更对不起你父母，但我真的没想到会这样。当年我要是知道会发生那种事，我是绝对不会允许那篇造谣的稿子通过的。"

当年那场造谣不过是因为麒麟先造谣，他便允许手下也发布谣言。可江远鹏没料到舒瑞峰会因此自杀。得知舒瑞峰自杀后，江远鹏便立刻离开金光地产，建立了DL传播。

江远鹏双手捂着脸，痛苦地说道："这么多年来我每次想起这件事就寝食难安。"

想起从前，舒晴也不好受："你别说了！你走吧，我不想再看到你，过几天我也要走了，希望你我以后永不见面。"

"那乐乐……"

"等乐乐长大后，我会告诉他事情的经过，让他自己去选择。"

"可是……"

卫哲微微摇头，劝解江远鹏："江总……"

江远鹏黯然地道："你在DL的期权我会全部回购，到时候我把钱打给你。对了，我还用老秦的名义在鲲鹏基金里给你投了一些钱，等全部清算完毕，我也会打给你。"

"好。"

卫哲想起日日喝得烂醉的沈英杰，看向舒晴："沈英杰那里，你就这样一走了之？"

“我和他就是个美好的误会。他是个非常、非常好的男人，值得更好的女人，而不是我，我身上背负的东西太重，就不连累他了。你们走吧，不要再来找我。”

门打开，卫哲和江远鹏出来，江远鹏朝舒晴深深地鞠躬：“我……对不起。”

卫哲却瞥见江达琳，立刻走过去：“琳琳。”

江远鹏和舒晴齐齐看过去。

江达琳猛地抬起头，满脸泪痕地朝外跑去。

一直到江达琳的车边，卫哲才追上她。

江达琳哆哆嗦嗦地从兜里掏出车钥匙，卫哲握住她的肩膀：“你冷静一下，你这样开车太危险。”

江达琳狠狠地甩开卫哲的手：“我冷静不了！原来你什么都知道，你还瞒着我！”

“我也是刚知道。”

江达琳大声哭喊：“那你为什么不告诉我？我什么都跟你讲，还来跟你商量要不要去问我爸，谁知道你明明都知道了却不告诉我，还装模作样地让我慎重。”

卫哲想搂住她：“你听我解释。”

江达琳推开卫哲：“我不听，你没什么可解释的，你不就是站在那个在外面包养女人，还生了个私生子的男人那一边吗？呵呵，一丘之貉，你们男人都是一丘之貉！这么多年，孩子都有了，可怜我妈妈还傻乎乎地一心为了他奔走，还说要把自己的积蓄全部拿出来给他填窟窿，他倒好，偷偷摸摸地拿了钱去给别的女人。”

江达琳按下遥控，打开车门。

卫哲伸手拉住江达琳：“你要去干吗？你能不能别冲动？”

“我要把真相告诉我妈妈。”江达琳使劲挣扎，见挣扎不过，反手一巴掌甩在卫哲得脸上，“你给我放手！放手！”

卫哲捂着脸站在街道上，目送着车离开，立刻伸手拦了一辆出租车。

江达琳一边开车一边打车载电话，哭着说：“妈，我跟你说，你知不知道舒晴其实是我爸的女人？他们都有孩子了，就是那个乐乐，我爸还为了她往鲲鹏基金里投了一百万元，让老秦代持，我全都看到了，他们也都承认了……”

电话那端没的人有声音，江达琳宛如被浇了一头冷水。她再拨号，仍然没有拨通。江达琳把车靠在路边，哆嗦着发微信：“妈，你接电话呀，你别吓我，我现在去找你，你别做傻事！”

江达琳的车一个急刹停在江家别墅门口，她心慌意乱地冲进别墅，最后在后院里看见孤零零地站着的李月如。

江达琳胆怯地问：“妈，你没事吧？”

李月如淡淡地道：“我能有什么事？”

“妈你吓死我了，我还以为……我还以为……”江达琳说不下去了，一下子扑到李月如怀里，紧紧地搂住李月如的脖子。

李月如抚摸着江达琳的背：“傻孩子，妈妈不会出事的，这么多年风风雨雨都过来了。”

江达琳哭得上气不接下气：“可是，爸他、他……他和舒晴那个女人，他们……一直在一起，他们连孩子都有了！”

李月如捧着江达琳的脸：“乖女儿，你别担心，这件事有妈妈呢！”

江达琳咬牙道：“妈，不管你做什么样的决定，我都站在你这边！”

李月如苦笑：“傻孩子，谢谢你。”

“妈……”江达琳再次搂住李月如，“我好难过……为什么会这样？”

李月如摸着江达琳的头发，没有再说一句话。

江达琳失魂落魄地走在路上，一点点蹲在地上，终于大哭起来。不远处卫哲下了出租车，慢慢地朝她走过去。

江达琳看着眼前卫哲的鞋，抬起头泪流满面地道：“卫哲，我爸妈要散了……我们家要散了。”

卫哲用力地抱着江达琳，温柔有力地说：“你还有我。”

卫哲不相信长久的爱意，不相信婚姻和束缚，可在这一刻，他愿意给眼前的人坚定、永不消逝的爱和力量。

邦尼站在薛义的公寓门口，轻轻敲门。几分钟过去，无人开门，她从口袋里拿出钥匙。公寓内仍旧一尘不染，但已经没有人生活的气息。

邦尼打电话给薛义，只听到冰冷的提示音：“对不起，您拨打的电话已停机。”

管理员瞧见被打开的公寓门，认出邦尼，往房间内瞅了一眼：“是邦尼小姐啊，你是来找薛总的吧？薛总已经退租去美国了。”

“什么时候的事情？”

“昨天下午就走了。这边有一箱东西是你的，我本来还想给你快递呢，你现在来了刚好拿走。”

邦尼蹲在地上拆开纸板箱，打开一看，里面全是她的衣物，被人剪成一条一条凌乱地塞在纸箱里。

邦尼气得踢走箱子，还没来得及骂人，一个陌生来电就打了过来。

电话那端的医生冷静地告诉她一位叫林肯的病人从屋顶摔下来住进了医院。

邦尼匆匆赶过去，一边和街道办事员说话，一边往医院走。

“他给我们那边的两栋老房子做改造，晚上就住在老房子里，今天早上他一个人爬到房顶上，谁知道忽然就摔了下来。”

邦尼脚步匆匆：“他现在怎么样了？”

“还在昏迷当中，手臂骨折了，不知道有没有脑震荡。我们也是急得不得了，报到派出所才查到他的紧急联系人是你。喏，这些单子你拿着，等下要缴费，还有那个保险理赔的单子也要填，你是保险受益人。”

邦尼接过单子，保险单据上清清楚楚地写着她的名字。

她走到病房外面，病房内林肯躺在床上昏迷不醒，她一脸感慨地在走廊上坐了下来。

林肯慢慢醒来，看到趴在自己床边沉睡的邦尼，做梦一般掐了下自己的肩膀，疼得咝的一声，才确信这不是梦。

林肯小心翼翼地抬起手，摸了摸邦尼的头发。

“你醒了？怎么样？我去叫护士。”邦尼醒来后按响护士铃，又匆匆跑到门口喊护士。

邦尼一如既往地风风火火，林肯笑着问：“你怎么在这里？”

“紧急联系人都写着我，你说我为什么在这里？”

“对不起。我、我睡了多久啊？”

护士走进来：“多久？你女朋友守了你一天一夜！以后别没事儿上房了啊，真脑震荡了可不是闹着玩的。”

邦尼也笑着问：“就是，干吗没事爬到房顶上？不要命了？傻瓜，怎么有你这么笨的人，幸好是二楼，要是三楼、四楼，你不得摔死啊？”

“我想检查一下，没想到上面有个洞，我一不留神就掉下来了。”林肯傻笑着道，“不会摔死的……你不知道，我刚刚醒来看见你，我还以为看见天使了呢！”

“傻瓜……你怎么这么傻呀。”

“我爱你。”林肯脱口而出，却又迅速说道，“对不起，我也不知道我怎么就说出来了，你就当我没说过。”

“我也爱你。”

林肯愣住了，难以置信地眨了眨眼：“什么？你说什么？你再说一遍？”

“说什么呀，不说了。”邦尼露出久违的笑容。

邦尼作势要走，林肯去拉她，差点摔下来，邦尼赶紧回去扶他，却被林肯一把抱住。林肯附在邦尼耳边轻声说：“不要离开我了，好吗？”

邦尼抱住林肯，许久之后点了点头：“嗯。”

有时，爱是过尽千帆，蓦然回首，才看到有一个人站在灯火阑珊处。

眼前是一栋老式的民宅洋房，很破旧，并不豪华，江远鹏站在洋房前却心生感慨。

十年前，他西装革履地和李月如一起牵着活泼的江达琳站在老洋房前。小江达琳穿着白色的裙子转了个圈，天真地问道：“爸爸，这一栋房子就是你的公司吗？”

“爸爸的公司在里面只占三分之一，要想拿下这一整栋，你得再给爸爸一点时间。”

“你还要多少时间？”

江远鹏和李月如都笑起来。

李月如捏了捏小江达琳的脸蛋：“这就开始逼你爸爸啦？”

小江达琳跺了跺脚：“我把我所有的压岁钱都投资给你了啊！爸爸要加油哦！”

洋房楼前的走廊下，李月如缓缓走出来。江远鹏回过神，感慨地道：“想不到这么多年过去，这里还没变。”

“先别急着说什么，还有一个人，应该快到了。”

舒晴开着车来到楼前，望着面前的江远鹏和李月如，怔了下，还是继续走过去。

李月如向江远鹏提出了离婚。

江远鹏立刻说道：“我不同意离婚。这段时间漂泊在外，我想明白了很多事情，什么事业、金钱、名利都是身外之物，我希望你能给我一个机会。”

李月如看向舒晴：“那她呢？”

舒晴冷冷地说道：“你们不用顾忌我，我很快就要带着乐乐出国了，从此以后我们不会再有任何瓜葛。江总，你答应过公司会回购我的全部期权，麻烦尽快兑现，至于鲲鹏基金里投的那一百万元我就不要了，你拿去堵窟窿吧。总之不是我的东西我不会要，我应得的东西，我也当仁不让。至于你们二位离不离婚，那是你们自己的事。”她说完便径直离开。

舒晴推着推车，手中拿着登机牌，身上背着行李往登机口走去，沈英杰迎面走了过来。

舒晴呆愣在原地，沈英杰也沉默不语，只有乐乐开心地伸出胳膊，奶声奶气地道：“叔叔……抱！”

“你怎么知道我今天走？”

沈英杰抱起乐乐：“一个人只要用心，总是能多知道一点的，不是吗？”

舒晴眼眶微微湿润。

她在离开前给沈英杰寄了一封信，信是她一字一句手写的，字字真切：“原本以为这座城市没什么值得留恋，更没有人需要道别，整理行囊的时候却发觉，总有一份歉疚挥之不去……和你相处的这些日子，是我混沌人生里最明媚的时光，可惜我背负的东西太重，恐怕一辈子也不能走出来。你问过我很多问题，我都拒绝回答，不是因为我不坦诚，而是我怕我一旦开启这个话题，我所苦苦维持的一切就都会崩塌……谢谢你曾经带给我的快乐，希望你能忘了我，找到真正适合你的那个人。舒晴。”

而现在，沈英杰手中捏着那封信。

半晌，他将手中的信封揉成一团扔进了垃圾桶，往前走的步伐异常坚定。

有时，爱比一切都坚定。

卫哲和江达琳在洋房前散步，卫哲牵着她的手，两人十指紧握。

江达琳回忆着从前的种种：“我把我的所有压岁钱都投给了我爸，我爸向我保证，给他三年时间，他一定把这整栋楼都拿下……谁知道才过去一年多，整个DL就搬到新的办公楼里去了。”

“DL赶上了公关传播飞速发展的好年成，加上江总懂业务、有客户，自然很快就打出名堂。”

江达琳感慨地道：“想不到你也是因为我爸爸才走上公关这条路的，我也是。刚开始的时候，我爸负责业务，我妈负责财务和人事，一个对外，一个对内，我放学了经常直接到这儿来，就随便找张空桌子写作业，陪着我爸妈还有员工们加班。我特别喜欢他们做食品类的客户，这样我就能有吃不完的零食。结果有一次我爸还真的让我参加会议，拿我当样本做调研，还让我拿着表格去学校让同学们写为什么我们会喜欢某一款零食……”

卫哲笑道："他这么做是对的。"

"是啊。不过当时我也不懂，就觉得很有参与感、很有趣……DL，达琳……呵呵，你知道吗，我从小到大一直最引以为豪的就是我的家庭，我觉得我有着世界上最好的爸爸妈妈，他们彼此相爱，也爱我。小时候也有同学家里父母天天吵架、闹离婚，我听着都像天方夜谭一样，后来到美国更是如此，身边的同学有一大半是单亲家庭。我就觉得我真的很幸运，可谁知道……谁知道居然都是假象。"

卫哲将江达琳轻轻地揽住，江达琳缩在他怀中，轻轻抚摸着他的皮手环。卫哲低头吻她："未必是假象，一个人爱另一个人是装不出来，也掩盖不了的。"

一天前，江远鹏看向李月如："月如，我知道我错了，你能不能再给我一个机会？"

李月如眼中情绪纷乱，站着不动，始终沉默不语。

周一清晨，江达琳开着车，卫哲依然霸占了副驾驶座。

"经查实，在鲲鹏基金一案中，被告人江远鹏并未利用职务之便非法挪用本单位的资金，且对杜少鲲挪用本公司资金的行为并不知情，而且事后积极协助赔偿投资人的损失，现判决如下：被告人江远鹏挪用资金罪名不成立，但因其调查期间不配合警方办案，给办案增添难度，依法对江远鹏处以司法拘留七天。"

同时响起的还有江远鹏先前的叮嘱："琳琳，DL就彻底交给你了，有卫哲还有斯黛拉，我相信你一定能够把DL带上一个前所未有的高度。至于我，我打算用余生尽力而为，希望能够取得你妈妈的谅解。"

江达琳抽了抽鼻子。

卫哲伸出手，轻轻地握住她的另一只手的手背。

电梯门打开，卫哲和江达琳一前一后走出来，前台DL传播的logo干净明亮，熠熠生辉。

艾米正对着镜子补妆，杜威廉在她旁边笑嘻嘻地道："最近你的皮肤好像越来越好了？"

艾米白了他一眼："你少来，我最近皮肤严重缺水。"

杜威廉凑上去："缺水？我请你做SPA呗？"

“请你的女朋友去！”艾米抬头打招呼，“小江总早，卫总早。”

杜威廉直起身：“Hello，二位一看就好事将近！”

卫哲笑了笑，和杜威廉碰了碰拳头。

大办公室内，人员依旧川流不息，电话铃声此起彼伏。

安东一边伸手打招呼，一边打着电话：“哎呀，我说胡大记者，你不能这么玩我啊……我跟你说，这篇报道里有三分之二不是事实。”

安东俨然已经有了资深公关的做派，江达琳和卫哲相视一笑。

斯黛拉迎面走来，表情严肃：“等一下开合伙人会别忘了，舒晴手里留下的两个客户到现在还没答应跟我们续签。”她走了两步，又转身说，“哦对了，还有文森特，中午约我们全体合伙人吃饭。”

“好的。”

“没问题。”

格子间内，路易斯探出脑袋：“老大、小江总！”

卫哲挑眉：“又怎么了？”

江达琳早已习以为常：“又出事了？”

路易斯笑着说：“我有一个好消息、一个坏消息，你们要先听哪一个？”

危机公关嘛，是永远做不完的，当然也是永远停不下来的。

永远在奔跑途中，永远在试图挽救，永远不停歇，这便是公关精神了。

几个月后。

卫哲和江达琳站在卫哲家楼下，江达琳戳了戳卫哲的胳膊：“你开吧。”

“我……还是算了，你开吧，我怕出事。”

江达琳推他上车：“不会啦，聂医生说了你已经没事儿了！”

卫哲扶着车门，手腕上的皮手环已经不在了，他笑得风流倜傥：“那万一有事呢？”

江达琳不由分说地坐到副驾驶座上：“不会有事的……你不能老让我给你当司机吧，到底谁是总裁啊？”

要说什么最像危机公关，那大概就是爱情了，有时错失良机，有时难以挽救，有时看不到希望，但更多时候，结局圆满。